O SILÊNCIO DO MANGUE

LUCAS SANTANA

Diretor-presidente:
Jorge Yunes
Gerente editorial:
Claudio Varela
Editora:
Ivânia Valim
Assistentes editoriais:
Fernando Gregório e
Vitória Galindo
Suporte editorial:
Nádila Sousa
Gerente de marketing:
Renata Bueno
Analistas de marketing:
Anna Nery, Mariana Iazzetti e
Daniel Oliveira
Direitos autorais:
Leila Andrade
Coordenadora comercial:
Vivian Pessoa
Preparação de texto:
Gabriela Araujo

O silêncio do mangue
© Lucas Santana, 2024
© Companhia Editora Nacional, 2024

Todos os direitos reservados. Nenhuma parte desta obra pode ser reproduzida ou transmitida por qualquer forma ou meio eletrônico, inclusive fotocópia, gravação ou sistema de armazenagem e recuperação de informação sem o prévio e expresso consentimento da editora.

1ª edição — São Paulo

Revisão:
Tamara Sender e Gleice Couto
Ilustrações:
Marcelo Delamanha
Design de capa:
Karina Pamplona e Amanda Tupiná
Projeto gráfico e diagramação:
Amanda Tupiná e Karina Pamplona

DADOS INTERNACIONAIS DE CATALOGAÇÃO NA
PUBLICAÇÃO (CIP) DE ACORDO COM ISBD

S232s	Santana, Lucas
	O silêncio do mangue /Lucas Santana. - São Paulo : Editora Nacional, 2024.
	352 p. : 16 cm x 23 cm
	ISBN: 978-65-5881-213-5
	1. Literatura brasileira. 2. Romance policial. 3. Ficção investigativa. 4. Crimes LGBTQIAPN+. I. Título.
2024-1214	CDD 869.89923
	CDU 821.134.3(81)-31

Elaborado por Vagner Rodolfo da Silva - CRB-8/9410

Índice para catálogo sistemático:
1. Literatura brasileira : Romance 869.89923
2. Literatura brasileira : Romance 821.134.3(81)-31

Rua Gomes de Carvalho, 1306 - 11º andar - Vila Olímpia
São Paulo - SP - 04547-005 - Brasil - Tel.: (11) 2799-7799
editoranacional.com.br - atendimento@grupoibep.com.br

Prólogo

Era tarde da noite quando voltou para casa, o barulho apressado dos saltos ressoando na calçada irregular e mal iluminada. Odiava aquelas luzes amarelas, aquela rua com o esgoto correndo calado, fedido, na sarjeta, os azulejos caídos dos prédios despedaçados, os bêbados barulhentos que passavam em alguma rua ali por trás, os segredos, as mentiras, aquela cidade inteira lhe dava nojo. Quando enfim chegou àquele trambolho de concreto no qual morava, parou alguns instantes na calçada escura. No muro ao lado do prédio, a pichação que gritava aos olhos de quem por ali passasse, "ONDE ESTÁ O CORPO DE KEILA?", continuava a lembrar a todo mundo, mesmo após aqueles dois anos, que a travesti nunca fora encontrada.

Quando subia a pequena escada de poucos degraus que levavam até a entrada do prédio, sentiu uma presença atrás de si.

Sobressaltada, mas tentando manter a calma e a compostura, Dione enfiou a mão na bolsa, procurando as chaves enquanto decidia se olhava para trás.

Foi quando ouviu um barulho de carro sendo ligado. Com o susto, derrubou as chaves, que caíram pelos degraus.

Não foi uma surpresa, porém, encontrar-se naquela situação. Dar de cara com uma emboscada quando estava voltando para casa de madrugada já era esperado por ela. Não por ser um bairro perigoso (era), ou por estar andando na rua de madrugada sozinha, ou pelas roupas que vestia (podia ser, também), mas pelas coisas que sabia. Pelo cartão dourado escondido na bolsa.

Dione Dite sabia demais. Havia visto a podridão, a face oculta de pessoas que ninguém imaginaria o que eram capazes de fazer, havia passado por portas secretas e visto o que havia por trás das fachadas metafóricas e literais daquela cidade hipócrita. No trabalho, havia visto rostos e ouvido palavras que não deveria. Alguém uma hora a silenciaria para enterrar aqueles segredos com ela. Mas, antes disso, ela queria fazer barulho. Não podia morrer antes de colocar o plano em curso, como Keila.

Enquanto descia os degraus para pegar as chaves no chão, o carro deu partida e sumiu tão depressa quanto havia aparecido. Era só um aviso. Uma dica de que a estavam observando. Ou então era apenas alguém atrás de um programa. Pegou a chave e a enfiou na fechadura da porta de vidro.

Antes de entrar no prédio, sentiu uma gota cair em sua testa. A última gota de chuva que Dione Dite sentiria na curta, porém gloriosa, vida.

Foi no dia seguinte que tudo aconteceu. Preparava-se para ir a uma festa, com o alter ego drag queen Dione Dite. Já havia se maquiado e, antes que pudesse vestir as roupas novas que estavam dispostas na cama, o celular escondido debaixo do colchão tocou. Atendeu sem olhar quem ligava, já que poucos tinham aquele número. A hora se aproximava. Pegou também, embaixo do colchão, o caderno e o *pen drive*. Guardava o pequeno caderno rosa como se fosse o bem mais precioso da sua vida. Aliás, como se sua vida dependesse dele. Já o *pen drive* era ainda mais importante.

Enquanto atendia a chamada, pegou o dispositivo e caminhou pelo apartamento. O palácio de Dione Dite. Era o maior apartamento do prédio, no último andar, das amplas janelas podia observar tudo e todos, como uma rainha que olha de cima os súditos, o olho que tudo via, e para conquistá-lo tinha dado duro. No momento ansiava por se livrar dele.

Consultou o relógio ao ouvir a hora que falaram no outro lado da linha. O tempo estava apertado, e talvez ela acabasse se atrasando para o show mais tarde; naquela noite deveria se apresentar na boate. Se tudo desse certo. Se não... Preferia não pensar nisso. Tinha pouco tempo para se arrumar, considerando que faria a maquiagem mais complicada de toda a vida, e encerrou a ligação. Devolveu o caderno rosa ao colchão e escondeu o *pen drive* em um local que só uma pessoa poderia encontrar.

Respirou fundo, pensando nos planos para aquela noite. Era perigoso demais, mas precisava ser feito. Alguém precisava fazer aquilo. Maquiou-se, colocou os enchimentos de espuma para aumentar o quadril, os seios falsos e fartos sobre o busto, que serviu de esconderijo para o celular, entrou no vestido mais caro, apertado e difícil de tirar, um vermelho com lantejoulas douradas, colocou uma peruca da mesma cor do vestido e guardou a peruca loira da apresentação daquela madrugada num lugar em que não ficasse amassada, num suporte dourado que havia ganhado do namorado, Pavo. Saiu do apartamento sem olhar para trás.

Na rua, um carro preto a esperava. Vidros pretos, sem placa. Uma das janelas se abriu, revelando um rosto simpático. Dione olhou ao redor; ninguém à vista. Talvez, se tivesse olhado para cima, teria visto alguém, algum vizinho curioso monitorando seus passos pela janela, como ela tantas outras vezes fizera, vendo todo o vai e vem de moradores e visitantes. Só que não olhou. O homem pediu o convite e Dione Dite entregou o cartão dourado, tentando esconder o tremor das mãos, entrou naquele carro e nunca mais voltou para o bairro do Paraíso.

Como avisado com antecedência no convite, ela fora vendada. O destino era secreto, mas Dione sabia para onde estava indo. Só esperava conseguir sair de lá. Se não estivesse ciente do risco em que colocava a própria vida, estaria dando gargalhadas frente à ironia daquilo tudo. Pensou na mãe, a mulher que dizia que pajubá era a língua do diabo e que, um ano antes, jogara água benta em sua cara, arruinando a maquiagem que havia feito para uma apresentação. Ela havia descoberto que Téo fazia drag queen escondido e se convencido de que Dione Dite era obra do demônio que habitava o filho e origem do câncer que se espalhava devagar pelos órgãos da mulher, e então o expulsou de casa. Téo só a viu de novo uma vez, três meses antes, deitada no caixão. Só lhe restava imaginar o que a mulher faria se descobrisse que o filho se prostituía para conseguir pagar o aluguel, depois de ter sido expulso da própria casa.

Chegando ao destino, foi guiada para fora do carro e só retiraram sua venda quando ela já estava em uma escada com as demais prostitutas, mulheres, que chegavam da mesma forma. Nenhuma delas sabia onde estava.

Todas desceram até o fim das escadas, e ali um homem encapuzado abriu a porta. No cós da calça dele, preso a um coldre, havia uma arma.

O salão estava cheio de homens já seminus, aguardando-as ansiosos. Alguns escondiam o rosto atrás de máscaras. Não foi ali, naquele lugar repleto de apetrechos sexuais de sadomasoquismo, entretanto, que ela teve certeza de que sua vida terminaria naquela noite. Que não haveria mais shows, mais dinheiro, mais encontros com o garoto de quem gostava, que não haveria mais revolução. Que seria só mais uma pessoa LGBTQIAPN+ desaparecida, como Keila.

A certeza da sua morte chegou depois, quando, sem mais conseguir se fazer despercebida, mantendo-se pelos cantos, esquivando-se de alguns homens, vez ou outra tirando o celular do peito para fotografar escondida, procurando uma oportunidade de ir embora dali, sem conseguir se comunicar com o exterior, pois a porta fora trancada e não encontrava sinal de internet, chegou sua vez de ser usada. Algumas mulheres já estavam exauridas, deitadas pelo recinto, algumas choramingando, outras desmaiadas. Seu coração palpitava tão rápido quanto seus pensamentos, tentando achar uma maneira de fugir. Diante de si, apareceu um homem que ela já tinha visto muitas vezes. As mãos dele, mãos que já sentira antes, mãos que pareciam derretidas, envolveram seu pescoço. Não demorou muito tempo para apagar, sem ar.

Desnorteada, sem saber quanto tempo fazia que estava ali, confusa com o silêncio que invadia o ambiente, acordou, sentindo outras mãos no pescoço. Essas, nunca tinha sentido antes. Eram enormes, fortes e pesadas. O homem a quem pertenciam era desconhecido: Dione não o havia visto naquela noite nem em nenhuma outra. O olhar dele era imenso, assustador. Era cheio de tesão, fúria e, o pior de tudo, curiosidade. Como se quisesse saber até quando ela resistiria com aquelas mãos apertando seu pescoço. Era um rosto de que jamais se esqueceria, caso sobrevivesse. Ele então perguntou seu nome, e ela respondeu. A voz saiu rouca, dolorida, cada letra era uma navalha na garganta. *Dione*.

Por mais estranho que parecesse, e ela reconhecia a estranheza do pensamento, chegou a refletir sobre o que a mãe pensaria se a visse naquela situação. Quase podia ver o olhar dela de reprovação, ao descobrir o rumo que a vida da filha tomara, as escolhas que fizera, as decisões... Mas Dione havia tido poucas escolhas.

Não havia pensado muito na mãe nos últimos tempos. Nem sequer soubera se ela estava viva até meses antes, ao vê-la no caixão. Como será que haviam sido os últimos dias da mulher? Será que se lembrava do filho? De repente, uma enorme solidão assolou o corpo de Dione. Como se sentisse falta dela. Daquela mãe, daquela casa que um dia fora seu lar e onde os problemas eram menores. Queria poder voltar no tempo, para aquela época em que as coisas eram mais simples. Antes de sua mãe olhar para sua cara pela última vez em um fatídico dia e dizer, fria como o câncer que lhe corroía as entranhas, que, para ela, a partir daquele momento, o filho estava morto.

Tentou gritar, chorar, mas não conseguiu. A possibilidade da morte a aterrorizou. Nem tentou se mover, pois havia muito tempo estava imobilizada, recebendo tapas e mordidas e chicotadas para saciar a libido daqueles que se masturbavam com sua dor. Ouviu um grito, mas não soube dizer se era seu ou de outra pessoa. A realidade, naquele ponto, estava nebulosa. E à medida que o oxigênio que lhe restava no corpo era consumido, Dione Dite se afastava daquele mundo. Sua presença desapareceria. *Ao menos*, pensou ela, *a dor estava diminuindo*. Os hematomas, as mãos em seu pescoço, o pavor, nada disso sentia mais. Também não mais ouvia nem via. Lembrou-se de casa, da antiga casa, pela última vez, do piso de madeira gelado, como aquele no qual estava deitada no momento, e da mãe... Dione morreria ali de verdade, como a mãe sempre quisera. Só que a casa da mãe estava mais distante que nunca.

E a última coisa que sentiu, antes de tudo desaparecer para sempre na escuridão, foi um cheiro peculiar, familiar, até, de mangue.

1

Ninguém foge ao cheiro sujo da lama

Caminhava a passos lentos, sofridos, em um chão que não parecia sustentar seu peso, sob um céu que lhe pesava nas costas. O ar, de tão úmido, parecia afogá-lo devagar. A chuva veio aos poucos. Primeiro, os sinais: as nuvens densas, enormes, pesadas, escuras e barulhentas. Eram trovões cataclísmicos, apocalípticos, que tudo destroçavam, que tímpanos rompiam, que cidades levavam abaixo. Era Tupã, Raijin, Zeus, em toda a fúria, em raios que tacavam fogo em toda a existência. O aguaceiro veio logo em seguida, primeiro em gotas, depois em turbilhões, trombas-d'água. Ela, a água, caía incessante, parecia impossível haver tanto céu para tanta chuva, e já nada mais se conseguia enxergar, seus olhos ficaram encharcados. Também nada mais via, nem ouvia, encontrava-se submerso, envolto por toda aquela fúria da natureza, cheio de lama, folhas, madeira, sangue e cadáveres.

Tibério Ferreira acordou sobressaltado, sem fôlego, quase como se estivesse se afogando. O sol ainda tardava a entrar pelas grandes janelas do apartamento. Estavam abertas, as janelas e as cortinas; delas só passava a brisa fresca que ainda soprava àquela hora do dia. Em meio à penumbra, sentou-se na beirada da cama, colocando os pés descalços no piso frio e acendendo o abajur.

Levantou-se, incentivado pelo miado do gato que se espreguiçava em seu pé, pedindo comida. Depressa, com movimentos mecânicos de quem fazia aquilo todas as manhãs, arrumou o lado em que dormira, ajustando o travesseiro e alisando a coberta com as mãos até todas as dobras sumirem e inexistirem sinais de que alguém repousara ali. O outro lado estava intocado, como sempre.

Aproveitando que havia acordado mais cedo, resolveu dar mais uma arrumada no apartamento; já o havia feito na noite anterior, como sempre fazia antes de dormir. Era seu jeito de manter a mente focada e ocupada. "Mente vazia, oficina do diabo", não era o que diziam? Aquele seria um dia importante. Convidaria Afonso para jantar lá pela primeira vez. Ele mesmo cozinharia para os dois, comeriam juntos à mesa; Tibério nem tanto, pois estaria nervoso e sem fome; depois tomariam uma taça de vinho em frente à televisão, e ali, sentados no sofá, assistiriam a qualquer filme que já tivessem visto inúmeras vezes, enquanto Afonso lhe acariciaria dócil e com timidez a perna. E quando ele estivesse indo embora, levantando-se do sofá para dar-lhe um beijo rápido de despedida na bochecha, Tibério seguraria a mão do outro e falaria assim, pegando-o de surpresa, sem mais nem menos, sem rodeios: "Dorme aqui".

Tinha ciência de que era um homem de quarenta e dois anos e que aquelas inseguranças não deveriam mais existir. Ao mesmo tempo, também tinha plena convicção de que suas complicações eram grandes demais para a compreensão da maioria das pessoas. Afonso, porém, parecia ser uma exceção. Demonstrava paciência e respeito às suas limitações afetuosas. Mas Tibério havia mantido certa distância do homem por todos aqueles anos, tanto porque trabalhavam juntos quanto por causa de seus problemas pessoais, nunca permitindo que a relação entre os dois passasse de uma amizade cheia de tensão. Como fazia com todos à volta, Tibério nunca o deixou se aproximar *demais*. Tinha medo do que ele poderia descobrir.

No entanto, seguiria os conselhos de sua psicóloga de, aos poucos, permitir-se receber carinho daqueles que amava e nos quais confiava, e, assim, enfim diria a Afonso que estava pronto para o que o homem desejava havia tanto tempo.

Colocou a ração no pratinho de Gato, o gato preto e branco que fora encontrado numa cena de crime, trancado em um apartamento com os donos mortos na sala houvera dois dias, que correu ao ouvir o barulho da comida. Havia adotado aquele bichano como um teste. Resgatado daquela cena de crime, o animal teria sido levado para um abrigo, no qual, se não fosse adotado, sofreria um fatídico destino. Sua terapeuta já o havia aconselhado a adotar um animal, um cachorro, gato, tartaruga, peixe, o que quer que fosse, e ele, habituado a morar sozinho toda a vida adulta, rejeitara, de início, a ideia. Não saberia dar atenção, cuidar, fazer carinho, não saberia lidar com a sujeira, a bagunça, os pelos em cima dos móveis, muito menos suportaria manter preso um peixe ou pássaro em um espaço minúsculo. Mas ao ver o gatinho magricela abandonado naquela casa ensanguentada, ao lado de um homem e uma mulher mortos após um conflito doméstico, homicídio seguido de suicídio, sem comida, sem lar, sem pais, sem nome, sentiu que era a chance de ouvir os conselhos da psicóloga. Falhou em lhe dar um nome. Como poderia dar nome a um ser vivo tão inocente encontrado no meio de uma tragédia? E se ele já tivesse um nome? Chamou-o, por fim, de Gato. E Gato acabou por não tornar reais as preocupações que Tibério tivera: não exigia muita atenção, dispensava carinhos. Só exigia que lhe dessem comida na hora certa. E soltava poucos pelos. Era um companheiro ideal.

No banheiro, enquanto a cafeteira trabalhava na cozinha e Gato se empoleirava na mesa para observar aquele eletrodoméstico cujo barulho o fascinava, despiu-se e olhou-se no espelho, uma coisa que no geral desprezava fazer. Olhando aquele cabelo ralo, a barba grisalha por fazer, as rugas no rosto que denunciavam a idade, os olhos tristes e caídos, perguntava-se o que diabos Afonso via nele. Dos braços desviou o olhar, assim como das costas... não as olharia, pois havia marcas que preferia ignorar. Suspirou, fechou os olhos e entrou no chuveiro, deixando a água fria despertá-lo da noite maldormida.

Vestiu uma camisa social de mangas compridas. Apesar do constante calor e umidade da cidade, sentia a necessidade de esconder os braços a fim de evitar perguntas desnecessárias e, acima de tudo, manter os próprios pensamentos longe dos cantos obscuros da mente. Encheu a garrafa térmica com o café que o aguardava pronto, tomou os remédios diários (ansiolítico e antidepressivo) e despediu-se do gato, passando a mão pela pelagem macia e recebendo em troca um longo olhar sério.

Na saída, no corredor do andar, encontrou a vizinha, que chegava. Sâmia, uma jovem mãe solo, talvez uns quinze anos mais nova que Tibério, tentava girar a chave na porta, com a cabeça baixa e o cabelo loiro escondendo o rosto, como se esperasse que, se não estivesse vendo Tibério, ele não a veria. Estava de vestido curto, salto, a maquiagem borrada e um cheiro forte de álcool.

Quando enfim conseguiu abrir a porta, virou-se. Carregava um olhar cheio de vergonha, culpa e olheiras, de uma noite sem dormir, e que não dormiria, considerando que sairia para trabalhar dali a duas horas.

— Deixei Elis com a babá — confessou a mulher. Uma suspeita revelando na sala de interrogatório todos os crimes cometidos. — Mas ela é tão espertinha pra uma criança de nove anos, ela que deve ter sido a babá da moça, coitada.

Tibério deu de ombros, dando um risinho para acompanhar o da vizinha. Podia imaginar as dificuldades que Sâmia enfrentava para dividir o tempo entre ser mãe solo, trabalhadora e ter vida social. Ainda era jovem, tinha muito o que viver. Elis era uma criança bem introspectiva, não fazia algazarra, perguntas, nem o ficava encarando, apenas se recolhia no próprio universo, sem incomodá-lo. Tibério já cuidara dela algumas tardes, quando a vizinha precisara sair para resolver alguma coisa de última hora. Até gostava da companhia silenciosa da menina. E o gato também, que, para variar, tinha alguém com quem brincar vez ou outra.

— Todo mundo precisa se divertir — respondeu ele, dando um pequeno sorriso que fez os ombros de Sâmia relaxarem. — Mas você sabe que eu posso cuidar de Elis, se precisar.

— Eu sei, mas o senhor acorda cedo pra trabalhar e eu não quis incomodar — explicou ela, fazendo menção de entrar no apartamento.

— Não me incomodo. Da próxima vez pode me mandar mensagem — disse, por fim, apertando o botão de descer do elevador.

— Obrigada — agradeceu Sâmia em tom de despedida, abrindo um sorriso de alívio.

As ruas de Abaporu ainda estavam desertas e silenciosas àquela hora. Os postes de iluminação pública ainda acesos davam-lhe uma sensação estranha de conforto. Gostava daquele limiar entre dia e noite, quando a iluminação artificial e a natural começavam a digladiar. Ali, cercado por tanta gente adormecida nos próprios apartamentos, sentindo-se o primeiro a acordar, sozinho, naquela cidade cujas ruas em breve estariam abarrotadas de gente e veículos, e onde em breve seria afogado por tanta interação social e contatos físicos indesejados, sentia-se livre e bem.

E assim, após o primeiro gole no café da garrafa, seguiu para a saída da cidade, numa direção de todo oposta à de seu trabalho. Quando o ar começou a ficar mais puro e úmido, e os prédios altos deram lugar a casas que iam diminuindo mais e mais de tamanho, no limiar da zona urbana, onde só havia pequenas propriedades rurais, casas de pescadores, artesãos, agricultores, e quando até essas deram lugar a árvores, Tibério soube que havia deixado a cidade e chegado ao manguezal.

A maré estava baixa naquela manhã de segunda-feira. Sua canoa estava ali encalhada na lama, amarrada em um tronco fincado na terra, próximo à estradinha de barro na qual costumava estacionar o carro. Era pequena o suficiente para duas pessoas se sentarem e para ficar escondida entre as árvores. Tirou os sapatos, calçou a bota de borracha que ia quase até os joelhos e foi até a embarcação, afundando os pés na lama que borbulhava cheiro de ovo podre. Sob os pés, corria um ou outro caranguejinho, assustados com a invasão.

Puxou o bote até o rio, pelo qual o vento, livre das árvores, soprava forte e úmido com cheiro de mangue e maresia. Remou até o ponto exato entre as duas margens, deixando-se levar pela corrente fraca, deitando-se no bote e encarando o céu limpo, que abrigava o sol ainda ameno. A água agitava a embarcação de leve, como uma mãe a balançar o berço do filho, o barulho discreto da água trombando com a madeira da canoa, que estalava de leve com a agitação. Fechou os olhos. Ainda tinha pelo menos vinte minutos antes de ter que pegar o carro e voltar para a cidade, e deixou-se levar para um lugar distante, sem cidades, sem humanos, onde a floresta ao redor se estendia por quilômetros e ele era o último homem restante na Terra. Àquele rio, o rio Abaporu, tinha tudo a agradecer. O rio o havia salvado uma vez e continuava a salvá-lo dia após dia, naqueles minutos de meditação e contemplação. Como o de tantos animais que ali viviam, alimentavam-se e reproduziam, aquele também era o refúgio dele.

Estava quase cochilando quando o silêncio, do vento e dos pássaros que voavam em bando por cima do largo rio e da vasta mata, foi quebrado por um barulho de motor distante. Abriu os olhos e se levantou, sentando-se na tábua que servia de assento. Ao redor, nada viu, apenas a água marrom e calma, cercada pelo verde das árvores, e as raízes expostas pela maré baixa.

Mas então olhou para o lado e viu, quase a perder de vista, uma canoa virando na curva do rio, indo em direção ao mar e sumindo atrás das árvores. Ainda pôde distinguir, em cima da embarcação, uma pessoa de costas vestindo uma camisa branca suja de lama até a metade do tronco e um boné verde e branco, com uma grande lona preta amassada atrás dela.

Lembrou-se dos pequenos caranguejos que passaram pelos seus pés ao chegar ali. Era época de reprodução. Os caranguejos ainda eram filhotes e a pesca estava proibida. Tirou a lona que cobria o motor, ligou-o e fez impulso em direção à canoa. Eram raros os momentos em que encontrava guardas-florestais por ali fiscalizando, então tomou a iniciativa de verificar por conta própria se a pessoa da canoa fazia algo ilegal.

Estava prestes a fazer a mesma curva que ia em direção à foz do rio quando um relance na visão periférica chamou sua atenção. Uma quebra na monotonia das cores verde e marrom. Viu no canto direito da vista, entre galhos e raízes, um brilho dourado e vermelho.

Desligou o motor da canoa e, a remo, aproximou-se da margem. Na lama emersa viu um rastro, indicando onde a outra canoa havia encostado, e, saindo dela e indo em direção à mata, pegadas profundas. Deixou o barco encalhar num ponto distante de onde o outro barco havia parado e desceu, mergulhando a bota na água e lama, e caminhando, com certa dificuldade, certificando-se de passar longe das pegadas que faziam um caminho paralelo ao seu. Curioso, olhou para as outras pegadas, que pareciam bem mais profundas que as dele. Ou a outra pessoa tinha o dobro do seu peso, o que não parecia, levando-se em consideração o tamanho da silhueta que havia visto na canoa, ou carregava algo muito pesado. O sol começava a esquentar, projetando um ar úmido e abafado pela copa das árvores, enquanto ele caminhava a passos lentos e sofridos naquele chão que não parecia sustentá-lo, com os pés afundando na lama mole e molhada. Naquele momento teve um *déjà vu*. O pesadelo que tivera naquela noite voltou à sua memória como um baque de uma enxurrada. Terror, caos, devastação. Sonhos vívidos que mais pareciam lembranças. Podia sentir o gosto da água, da lama, do sangue. Caminhou, atordoado, sem fôlego, a visão turva, e até o cheiro de putrefação, que havia sentido naquele sonho horrível, sentia de novo.

O ar, já abafado, quente e pesado, ficou ainda mais. Ele mal conseguia respirar. A visão de repente ficou turva, e nos ouvidos só escutava o coração que retumbava. Caminhou tateando as raízes dos manguezais: tremiam, as mãos e as pernas. Parecia que estava outra vez naquele pesadelo.

Um. Dois. Três. Contou na mente, tentando se acalmar. *Um. Dois. Três.* Em situações como aquela, em que parecia perder o controle de tudo, sobretudo de si mesmo, tentava racionalizar. *Você está tendo uma crise de ansiedade*, repetia na mente. A ele era incompreensível o que havia desencadeado aquilo; estava acostumado a sonos profundos, imperturbáveis, sem sonhos. O mangue era um velho conhecido seu, e cadáveres e sangue ele via todos os dias no trabalho; não havia motivos para estar surtando.

Um. Dois. Três. Recontou, inspirando e expirando bem fundo. Funcionou. Tudo parecia estar voltando ao lugar, como se seu corpo se restabelecesse na realidade, a visão aos poucos recuperando o foco, o ar voltando aos pulmões, o chão de volta ao lugar, e o cheiro... o cheiro de putrefação continuava. Recostou-se em uma árvore, sem se importar com a lama seca que talvez sujasse a roupa, apoiando a mão em uma das raízes que se projetavam do solo num emaranhado que se assemelhava a um monstro de mil braços. No momento ouvia um zumbido distante.

Um. Dois. Três. Só então percebeu que o que tocava com a mão não era madeira, lama, tronco, ou qualquer coisa natural que ali pudesse estar. Era sintético. Tecido. Era comum encontrar lixo ali entre as árvores; então, antes que a curiosidade o fizesse olhar para trás, tateou o material de olhos fechados enquanto repetia o mantra "um, dois, três", tentando voltar à calma, tentando entender o motivo de ter perdido o controle naquele lugar para onde ia justamente buscar o controle e a calma, respirando fundo, sentindo a textura, elasticidade, imaginando de onde viera, que vestimenta havia composto, como fora parar ali, largado sujo nas águas do mangue, onde seria levado para o mar e lá permaneceria pelos próximos séculos.

Um. Dois. Três. Quando percebeu que o odor ainda estava lá e o zumbido persistia no ouvido, virou-se.

Contorcido entre as raízes da árvore de mangue, um vestido de tule vermelho adornado por lantejoulas douradas decorava um corpo empalidecido. O rosto, Tibério não conseguia ver, pois a cabeça estava virada atrás de um galho; dali pendia o cabelo longo, liso e vermelho, como fogo e como o vestido, e moscas sobrevoavam, alvoraçadas, em uma algazarra de zumbidos.

Sobressaltado, deu um pulo para trás.

Pôs a mão no bolso e retirou o celular, que de modo surpreendente tinha sinal ali no meio do nada, e ligou para a central de polícia pedindo reforços.

Recostou-se em uma árvore, afastado do cadáver, enquanto aguardava a polícia, lamentando a ruína daquela manhã tranquila que reservara para si, naqueles poucos minutos antes de o caos do dia acabar com o sossego e os fantasmas do passado voltarem a tentar o assombrar, trazendo de volta à superfície lembranças que havia muito tempo tentava enterrar e uma vida, que no momento lhe parecia estranha, da qual tentava fugir.

Mas ninguém foge ao cheiro sujo da lama, pensou Tibério.

2

Deusa das ninfas

Por mais que apreciasse uns bons minutos de trégua da sociedade, a demora da polícia para chegar ao local começava a preocupar Tibério. Sobretudo devido à água que começava a correr sob seus pés em pequenos córregos: a maré estava subindo. Em menos de uma hora, tudo estaria submerso e todas as evidências seriam lavadas. Viu um pequeno siri azulado se aproximar do cadáver, curioso, e depois se afastar.

Com o avançar do dia e o sol cada vez mais forte, ali entre as árvores, barrado do vento que corria livre por cima do rio, o calor começava a incomodar. O ar abafado e a subida da maré começavam a trazer os mosquitos de volta. Por sorte, estava de calça e os braços, cobertos pelas mangas compridas, mas os bichos procuravam suas mãos e nuca.

A polícia chegou meia hora depois, em canoas emprestadas de pescadores locais. Já se preparava para as perguntas, iriam querer saber o que ele estava fazendo no mangue, e sua resposta só adicionaria mais um item à lista de estranhezas para as pessoas fofocarem na copa da delegacia.

Aguardou os policiais na margem do rio, coordenando a entrada do pessoal para que ninguém pisoteasse as evidências. Alguns seguiram o curso do rio em direção à canoa que Tibério havia visto, mas sem esperanças de encontrarem algo, pois muito tempo havia passado. Acenou para que Omar, o investigador jovem demais, mas em quem mais confiava, e Gabriella, a perita, descessem. O restante ficou esperando nos barcos até que eles liberassem a cena do crime.

Agradeceu mentalmente por terem enviado Gabriella e não Gutemberg. Ela, pelo menos, não esbarrava nem derrubava evidências. Gostava dela. Era jovem, mas competente, sempre pontual e empenhada no trabalho. Carregava nas costas o peso da responsabilidade de ser a primeira e, por infelicidade, única mulher transgênero na polícia de Abaporu, e Tibério via o quanto ela estava sempre se esforçando para ter o melhor desempenho possível no trabalho. Atrás dela estava Antônia, a analista laboratorial que não parecia nada feliz em pisar fora do laboratório. Não a julgava, ir a cenas de crime não fazia parte do escopo do cargo. Consequências do orçamento reduzido.

Antônia carregava uma câmera fotográfica pesada no pescoço, e Gabriella, amarrando o longo cabelo encaracolado e em seguida cobrindo-o com uma touca, falou para que se apressasse em fotografar as pegadas.

— Afonso mandou pra tu — informou Omar, aproximando-se de Tibério com discrição e entregando-lhe um pacote marrom.

Era um sanduíche. Sorriu e deu a primeira mordida. Homus, falafel, mostarda, tomate. Faltava só o café.

Quando terminou de comer, abriu os primeiros dois botões da camisa, pois o calor estava ficando insuportável. Ele e Omar esperavam as colegas terminarem o registro da cena.

— Se os rapazes puderem nos ajudar, estamos correndo contra o tempo aqui — comentou Gabriella, que coletava algo com uma pinça no chão próximo ao cadáver, levantando-se e virando-se para eles, e então acenando para que se aproximassem.

Tibério se aproximou após se certificar de que a perita não ficaria ofendida com a intromissão.

Enquanto ele analisava visualmente o cadáver, Gabriella entregou uma prancheta a Antônia, que havia acabado de fotografar os arredores, e pediu que anotasse tudo que o policial falasse, enquanto ela continuaria a coletar evidências. Tibério cruzou as mãos atrás de si e falou em voz alta tudo que observava, sob o olhar atento de Antônia e de Omar:

— O corpo não está sujo de lama, apenas uma ponta do vestido. Não há um rastro no chão entre a margem do rio até aqui, e sim pegadas, o corpo foi carregado. Sem contusões visíveis. Sem sangue. As unhas estão sujas de terra escura; não é lama. A pele esbranquiçada indica que o corpo está sem vida há muitas horas. Gabriella, qual a temperatura ambiente? — perguntou, e a perita o informou:

— Trinta e dois graus.

Vasculhou a mente tentando lembrar a temperatura da noite anterior. Calçou as luvas e tocou a pele do cadáver, um pouco gelada, e, levando-se em consideração a temperatura ambiente e a velocidade com que o corpo humano se resfriava, estimou um tempo de morte de dez horas. Contudo, apenas o médico-legista confirmaria com exatidão. De todo modo, ela havia sido morta na noite anterior, trajando o vestido de sair, cheio de brilho e glamour.

Após o corpo ter sido fotografado, o policial revelou o rosto da vítima, oculto pela árvore acinzentada. O cabelo jogado sobre o rosto na verdade era uma peruca, que estava saindo do lugar, mostrando as raízes pretas do cabelo e o rosto com a maquiagem que escorria. Parecia ter cerca de vinte anos. Tinha um olho roxo, um lábio cortado, uma marca de esganadura no pescoço.

Foi quando ouviu atrás de si um arquejo de assombro e o barulho da caixa de evidências que Gabriella derrubara. Virou-se, sobressaltado, para trás. Ao fazer isso, sua mão ainda segurava o rosto do cadáver, e o corpo acabou se movendo e despencando na lama. Com a queda, o vestido se rasgara, expondo um pouco o corpo, e assim eles viram pequenas contusões nos braços, que antes estiveram escondidas pelas mangas compridas.

— Você a conhece? — perguntou Tibério, pensando que a perita já tinha visto coisa pior para ter aquela reação exagerada.

De repente, ele sentiu uma dor pontiaguda na base da nuca. Quis massagear, mas estava de luvas.

Só que Gabriella não respondeu à pergunta, no momento chorava, segurando-se para não cair em prantos, enquanto Omar se aproximava para consolá-la.

— Quem é, Gabi? — perguntou o outro policial, envolvendo os ombros da mulher com o braço e afagando-a com uma das mãos.

Tibério gostaria de ter aquela capacidade de acalentar as pessoas, sempre achava que dizia as coisas erradas e agia de maneira ainda pior.

— Dione Dite — respondeu ela.

Dione, a deusa das ninfas, dos espíritos femininos, pensou Tibério. A mãe de Afrodite, a deusa do amor.

Ao mover a cabeça, tentando alongar o pescoço para se livrar daquela dor que era um possível resultado da noite maldormida, viu, na mão da vítima, que no momento estava aberta, uma cruz de madeira.

— Dione... Dite? — perguntou Omar, espantado, e Tibério voltou a olhar para eles, perguntando-se por que todo mundo parecia conhecer o nome, menos ele. — Do Paraíso?

Ouvir aquele nome causou em Tibério uma sensação ruim, uma comichão em todo o corpo, e a dor na nuca parecia só piorar. Paraíso. Um bairro delicado de Abaporu. A notícia daquela morte seria difícil para algumas pessoas de lá.

Vendo que a água do rio começava a chegar aos pés, aproximou-se do cadáver para ver se havia mais alguma evidência no entorno do corpo, entre as raízes das árvores. Nada parecia fora do lugar. Nenhum sinal de luta. O corpo só havia sido descartado ali. Agachou-se perto do braço estendido sobre a lama, para observar a cruz de perto.

A vítima tinha mãos grandes, no exato tamanho para fechá-las em torno do objeto. A cruz era de madeira, encrustada com pedras brilhantes e esculpida com detalhes em baixo-relevo. Estava presa a um cordão de couro, enrolado no topo da cruz.

Após se acalmar, mas sempre evitando contato visual com o cadáver, Gabriella retirou com cuidado as joias da vítima, os brincos, os anéis, o colar e o crucifixo que carregava na mão, e os colocou em sacos de evidências. E, levando-se em consideração a angulação das pegadas e o local do corpo, onde com certeza o suspeito havia se apoiado com a mão, podendo ter deixado uma marca na lama ressecada, retirou pedaços da casca do tronco da árvore.

Fez sinal para o colega, indicando que haviam terminado o trabalho, e Omar organizou a equipe que retiraria dali o corpo, tomando o cuidado de cobrir os pés e as mãos da vítima e envolvendo o cadáver num grande saco branco. O tempo todo Tibério pensava naquele colar. Destoava naquela cena, na mão daquela vítima. Dione Dite não parecia uma pessoa religiosa. O mais desconcertante era que ele sentia que já tinha visto aquela cruz em algum lugar. Não era como se ela fosse familiar, não, era muito mais que isso: era como se conhecesse aquela cruz de maneira íntima. Mas não lembrava, não exatamente. Como se uma névoa, ou uma fina cortina, o separasse de uma lembrança que estava logo ali.

Era quase como se alguém, de tempos passados esquecidos e entorpecidos, tivesse deixado aquela pequena peça em especial para ele.

— Tu conhecia essa drag? — perguntou Gisele, uma policial da unidade de prevenção ao crime que havia ido acompanhar os investigadores e peritos, depois que Omar falara quem era a vítima encontrada no manguezal.

Estavam na canoa, sendo agitados pelas ondas do rio, indo contra a corrente em direção à margem em que Tibério estacionara o carro.

— Todo mundo conhece. Ela sempre tá nas baladas do centro da cidade — respondeu Omar, que Tibério sabia ser um festeiro. Sempre insistia para que ele o acompanhasse numa das baladas, mas Tibério todas as vezes dava a mesma resposta: era velho demais para isso. O pensamento daquele monte de gente suada e barulhenta apertada num lugar fechado e abafado lhe dava calafrios. — Mas sempre a vi de maquiagem. Só soube que era ela porque Gabi falou.

Tibério notou que a policial se arrepiou, olhando para o outro lado. Gisele não era fã de ver gente morta, gostava de fazer patrulhas e atender a chamados, mas ir a cenas de crime era algo que evitava. Gostava de chegar antes de o crime ser cometido.

Já Omar olhava, melancólico, para a mulher. Reprimia um grande afeto que tinha por ela, e o escondia bem, inclusive da policial, mas não de Tibério, que estava sempre observando, e via os olhares longos e desejosos, via como ele ficava desajeitado quando ela lhe dirigia a palavra. Os dois dariam um ótimo casal; havia algum equilíbrio na relação entre eles, mas aquilo nunca daria certo até que Omar superasse o medo de relacionamentos que duravam mais que dois dias, e Gisele, o medo de intimidar o colega caso tomasse alguma atitude. Entretanto, Tibério evitava se intrometer, como de hábito. Ele era um mero observador.

O bairro Paraíso era famoso pela intensa vida noturna, bares e boates LGBTQIAPN+, abrigos para jovens expulsos de casa, e prostituição. Era como um refúgio para aquela comunidade, o próprio manguezal; lá Dione Dite era conhecida pelas performances nas boates como drag queen. Se havia alguém que conhecia aquele bairro como a palma da mão e podia lhes dar informações sobre Dione, era Samuel, um antigo amigo de Tibério, fundador e diretor de uma ONG que acolhia jovens em situações de risco.

Dar a notícia da morte de Dione iria lhe causar uma dor que Tibério não estava a fim de infligir. Só que alguém precisava fazer o trabalho, e melhor que fosse ele.

Estava sem uniforme policial, mas o parceiro estava fardado, o que atraía olhares pouco amistosos naquele bairro no qual a polícia era malvista, devido ao péssimo histórico de batidas policiais movidas por preconceito. Depressa subiram no prédio, uma construção antiga, de tinta descascada e suja de fuligem, com pequenas janelas protegidas por grades. Uma placa metálica enferrujada ao lado da porta anunciava o nome da construção: Edifício Silvetty.

Foram recebidos por Pilar, uma coroa de cabelo pintado de verde, esposa de Samuel. Ela cumprimentou Omar com um abraço longo e apertado. Pilar sabia que Tibério era uma pessoa pouco sociável e sempre insistia para que ele recebesse os amigos em casa. Omar era um dos poucos amigos de Tibério do trabalho, além de Afonso. O jovem entrara na polícia havia cinco anos, e desde então os dois foram parceiros em inúmeras investigações. Acabaram por se aproximar mesmo tendo pouco em comum.

Quanto a Tibério, ela se limitou a segurar os braços dele e apertá-los amorosamente; sabia que ele não era um homem de abraços. Quando entraram, o velho Samuel apareceu com um pano de prato molhado jogado por cima do ombro e as sobrancelhas arqueadas em preocupação.

— Pela cara já sei que não vieram aqui tomar café. E Omar fardado? Só posso esperar o pior — falou Samuel, colocando a mão no peito e sentando-se no sofá, fazendo sinal para que eles fizessem o mesmo. — Por Cher!

— Não queria dar essa notícia — disse Tibério, acomodando-se no sofá oposto e enxugando com o dorso da mão o suor que escorria na testa.

— Tu me conhece há quanto tempo, Tibério? Trinta anos? — antecipou-se o velho. — A gente se conheceu no meio de uma tragédia. Minha vida foi uma avalanche de notícia ruim atrás da outra. Não há nada que tu possa me dizer agora que eu já não tenha vivido. Desembuche.

O velho Samuel não era tão velho. Tinha cinquenta e cinco anos. Treze anos mais velho que Tibério. Porém, chamavam-no assim devido às tantas coisas que havia vivido. Crescera numa fazenda no interior com os pais, até que foram obrigados a deixar a cidade por causa da construção de uma represa. O pai de Samuel ali ficou para morrer. A depressão levou a mãe pouco tempo depois. Samuel viveu nas ruas, como os jovens que hoje em dia ele tenta ajudar. Sobreviveu, entre outras tragédias, ao desastre ocasionado por aquela mesma represa, que estourou. Tibério perguntava-se do que seria chamado caso soubessem o que ele próprio tinha vivido.

— Encontramos o corpo de Dione Dite num manguezal — revelou, por fim, sem rodeios.

Curto e grosso, sem a medição de palavras afetuosas que Omar usaria para falar uma coisa daquelas. Mas o velho sabia que aquele era o modo de Tibério falar.

Samuel continuou encarando-o como se aquilo não o surpreendesse. Pilar, por outro lado, esmurrou a mesinha ao lado de onde estava sentada, fazendo cair do gancho um telefone antiquado.

— Sabia que uma hora isso ia acontecer — retrucou o velho, retirando o pano de prato do ombro e colocando-o sobre as pernas para, em seguida, começar a dobrá-lo meticulosamente.

— Por que o senhor diz isso? — perguntou Omar ao seu lado.

— Dione faz programas. Fazia. Programas de luxo. Fazia coisas com sadomasoquismo. Deve ter se envolvido com clientes violentos, pois as últimas vezes que a vi, tinha marcas no corpo — contou o velho, e Tibério viu Pilar balançar a cabeça em reprovação. — Roxas, de pancadas. Eu diria que ela tinha sido agredida se eu não soubesse o que fazia.

— Você sabe o nome de algum cliente? Algum lugar que ela ia para encontrá-los? — perguntou o policial.

— Não, ela não falava dessas coisas — negou o velho.

— Uma vez ela me pediu analgésicos, se queixando de dores nas costas — interveio Pilar, arrancando uma expressão de surpresa do marido. — Disse que era um cliente que às vezes gostava de passar dos limites. Eu disse que ela devia chamar a polícia, mas Dione era teimosa, falou que ele pagava bem. — A mulher cerrou os punhos. Não sabia dizer se ela tinha raiva do cliente, de Dione ou dela mesma. — Quando perguntei quem era, ela só fez um sinal da cruz e fechou a boca com um zíper imaginário, em deboche. Nunca mais falou disso.

— Vamos precisar falar com os moradores do prédio — interrompeu Tibério, já prevendo a careta que o velho faria.

Não gostavam de policiais por ali, muito menos fazendo perguntas.

— Mesmo que alguém saiba de algo, não vão falar. Não pra vocês. Deixe que eu dou uma sondada — sugeriu Samuel.

— Ela era religiosa? — questionou Tibério, lembrando-se do colar que lhe era familiar.

Samuel deu um risinho irônico.

— Quando foi a última vez que o senhor a viu? — perguntou Omar, mudando a direção das perguntas.

Já tinham um pequeno perfil da vítima, logo precisavam refazer os passos dela.

— Ontem à tarde. Ela tinha uma apresentação numa boate à noite e tinha ido comprar roupas. Passou aqui pra me perguntar o que eu achava. Todas lindas. Tinha um vestido vermelho com lantejoulas magnífico. Ela sempre passa aqui nas manhãs depois dos shows pra doar pra nossa organização uma parte do cachê. Mas hoje ela não apareceu — respondeu Samuel, adquirindo um semblante soturno, que fez o coração de Tibério apertar.

Não gostava de ver aquele homem, que estava sempre sorrindo, triste. A tristeza, Tibério achava, só cabia a ele próprio.

— Ela morava aqui perto? — perguntou Tibério.

— Aqui no prédio, no último andar. Morava sozinha, não tinha família. Não que eu saiba — respondeu o velho.

— Pode nos levar lá? — pediu, levantando-se.

Talvez no apartamento houvesse alguma pista. Talvez ela estivera sendo perseguida, ameaçada, ou talvez alguém a tivesse atacado e a levado do apartamento. Muitas hipóteses corriam pela cabeça dele, embora as estatísticas apontassem que era provável que ela tivesse sido atacada aleatoriamente na rua enquanto voltava para casa, vítima por apenas ser quem era.

A porta estava destrancada e o apartamento, todo em ordem. Na cozinha, o prato sujo da última refeição de Dione Dite. No quarto, acumuladas em cima da cama, dezenas de vestidos, saltos e perucas, provavelmente de quando ela escolhera algo para usar na noite anterior. No armário, Tibério viu chicotes, mordaças e amarras. Nada parecia faltar. Documentos e correspondências revelavam o nome real: Téo.

Tibério notou que o colchão estava desalinhado com a base, como se tivesse sido movido. Um ótimo lugar para esconder segredos. Pediu ajuda a Omar, e levantaram o colchão, mas não havia nada ali.

Saíram de lá apenas com um notebook, embalado para a análise, e destinados a irem até a Hell, a boate em que Dione Dite se apresentava. Precisavam estabelecer um cronograma, uma linha temporal com o percurso que ela poderia ter feito e os lugares onde poderia ter sido atacada.

Desciam a escada do prédio, logo após se despedirem de Samuel e Pilar, que insistiram para que ele os visitasse mais vezes e trouxesse Afonso, que nunca mais tinham visto, quando passaram por duas drag queens que subiam a mesma escada.

Uma delas, de pele preta, peruca platinada, lisa e longa, mascava um chiclete com violência, exagero, o barulho da mastigação tomando conta de toda a construção. Vestia um maiô colado ao corpo magro, sem curvas e sem enchimentos, enquanto a outra, branca e de peruca preta e curta, exalava um perfume forte, adocicado, e ostentava um quadril largo, moldado por um enchimento de espuma, com um espartilho que evidenciava a cintura fina. Ambas estavam descalças, carregavam os saltos nas mãos, e a maquiagem desgastada denunciava que estavam voltando de uma noitada. Nos pulsos, Tibério viu as pulseirinhas de papel de uma boate. Em letras pretas garrafais sobre o fundo rosa-choque estava escrito "HELL".

— Como foi o show de Dione? — perguntou Tibério, de repente, como quem não queria nada, chamando atenção daquelas que estavam dispostas a passar despercebidas.

— Não teve. Cancelou de última hora e nem deu satisfação — respondeu, ríspida, uma delas, a do perfume forte. Olhou com desprezo para o uniforme de Omar. — Policiais não mostram as caras por aqui. A não ser que sejam *strippers* ou estejam procurando uma puta. — Então deu um passo em direção a Tibério, descendo um degrau e, olhando apreensiva em seus olhos, perguntou: — Tão fazendo o que aqui? Aconteceu alguma coisa com Dione?

Com discrição Tibério olhou para a outra drag, concentrada em algo dentro da bolsa que carregava no ombro. Remexia ou procurava alguma coisa. Parecia agitada.

— Nada pra se preocupar — adiantou-se Omar, pegando Tibério pelo braço e puxando-o para descer. — Obrigado pela informação, já estamos de saída.

Quando estavam descendo a escada, Tibério ouviu as duas drag queens conversarem baixinho uma com a outra enquanto subiam os degraus, mas não baixo o suficiente para escapar da audição aguçada do investigador as seguintes palavras, na voz daquela que usava perfume forte e peruca preta:

— Se não quiser ser a próxima, é melhor ficar calada.

3

Drag queens estão sempre com pressa

Gabriella sabia que tinha uma reputação pela qual zelar. Era biomédica, com mestrado e doutorado, altamente competente, mas sabia que, por ser mulher naquele ambiente de trabalho hostil e masculino, para sempre seria tachada de sensível, fraca, nova demais, a que chorou ao ver um cadáver. Além disso, era negra, o que significava que precisava trabalhar em dobro e se esforçar ao máximo para ser respeitada e reconhecida por aqueles homens brancos. Ao mesmo tempo, sabia o que esperavam dela por ser trans e preta: que fosse forte, brava, barraqueira. Estava cansada daquele esforço constante de moldar as atitudes para deixar os outros confortáveis com as expectativas que tinham.

Seu trabalho sempre foi impecável, nunca se atrasou, sempre entregava os laudos antes do prazo esperado, nunca tirou férias, nunca reclamava quando lhe designavam uma cena de crime com poucos peritos para ajudá-la. Acima de tudo, Gabriella sentia a necessidade de se mostrar perfeita para o mundo porque, não bastasse tudo isso, era a primeira mulher trans na polícia de Abaporu, então estava sempre sob holofotes e olhares curiosos e cruéis que esperavam sua falha. Por esse motivo foi uma grande decepção, em especial para si própria, quando chorou, mesmo sendo pela primeira vez, na cena do crime no mangue. Para completar, o surto ainda fizera Tibério derrubar o cadáver, antes mesmo que Antônia, a assistente do dia, pudesse fazer todas as fotografias.

Não parava de pensar em Dione Dite. A rainha do Paraíso. A mais famosa e promissora drag queen que já pisara naquela cidade. Tão jovem e talentosa. Dione era a queridinha daquele bairro famoso pela grande comunidade LGBTQIAPN+. Foi lá que Gabriella entendeu a própria identidade, nas idas frequentes à Hell (lembrava-se bem da primeira ida à boate, aos dezoito anos, acompanhada pela mãe); lá teve os primeiros contatos com pessoas queer e cultivou as maiores amizades. Foi lá também que conhecera Téo, o garoto meigo e sempre sorridente que atendia pelo nome artístico Dione Dite quando se apresentava como drag queen.

Era de praxe um perito acompanhar a autópsia. Só que pela primeira vez desejou que alguém pudesse substituí-la. Escondeu-se atrás do médico-legista, Afonso, enquanto o homem se preparava para vasculhar o corpo e, em seguida, abri-lo, tentando fazer com que ele não notasse que hesitava olhar para o jovem morto.

O legista colocou os óculos, que até então estavam pendurados no pescoço por uma delicada corrente, vestiu as luvas e adotou uma postura ereta de concentração. Por baixo do jaleco havia costas largas. Gabriella tinha certeza de que se ele não tivesse aquele ar intelectual intimidante, que beirava o esnobe, conquistaria o coração de várias pessoas na central de polícia científica, que não resistiriam àquela barba bem-feita e ao cabelo preto perfeito e arrumadinho.

Já em Gutemberg, paralisado ao lado do legista, faltava charme. Era dolorosamente tímido e desengonçado, não conseguia nem falar com uma pessoa sem desviar os olhos. Ainda tinha a aparência de bebê de um recém-formado e contratado.

— Causa da morte: asfixia por esganadura — declarou o legista, aproximando a mão do pescoço de Téo. Gabriella pegou a prancheta e anotou tudo que Afonso dizia. — Vítima: homem, vinte e dois anos. Sem sinais de relações sexuais antes da morte. Esganadura executada por mais de uma pessoa, posso ver várias marcas de diferentes mãos no pescoço.

Gabriella observou o aglomerado de marcas roxas no pescoço do jovem. Não era possível distinguir um padrão único de mãos.

— Hora estimada da morte: onze horas atrás.

A perita observou os diversos hematomas pelo corpo morto. Alguns antigos, outros mais recentes. A maioria da noite do crime. Alguns eram de pancadas com objetos difíceis de serem identificados, de diversos formatos, compridos, retangulares, esféricos; alguns eram murros; outros, mordidas. Ele parecia ter sido atacado, mas, ao mesmo tempo, os ferimentos não eram tão intensos. Gabriella observou o legista pegar o kit de coleta de DNA e esfregar as hastes de algodão nas marcas de mordida.

— Alguém removeu a maquiagem e a peruca — constatou a perita, apontando para o resto de pó deixado no contorno do rosto e para as presilhas e resquícios de cola no cabelo.

— Por que você acha isso? — indagou Afonso, curioso.

— Téo era uma drag queen famosa, se maquiava profissionalmente desde que era adolescente. Sabia como tirar maquiagem. Se tem resto de maquiagem, é porque outra pessoa tirou — argumentou, certa do que dizia.

— Ele poderia estar com pressa, e por isso a maquiagem está mal tirada — opinou o auxiliar de necrópsia, Gutemberg, aproximando-se do cadáver e analisando aquele rosto.

— Drag queens estão sempre com pressa — contrapôs a perita.

4

Dorme aqui

Após a visita a Samuel, Tibério foi até a central de polícia científica e desceu direto para a sala de necrópsias, perguntando-se por que diabos as pessoas insistiam em construir coisas abaixo da terra, quando havia tanto espaço para cima, seguindo depressa por aquele corredor claustrofóbico e com um eterno cheiro de desinfetante. Encontrou Gabriella, que saía da sala com a câmera fotográfica e uma prancheta.

— Vou passar as fotos para o computador. Afonso está terminando a necrópsia e Antônia vem pegar as amostras mais tarde. O senhor pode passar aqui daqui a dois dias, que ela deve ter alguns resultados — orientou a perita quando passou por ele, inteirando-o dos avanços na investigação como se ele fosse o responsável pelo caso.

Não era, ainda não haviam tido uma reunião com o delegado, mas, provavelmente, como em geral acontecia, o delegado escolheria Tibério como o inspetor responsável pela investigação.

— Sim, senhora — respondeu, provocando um riso envergonhado na moça, e foi até a porta da sala, no final do corredor, e dali ficou vendo pela janela de vidro Afonso trabalhar.

O médico-legista trabalhava concentrado, abrira o corpo da vítima e tirava medidas e pesos. Os óculos no rosto davam-lhe um aspecto intelectual e interessante que despertava em Tibério uma sensação que o desconcertava. Uma agitação no fundo do estômago. Queria abraçá-lo, envolvê-lo e beijá-lo. Esperou do lado de fora, mesmo detestando aquele corredor sem janelas, sem querer interromper o homem.

Aguardou longos minutos, até que Afonso se virou para a porta, talvez atraído por um movimento na visão periférica, e a face iluminou-se num sorriso ao encontrá-lo. E assim, conquistado pela sinceridade daquele sorriso, Tibério entrou e aproximou-se do homem.

— Obrigado pelo café da manhã reforçado — disse Tibério.

— Você deveria parar de sair tão cedo de casa sem comer — repreendeu o outro.

— E você deveria parar de se preocupar tanto comigo — respondeu, arrancando outro sorriso do legista, que deixou os óculos caírem sobre o peito e o encarou com os olhos brilhantes e pretos que tanto o encantavam.

Sempre foi reticente em relação a Afonso... assim como era com todo mundo. Foi uma amizade que se desenvolveu devagar, apesar de intensa. Conheceram-se naquela mesma sala de necrópsias quatro anos antes. Tinha ido até lá se certificar de que o legista, um velho incompetente que mais cochilava em serviço do que fazia necrópsias, estava trabalhando, pois precisava de um resultado o mais rápido possível, e encontrou, no lugar do velho, um homem jovem, sério, concentrado, de jaleco e óculos, com os braços cruzados de costas para a porta e de frente para um corpo, observando a pessoa que ali jazia.

— O que está fazendo? — perguntou ele na época, olhando para os lados, tentando descobrir quem deixara aquele homem entrar ali.

— Trabalhando — respondeu o intruso, virando-se para Tibério e revelando o crachá pendurado na altura do peito.

"Ricardo Afonso", dizia o crachá. Médico-legista. Envergonhado, Tibério desculpou-se. Não sabia que o legista anterior havia sido substituído. Sem graça, pelo toque e pela gafe, apertou a mão do homem e se apresentou.

Um arrepio correu por sua espinha quando aqueles olhos encontraram os seus e ali permaneceram, analisando-o por cima dos óculos, talvez admirando-o, coisas que ninguém fazia com frequência. As pessoas no geral se intimidavam em sua presença, hesitavam, desviavam o olhar, falavam baixo, e aquilo lhe agradou. Perguntou onde estava o outro legista.

— Você não soube? — falou Afonso. — Sofreu um acidente de carro. Dirigia embriagado, segundo me disseram. Faleceu.

Tibério acenou com a cabeça, sentido pela informação.

Afonso, afinal, havia sido transferido de uma cidadezinha do interior para Abaporu, uma transferência que muitos almejavam, mas poucos conseguiam. Então, ou ele era um legista renomado e competente ao extremo, ou tinha bons amigos ali na cidade grande.

Estava de saída quando Afonso disse que ele poderia ficar e assistir. Não demoraria muito. E assim ele ficou observando o homem vestir as luvas e preparar o procedimento. Tão distraído estava que não se incomodou com o tempo enfurnado naquela sala sem janelas, no subsolo. Ao fim do dia, tinham um resultado. Os músculos cardíacos da mulher denunciavam o que havia acontecido: infarto agudo do miocárdio. E assim, aquele caso, que Tibério suspeitara de ter sido um homicídio por envenenamento, fora encerrado.

Tibério prezava por manter o controle do próprio corpo, por isso evitava beber. Só que naquela noite aceitou o convite do novo colega de irem a um bar, comemorar a resolução daquele caso. Estava admirado pelo homem que havia resolvido o enigma tão rápido, pelas maneiras dele, o sorriso curto que nunca mostrava os dentes, o olhar brilhante, até o modo como ajeitava os óculos no rosto sem necessidade o encantara. Então ele foi para o bar, bebeu água enquanto o outro tomava cerveja.

No fim da noite, já bastante alcoolizado, Afonso colocou a mão sobre a sua. Tibério recuou, lógico, mas não como uma recusa ao flerte, pois era um homem com quem sem dúvida flertaria se achasse que conseguiria ter algum tipo de relação amorosa com alguém, mas recuou porque não suportava ser tocado. Mas, mais ainda, não gostava de falar disso. Então, quando Afonso perguntou se havia feito algo errado, resumiu-se a se desculpar.

O homem compreendeu aquela peculiaridade dele aos poucos: Tibério sempre se esquivava das investidas de Afonso, dos toques demorados, dos longos apertos de mão quando se encontravam, das encostadas das pernas quando se juntavam para assistir a um filme no final do dia. Certa vez,

Afonso falou-lhe na cara, sem enrolação ou titubeio, que gostava dele, que o queria para si, que sabia que Tibério sentia o mesmo, que queria ser algo mais que amigo ou colega de trabalho, queria tocar os lábios nos lábios dele. O policial chorou naquela noite, sozinho, depois que Afonso foi embora, como não chorava havia anos. Nunca havia se sentido tão solitário, incapaz, impotente.

 Até que chegou aquele dia em que, na sala de necrópsias do subsolo do prédio da polícia científica de Abaporu, Tibério o convidaria para dormir em sua casa. Fez como queria e planejava: sem titubeios. "Quer jantar lá em casa hoje? Vou cozinhar." O legista aceitou o convite de imediato. Adorava a comida de Tibério, mas, mais ainda, sua companhia. A dormida, Tibério proporia depois, quando já estivesse tarde. Diria: "Está tarde, dorme aqui". E, quando o outro se preparasse para ficar no sofá, ele sugeriria a cama.

Saiu de lá apressado, tinha uma reunião na delegacia com o delegado Levi. Lá, o homem já estava em pé no meio da sala, os policiais o circulavam como uma plateia, ou moscas. O terno caro e bem ajustado dele servia como um aviso sobre quem mandava ali.

 O delegado os inteirava sobre o corpo encontrado no mangue. A mídia já estava em cima, ao que parecia era alguém famoso entre *círculos sociais* bem específicos. Falou com uma entonação irônica, arrancando um risinho abafado dos policiais. Designou os agentes do caso e, quando principiou a anunciar o encarregado da investigação, alguns já olharam para Tibério, pois ele seria a escolha óbvia. O policial continuou sério, esperando seu nome ser chamado. Não se incomodava com o trabalho e a responsabilidade extra jogados em seus ombros, até gostava de conduzir as investigações. Agradava-lhe aquela sensação de estar no controle do rumo das coisas. E era um daqueles viciados em trabalho: quanto mais, melhor. Menos tempo para ficar sem fazer nada, pensando. Mente vazia, oficina do…

 — Inspetor Omar Assunção — anunciou o delegado Levi, provocando algumas cabeças viradas de supetão, em surpresa, inclusive a do próprio Omar, que nunca havia sido encarregado de uma investigação antes.

 Tibério sorriu, acompanhando alguns aplausos esparsos que congratulavam o policial, feliz pelo amigo enfim ter uma chance de fazer o nome ao resolver um caso. Além disso, tinha outras coisas com que se preocupar, como o jantar daquela noite com Afonso.

— Parabéns — falou Tibério, batendo de leve no ombro do amigo.

Olhou para o relógio pendurado na parede do recinto. Precisava ir para casa fazer o jantar.

Optou por uma receita fácil e rápida. Fez macarrão com cogumelos e molho branco. Afonso adorava massas. Ele chegou bem na hora, na mão trazia uma garrafa de vinho tinto, que dessa vez não tomaria sozinho, pois Tibério arriscaria largar mão de um pouco de controle.

Comeram e beberam juntos, entre sorrisos e piadas, em um dia cansativo que se dissolvia na presença agradável um do outro. No sofá, cada um em uma ponta, terminaram o vinho, e Afonso se preparou para ir embora. Deixaria o carro ali, pegaria um táxi para casa e voltaria no outro dia para pegar o veículo. Tibério não deixou, levantou-se, ficou no caminho do homem e, olhando nos olhos do outro com uma intensidade de quem era apaixonado, de vinho, de querer passar a noite com aquele homem, falou aquelas palavras que havia ensaiado o dia inteiro:

— Dorme aqui.

Viu nos olhos do homem a força do desejo reprimido. Viu uma faísca de esperança acender-se no interior daqueles olhos escuros. Afonso deu um passo, mas parou. Queria, mas sabia que o outro não podia. Queria expressar com o restante do corpo o que até então só se permitia expressar com os olhos e com palavras. Daquela vez, para sua surpresa, Tibério permitiu. Também avançou um passo, levou sua boca à dele e assim eles se beijaram pela primeira vez.

Fazia tempo que Tibério tinha o completo controle de si. Mas ali, naquela noite, permitiu dar um pouco daquele controle a Afonso. Permitiu que o homem segurasse suas mãos, o levasse para a cama, permitiu-se ser beijado, mordido, lambido, sussurrado nos ouvidos, coisas que nem sequer lembrava de ter feito na vida. E achou bom. Como podia ter negado aquilo todo aquele tempo? Permitiu-se fechar os olhos enquanto o outro o tocava. Tocou, suspirou, gemeu. Descontrolou-se num prazer que nunca antes havia sentido. Sentiu prazer naquele descontrole. Despiu-se figurativa e literalmente. Não tirava a roupa na frente de alguém havia décadas. Ainda que estivesse escuro, Afonso o olhou com desejo e admiração. E Tibério se sentiu bem, nunca antes alguém o havia olhado daquela forma.

Quando Afonso começou a tirar a cueca dele, Tibério o interrompeu.

— Ainda não estou pronto — falou.

Passaram o resto da noite daquele jeito, deitados um ao lado do outro, seminus, com carícias tenras cheias de afeto e proteção. Mas não mais que isso.

Tibério dormiu profundamente, uma noite longa, sem sonhos perturbadores, dormiu bem como não dormia havia tempos, sentindo a presença e o calor de Afonso ao lado. Quando acordou, não se sentia arrependido, como achava que se sentiria. Sentia-se livre de um peso, aliviado, feliz. Disposto.

— Bom dia.

Afonso recebeu-lhe com um beijo estalado na bochecha e uma caneca fumegante de café. Tibério sorriu e mais uma vez se perguntou como passara todos aqueles anos sem aquilo.

5

Melhor não se envolver

O suor corria pelas costas, grudando a blusa fina que não mitigava aquele calor úmido, na pele empapada. As calçadas abarrotadas de transeuntes, camelôs, caixas de som, raízes de árvores e buracos cheios de lama da chuva da noite anterior o obrigavam a andar em zigue-zague como em uma corrida de obstáculos. Apesar dos pesares, daquela cacofonia de buzinas, gritos, músicas e da miscelânea de cheiros (o esgoto, o mijo, o escapamento dos carros), Pavo amava o centro de Abaporu.

Adorava morar no Paraíso, a um pulo do centro. Apenas descia do apartamento e caminhava alguns quarteirões, atravessando aquela pista de obstáculos, até chegar às lojas.

Ali, encontrava tudo de que precisava. Roupas, maquiagens, *glitter*, perucas. Naquele dia em particular, procurava cílios postiços extralongos. Usaria os cílios naquela noite, na Hell, no show de Dione Dite.

Dividia o apartamento pequeno, minúsculo, com um amigo, Renan. Um dormia no quarto, o outro, na sala. Dividiam um banheiro no qual dava para se sentar na privada, tomar banho e escovar os dentes ao mesmo tempo. Pelo menos havia uma boa iluminação e ventilação.

Pavo se olhou no espelho, atento. Naquela noite ele precisava sair impecável. Sempre saía impecável, mas daquela vez capricharia. Precisava impressionar Téo. Estavam saindo juntos havia o quê? Cinco, seis meses? Aquele era um recorde para Pavo, que, capricorniano do jeito que era, sempre tinha um pé atrás nos relacionamentos. Téo era famoso, conhecidíssimo na noite do Paraíso, Pavo precisava conquistá-lo de vez antes que o perdesse. Escolheu a roupa. O salto. O espartilho. A maquiagem: clássica, vintage, anos sessenta. Naquela noite ele seria Fortuna e pediria Dione Dite em noivado no meio da boate.

Renan, seu colega de apartamento, que, após se vestir e se maquiar, passou a ser Kelly Prada, esperava-o na sala, agitada, apressada, mascando aquele chiclete de nicotina que parecia nunca sair de sua boca. Irritante. Desejava que o chiclete grudasse naquela peruca loira, esticada e barata, que a amiga havia comprado naquelas lojas de artigos para festa de 1,99. Mas Kelly não queria se atrasar para o show de Dione Dite, muito embora já a visse todas as noites de quinta, sexta, sábado nos últimos três meses.

Pavo vestiu a roupa mais cara, que comprou na internet, banhou-se de perfume, pois sabia que Dione adorava perfumes fortes, apertou o espartilho a ponto de mal conseguir respirar e, agora, maquiada, de salto e peruca, não era mais Pavo, era Fortuna. Assim, ela e Kelly saíram.

Não houve show nenhum. Dione Dite não apareceu. Foi um espanto: a drag nunca faltara nem sequer se atrasara para uma apresentação. Fortuna estava arrasada, sem show e sem noivo. Preocupada, enviou mensagens, mas àquela altura era provável que todo mundo que a conhecesse já estivesse fazendo o mesmo. A noite seguiu sem sinais da drag queen. Kelly ficou decepcionadíssima, lamuriando-se a noite inteira por terem sido privadas da apresentação da melhor artista performática da atualidade. A noite seguiu seu curso com música, luzes, bebidas e drogas, mas a preocupação nunca deixou os fundos da mente de Fortuna. Alguma coisa podia ter acontecido.

Sabia que Téo, além de se apresentar como drag queen naquela boate nas noites dos finais de semana, também fazia programa. Às vezes como garoto, outras vezes como drag, como Dione. Não era de ter ciúmes, porém se preocupava. Às vezes parecia que os clientes passavam dos limites. Quando tentava conversar sobre isso, Téo sempre falava que estava tudo bem.

Quando voltaram para casa, o dia já amanhecido, caminhando cambaleantes na rua, com a maquiagem derretida e os saltos nas mãos, enquanto a maioria das pessoas saía de casa para trabalhar, tiveram o encontro com aqueles policiais na escada do edifício. O que queriam? O que estavam fazendo ali? Por que perguntaram sobre Dione? Havia algo errado. Viu Kelly agitar-se ao seu lado, mexendo em alguma coisa, que parecia um caderno, dentro da bolsa, e encarar o policial mais velho (o grisalho, bonito, charmoso, um *daddy*) com um jeito tímido, porém incisivo, com um olhar de quem já havia visto demais na vida e tinha passado a ser alheio e imune a todas as adversidades. Era um cara que, se se oferecesse para pagar uma bebida a Kelly na balada, ela jamais recusaria, e Fortuna percebeu que a rapariga sabia de alguma coisa e queria dizer ao policial.

— Escuta aqui, sua quenga — falou Fortuna, tentando cochichar o mais baixo possível —, se não quiser ser a próxima, é melhor ficar calada.

Kelly a olhou, assustada, tentando desvencilhar-se de sua mão, quase engolindo o chiclete no susto. Para Fortuna, ela bem poderia ter se engasgado.

— Do que tu tá falando, mona? Tais doida?

— Tu sabe que Dione tem clientes poderosos. Se tiver acontecido algo com ela — respondeu Fortuna, arrepiando-se com as próprias palavras proféticas —, é melhor não se envolver. Principalmente não com a polícia.

Kelly se calou. Sabia que ela tinha razão. Aquilo era perigoso demais. Não queriam ser as próximas.

Pavo não dormiu, agoniado de ressaca e de coração partido. Não sabia qual era a pior suposição, Téo ter morrido ou o ter largado. Levantou-se no meio da tarde com um grito de Renan vindo da sala. No fundo, já sabia. Tinham encontrado Dione Dite. Estava morta. Só podia ser. Espancada na rua. No beco da boate. Morta a pauladas logo antes de entrar para fazer o show. Não, pior, um cliente a matou, esganou-a até a sufocar. *Não, não, por favor, não seja isso*, desejava com todas as forças que o amigo estivesse assistindo a algum reality-show de subcelebridades e que o grito de horror tivesse sido causado pela eliminação de seu participante favorito.

Lembrou-se de mais cedo, do comportamento estranho de Renan; ele sabia de algo. Mas como ele sabia de algo? Ele e Téo nem eram amigos. Renan não tinha amigos, só Pavo conseguia aguentar as estranhezas do colega, aquele chiclete que sempre estava na boca, as roupas feias, as perucas baratas. Talvez ele só estivesse tentando dar em cima do policial. Renan gostava de homens mais velhos. Dione estava bem. Estava viva.

— Dione tá morta — revelou o amigo, olhando-o, despedaçado, quando ele saiu do quarto, virando para ele a tela do celular com alguma notícia no *Diário Abaporuense* que, àquela distância, não conseguiria ler.

O vômito que ansiava escapar desde que ele acordara subiu de repente à sua garganta, e ele só teve tempo de chegar ao banheiro para colocar tudo para fora no vaso sanitário. O vômito serviu de válvula de escape para a dor que se armazenava ali dentro. A dor de um futuro interrompido. A dor da violência, da injustiça. Pavo se sentia desamparado e abandonado. Sobretudo, sentia-se enganado pelos dois policiais que falaram que ele não precisava se preocupar.

Mais tarde, Pavo se trancou no quarto, deitado no escuro a encarar o teto, escutando, lá fora, pela porta fina de madeira comida pela umidade, as pessoas organizarem uma marcha em homenagem a Dione e uma arrecadação de dinheiro para fazer um grande e glamouroso funeral.

Quando todos pareceram sair e o silêncio que tomou conta do apartamento e do prédio ficou insuportável, ele subiu ao apartamento de Dione Dite, avançando com cuidado para não romper a fita que isolava a porta destrancada. Foi para a janela e observou as pessoas saírem nas ruas com panfletos, distribuindo-os para quem passasse por ali, depositando-os em caixas de correio, colando em muros e postes. Dali ele podia ver tudo e imaginou o quanto Téo havia visto. Algumas pessoas estavam montadas, vestidas de drag queens, muitas reproduzindo a maquiagem de Dione Dite em homenagem. Se estivesse viva, com certeza não gostaria que a copiassem. Quando viu uma peruca superparecida com uma que a falecida drag tinha, correu até o guarda-roupa, certificando-se de que ainda estava ali. Estava. Era a peruca favorita de Pavo, uma loira, guardada sobre o suporte que tinha dado a Téo de presente quando fizera um mês que se conheciam.

Voltou para a janela e ficou ali por horas, observando o escuro vazio da rua mal iluminada, pensando em Téo, pensando no sorriso dele, nos toques, nas noites de amor, pensou nos roxos da pele, nas marcas de cinturão e de mãos nos braços e pescoço, pensou no carro preto que o buscava de madrugada, às vezes todo vestido de drag queen. Imaginou o carro preto parando ali na frente aquela noite, esperando-o descer. Perguntou-se se a pessoa escondida atrás dos vidros pretos fora responsável pela morte dele.

Aos poucos, as pessoas foram voltando. Reuniram-se na frente do prédio, abraçaram-se, beijaram bochechas, choraram nos ombros umas das outras. Pavo não tinha vontade de chorar. E também não haveria um ombro capaz de entender o amor que sentia por Téo. Um garoto de programa, uma drag queen. Ninguém o amava como ele.

De repente, uma agitação tomou forma ali naquela multidão. As pessoas olhavam para os lados, para trás. Outras começavam a sair e se dispersar nas ruas. Outras sacavam o celular e telefonavam para alguém. Pavo se prostrou na janela, tentando ouvir, mas foi impossível. Pareciam chamar algum nome, chamar alguém.

Voltou ao próprio apartamento, levando a peruca loira, que guardou no armário. Havia alguns panfletos deixados na sala, e Pavo os leu. Era a convocatória para a marcha de Dione. Por justiça, pelo fim da violência contra a comunidade LGBTQIAPN+. *Como se adiantasse alguma coisa*, pensou. Empenharam-se para fazer os panfletos o mais rápido que puderam. Desperdício de tempo e dinheiro.

Quase de imediato Renan apareceu no apartamento, por pouco não arrombando a porta de tão agitado que estava. Em seus olhos havia espanto. Estava ofegante, com a boca entreaberta.

— Solange sumiu! Foi distribuir panfletos e não voltou. Ninguém tá encontrando ela — exclamou.

Solange era uma drag queen, mais ou menos da idade de Dione Dite, que morava num prédio ali perto. Pavo a tinha visto entre as pessoas com os panfletos. Olhou ao redor, para a bagunça do apartamento, e pensou nas coisas de Dione abandonadas lá no apartamento dela, os móveis, as roupas, as perucas. O que fariam com tudo aquilo?

Olhou para os panfletos com desgosto. Aquilo de nada servia. Ele precisava agir se não quisesse sumir também. Precisava tomar uma atitude. Se os estavam caçando um por um, não podia ficar sentado, chorando, distribuindo panfletos à espera do extermínio completo.

— Precisamos nos armar — afirmou Pavo, decidido.

6

Finalmente uma perseguição

Puta que pariu, não acredito que tô de novo na porra deste mangue, queixou-se Gisele em pensamento. Era quente demais, úmido demais, fedido e cheio de mosquito. Trazia-lhe uma recordação terrível que evitava lembrar. Procurar cadáveres que nem sabia se de fato existiam ou estavam ali dificilmente era sua atividade favorita. Além disso, não podia evitar pensar no que sua mãe sempre lhe dizia: "Quando a gente procura demais por uma coisa, acaba achando outra que nem queria".

Gisele gostava de ação, de entrar em bairros perigosos segurando a arma, de atirar e escutar o barulho de ossos estraçalhando quando a bala atravessava a perna de um fugitivo, de colocar suspeitos contra a parede e revistá-los com violência. Até então não havia suspeitos para colocar contra a parede, carros para seguir, casas para arrombar e revistar. Odiava aqueles tipos de caso. Estava tudo parado demais.

Quando outra drag queen desapareceu, Solange, três noites antes, no mesmo bairro em que morava a primeira vítima, achou interessante. Gostava de coincidências, pelo fato de não acreditar nelas; nunca era coincidência. Talvez fosse um assassino em série. Um matador obcecado por drag queens. Talvez fosse uma gangue homofóbica. Talvez estivessem envolvidos com tráfico de drogas. Uma operação de prisão e apreensão seria divertida. Porém, para sua decepção, foi mandada de volta ao mangue.

Esperava (e esperava muito) que não encontrassem algo que ela havia escondido muito tempo antes.

Estavam ali após receberem uma denúncia anônima naquela manhã. "Vi um corpo no mangue, perto do lugar em que encontraram aquela drag queen", dizia a voz distorcida no outro lado da linha.

Porém teria preferido estar no manguezal com Omar. Ai, Omar... Que homem! Careca, com um sorriso sincero que mostrava todos aqueles dentes brancos perfeitinhos. Que braços! Que coxas! Que bunda! Do jeito que ela gostava. Imaginava-se apertando-a, jogando-o na cama e posicionando-se por cima dele para fazerem amor a noite inteira, possivelmente quebrando a cama com tamanha violência que se entregariam um ao outro. Isso que era *violência policial*. Esses pensamentos sempre a dominavam quando estava perto do investigador, que era mais baixinho que ela, mas forte, com músculos robustos, entroncado. Precisava parar de pensar em Omar enquanto trabalhava.

Apesar de estarem no mangue para observar os arredores e buscar um suposto cadáver, não conseguia deixar de olhar para Tibério, que guiava o barco com tanta concentração, com os olhos afiados fitando o interior da mata, procurando algo anômalo entre as árvores. O homem era esquisito, sério demais, sempre carrancudo, como se tivesse se levantado com o pé esquerdo, não gostava de ser tocado, não sorria, nunca o havia visto com ninguém... Corriam boatos de que era gay e tinha um caso com o médico--legista da polícia científica. Gisele duvidava, por mais que a ideia lhe soasse interessante, mas o homem parecia problemático demais para manter um relacionamento. Pensando bem, se ele já era assim apenas com apertos de mão, na cama com certeza se pareceria com um cadáver, então o médico-legista com certeza deveria gostar disso... Só que ela precisava admitir que, por trás daquela aura sinistra que chegava a assustar um pouco, era um homem bonito, apesar de velho demais para ela.

— O senhor conhece bem esta região, né? — comentou ela.

— Eu gosto de vir aqui espairecer — respondeu o homem.

Foram até o local onde encontraram Dione Dite, e Tibério desceu para ver se encontrava algo. Voltou alguns minutos depois, de mãos abanando.

— Talvez fosse um trote. Não deveríamos ter vindo — falou Tibério.

O caralho!, quis gritar. Depois de tudo isso, ele queria dizer que não deviam ter ido? *Ah, não*. Estava cansada de ficar parada. Queria perseguir alguém, prender alguém. Dar algum tiro. Não podiam desistir. Não queria ter passado a manhã inteira ali em vão.

— Pra onde o senhor disse que viu a canoa indo, quando encontrou o corpo de Dione Dite? — perguntou, de repente, tomada pelo desejo desesperado de fazer alguma coisa.

Tibério apontou o nariz para o sentido da foz do rio.

Seguiram o curso do rio com o motor desligado para não afugentar suspeitos, auxiliados pela corrente da água e pelos remos que eles guiavam. Gisele sentiu uma agitação crescente no estômago anunciando que algo estava para acontecer. Ela sentia que havia alguma coisa logo após aquela curva do rio, e a adrenalina começava a prepará-la para a ação.

Do lado direito, havia uma pequena vila de pescadores. Um punhado de casas de palafita e píeres precários e vazios (àquela hora os pescadores já deviam ter saído para pescar) exceto por uma canoa ainda amarrada à estrutura, com um homem de costas parado em pé em cima dela. Ele usava um boné verde com feixe branco, idêntico ao do homem que Tibério havia visto quando encontrara o primeiro cadáver.

Quando os viu, o homem se sobressaltou, pulou da canoa para o píer, quase caindo no processo, e desatou a correr. Tibério de imediato se alarmou e ligou o motor do barco, guiando-os até lá. Gisele levantou-se, sacou a arma e gritou para o homem parar, mas ele já havia corrido e sumido entre as casas.

— Finalmente uma perseguição — falou, em voz baixa, mas alto o suficiente para Tibério ouvir, pois ele a olhou e franziu o cenho.

Pararam ao lado da canoa e olharam para dentro dela. Havia alguma coisa enrolada em uma lona preta. Pelo tamanho e formato, era um cadáver. Falou para Tibério ficar enquanto ela corria atrás do fugitivo. Antes de partir, viu, com o canto do olho, o investigador sacar a própria arma e pegar o celular no bolso para chamar reforços.

Por ali, não havia ninguém. Quem não estava trabalhando no mar ou pescando no rio, com certeza, estava dentro de casa protegido daquele sol infernal, ou na escola, ou onde quer que fosse, exceto naquelas ruas estreitas, sujas, cheias de lama, esgoto e buracos, sem ninguém como testemunha para perguntar quem era aquele sujeito de boné verde que lhe ocultava o rosto, camisa de propaganda política, pele queimada pelo sol e pernas aparentemente muito longas. Ouviu um grito exasperado, alto, porém distante, "Polícia!", e, quase de instantâneo, portas bateram e janelas se trancaram. O silêncio, que já reinava na vila, ficou ainda mais profundo, quase assustador, e Gisele parou.

Tinha perdido o fugitivo havia alguns minutos e nem as pegadas dele na lama ela distinguia mais. Quando a adrenalina no sangue finalmente perdeu seu efeito, ficou frustrada. Lamentou por ter sido ela, justo ela, a ter perseguido, e perdido, um suspeito, o provável responsável pelo homicídio. *Quantas piadas vou ter que ouvir sobre isso? A gorda que não consegue correr...* Mesmo que ela fosse sim, gorda, sem nenhum motivo para ter vergonha, e estivesse em dia com os testes de aptidão física, corresse todo dia, fosse mais flexível do que muitos, já tivesse sido bem-sucedida em diversas perseguições a pé, e mesmo com vários de seus colegas homens sendo sedentários ao extremo, sem condicionamento físico algum e à beira de um ataque cardíaco.

Mas não havia tempo para chorar ou para descansar. Estava sozinha, uma policial militar, numa zona hostil.

Encontrou Tibério na beira do píer, com as mãos cruzadas nas costas, observando o rio que passava silencioso à frente.

— Não alcancei o filho da puta — lamentou-se Gisele, como numa confissão. E, vendo que deixara escapar a boca suja na frente do investigador, adicionou: — Desculpe.

— Sem problema — falou Tibério, com um tom tranquilizante, virando-se para ela. Não sabia se ele se referia ao fracasso de alcançar o suspeito ou o de suprimir os palavrões. — Já descobrimos bastante coisa sobre ele.

— O quê? — perguntou, intrigada.

— Agora sabemos onde ele provavelmente mora, a altura, a cor, a aparente idade, temos as pegadas, as impressões digitais na canoa. E sabemos o que ele faz com os corpos depois que os mata — falou o investigador, olhando para a canoa de onde eles haviam visto o homem sair e correr.

Gisele espiou sobre a canoa. Ali jazia o corpo enrolado pelo lençol, e Tibério havia afastado uma pequena parte do tecido, expondo um rosto sem vida, acinzentado, com os olhos ainda abertos e petrificados, como duas bolotas de cristal pálidas, numa expressão de horror de quem havia visto a própria alma ser tirada do corpo; o cabelo molhado e o pescoço todo roxo. Gisele a reconheceu de imediato das fotos que foram distribuídas aos policiais; era a drag queen desaparecida, Solange.

Mais abaixo, Gisele pôde ver que Tibério também havia afastado o tecido que cobria o braço direito da vítima. Da mão, pendia uma corrente amarrada a uma pequena cruz de madeira. Não haviam encontrado a mesma merda no outro cadáver? Eles estavam diante da porra de um assassino em série religioso.

Os reforços enfim chegaram, um punhado de policiais e dois peritos. Omar, para sua alegria e para o desespero de seu coração, estava entre eles. Quando perguntou se haviam visto algum suspeito, ela já se preparava para passar vergonha falando que não havia alcançado o fugitivo, mas Tibério se adiantou:

— O suspeito começou a correr quando ainda estávamos no rio. Não tivemos tempo de ancorar e ir atrás dele.

Gisele olhou para Tibério, tentando encontrar os olhos dele e agradecer em silêncio, mas ele já olhava para outra direção.

Os curiosos da vizinhança começaram a aparecer. Não uma multidão desesperada para ver o corpo, como de hábito, mas três ou quatro pessoas que se aproximavam, tímidas, discretas, viam o que estava acontecendo e logo sumiam com olhar assustado. Omar, quase como uma oficialidade, mandou alguns policiais interrogarem moradores das proximidades, mas até ela, que não era investigadora, sabia que ninguém diria nada. Aquela baixa movimentação na cena do crime indicava que as pessoas ali sabiam o que havia acontecido e, pior, quem estava envolvido. Nunca falariam nada, pois temiam.

— Dê seu telefone discretamente e diga pra ligarem quando estiverem sozinhos, ou então que passem na delegacia e procurem por você, se souberem de algo. Esses filhos da puta não vão dizer nada, não na frente dos vizinhos — sugeriu ela para Omar, quase cochichando ao ouvido.

O policial a olhou e deu um sorriso que quase a fez desmaiar ali mesmo, com as pernas enfraquecidas. Ele agradeceu e foi fazer exatamente o que ela tinha sugerido. Uma mulher que assistia ao trabalho da polícia, apreensiva, pegou o cartão de Omar e o escondeu depressa na barra da saia, indo embora logo em seguida. Gisele sabia que eram pessoas como aquela mulher que tinham informações, mas temiam falar na frente de todo mundo. A policial se sentou, satisfeita, no píer, ao lado de Tibério, que observava os peritos coletarem evidências na canoa e no cadáver.

— Obrigada — disse, tímida, observando a perita fotografar o cadáver — por não ter falado sobre a perseguição.

— Eu só falei a verdade — respondeu o investigador.

Foram interrompidos por um grande barulho vindo do rio. Uma música alta, estridente. Todos olharam ao mesmo tempo, e o que viram foi uma lancha enorme e luxuosa passando ao lado, em direção ao mar. Nela, dançando no convés com as garrafas quase vazias de cerveja e copos de drinque com restos de fruta e açúcar, estavam quatro jovens, de sunga e biquínis, expondo os corpos bronzeados, abdomes trincados e peitos estufados, que, ao verem os policiais, ergueram as bebidas, sorrindo, como se brindassem. Seguiram o caminho à esquerda, entrando em um afluente do rio e sumindo entre as árvores, a música se dissipando devagar e o rio voltando ao silêncio habitual como se nada tivesse acontecido.

— O que há por trás daquelas árvores, para onde eles foram? — indagou Tibério.

Ela não sabia. Ele não deveria saber? Não era ele que conhecia a região como a palma da mão?

Gisele então pegou o celular e abriu um mapa. Na vista de satélite, nada se via, apenas mata cercando aquele pequeno afluente até a nascente ao norte do estado, onde depois havia plantações e pequenas cidades.

— Nada — respondeu ela, mostrando o mapa.

Tibério levantou a sobrancelha, surpreso, e coçou a barba, parecendo pensar. Então disse:

— Viu as garrafas na lancha? — perguntou ele, mas ela não tinha prestado atenção. — A maioria já estava vazia. Estão voltando para o lugar de onde vieram. E nada consta no mapa. Está a fim de outra perseguição?

Tibério estava com um brilho nos olhos que dizia que ele era tão amante da adrenalina quanto ela.

Segundos depois, ambos já estavam numa canoa rio adentro, seguindo o caminho daqueles jovens festeiros.

Gisele se segurou na canoa. Apesar de ainda não compreender o que estavam fazendo perseguindo aquela lancha, Gisele sabia que, quaisquer que fossem os segredos que aquela terra alagada escondia, Tibério podia ver através deles.

E ela e Tibério os revelariam.

7

Alguma coisa muito estranha

Havia alguma coisa muito estranha naquele caso e Tibério não conseguia descobrir o que era. Aquilo o perturbava, pois no geral percebia as coisas que se escondiam nas entrelinhas. Ou *estrelinhas*, lembrando de repente como falava quando era criança; lembranças da infância eram raras. De início, o caso parecia simples. Um garoto, drag queen, encontrado morto. O crucifixo que achara na mão do jovem colocara um sinal de interrogação em cima de tudo. Era da vítima? Do assassino, que era religioso e sentira remorso? E ainda havia aquela sensação de familiaridade...

    Mas aí o outro cadáver apareceu. Tibério gostava de números; eram exatos, precisos, mas a vida era inexata: os números ignoravam as nuances do cotidiano, as imprevisibilidades, generalizavam o quanto éramos tão plurais. Dois cadáveres em um intervalo de poucos dias, moradores do mesmo bairro, drag queens. Solange estivera desaparecida havia três dias, mas o cadáver dela tivera a morte estimada como dez horas antes, assim como Dione. A cruz estava presente nos dois crimes, apesar das diferenças entre elas. Em outra situação, qualquer um poderia dizer que era um mesmo assassino, um assassino em série, mas as estatísticas diziam que era uma coincidência. Aquele era um grupo sujeito à violência, e as mortes podiam não ter uma conexão direta pelo simples motivo de que aquele tipo de crime era comum *demais*. Aqueles garotos eram mortos o tempo todo e havia gente o suficiente querendo matá-los. Os crucifixos presentes nos dois crimes também podiam ser coincidência: a cruz estava sempre caminhando ao lado do ódio.

Então seguiram o curso daquele pequeno rio em silêncio, acompanhados apenas pelo barulho do motor, pela água que chafurdava no fundo da canoa, pelos pássaros que ali perambulavam e por uma sensação de que algo estava errado.

Tibério olhava para os lados, desconfiado. Conhecia aquele rio desde adolescente, ia sempre ali, passava horas e horas contemplando as árvores, a água, o céu e o silêncio estarrecedor. Tanto admirava quanto agradecia àquele rio. Ao rio, sempre deveria sua vida. Só que ali, percorrendo o caminho que aquela lancha havia feito, ele sentia que o rio que salvara sua vida não era o mesmo.

Foi então que viu, atrás de algumas árvores, apenas a alguns metros da margem da água barrenta, parcialmente oculta pelos troncos, raízes e folhas, uma cerca de arame farpado.

Olhou para Gisele, que o olhou de volta. Também estava vendo a cerca. Não era uma miragem.

— O que é isso? — perguntou a policial.

— Não sei — respondeu, abanando a cabeça. — Seja o que for, é algo novo.

Sentiu uma raiva descontrolada subir pela garganta e segurou uma beirada da canoa. Apertou-a, pressionou-a, tentando canalizar aquela fúria para a dor na mão contra a madeira descascada cheia de farpas. De repente, a nuca começou a doer.

Estava de volta à primeira vez que caminhara naquele mangue, nas margens do rio Abaporu. Os pés descalços, o corpo molhado, o céu gigantesco sobre a cabeça e o sol que lhe ofuscava a vista. A terra era de uma devastação esplêndida, e, naquela época, Tibério experimentou sorrir como nunca experimentara antes. Era um sorriso cheio de liberdade. Caminhou ali por horas e horas, afundando os pés naquela lama gelada e grudenta, acompanhando o curso daquele rio que para ele representava salvação e libertação. Era criança, nunca tinha presenciado a força da natureza com os próprios olhos e, mesmo naquela tenra idade, sentiu gratidão e um dever de proteger aquele rio. Talvez por isso, nos anos seguintes, sempre tivesse voltado ali, como se para se certificar de que estava bem, que ninguém estava ferindo o rio, que o fluxo ainda corria desimpedido. Não precisava, pois alguém que havia presenciado a fúria daquelas águas, como Tibério havia, sabia que o rio Abaporu conseguia cuidar de si mesmo sozinho. Libertar-se, vingar-se, destruir.

— Você tá bem? — perguntou Gisele, parecendo preocupada.

Tibério se virou para ela e viu que ela olhava para suas mãos, esbranquiçadas com a força que fazia ao apertar a madeira do barco. As veias e os tendões estavam saltados e as articulações, avermelhadas. Mas a dor, ele não sentia.

— Estou — respondeu, escondendo as mãos trêmulas entre as pernas e virando-se para a frente.

Lá na frente, numa pequena clareira aberta entre o mangue, havia um píer e um deque. Não um precário, improvisado e de madeira carcomida pela maré salobra, como haviam visto na vila de pescadores, mas um moderno, margeado por postes de iluminação, cercado por pequenas lanchas e veleiros ancorados. De uma dessas lanchas saíam os jovens que haviam passado por eles, ainda bebendo, e sumíam por um caminho entre as árvores, mata adentro.

Quando se aproximavam do píer, um homem de ombros ameaçadoramente largos, vestido todo de preto, terno, camisa, calça, sapatos e óculos escuros, como um clichê exacerbado de um segurança particular, colocou-se na ponta mais extrema da estrutura flutuante e gritou para eles:

— Ei, isso aqui é uma propriedade privada! Podem dar a volta!

Tibério fingiu não escutar, continuou se aproximando; o rio não era propriedade privada. O segurança pôs a mão no coldre, como numa ameaça, como se alertando que, se eles não mantivessem distância, ele atiraria, mesmo os dois estando com uniformes da polícia, e Gisele, além disso, usando colete. O investigador ouviu a policial se mexer atrás de si e supôs que ela estivesse se preparando para sacar a arma. Com um gesto discreto, orientou que ela recuasse. E Gisele permaneceu imóvel.

— Que propriedade privada? — perguntou Tibério.

O segurança mal-encarado respondeu, sem retirar a mão do coldre:

— Mangrove Tropical Residence — respondeu ele.

— Um condomínio? — questionou o investigador.

— É, agora saiam daqui se não têm mandado — respondeu o segurança com rispidez, como se aquele rio e mangue lhe pertencessem e eles não tivessem o direito de navegar sobre aquelas águas.

Mas Tibério tinha as informações de que necessitava e, assim, deu a volta.

Os policiais e peritos corriam para terminar de analisar a cena do crime e coletar o cadáver, pois uma nuvem imensa de chuva se aproximava no horizonte, vinda do mar.

— O que encontraram? — perguntou o inspetor Omar, quando eles atracaram a canoa e subiram no píer.

Ele os vira saindo, mas não questionara, confiava de todo nas ações dos dois.

— Um condomínio fechado — respondeu, virando-se para o horizonte, para as nuvens que se aproximavam, pesadas e ameaçadoras.

A umidade do ar estava ainda maior. Sentia-se surpreendido, uma sensação que o desagradava, mal conseguia acreditar que nunca havia percebido a existência daquele condomínio logo ali atrás daquelas árvores. Qual era o tamanho? Havia quanto tempo existia? Quem morava ali? Como ninguém parecia saber daquilo? Odiava ter tantas perguntas sem respostas.

— E? — insistiu Omar, percebendo a distração de Tibério.

Estava com pressa e precisava de informações.

— O segurança nos pediu um mandado — completou Tibério, fazendo o colega franzir a testa.

— Vocês tentaram entrar?

Omar achara que eles tinham ido ver aonde a lancha ia, não esperava que eles fossem entrar em algum lugar ou precisar de alguma ordem judicial.

— Não, estávamos só passando e olhando — respondeu Tibério, com a sugestão de um sorriso cínico no canto da boca.

Esperava que o amigo chegasse à mesma conclusão que ele.

— E por que ele pediu um mandado, se vocês não estavam procurando nada lá dentro? — retrucou Omar por fim, compreendendo-o.

— Porque provavelmente há algo lá dentro que deveríamos procurar.

8

No paraíso, o inferno nunca dormia

O cheiro de gelo seco subia à cabeça como uma droga, e, por trás das pálpebras fechadas, as luzes coloridas piscavam, frenéticas, e as caixas de som, quase estouradas, bombardeavam o espaço com "Dancing On My Own" de Robyn. O comprimido de ecstasy que havia tomado fazia meia hora estava no auge do efeito, e Fortuna sentia o mundo ao redor se misturar e se fundir numa espécie de onda magnética que atravessava sua alma. No momento sorria, deixando-se ser embalada pela música e pelas tantas outras sensações sinestésicas que a perpassavam, mesmo que aquele dia tivesse sido horrível, mesmo que os últimos dias tivessem parecido um pesadelo e, pouco tempo antes, estivesse chorando no banheiro da Hell.

Olhou ao redor. Quase não havia drag queens como costumava ter. As que estavam ali, haviam chegado desmontadas e se vestiram e se maquiaram no banheiro, para se desmontar quando estivessem indo embora. O medo tomou conta da comunidade e ninguém se sentia seguro de sair na rua como bem desejasse. Só que Pavo não tinha medo, havia saído de casa como Fortuna e assim voltaria. Ninguém o impediria de ser quem ele era.

Num canto da boate, viu Kelly Prada beijando um homem que nunca havia visto ali, um coroa de braços roliços e peludos cujos pelos grisalhos do peito maciço saltavam pela gola da camisa. Era um beijo intenso, quase uma transa; podiam-se ver as línguas frenéticas dos dois unidas por um filete de saliva e a mão do homem por baixo da saia de Kelly, expondo a bunda seca e a calcinha minúscula que nada cobria. Fortuna revirou os olhos e virou-se para o outro lado, não queria ver aquilo. Ao mesmo tempo, desejava ser tão despreocupada e alheia aos problemas da vida quanto a amiga.

O efeito do ecstasy começava a passar e seu corpo, suado e elétrico, dava sinais de exaustão. Foi ao bar pedir uma dose de vodca e, quando voltou, não viu mais Kelly atracada ao homem. Se era resultado da embriaguez, das drogas, do medo pelos últimos dias ou de uma premonição astrológica, não sabia dizer, mas sentiu-se apreensiva e atravessou a pista de dança meio vazia.

Na porta que dava para a rua, Fortuna avistou Kelly sendo puxada pelo homem desconhecido. O coração de Fortuna parou de instantâneo. Ela estava sendo arrastada? Sequestrada? Seria ele o assassino de drag queens? Gritou, chamando por Kelly, mas ela não a ouviu, ou fingiu não ouvir, ou ouviu e não podia responder, pois era refém de um assassino em série.

A drag queen entrou num carro com o coroa e Fortuna gritou pela amiga, um grito rouco e cansado. Kelly, enfim, já dentro do carro, a ouviu e colocou a cabeça para fora, a peruca roxa, lisa e imensa agitando-se ao vento, com um sorriso no rosto, alegre, alheia às preocupações de Fortuna, como se não estivesse entrando em um carro estranho com um desconhecido rumo a sabia-se lá onde, num destino incerto. Quem saberia se sairia daquela viva, se chegaria em casa no dia seguinte bem e feliz por ter transado a noite inteira, ou se voltaria com um olho roxo, ou se nunca voltaria e a encontrariam dali a três dias morta e putrefata no mangue, sendo comida por siris carniceiros, e Fortuna, já furiosa, passado o medo, pois medo não mais tinha, não mais temia que a amiga fosse morrer. No momento tinha certeza. *Ela vai morrer, ela vai entrar naquele carro e nunca mais voltar, pois estamos todos morrendo, um a um.* Principiou a correr, pôs um pé à frente, depois o outro, mas o carro deu partida, foi embora; era tarde demais. Kelly sumiu na esquina seguinte com o barulho do pneu cantando no asfalto desgastado.

Ficou parada no meio da rua sem saber como agir. Mas o que poderia fazer? Ligar para a polícia e falar que o melhor amigo vestido de drag queen havia entrado em um carro com um estranho? Ririam da cara dela. Correria atrás deles, sozinha, de salto? Voltaria para a boate e continuaria dançando como se nada estivesse acontecendo? Ou ficaria ali parada no meio da rua esperando o próximo carro passar e levá-la ou atropelá-la? Todas as opções lhe pareciam irreais e, por essa razão, a única coisa que se resignou a fazer foi voltar para casa.

Voltou a pé. O Edifício Silvetty ficava a apenas três quarteirões dali, mas caminhou apressada. À noite o mal espreitava em cada beco e esquina. Para pessoas como ela, ainda mais de peruca, salto, maquiagem e roupas femininas, o mal espreitava o tempo inteiro e em qualquer lugar. No paraíso, o inferno nunca dormia.

Andava ligeiro quando tropeçou, então tirou os saltos e os carregou na mão, e, quando faltava apenas um quarteirão para percorrer, ouviu barulho de pneus se aproximando devagar.

Pensou em correr, mas não podia, seria pior, alguém desceria do carro e a seguraria. Com discrição, tremendo como se tivesse cheirado pó demais, pôs a mão na bolsa e procurou as chaves. Tateou o chaveiro até achar a chave da porta da frente, deixando-a preparada para enfiá-la na fechadura o mais rápido possível ou enfiá-la na jugular do possível agressor. Continuou andando, já conseguia ver o prédio lá na frente, e o carro continuava atrás, seguindo-a, o farol baixo, em silêncio.

O prédio já estava ali, a alguns metros. *Eu consigo. Só mais alguns passos. Talvez agora eu deva começar a correr.* Apertou as chaves na mão e se preparou para correr. Jogaria os saltos no chão, *que se fodam os scarpins*. Ela queria viver, era jovem demais, tanto a viver pela frente. Na cabeça repetia *ainda não, ainda não*, e a corrida seria mais fácil se não os estivesse carregando.

Foi quando o carro acelerou. Percebeu, pelo pequeno zumbido e pelas risadas que chegavam até seus ouvidos, que a janela do veículo fora aberta.

É agora que morro.

Não olhe para o lado, pensou, quando viu, pela visão periférica embaçada por lágrimas que teimavam em cair, o carro acompanhando os passos das pernas bambas que se recusavam a correr. Só que olhou; a curiosidade falou mais alto. Se morreria ali, naquele momento, ao menos queria ver como seria. Temia ser atingida por uma faca, um tijolo ou um tiro nas costas. Queria olhar nos olhos do agressor, ver os delírios de morte em seus olhos, ver o desejo por violência, por sangue. Queria, nos últimos segundos de vida, encarar o assassino, para que ficasse registrado para sempre na memória dele o olhar valente da vítima, e que nunca mais conseguisse dormir sem ter pesadelos com aqueles olhos tenebrosos que matara.

Havia quatro homens dentro do carro, um velho sedã da década passada. Todas as janelas do veículo estavam abertas, mas a rua estava escura e eles usavam capuzes que cobriam todo o rosto, com buracos nos olhos e na boca. Balaclavas.

Engraçado que a última coisa que Fortuna sentiu antes que aqueles homens fizessem o que estavam ali para fazer foi alívio. Sentiu alívio por Kelly não estar com ela, por ter entrado naquele carro com o *daddy*. Era provável que estivesse segura. O assassino, ou melhor, os assassinos de drag queens não estavam com a amiga, e sim, logo ao lado do prédio em que moravam, prestes a fazer mais uma vítima.

Eram quatro contra uma. Fortuna era alta, mas magra e fraca. Mal tinha forças para carregar o peso dos sapatos, quanto mais para lutar... Então parou. Virou-se para o carro e esperou que a levassem. Para dentro do carro, para o mangue, para o inferno. *Que sejam rápidos*. Viu os homens pegarem algo e se prepararem para arremessar contra ela. *É isto, serei apedrejada*. Não bastassem as pedras metafóricas que lhe eram arremessadas na cara todos os dias pela sociedade, naquele momento seriam pedras literais. Desfigurariam o rosto dela, abririam o crânio, esmagariam o cérebro. *O que fiz para merecer isso?*, pensou.

Mas nada havia feito. E foi por isso que se recusou, no último instante, a ficar parada e receber aquelas pedras. Gritou. Um berro que todos ali daquela rua ouviriam, e correu. Recusava-se a receber aquelas pedras. Não ficaria parada esperando o ataque, como se merecesse, como se a vida toda estivesse esperando por aquilo. Mas foi tarde demais. Agiu quando os homens já haviam começado o serviço. Foi atingida nas costas.

Não era uma pedra. Sentiu algo mole e molhado espatifar-se contra suas costas nuas e o líquido escorrer por baixo do vestido. Enojada, parou e olhou para trás. Só deu tempo de ver uma bola amarronzada vir em sua direção e atingir seu rosto num baque abafado. Deu um passo para trás, tropeçou em algo e caiu na calçada, ralando mãos e cotovelos no cimento. Nada via, aquilo que eles haviam jogado grudara no rosto e cobrira os olhos. Fechou a boca e prendeu a respiração, repugnada. Só podia ser bosta. *Jogaram merda em mim*.

Então ouviu risos. Gargalhadas. Riam de sua humilhação. A merda escorria por seu rosto quando sentiu mais dois impactos. Os últimos arremessos. Um em sua barriga e outro no rosto mais uma vez. O carro acelerou e sumiu.

Ficou ali, na merda, sentada no chão, o sangue escorrendo nas mãos e cotovelos, de olhos fechados, sem coragem de abri-los, sem coragem de respirar, de sentir o cheiro que a cobria. Queria vomitar, queria chorar, gritar, morrer. Nunca na vida tinha se sentido tão derrotada e humilhada.

O silêncio da rua foi quebrado pelo barulho de uma porta se abrindo. Segundos depois, passos. Fortuna ainda estava de olhos fechados, a merda tapando a vista. Respirava por uma pequena brecha na boca, tinha medo de que os excrementos ali entrassem. Manteve-se imóvel, decidiu ficar ali para sempre esperando que alguém a matasse para acabar com aquele sofrimento, sem coragem de tocar no próprio corpo, de sentir a merda com as mãos, de afastar aquilo dos olhos para que pudesse enxergar e caminhar até em casa. Daquilo, Fortuna nunca se recuperaria. Enfim conseguiram cumprir aquilo que a sociedade tentava fazer o tempo inteiro: ela estava abominando o próprio corpo.

— Fortuna? — chamou alguém.

Uma voz familiar.

— Meu deus! — exclamou outra voz.

Sentiu a mão de alguém tocar a dela, sem se importar com o sangue seco misturado com terra, e a puxar. Ajudou-a a levantar.

— O que aconteceu? — perguntou a primeira voz.

Reconheceu a voz enfim. Sentiu conforto naquela voz. Segurança. Estava bem. Era o velho Samuel.

— Alguém jogou merda em mim — respondeu, apertando, ainda trêmula, a mão de Samuel, como se sua vida dependesse daquilo.

Tremia, além de desgosto, de nojo, de humilhação, mas também de ódio. Nunca na vida sentira um ódio tão poderoso. Quase podia sentir o gosto amargo daquele sentimento. Mas, lógico, aquele gosto poderia ser apenas da merda que entrara em sua boca quando falou.

— Isso não é merda — contrapôs a outra voz, que reconheceu como Pilar. Sentiu as mãos geladas da senhora em seus olhos, limpando-os. Enfim conseguiu abri-los. Abriu devagar, com medo de ver o próprio estado. Pilar olhava para as próprias mãos, sujas. — É lama. — E, após cheirá-las, completou: — De mangue.

Lá na frente, viu as meninas da rua correndo na direção que o carro tinha ido. Mas era inútil, não o alcançariam.

— Isso é culpa do que o delegado falou — observou o velho Samuel num murmúrio, olhando para baixo, com o cenho franzido e agitando a cabeça, irritado.

Furioso.

— O que o delegado falou? — perguntou Fortuna, agora cheirando a própria mão.

O velho ficou calado. Pilar o encarou, séria, arregalando os olhos. Como que dizendo: "Não diga". Como se temesse, não só ela, mas Samuel também, o que Fortuna seria capaz de fazer quando soubesse o que o delegado falara.

E todos eles teriam razões para temer.

9

Quero te ver por inteiro

— Intervenção. Vamos sair — anunciou Omar quando Tibério abriu a porta.

Tibério olhou assustado para aquelas duas figuras paradas diante da porta do seu apartamento: Omar e Afonso.

Afonso deu de ombros, já sabendo o que Tibério pensava, e falou:

— Ele passou lá no trabalho e me pegou. Disse que somos obrigados a tomar uma cerveja com ele.

— Omar, ser o líder da investigação não significa que você manda na gente em qualquer situação — contrapôs Tibério.

— É, mas vocês dois precisam desopilar. Vivem enfurnados no trabalho. Se estiverem cansados e estressados, vão atrapalhar minha investigação. Agora se arrume. Deixei o carro estacionado aqui e vou pedir um carro por aplicativo. Hoje vamos beber.

— Eu tenho alguma escolha? — perguntou Tibério, o desespero escalando pela garganta.

Só queria uma noite em paz com o gato.
— Ah, e chame aquele seu amigo... Como é mesmo o nome dele?
— Iberê? — perguntou Tibério, surpreso.
Estava tão atolado no trabalho que havia muito tempo não via o velho amigo. Já o mencionara algumas vezes, mas Omar nunca o conhecera.
— Isso. Só assim não ficamos falando de trabalho o tempo todo. Bora.
Vendo-se colocado contra a parede, Tibério mandou uma mensagem para Iberê.
Iberê já havia visto Tibério nos períodos de vulnerabilidades, os choros escondidos no banheiro, os gritos e pesadelos na madrugada, as crises de pânico e tremor nos corredores do orfanato. Nunca havia lhe contado as coisas que passou, mas tinha certeza de que o amigo sabia. Quem já passou por certas coisas na vida reconhecia no olhar do outro as mesmas dores. Foi assim que permaneceram juntos, um via a si mesmo no outro. Protegiam-se dos fantasmas do passado, da solidão, do medo do futuro e dos outros garotos do orfanato, homofóbicos e racistas, que perseguiam Iberê, por ser gay e indígena, e Tibério por ser *estranho*. Quando saíram de lá, o destino do amigo era bem definido: queria ser paisagista, havia passado toda a infância e adolescência nos jardins da instituição, ajudando o jardineiro a cuidar das plantas. Era sua maior paixão, seu escape, ver o esforço e esmero com que tratava o solo e as sementes se transformarem em belíssimas flores. Já o rumo que Tibério decidiu tomar foi motivo para uma grande briga entre os dois. A polícia negligenciava gente como eles. Quantos daqueles meninos já haviam sido agredidos por policiais nas ruas? No fim das contas, Iberê o perdoou, mas Tibério teve que mantê-lo afastado de sua vida. Não queria que o amigo visse que ele trabalhava lado a lado com aqueles a quem haviam odiado a vida inteira. Não queria que ele soubesse que o homem a quem amava era policial.

Com a noite avançada e muitas cervejas bebidas, passadas as apresentações e as conversas leves, a timidez e o medo de cruzar barreiras intransponíveis, Omar perguntou a Iberê, que estava sentado ao seu lado e de quem já havia se aproximado bastante:
— Como tu e Tibério se conheceram?

Iberê olhou para Tibério, perguntando em silêncio se ele podia responder à pergunta. Como homens que haviam crescido cheios de segredos e vergonhas, estavam habituados a ocultar informações e inventar meias-verdades. Mas Tibério não viu motivo para mentir sobre aquilo.

— Num orfanato, na época que ainda se chamava orfanato e não lar de acolhimento, e as coisas eram bem diferentes. Fomos melhores amigos na adolescência — respondeu Iberê, dosando com cuidado a quantidade de informação que revelava. — Era um orfanato religioso. Tenho pavor de freiras até hoje.

— Não sabia que você tinha crescido num orfanato — observou Omar, por um segundo esquecendo que não sabia *nada* do passado de Tibério, e possivelmente elaborando teorias na cabeça para explicar a distância de Tibério de religiões.

— Titi sempre foi cheio de segredos — comentou Iberê, erguendo um copo para brindar com o amigo. E, sorrindo, acrescentou: — Mas todos nós temos os nossos segredos, não é?

Enquanto bebericava a cerveja que já não aguentava mais beber, Tibério observou Iberê por uns instantes: o amigo alheio ao mundo em volta, absorto em pensamentos enquanto olhava a chuva que começara a cair lá fora. Ali, pensou em quanto os dois eram diferentes, mesmo que compartilhassem parte da vida. As diferenças físicas eram mais visíveis, pois enquanto o amigo tinha a pele escura, braços lisos e torneados pelo trabalho braçal, ele era pálido, magro e não tinha os braços como os do outro, os seus tinham terríveis cicatrizes, pelos ralos e sempre escondidos por mangas compridas. Apesar de terem a idade próxima (Iberê era apenas um ano mais velho), para Tibério, o amigo aparentava ser bem mais novo, como se não carregasse consigo os pesos e as marcas do passado.

No orfanato, ambos tiveram relações complicadas com a religião. Enquanto o amigo fora um garoto decidido e autoconfiante, desde cedo compreendendo a própria sexualidade, Tibério fora inseguro, assustado e cheio de dúvidas em relação a tudo e a todos. O primeiro era alvo da raiva e intolerância dos outros garotos e das freiras, que o viam como uma abominação insolente. O segundo era incompreendido, e sua recusa a participar daqueles rituais que tanto lhe causavam desconforto era vista como uma coisa tão maligna quanto.

Tibério tirou o celular do bolso e o entregou ao amigo do outro lado da mesa.

— Você reconhece esses crucifixos? — perguntou a Iberê, mostrando as fotos das cruzes encontradas com os cadáveres, de Dione e de Solange.

Talvez o amigo reconhecesse aquelas peças do orfanato, do pescoço de alguma freira ou padre, e isso explicasse aquela sensação de familiaridade que tanto o incomodava.

Iberê observou as fotos por alguns instantes, levando a mente para tempos distantes, que não fazia questão de lembrar.

— Não — respondeu. — Desculpa. É algo importante?

— De forma alguma — disse Tibério, pegando o celular de volta.

Sentia-se estúpido por cogitar que aqueles crucifixos tivessem algo a ver com o passado. Em investigações, a provável explicação para um caso era sempre a mais simples. Talvez, no fim, não fosse o crucifixo, aquele pequeno objeto de madeira esculpida, que lhe era familiar, e sim o que ele representava. O homem crucificado. A dor, a vergonha, a morte, o sacrifício, a traição.

A noite avançou lenta, entre risadinhas, sorrisos que se recusavam a deixar as bocas e piadas bobas, Omar e Iberê conversando como se fossem amigos havia vinte anos, descobrindo que às vezes iam nos mesmos bares e boates, Iberê sem crer que o policial frequentava aqueles locais. "Você devia dar um exemplo a Tibério!", exclamava, e os dois gargalhavam. Os dois novos amigos ficaram lá, dançando, enquanto Tibério e Afonso, já cansados demais, se despediram e foram embora.

Ainda estavam alterados quando chegaram ao apartamento de Tibério. O policial sentia um fogo queimar dentro de si, e essa chama ardia ainda mais quente quando tocava e beijava Afonso. Arrastou o namorado para o quarto.

Quando ia levar a mão ao interruptor e apagar a luz, Afonso segurou sua mão.

— Quero te ver por inteiro — falou Afonso, e Tibério aceitou, daquela vez, ser admirado.

O homem olhava para Tibério com desejo, apaixonado; os beijos, até então concentrados em sua boca, desceram pelo pescoço, peito e abdome. Fechou os olhos, numa mistura de tesão e vergonha, enquanto sentia aqueles dedos e a língua por seu torso nu, ignorando as cicatrizes que ali o marcavam. Incomodava-o um pouco o fato de Afonso nunca perguntar nada sobre as cicatrizes. Ele tinha medo de perguntar ou não se importava?

Quando Afonso tirou o cinto dele e começou a abrir o zíper da calça, Tibério abriu os olhos e o olhou, vacilante. Afonso já tinha tirado a própria camisa, e ali observou de novo o corpo daquele homem. Era tudo perfeito: o cabelo sempre arrumado, a barba bem aparada, o sorriso que parecia calculado, os pelos do peito no tamanho exato para valorizar os músculos que mantinha firmes e fortes, e na pele um bronze de quem ia com frequência à praia.

— Está tudo bem — disse Afonso, ao notar que Tibério começara a tremer. — Confie em mim.

O policial fechou os olhos, tentando relaxar outra vez, e colocou os braços ao longo do corpo, escutando apenas o barulho do zíper sendo aberto e a respiração intensa do amante. O silêncio parecia querer engoli-lo. Era um silêncio que fazia suas cicatrizes formigarem, a nuca doer. Um silêncio que transformava os arredores e tudo mudava, incluindo as mãos de Afonso, que antes eram macias e no momento eram ásperas, arranhando sua pele como uma lixa de parede. Fechou o punho nas cobertas jogadas na cama para controlar o tremor enquanto sua calça era retirada. Nesse momento percebeu que seu celular tocava.

Ergueu a cabeça para procurar o aparelho, mas tudo que vira foi Afonso beijando seus pés. O legista, de todo distraído pelos beijos que dava percorrendo as pernas nuas de Tibério, aproximando-se cada vez mais de sua virilha, parecia não perceber o insistente toque do celular.

— Espere — falou Tibério.

Não conseguiria ignorar a ligação. Inclinou-se sobre a cama e viu que era Omar.

— Tibério, desculpa te ligar essa hora — disse ele. A voz parecia alterada. Estava embriagado. — Mas é que o delegado, ele...

— *Aquele filho da puta!* — Tibério ouviu Iberê gritar ao longe.

— O que foi, Omar? — perguntou o policial, ansioso.

— É melhor tu ver o vídeo que te mandei.

Tibério clicou no link que o amigo tinha mandado por mensagem e abriu um vídeo. Ao fundo, podia-se ver um boteco, e o delegado falava, com os olhos vermelhos e a voz arrastada de embriaguez:

"Os cidadãos de bem de Abaporu não precisam se preocupar, não estamos lidando com um assassino em série, os dois jovens mortos eram homossexuais. Pessoas que escolhem esse tipo de vida desregrada, o homossexualismo, a depravação, estão sempre sujeitas a riscos com sérias consequências. Ao risco de terminarem na lama."

O amargo do último gole de café ainda persistia na boca quando decidiu tomar outra xícara. Precisava de mais, pois aquele dia seria longo. Ficou ali na mesa por mais alguns minutos, bebericando a bebida preta sem açúcar, como se a demora para terminar aquele café da manhã conseguisse atrasar a passagem de tempo. A delegacia com certeza estaria um pandemônio naquela manhã de sábado, após a declaração absurda do delegado na noite anterior (o que diabos havia passado na cabeça do homem?!), e Tibério não estava a fim de enfrentar uma horda de repórteres assim que descesse do carro.

"Alimente o mangue com um fascista", era o que dizia um dos cartazes que um punhado de manifestantes, uma dúzia, talvez menos, segurava na frente da delegacia. Além deles, havia apenas uma repórter acompanhada por uma pessoa com uma enorme câmera. Tibério caminhou apressado do estacionamento ao pequeno prédio, feio, sem graça, quadrado e pintado de cinza, com pequenas janelas de vidro espelhado permanentemente fechadas. Um sarcófago. Com os passos largos e a cabeça baixa, esperava passar despercebido, mas a repórter o viu antes mesmo que ele chegasse à pequena escada de três degraus que levava à entrada da delegacia.

— Senhor Ferreira?! — gritou a mulher, fazendo-se ouvida em meio aos gritos de protesto. — Uma palavrinha, por favor!

Considerou seguir adiante, fingir não ter escutado, mas algo no tom de voz dela o fez parar e se virar. Era como se a conhecesse.

Observou-a bem: era um pouco mais baixa que ele, magra, e ostentava uma pele negra retinta, longas e grossas tranças, uma argola na lateral do nariz e um batom escuro nos lábios, contraídos numa perpétua expressão de cinismo. Tinha uma cicatriz na sobrancelha e os olhos amendoados, cor de mel, eram quase encobertos por pálpebras caídas, entediadas, mas que de tédio não tinham nada, pois naquele olhar Tibério via uma malícia de quem conhecia todos os segredos do universo, mas que jamais ousaria revelá-los de graça. Arrepiou-se; nunca a havia visto.

— E você é...? — perguntou, desconfiado, olhando para a roupa da repórter e da pessoa que a acompanhava, que era tão alta que Tibério precisava inclinar a cabeça para ver o rosto, de braços longos, quadris largos, unhas pretas e pontudas como garras afiadas e um cabelo crespo quase raspado, pintado de rosa, apontando uma pesada câmera de filmagem para o rosto dele.

Não havia identificação de onde trabalhavam.

— Alice Taiguara — cumprimentou a repórter, estendendo-lhe a mão. — E essa é minha cinegrafista, Baby. O que o senhor tem a dizer sobre a declaração do delegado? Pessoas LGBTQIAPN+ realmente têm culpa pelo risco de terminarem na lama?

— Ainda não posso comentar sobre isso — respondeu, virou-se e tornou a caminhar para a delegacia.

Ele não queria responder pelos absurdos do chefe, sabia que qualquer coisa que falasse podia ser usada contra si. Não cabia a ele resolver aquela confusão.

— E o que o senhor faz no Paraíso? Soube que é um frequentador do bairro! — A mulher jogou a pergunta em suas costas como acusando-o de um crime hediondo.

Parou por um instante, pego de surpresa, com um pé no primeiro degrau da escada. Não esperava aquela pergunta tão pessoal e odiava ser surpreendido.

— Não vejo como uma coisa tem relação com a outra — respondeu, de costas, quase murmurando, sem se importar se a mulher ouviu ou não, e entrou no prédio, deixando a porta de vidro fechar atrás de si.

O chefe não havia aparecido para trabalhar, os telefones tocavam sem cessar, os policiais andavam de um lado para o outro parecendo baratas, sem saber o que fazer. Tibério subiu até o primeiro andar, onde havia algumas salas desocupadas, procurando silêncio, e, da janela, observou a pequena multidão, a repórter, que continuava lá fora, abordando qualquer policial que estivesse chegando, e os manifestantes, com bandeiras de arco-íris sujos de lama ou de tinta vermelha, com cartazes de repúdio à força policial de Abaporu e ao chefe daquela delegacia.

Logo chegou uma van de uma grande emissora para fazer a cobertura do ocorrido, e ele imaginou como deveria estar a guerra virtual na internet, alguns glorificando e defendendo o delegado, outros condenando-o. Uma coisa era certa, porém: aquela confusão atrairia atenção para aquele caso que estava longe de uma conclusão, e assim, com tanta pressão em cima deles, tudo ficaria mais difícil.

— Estamos fodidos — falou uma voz atrás de si.

Tibério se virou, dando de cara com Omar.

— Vamos esperar os resultados do laboratório. Talvez Antônia encontre alguma pista.

— E se não encontrar? — perguntou Omar, olhando pela janela, para o céu, para o nada, preocupado.

— Teremos que esperar que o assassino cometa algum erro — disse Tibério, sentindo o gosto amargo daquelas palavras no fundo da língua.

— Se é que os casos estão conectados — retrucou Omar, com as sobrancelhas curvadas.

Depois de um longo suspiro, deixou Tibério e voltou lá para baixo.

— Se é que os casos estão conectados — concordou Tibério, quando já estava sozinho, voltando a olhar pela janela.

Procurou, entre os manifestantes, a repórter Alice Taiguara.

Aonde ela tinha ido? Quem era ela? Por que perguntara o que ele fazia no Paraíso? O rosto dela (os lábios carnudos, a pele negra, os olhos cor de mel e separados, as pálpebras caídas de leve e as sobrancelhas arqueadas em descontentamento e tédio) flutuava na mente dele como quem, após olhar para o sol, ficava a observar pequenas manchas para onde quer que olhasse. Algo naquele rosto cutucava o fundo de sua memória, como uma lembrança desesperada para ser relembrada.

Antes que pudesse fazer mais questionamentos que não conseguiria responder e divagar em *déjà vus* e suposições que beiravam um estado de paranoia, pegou o celular e ligou para Iberê. Precisava conversar com o amigo.

Iberê estava indo para o trabalho, ali perto da delegacia. Tibério pediu que ele passasse lá, no caminho.

Iberê chegou pouco tempo depois, caminhando tranquilo e descompassado, como sempre, como se o corpo esguio flutuasse, vestido com o uniforme do trabalho: a camisa branca com mangas apertadas que realçavam os músculos dos braços, que não eram grandes, mas definidos, com o nome de uma empresa de paisagismo, botas e uma calça verde. No ombro pendia uma bolsa que parecia pesada e cheia de coisas.

A maioria dos manifestantes já havia sido dispersa, e os dois caminharam até o estacionamento da delegacia, ali havia um banco de pedra no qual podiam se sentar embaixo de uma árvore com certa privacidade. O sol não estava forte, era um dia nublado, mas naquele calor qualquer sombra era bem-vinda.

— Queria pedir desculpas — disse Tibério. — Por ontem, pelo que o delegado falou. Você não merecia ouvir aquilo.

— Eu sei. — O amigo sorriu. — Ninguém merecia.

— Eu e os rapazes só estamos tentando fazer o trabalho aqui. Estamos mudando as coisas na polícia aos poucos.

— Talvez estejam no trabalho errado. Talvez as coisas nunca melhorem, talvez a polícia seja pra sempre uma instituição opressora. Vocês são bons demais pra serem policiais.

— E se sairmos, quem sobrará?

Iberê assentiu, resignado. Tibério podia ver no olhar do outro homem como era duro para ele ver o amigo vestido com aquele uniforme que tanto o machucara durante a vida. De repente, sentiu falta do gato. Com ele as coisas eram mais simples.

— Preciso ir trabalhar, já bati o ponto — despediu-se Tibério, levantando-se e ousando um abraço desajeitado no amigo.

— É bom vê-lo assim, solto. Namorando — respondeu Iberê, que apertou aquele abraço.

Sorriu com o uso daquela palavra. Não "namorando", mas "solto". Nunca tinha pensado no presente estado emocional daquela forma, mas era isso mesmo. Sentia-se solto. Liberto das amarras do passado, dos medos e das angústias.

Observou Iberê ir embora seguindo a rua a pé. Viu o amigo abrir a bolsa e tirar dali um boné, que logo colocou na cabeça. O céu estava se abrindo, as nuvens de chuva sendo sopradas para longe e o sol brilhando na rua engarrafada.

O boné, Tibério reconheceu na hora. Seu coração disparou à medida que a respiração falhava. Sentou-se no banco, ofegante, sentindo que desmaiaria. A visão escureceu, mas a imagem do boné na cabeça de Iberê, verde com feixe branco, o mesmo que ele vira no mangue na cabeça do homem da canoa, persistiu.

10

Amigos, não policiais

Aquilo parecia tão surreal que era difícil de acreditar que estava acontecendo. Ao seu lado, de costas para si, estava Tibério num sono profundo, seu corpo subindo e descendo no ritmo de sua respiração pesada. Estava seminu, apenas com um short de algodão fino. O sol começava a nascer, mas Afonso não havia dormido. Estava elétrico, ansioso, com uma tonelada de pensamentos na cabeça, sobretudo após a noite anterior, quando saíra com os amigos de Tibério.

Na penumbra, Afonso acariciou o braço do namorado. Estava na hora de se levantarem. *É, isso realmente está acontecendo*, pensou, lembrando-se de quando o vira pela primeira vez, anos antes, aquele policial sisudo de olhar preocupado questionando sua presença na sala de necrópsias. Lembrando-se de como se encantara com aquele jeito retraído, quase tímido, mas rígido, duro, com uma barreira difícil de transpor. Era como um desafio. Tudo em Tibério o atraía, desde os fios brancos que, na época, começavam a despontar na densa barba, e que no momento ocupavam boa parte dela, aos olhos tristes e que pareciam sempre preocupados, com a sobrancelha constantemente curvada. Gostava do jeito sério, nunca sorrindo, e o observava, imaginando o que seria necessário para fazê-lo sorrir.

Gostava de desafios, e conquistar aquele homem havia sido um desafio e tanto. E, quando tirou a roupa dele e pôde ver o que escondia por baixo daqueles tecidos, sentiu um enorme afeto pelo homem. Era um corpo maltratado, cheio de marcas de um passado do qual Tibério nunca ousaria falar. Tudo que podia fazer era acariciá-lo e mostrar a ele que o amava incondicionalmente.

E foi assim que Afonso compreendeu que, por trás daquele rosto sisudo, havia um Tibério vulnerável. O policial excêntrico que nunca errava, o investigador que sempre solucionava os casos, sempre focado, determinado, com uma intuição que parecia paranormal e uma barreira antissocial sempre oclusa, era só mais uma pessoa vulnerável com seus fantasmas do passado.

O dia em que Afonso mais vira aquela vulnerabilidade fora quando passara naquela manhã na delegacia para levar o almoço dele (o homem sempre esquecia de comer) e encontrara Tibério no estacionamento, sentado em um banco de pedra embaixo de uma árvore, pálido, com os olhos arregalados como se tivesse visto uma assombração. Aproximou-se dele, apressado, preocupado, com a cabeça repassando mil possibilidades do que poderia ter acontecido.

— O que houve? — perguntou Afonso, sentando-se ao lado de Tibério.

Tibério apoiou nas pernas a marmita que Afonso trouxera para ele, sentindo o calor da comida recém-comprada passar pela sacola, pela calça e aquecer a pele.

O policial virou-se de repente, como se só no momento tivesse reparado a presença do namorado.

— Iberê — falou, franzindo o cenho e concentrando a visão numa folha que havia caído logo à frente dos pés.

Iberê, o amigo mais antigo e mais próximo. Só podia imaginar o que Iberê sabia sobre Tibério, o que lhe havia acontecido, que evento de tamanha magnitude o havia impactado o suficiente para torná-lo recluso daquela forma, imaginava as coisas horríveis que ele devia ter passado no orfanato, qual tragédia havia caído sobre sua vida para ele ir parar naquele lugar. Gostaria que Tibério lhe contasse do passado sombrio para que pudesse acalentá-lo, dizer que ficaria tudo bem, que agora estava seguro.

— O que tem Iberê? — perguntou.

— Acabei de vê-lo, e ele usava exatamente o mesmo boné que nosso suspeito usava, verde e branco, tem a mesma altura, as mesmas características físicas.
— Quer ir atrás dele? — perguntou. — Só nós dois. Perguntamos onde conseguiu aquele boné. Como amigos, não policiais.

Após mandarem uma mensagem perguntando a Iberê onde ele estava (estava na obra de um prédio, trabalhando no jardim) foram até lá no carro de Afonso. No caminho, enquanto avançavam devagar pelo trânsito lento, ele inteirou Tibério do relatório da última necrópsia. Gostava de ver as reações dele, as pequenas mudanças, quase imperceptíveis, no semblante enquanto pensava e raciocinava sobre o que lhe era dito.

— Encontraram apenas um padrão de impressões digitais nos dois corpos, nos braços e nas pernas, por onde os cadáveres foram segurados para serem carregados. O primeiro corpo tem marcas de esganadura de mãos de diferentes tamanhos, e no segundo de apenas uma mão, e menos marcas. Em ambos, traços de látex e talco indicam o uso de luvas.

Tibério ficou um tempo calado, refletindo, tentando decifrar aquele enigma, olhando para o vendedor de água que se deslocava entre os carros parados no semáforo.

— As digitais são do homem que desovou os cadáveres, ele estava sem luvas quando o vi — falou Tibério, enfim, após alguns instantes de raciocínio silencioso. Falava não para Afonso, mas para ouvir os próprios pensamentos em voz alta. — Ele não os matou. O assassino usava luvas, estava preparado. Ou assassinos. Por algum motivo, a primeira vítima parece ter sido morta por várias pessoas, a segunda por apenas uma. Imitação, improviso?

— Tem mais uma coisa — acrescentou Afonso.

Queria saber se Tibério via um padrão ali também.

— O quê? — perguntou o outro, curioso.

— A primeira vítima desapareceu na noite de domingo e apareceu no mangue na manhã seguinte. Estava morta fazia dez horas.

— Ela foi capturada e morta logo em seguida — reiterou Tibério de imediato; era uma coisa óbvia.

— A segunda vítima desapareceu na noite da segunda e o corpo só apareceu três dias depois. Mas quando você a encontrou, estava morta fazia dez horas também.

Tibério assentiu. Dessa vez demorou para responder. Estava pensando. Então falou:

— A segunda vítima foi mantida em cativeiro antes de ser morta. Talvez estejamos diante de assassinos diferentes.

Era o que Afonso tinha em mente.

— Mas há semelhanças — adicionou Afonso.

Queria ver como o investigador pensava, como processava as informações que lhe eram dadas. Queria aprender.

— Talvez seja um imitador — sugeriu Tibério, com um toque de incerteza na voz. — Tentando se safar, pondo a culpa no primeiro assassino. O segundo crucifixo é uma tentativa de imitação do primeiro, não tão sofisticado como aquele. Mas... — acrescentou, hesitando com o que estava prestes a dizer, como se temesse. — Um imitador não poderia saber os detalhes do crime, como esse crucifixo. Não soltamos para a imprensa, não saiu nos jornais. A não ser que...

Afonso engoliu em seco. "A não ser que"... tivessem um vazamento dentro da delegacia. Ou, pior, que o imitador fosse um policial.

— Você ainda acha que o assassino é Iberê? — perguntou, tentando mudar a direção da conversa, mesmo que ainda considerasse absurda a possibilidade.

Mas não tão absurdo quanto Tibério acreditar naquela hipótese.

— Não — rebateu, negando com a ênfase de quem tentava se convencer de algo. — Mas preciso saber onde ele esteve com aquele boné, ou onde o conseguiu. Pode ser um boné comum, que qualquer pessoa pode ter.

Era uma coincidência. O boné, constataram ao chegar no local da obra, fazia parte do uniforme da empresa de paisagismo para a qual Iberê trabalhava, e várias pessoas ali o usavam. Atrás, verde com o feixe branco. Na frente, a logomarca da empresa.

Na sombra do imóvel, que se projetava ao céu com as enormes varandas de vidro que denotavam o alto valor dos apartamentos, Iberê apontava para o local onde dois homens musculosos deveriam colocar a pequena árvore que carregavam. Quando Afonso e Tibério se aproximaram, ele os olhou, surpreso, mas com um amplo sorriso. Afinal, eram amigos. E ele não esperava que aquilo se tratasse de um assunto policial.

Afonso estendeu a mão para o cumprimentar, mas Iberê, após limpar na calça as mãos sujas de terra, o abraçou.

— Então, o que fazem aqui? — perguntou Iberê, sem rodeios.

Antes que falassem, guiou-os até um canto mais reservado, distante de outros trabalhadores que pudessem escutar a conversa.

— O homem que desovou os cadáveres no mangue usava um boné igual ao seu — respondeu Tibério, também direto, cerrando quase imperceptivelmente os olhos, analisando a reação do amigo. Antes que Iberê dissesse alguma coisa após uma evidente expressão de surpresa, com olhos arregalados e boca entreaberta, Tibério continuou: — Conhece algum funcionário que mora na vila de pescadores?

Ele não conhecia. Mas poderia conhecer. Aqueles homens, que trabalhavam com ele, vinham de todas as partes da cidade e das cidades adjacentes. Moravam em bairros pobres, periféricos, como aquela vila de pescadores, e os únicos momentos em que pisavam em regiões como aquela, abastada, com arranha-céus luxuosos e de projetos paisagísticos milionários, era a trabalho.

— A sede da empresa não fica muito distante daqui. Vocês podem ir lá tentar ver o quadro de funcionários, e ver se algum se encaixa nas descrições — sugeriu Iberê, com uma expressão amarga na cara.

Afonso podia notar o desgosto que ele sentia de si mesmo em estar ajudando a polícia.

No escritório da empresa, um cubo de vidro e aço cercado por jardins, encontraram uma mulher atrás de uma tela de computador, tão entretida no celular que só notou a presença dos homens parados na frente da mesa quando Tibério pigarreou.

— Pois não? — perguntou ela.

— Estamos atrás de informações sobre um funcionário seu — explicou Tibério com calma, como quem perguntava a hora, com o tom de voz firme e grave.

Primeiro ela olhou o rosto deles, sem entender muito bem o que aqueles homens queriam. Com certeza aquele era um pedido pouco habitual, para o qual ela não havia sido treinada. Ajeitou-se na cadeira e pôs uma mecha de cabelo atrás da orelha. Só então ela reparou na roupa que eles vestiam. Uniformes. Afonso com a camisa branca, um crachá pendurado no pescoço escrito "polícia científica", e Tibério com o colete da polícia civil sobre a camisa social.

A mulher fechou a cara e largou o celular ao lado, colocando-o em cima de uma pilha de documentos com os quais ela provavelmente deveria estar trabalhando, em vez de ocupar-se com o aparelho telefônico.

— E vocês têm algum mandado pra isso? — E, olhando para Afonso, acrescentou: — Perícia? Não tem nenhuma cena de crime aqui. Com todo o respeito.

Afonso respirou fundo e olhou para Tibério, que continuava impassível e com os lábios contraídos num pequeno sorriso educado, como se a mulher tivesse acabado de informar as horas. Naquele momento ele teve certeza de que havia escolhido a profissão certa. Como legista, apenas tinha que lidar com mortos, sempre calados e sempre honestos, entregavam verdades sem rodeios.

— Não, mas teremos uma em breve em algum lugar. Se você nos ajudar agora, vai poupar bastante tempo da polícia — respondeu Tibério.

A mulher consultou a hora no celular e retrucou:

— Tenho certeza de que a polícia tem bastante tempo. No meu bairro, tem assalto todo dia e nunca vejo policial fazendo ronda. Ontem mesmo meu filho foi assaltado na frente de casa.

— Sinto muito por isso, mas não é nosso trabalho fazer rondas. Estamos tentando solucionar um crime — interveio Tibério, antes que a situação se descontrolasse.

— Deveriam prevenir os crimes antes de tudo, assim não perderiam seu precioso tempo tentando solucioná-los — ironizou a secretária.

Afonso resmungou e falou, com uma voz mais alta do que planejara:

— Podemos solucionar uns e impedir outros, se você parar de nos fazer perder tempo.

A mulher o olhou, furiosa. Ao seu lado, Tibério também o olhou, balançando a cabeça devagar. Afonso havia estragado tudo.

— Bom, eu não estou com pressa — retrucou a mulher, dirigindo-se apenas a Tibério. — Fico aqui até às dezoito horas. Só darei informações sobre nossos funcionários com uma ordem judicial. — E acrescentou, agora virando-se para Afonso, falando-lhe como se ele fosse uma criança: — É a lei.

Saíram de lá, calados, Tibério cabisbaixo, massageando a nuca.

— Você não deveria ter falado aquilo — disse o investigador, quando entraram no carro, lamentando-se. — Nenhum juiz vai nos dar um mandado com o que temos. Em especial com uma empresa desse porte.

Agora, massageava a nuca com intensidade.

— Quando você me falou uma vez o quão difícil era lidar com as pessoas no seu trabalho, eu não achava que era tão fácil perder a paciência. Não sei como você consegue. Me desculpe — suplicou-lhe, ousando colocar a mão na perna de Tibério.

Sendo alguém que trabalhava com um auxiliar desastrado, Afonso compreendia a frustração. E ele não queria ser visto como uma frustração.

Sentia falta dos cadáveres.

— Não precisa se desculpar. Eu não devia ter trazido você, não é seu trabalho — tranquilizou-o Tibério, pondo a mão sobre a sua.

— Não seríamos uma boa dupla? Você não trocaria Omar por mim?

Olhou-o, suplicante, esforçando-se ao máximo para reproduzir a expressão de um cachorro pedinte. Tibério não havia ficado bravo, e a calmaria frente às adversidades era o que mais admirava nele. Queria ser assim também.

— Na mesma hora — respondeu Tibério sem pensar duas vezes, com um sorriso aberto e raro. Então acrescentou, como se o testasse: — E o que você faria agora, sendo meu parceiro?

— Além de te dar um beijo completamente inapropriado enquanto trabalhamos? Esperar aqui no estacionamento, de tocaia, abastecidos com doces e refrigerantes, com binóculos e uma câmera poderosa até o funcionário aparecer ou a secretária sair de forma suspeita e então a perseguirmos e descobrirmos que ela mora na vila de pescadores e é casada com o assassino? — respondeu, esperando prolongar aquele sorriso.

— Que tipo de livro você anda lendo? — retrucou o outro, rindo. — Podemos seguir por um caminho mais simples: na internet podemos pesquisar onde a empresa tem projetos em andamento. Nesses locais, se não forem muitos, podemos procurar o suspeito.

— Você procura — rendeu-se Afonso, impressionado com a dificuldade daquilo. Com certeza aquela empresa teria muitos projetos.

— Por mim já deu o trabalho de investigador. Exaustivo. Vou voltar para meus cadáveres.

E assim ele voltou, após deixar o namorado na delegacia, resistindo ao impulso de dar-lhe um beijo de despedida ali mesmo, na frente dos policiais (como aquele homem mexia com seus desejos!), voltando para o subsolo da polícia científica, excitado, apaixonado, com os pensamentos sempre voltando a Tibério, com o pulso firme, a voz autoritária, a calma, o uniforme policial. Quase sentiu inveja, talvez até mesmo ciúme, de Omar, que sempre trabalhava ao lado dele.

Gutemberg, o auxiliar, belo e desastrado, estava almoçando sentado numa cadeira, com os pés em cima da mesa de necrópsias. Afonso limpou a garganta, assustando o jovem, que se sobressaltou e derrubou os talheres e pedaços de comida no chão.

Afonso balançou a cabeça, impressionado com a falta de jeito do rapaz. Ficou parado, observando-o recolher o que havia derrubado, os braços esticados, brancos, depilados, com veias tão saltadas que ele quase, àquela distância, podia ver a pulsação, os músculos desenvolvidos de quem não faltava à academia nenhum dia, as mãos grandes e fortes que conseguiriam esganar uma pessoa até a morte em apenas alguns segundos, as costas arqueadas de uma maneira desengonçada, como quem não sabia lidar com a altura, a bunda empinada, apertada e marcada pela calça jeans clara. Afonso suspirou, pensando no namorado. Sentia desejos por Tibério, o homem excitava-o sobremaneira, e aquela recusa, aversão, a entregar-se de todo apenas aumentava a intensidade daqueles desejos. Queria jogar o homem na cama, arrancar as roupas, estripá-lo, dissecá-lo, num sentido metafórico e romântico da coisa, se possível, e perscrutar os interiores do homem como numa necrópsia sexual.

Então suspirou fundo mais uma vez, limpando da mente a visão da bunda empinada de Gutemberg. Aprumou a roupa e pegou o celular para enviar uma mensagem a Tibério. Queria dormir com ele aquela noite. Estava com saudades. Amava-o. Ansiava por dar-lhe mais beijos, mais amor, mais companhia silenciosa com carinhos na perna vendo aqueles filmes a que Tibério já tinha assistido tantas vezes, até aquela barreira que o bloqueava se dissipar, e Afonso, enfim, poder expressar todo o desejo que sentia por ele.

Sua mente, até então ocupada pelos charmes de Tibério (os beijos ávidos, os toques hesitantes, o sorriso tímido, o timbre da voz, suave e grave, o olhar distante, as cicatrizes que contavam histórias secretas, o cheiro), depressa voltou à sala de necrópsias quando alguém abriu a porta. Era Gabriella, a perita, ofegante, como se tivesse acabado de correr.

— Preparem-se, encontraram outro cadáver. Vamos sair mais tarde hoje. Gutemberg, vem comigo — disse e sumiu atrás da porta, sendo seguida pelo auxiliar, que correu, apressado, ainda com o almoço que sobrara na mão.

Sozinho, Afonso suspirou mais uma vez, deixando entrar nos pulmões o cheiro de álcool e formol, que, de certa forma, o tranquilizava. Ajeitou o volume que havia crescido em sua cueca, pressionando-o sob a calça, e começou a se preparar para a necrópsia.

11

Violência inclemente

A polícia militar já estava no local, com os uniformes e armas intimidantes e a postura autoritária e superior de sempre. Entre eles, Gisele, a policial que parecia o tempo todo pronta para quebrar alguém e que, como todos sabiam (exceto o próprio), tinha uma quedinha pelo inspetor Omar.

Gabriella, seguida por Gutemberg, deu uma rápida olhada nos arredores: o cadáver na beira da praia, com a pele esbranquiçada e de uma textura semelhante a papel molhado, prestes a rasgar, e quase sendo atingido pela espuma das pequenas ondas, um casal com roupas de banho (que provavelmente se aproveitara do isolamento do local para transar e teve o coito interrompido por um cadáver), os curiosos e os repórteres que já chegavam e se acumulavam do lado de fora do cordão de isolamento da polícia. Ali, meia dúzia de policiais perambulavam, deixando pegadas por todo lado e comprometendo toda a cena do crime. Do lado do morto, dois policiais investigadores faziam anotações. O sol estava no ápice, e Gabriella, que havia acabado de almoçar, já se preparava para a indigestão que teria naquele mormaço.

Ela e Gutemberg se aproximaram do cadáver, um homem de cabelo claro, branco e de aparentes vinte anos, e, após uma rápida olhada, a perita exclamou para um dos policiais, qualquer um que a ouvisse:

— Contatem os investigadores Omar Assunção e Tibério Ferreira.

— Essa não é a região deles — respondeu um dos peritos que estavam ao lado do corpo quando eles chegaram.

— Isso aqui é uma semente de manguezal — contrapôs a perita, apontando para uma pequena e comprida estrutura verde, semelhante a uma vagem, presa ao cabelo do morto —, isso aqui é lama, isso aqui são arranhões *post mortem* provavelmente de raízes do mangue, isso aqui são folhas de mangue e na boca dele talvez você encontre água doce. Esse homem estava no mangue e foi arrastado até aqui pela maré, que está alta, como podem ver. É provável que esse cadáver faça parte do caso do investigador Omar. Então, novamente, liguem para ele.

— O que estão esperando? — exclamou Gutemberg frente à recusa dos investigadores de se moverem. — Vocês ouviram.

Os homens resmungaram e então se apressaram como crianças assustadas. Não escutaram quando ela, a perita responsável pela cena de crime, apresentou todos os fatos.

Irritada, enquanto esperavam, observou o corpo. Jovem. Um futuro inteiro destruído. Eles estavam cada vez mais jovens, os cadáveres que encontravam, ou talvez ela é que estivesse ficando velha. Tinha sorte, podia ser ela mesma ali, novinha, coberta de lama, com os olhos cheios de terra e minhocas comendo suas entranhas.

Tibério chegou pouco tempo depois, seguido por Omar. Os policiais abriam caminho para eles, como se por ali passasse a mais importante autoridade, mas mais em específico para Tibério, que caminhava na frente, mesmo Omar sendo o encarregado do caso, como se estivesse condenado e resignado a viver na sombra autoritária da experiência do outro.

— Inspetor Ferreira — falou quando o investigador se aproximou, não como um cumprimento, mas um chamado para acordá-lo de um transe.

Os olhos dele estavam distantes, como se apenas o corpo estivesse ali.

Ele não pareceu escutar. Ficou parado olhando para o cadáver, analisando-o com tanta concentração que ignorava os vivos. Gabriella pigarreou.

— Gabriella. Gutemberg. — Parecia ter acordado do transe, mas nem sabia que tinha estado em um. — O que temos? — perguntou, voltando a si, sem parecer saber que a cabeça tinha viajado quilômetros de distância.

A perita perguntava-se o que se passava naquela mente tão misteriosa.

— Jovem, homem, de vinte a vinte e cinco anos. Marcas de esganadura. Corpo provavelmente veio do mangue, arrastado pelo rio — começou a dizer. — Eu diria que está morto há...

— Dez horas? — adiantou-se Tibério, completando-a.

Assentiu, um pouco frustrada. Não por ter sido interrompida, mas por falar algo que ele já sabia.

— Temos uma identificação — disse, entregando-lhe, envolta num saco plástico de evidências, a identidade do morto, encontrada no bolso da calça.

— Terceiro cadáver com esganadura encontrado no mangue em uma semana — observou Gutemberg, que, agachado, tocava de luvas o pescoço da vítima. — É um assassino em série?

Tibério se aproximou, agachando-se ao lado de Gutemberg para inspecionar com mais detalhes o rosto do cadáver.

— Diferente das outras vítimas, ele não está montado de drag queen. Já fotografaram tudo? — perguntou.

E, quando recebeu a afirmativa, chamou dois policiais e pediu que virassem o cadáver de bruços.

Lá estava um corte no meio das costas, por baixo de um rasgo na camisa ensopada. Parecia um ferimento de faca.

Merda, pensou Gabriella, *deveria ter percebido isso antes*. Ele estava muito branco. Perdeu sangue antes de morrer. Ela devia ter procurado um ferimento. Era provável que ele tivesse sido esfaqueado e o agressor, para adiantar a morte, o esganara.

No fim, eles tinham três assassinatos com vários aspectos em comum e muitas diferenças: a desova no mesmo lugar, em dois casos feita ao que parecia pela mesma pessoa; duas vítimas eram drag queens e estavam vestidas como tal; as três possuíam marcas de esganadura, mas de formas diferentes. As duas primeiras portavam crucifixos, a terceira, não, mas este podia ter caído enquanto era arrastado pelo rio. As duas primeiras também tinham sido encontradas dez horas após a morte. Eram três assassinos ou um assassino que estava tentando enganá-los? Havia mais dúvidas que respostas.

PARTE I | O MANGUE

Voltaram para a polícia científica. Tibério e Omar foram procurar a família da vítima, para comunicar a morte do rapaz e indagar sobre o possível envolvimento com a drag queen ou com o bairro Paraíso, variáveis que o conectariam com as outras vítimas, que, por sua vez, ainda não tiveram as famílias localizadas.

Enquanto Gutemberg encaminhava o cadáver para o subsolo, onde o legista Ricardo Afonso os aguardava, Gabriella fez um rápido desvio para o laboratório, onde Antônia terminava as análises.

A jovem olhava por um microscópio com uma caneca de café ao lado. Quando viu Gabriella, girou o banco, sobressaltada, fazendo o cabelo preto, na altura dos ombros, girar com ela. Parecia elétrica de tanto tomar café.

— Diga-me que descobriu alguma coisa — pediu a perita, sentando-se em um banco perto do ar-condicionado.

— Solange possuía resquícios de lubrificante na região anal, indicando relação sexual antes da morte — discorreu a analista, cuspindo as palavras numa velocidade movida por cafeína. A voz era ainda mais aguda naquele estado de cansaço turbinado. — Diferente de Dione Dite, a primeira: nela foi detectado DNA sem correspondência em duas marcas de mordidas. Além disso, havia terra debaixo de suas unhas.

— De mangue?

— Não, de jardim — respondeu a analista, com um sorriso de quem tinha orgulho de si mesma. — Identifiquei adubo, fertilizante e pólen de flor de hortênsia.

Gabriella ergueu a sobrancelha, surpresa com o detalhamento.

— E na segunda vítima, Solange? — perguntou, procurando um padrão entre os crimes.

— Nada. Como se tivesse sido morta num ambiente estéril — respondeu, apontando no computador uma fotografia aumentada de alguma superfície microscópica que não significava nada para Gabriella, mas que para Antônia parecia fazer todo o sentido do mundo.

Lá fora, um trovão ressoou, e Gabriella deu um salto do banco, assustada. Antônia pareceu não notar, pegou a caneca de café e tentou dar mais um gole, mas estava vazia. Decepcionada, largou a caneca de lado e coçou os olhos, lutando para se manter acordada.

— Pode ir pra casa descansar — instruiu a perita, consultando o relógio, que marcava dezenove horas. Estava frustrada. Tinham progredido pouco, quase nada, e àquela hora havia pouco a se fazer. — Amanhã teremos mais um longo dia.

A analista a olhou, agradecida, dando um suspiro de alívio. Sem cerimônias, retirou o jaleco, pegou a bolsa e foi embora.

Gabriella continuou sentada no laboratório vazio, com o cheiro de café, que Antônia deveria ter passado o dia inteiro tomando, e com o barulho da chuva que começava a bater na janela. Esperava que não chovesse tão forte; era difícil se deslocar naquela cidade com tanta água nas ruas mal projetadas e sem drenagem. Após alongar-se, dirigiu-se ao subsolo, ali a necrópsia do último cadáver deveria estar em andamento.

Observou, mais uma vez, Afonso analisar o corpo morto na mesa de metal. Daquela vez, desconhecendo a vítima, não se deixou abalar.

Ficou atenta ao trabalho silencioso e minucioso do homem, que abria, observava, coletava amostras que enviaria para Antônia analisar a composição, o DNA, procurava padrões, anomalias, quaisquer coisas que os levassem a um caminho. "A marca de mão no pescoço era menor que as encontradas nos primeiros cadáveres", anunciou o legista. Sem contusões ou mordidas no corpo, como nos outros, apenas aquela facada, de uma faca de cozinha, cega, mas que fez um furo profundo e doloroso. "Aqui, ele foi furado nas costas e caiu de joelhos", falou doutor Afonso, apontando para os ferimentos nas articulações.

— O ferimento não foi grande o suficiente para o matar depressa, ele sangraria lentamente até morrer. Então o enforcaram para terminar o serviço.

— Estavam com pressa. Ou com pena — supôs a perita.

— Pena? — perguntou o médico, irônico, gesticulando para que Gabriella, que havia colocado luvas para auxiliá-lo, juntamente com Gutemberg, pusesse a mão no pescoço do objeto da necrópsia. — A força feita para esse tipo de lesão só pode vir do ódio. De uma violência inclemente.

12

Todos os beijos do mundo

Quilômetros e quilômetros de horror e devastação. Tibério caminhava a passos largos, mas lentos, e com dificuldade, com a lama que o engolia. Ao lado a água podre e violenta corria gigantesca, com a força descomunal de um titã vindo das profundezas do inferno. Ela, a água, também corria lenta, pesada, mas sem dificuldade; estava furiosa, determinada e decidida a chegar ao destino final, arrastando consigo o que tivesse pela frente, transformando a vida em morte. Já ele andava sem saber de onde vinha ou para onde ia, pois de vida e morte nada sabia, seguia escutando os gritos de horror, de gente, de árvores contorcidas e de animais agonizantes. O sol queimava sua nuca e a imensidão que ele testemunhava o vertiginava. O cabelo molhado escorria em gotas de lama sobre a face: parecia um monstro, com galhos e folhas e lixo colados nos ferimentos, abertos e fechados. Sentia gosto de pus e sangue. O caldo da morte, de todos os afogados, espalhados na água escura. *Tomai, comei; isto é o meu corpo que é partido por vós; fazei isto em memória de mim.* Lá na frente, um corpo, estirado e coberto de lama. Via-se só o rosto, virado para cima, poupado pela água como se ela tivesse deliberadamente decidido que aquele viveria. Aproximou-se, os passos lentos, difíceis, a nuca ardendo, a lama escorrendo na face, o sangue, o pus, a dor, a confusão, a liberdade e a água correndo furiosa de um lado e as árvores, do outro, contorcidas, pedindo socorro. Pegou um galho do chão e, com as mãos flageladas, cutucou o corpo. O rosto, afundado na lama, abriu os olhos e gritou.

— Inspetor Ferreira — clamou uma voz, distante, retumbando nos ouvidos como o eco de um trovão.

Como um deus que o chamava dos céus. Mas ele não reconhecia aquele nome. Inspetor. Ferreira. Quem era ele?

Alguém pigarreou. Como um estalo na mente, um baque na realidade distorcida, o estalo dos dedos de um hipnotizador, ele acordou daquele delírio e percebeu que inspetor Ferreira era ele mesmo. Tibério Ferreira. Investigador. Inspetor. Agente de polícia. Sinônimos para quem ele era. E ele era aquilo? Quem era aquele monstro, um monstro miúdo, uma criança, coberta de lama e gravetos e folhas e pus e dor e sangue, caminhando com dificuldade no caos, na lama, na terra alagada, e a água correndo em torrente, e os gritos das árvores, e o corpo na lama... e os olhos que abriam e o grito final e aterrador? Estava sonhando acordado? Delirando? Era uma lembrança?

— O que temos aqui? — perguntou, afastando de si aqueles pensamentos que lhe pareciam insanos.

Estavam no meio da praia, cercados por mato, um pedaço raro que a especulação imobiliária tardava em conquistar. O excesso de calor deveria estar fazendo-o delirar.

A perita Gabriella estava parada ao lado do corpo e explicou o que tinham encontrado.

O cadáver, daquela vez, portava um documento de identidade. Os policiais tinham acabado de virar o corpo e os peritos analisavam o ferimento que parecia ser de uma faca, quando Tibério falou para Omar:

— Temos um nome. A fim de uma visita?

A casa da vítima ficava num bairro residencial de classe média. Um bairro antipático, quente, com poucas árvores, muitas casas e nenhum prédio, uma pequena praça com uma pista de skate cheia de grafites e pichações, e um sol que pairava sobre eles como um holofote.

Quem abriu a porta foi uma mulher na casa dos cinquenta anos, com cabelo esticado e pintado de acaju.

Tibério odiava aquelas situações. Falar para uma mãe que o filho havia sido assassinado. Omar odiava ainda mais, mas pelo menos ele tinha jeito. Era delicado, falava com rodeios, colocava a mão no ombro do familiar. A Tibério restavam as perguntas objetivas. Era um homem pragmático, com poucas perguntas diretas extraía toda a informação de que precisava. Quando a mulher ainda nem tinha terminado de tomar o copo d'água que Omar se oferecera para buscar, entrando na casa da mulher como se fosse a dele, indo até a cozinha para servir a dona e, no caminho, de maneira inteligente, aproveitando para dar uma olhada no recinto e procurar por evidências ou alguma coisa que dissesse algo sobre o morto, Tibério já tinha perguntado tudo de que precisava.

"Quando foi a última vez que o viu? Tinham um bom relacionamento? Ele gostava de ir a festas? Tinha problemas com drogas? Desculpe a pergunta indelicada, mas seu filho era homossexual? Não, senhora, não estou insinuando nada. Apenas perguntas de praxe. Seu filho tinha algum amigo no Paraíso? E inimigo? Alguém que desejasse fazer mal a ele?"

A tarde caminhava para seu fim quando saíram de lá. A mulher, sem filho, à espera do marido que trabalhava, ficou para trás, diminuindo no retrovisor que Tibério olhava, e nos olhos dela havia a dor de quem tinha acabado de ver a devastação.

— Ela disse que os amigos do filho eram os skatistas com quem ele andava — informou Tibério, voltando a atenção para a rua à frente. — E que não tinha inimigos. Só brigava vez ou outra com uns moleques na rua.

— "Os viadinhos do bairro" — repetiu Omar as palavras da mulher.

— Olhe — falou o outro, quando passavam pela pequena praça, apontando para uma parede pichada ao lado da pista de skate.

"Viado bom é viado na lama", era o que diziam as inscrições em letras laranja e tortas na parede.

— Vi spray de tinta laranja no quarto dele — revelou Omar. — Ele era um homofóbico de merda. Mas por que alguém mataria duas drag queens e um skatista homofóbico?

— São assassinos diferentes, mas os casos estão conectados de alguma forma — completou Tibério.

A dor na nuca voltara. Estava cada vez mais frequente. Era uma dor pulsante, uma pressão, como se ali o tivessem atingido com uma pá.

Massageava o músculo de modo inútil, pois a dor não parecia ser física. Era uma dor fantasma, vinda de outra dimensão, de outra realidade, das lembranças.

— Hoje mais cedo descobri uma coisa — contou Tibério. — É possível que o homem que desovou os cadáveres seja funcionário da mesma empresa de paisagismo em que Iberê trabalha. Mas para acessar os arquivos dos funcionários, precisamos de um mandado.

— Conheço um juiz que me deve um favor — disse Omar, após um tempo pensando. E, para se explicar, após um olhar indagador de Tibério, completou: — Gisele prendeu o filho dele com maconha na frente da escola, eu tive uma conversa com ela e ele foi solto. — Omar percebeu o olhar que no momento o julgava, e, rindo nervoso, explicou-se, como se se defendesse na frente de um júri, ou de um padre: — O quê? Era uma quantidade insignificante, nem era pra ser preso. E é sempre bom ter um juiz te devendo um favor, né?

Manteve os olhos abertos naquela noite. O relógio ainda marcava nove horas quando Tibério se deitou, encarando o teto. As luzes do apartamento estavam todas acesas; as janelas, escancaradas, deixando entrar o vento e o ruído da rua, que começava a diminuir. Sua salvação foi Afonso, que, ao sair do trabalho, enviou-lhe uma mensagem perguntando o que fazia.

Venha pra cá. Me faça companhia, respondeu.

Afonso chegou rápido. Ainda cheirava ao trabalho: o cheiro da sala de necrópsias: álcool, formol, desinfetante. Tomou um longo banho, largou as roupas sujas num canto e deitou-se na cama ao lado de Tibério, que ainda estava deitado como um cadáver, gelado e imóvel, mas de olhos abertos.

O frescor de Afonso o despertou. O cabelo úmido, a pele com cheiro de sabonete, o hálito refrescante. Reuniu coragem e, um pouco trêmulo, passou a mão pelo peito do companheiro, sentindo entre os dedos os pelos úmidos. Desceu a mão até a cueca, que era sua e da qual Afonso se apropriara com o próprio cheiro. Queria que Afonso o esquentasse, o fizesse se sentir vivo, e não um cadáver, como ele estava se sentindo, um cadáver coberto de lama e de olhos abertos, então o beijou.

Fechou os olhos e se deixou ser guiado. Afonso o despiu, tirou a camisa dele com delicadeza como se temesse machucá-lo.

De olhos fechados, nada via, apenas o breu, mas tudo sentia: a língua quente, a respiração pesada, o peso dele sobre si, os pelos que roçavam nos seus, suas partes que se batiam, os pequenos gemidos de um desejo contido e insaciável que saíam da boca de Afonso. O homem agarrou-lhe os pulsos, pondo seus braços acima da cabeça, imobilizando-o. Tibério no momento era todo dele, e sentia mordidas nas orelhas, à medida que a pressão em seus pulsos pelas mãos que os seguravam aumentava.

Mas a pressão foi aumentando, e o prazer tornou-se dor. As mãos pareciam crescer e seu pulso, diminuir. Seu corpo inteiro, na verdade, parecia encolher. O que era prazer virou desespero, desejo de se soltar, de correr, de se ver livre dali. Afonso passou a ter outro cheiro, um cheiro velho de mofo, de óleo de motor de carro, e da boca dele não mais exalava o odor refrescante de creme dental, e sim de vinho. Um hálito fermentado.

Abriu os olhos, em desespero. Queria que Afonso o soltasse. Só que Afonso tinha sumido.

Estava sozinho, num quarto pequeno, mal iluminado, com paredes de madeira. Em sua cabeça, pingava uma goteira. Escutava, não muito longe dali, o barulho de água corrente, um rio, e galhos de árvore arranhando a parede como unhas numa lousa. Nos pulsos não havia mais as mãos pesadas de Afonso, e sim correntes. No pescoço, uma lesma se arrastava. Afundou-se, aos poucos, na cama, como numa areia movediça, sendo tomado, engolido, pela escuridão até o breu tornar-se completo. No peito sentia um vazio aterrador, como se seu coração tivesse sido roubado.

"Tibério?", uma voz chamou-lhe.

Era Afonso. Estava de volta ao quarto. As paredes de concreto, as luzes acesas, a janela, no momento fechada, com a chuva pingando lá fora. O namorado estava em pé no meio do quarto.

O coração de Tibério acelerou. Ou parou, era impossível diferenciar. Estava perdendo a sanidade. Sim, perdendo a sanidade, enfim, depois de todos aqueles anos tentando fugir daquilo. Mas por que naquele momento? Não estava tudo bem? Quando enfim conseguia viver consigo mesmo, quando havia declarado o amor para Afonso, quando estava tudo bem no trabalho, que tinha um emprego promissor, um apartamento que lhe agradava, quando a mente parecia ter se estabilizado, o que era aquilo?

— Talvez a gente tenha se precipitado. Talvez eu tenha te pressionado demais. Me desculpe — disse Afonso, com os olhos cheios de lágrimas. — Como você tá se sentindo? Acho melhor te levar para um hospital.

— Não. Nada de hospital. E não foi sua culpa. Aconteceu uma coisa comigo. No passado — respondeu Tibério.

Suas mãos começaram a tremer e a suar. O passado era um assunto delicado. Era o que mais o aterrorizava. Uma sombra enorme que o perseguia. Tinha medo de olhar para trás.

— Quer falar sobre isso? — perguntou Afonso, parecendo pequeno e sensível ali do outro lado da cama.

Agia com cautela, como se se aproximasse de um cachorro abandonado e atropelado, que, de tão assustado, podia morder quem tentasse ajudar.

— Não posso — respondeu. E, com um enorme esforço, pois aquela era uma coisa sobre a qual ele se recusava a falar, confessou: — Eu não lembro de nada.

Já havia tentado lembrar. Uma vida inteira de acompanhamento psicológico, psiquiátrico, de medicações. Não lembrava nada de antes do orfanato. Era um bloqueio poderoso da mente, falavam-lhe os especialistas, para o proteger. Proteger de algo terrível que acontecera. Talvez fosse melhor nunca lembrar. E seguiu o conselho dos doutores. Era melhor seguir a vida. Aprender a conviver consigo mesmo. Com os outros.

— Não importa — declarou Afonso. — O passado não importa. O que importa é o que somos agora.

— Sinto muito pelo que aconteceu — desculpou-se, envergonhado.

— Vai ficar tudo bem. Mas não vamos mais nos apressar, ok? — falou, sorrindo, derretendo-lhe o coração. Aproximou-se ainda mais. O frescor do hálito estava de volta. O cheiro do perfume. — Posso te beijar?

— Por favor — pediu, desejando ter todos os beijos do mundo.

13

Uma morte esquecível

Omar acordou com uma leve ressaca. No quarto, escuro e abafado, predominava o cheiro de fumo, suor e uísque, cuja garrafa vazia ornamentava a mesinha de cabeceira. Tateou o móvel em busca do celular e acabou esbarrando a mão num cinzeiro cheio de cinzas e bagas de maconha.

— Merda — praguejou, enquanto o barulho do objeto de metal que sambava no chão ressoava pelo quarto.

Ouviu um resmungo e olhou para trás, para a cama espaçosa e bagunçada, dando-se conta de que estava acompanhado. *Porra*.

— Hora de ir — falou, cutucando a mulher que, de tão bêbada e chapada, acabara adormecendo ali. Olhou para o celular, uma mensagem não lida de Tibério. — Preciso trabalhar.

— Vá se foder — resmungou a mulher cujo nome Omar esquecera.

Enquanto ela catava a roupa espalhada pelo chão e se vestia, com os olhos semicerrados como se ainda dormisse, Omar pagou o dinheiro que lhe devia pela noite, e ela o deixou, dispensando o café da manhã que ele oferecera.

Como sempre, naquela hora, batia a solidão. O apartamento com cheiro de sexo, a cama suja de fluidos, o vazio, o silêncio. Não tinha mais prazer, o sexo havia se tornado um vício, quase uma obrigação, um ritual, uma mercadoria que ele encomendava após uma longa semana, como recompensa. Já fazia aquilo havia tanto tempo que tinha se acostumado, fazia parte da rotina. Agradava-lhe a simplicidade, a velocidade. Gozou, pagou. Sem complicações, sem sentimentos, sem problemas. Os sentimentos, esses sim eram complicados.

E era por causa deles, dos desgraçados sentimentos, que fugia de Gisele, a policial que estrangulava seu coração com apenas um olhar. Tinha medo de ser insuficiente para ela.

Estou aqui na frente, dizia a mensagem de Tibério.

Foi até a janela e lá estava ele, em pé embaixo de uma árvore, apoiado no capô do carro, o cabelo ainda úmido e penteado, de camisa de mangas compridas, do outro lado da rua, tomando café na garrafa térmica. Aquele homem era um enigma, cheio de silêncios e mistérios, e Omar sempre se fascinava com o jeito do colega.

Pensou em Iberê, que conhecera naquele bar algumas noites antes, ele sim devia conhecer alguns segredos do policial. Talvez o convidasse para sair um dia desses. Saíam para os mesmos cantos, gostavam de balada, de drogas, de beber. Era um amigo que sentia falta de ter. Não aguentava mais sair com os policiais, com os mesmos papos de sempre, a cerveja rala, o futebol repetitivo, as piadas de gosto duvidoso. Omar só queria dançar. Talvez, depois de algumas doses de cachaça, Iberê lhe contasse algo sobre Tibério.

— Temos cento e cinquenta e seis funcionários trabalhando em toda a zona metropolitana de Abaporu, num total de trinta e oito obras. Temos orgulho de ser a maior e melhor empresa de paisagismo da região — informou a secretária enquanto virava a tela do computador para os policiais.

Falava como se estivesse diante de câmeras e gravasse uma campanha comercial para a televisão.

— Podemos ver a localização das obras? — perguntou Tibério com educação, tentando, talvez, filtrar a busca, a fim de evitar perderem tempo verificando tantos funcionários.

Ela mostrou um mapa, uma visão de satélite da região, com bolinhas azuis apontando cada obra em que a empresa realizava um projeto. Bastou uma rápida olhada para eles identificarem um pontinho um pouco afastado da cidade, numa área verde ao lado de um grande rio.

— Mangrove Tropical Residence — constatou Tibério, apontando para o pontinho azul sobre o mangue, nas margens do rio Abaporu. — Que tipo de trabalho fazem lá?

— Paisagismo — respondeu a mulher, irônica.

Omar riu. O outro continuou sério. Sabendo que a pose intimidante e antipática do colega jamais estimularia a mulher a ser mais rápida em ajudá-los, Omar, com um sorriso que a fez se ajeitar na cadeira, pediu a ela que mostrasse os funcionários que trabalhavam lá.

— Temos três funcionários regulares lá, jardineiros — disse, após clicar na bolinha. — Não é nenhuma obra, fazem manutenção dos jardins de algumas casas do condomínio.

— Podemos ver? — pediu Omar.

— Claro, querido — respondeu, abrindo os arquivos dos três funcionários.

Um deles era uma mulher, que Tibério descartou de imediato. Tinha certeza de que era um homem. O outro era um garoto de dezenove anos, branco, magrelo. O terceiro, enfim, se enquadrou na descrição do colega: um homem de cabelo raspado, corpo robusto e pescoço largo, o mesmo porte físico de Iberê. Não tinham foto dele de costas, mas só podia ser ele. O endereço foi a confirmação: morava na vila de pescadores. E, por sorte, ele estava de folga naquele dia.

Com um mandado de busca e apreensão, seguidos por uma viatura com mais dois policiais, foram no carro de Tibério, que seria perfeito para andar naquela região após a forte chuva que despencara na cidade durante a madrugada e ainda insistia em uma fina garoa pela manhã. Era um utilitário potente, espaçoso e confortável, ao contrário do seu, um compacto que mal conseguia subir ladeiras muito íngremes.

As ruas da vila de pescadores, de barro, estavam alagadas. Foram até onde puderam, quando as ruelas ficaram estreitas demais e tiveram que estacionar o veículo para irem a pé, caminhando por uma plataforma de tábuas de madeira dispostas pela própria população para evitar caminharem pelo esgoto ou pela vazante do rio quando enchia. Foram sozinhos, para avaliar o grau de periculosidade da casa do suspeito, enquanto os outros policiais aguardavam na viatura serem chamados.

Havia pouca gente na rua, alguns pescadores passavam com as redes enroladas sobre os ombros. Omar e Tibério estavam sem uniforme, mas por cima da roupa vestiam coletes à prova de bala. Os moradores olhavam para eles com curiosidade, alguns com agressividade.

— Ele provavelmente vai fugir — disse Tibério quando avistaram a casa no endereço informado.

Era uma casinha minúscula, de tinta branca lavada pela chuva, telhas cobertas por lodo e um pequeno jardim tomado por mato.

— Vou ficar atrás da casa e você bate na porta — sugeriu, indo em direção aos fundos da residência, que não possuía nenhum tipo de muro ou cerca.

O homem fugiu assim que Tibério o chamou pela porta da frente. A casa ficava no fim da vila, de modo que os fundos dela davam para a mata, o manguezal, no qual Omar se escondeu, praguejando mentalmente à medida que o pé afundava na lama, sujando o sapato e a barra da calça, até o homem sair pela porta de trás.

Conseguiu surpreendê-lo. O jardineiro não correu, esperava que ninguém o fosse emboscar ali atrás, tentou sair de mansinho, caminhando abaixado passando pelo quintal da casa vizinha, mas Omar o alcançou com facilidade e o pegou, agarrando o braço dele por trás. O homem virou-se e acertou com o cotovelo do braço livre o peito de Omar, que perdeu o fôlego e se curvou, de dor, tentando conseguir ar. Não podia deixá-lo escapar, era a primeira grande pista que tinham. Então, ainda que sem ar e sentindo uma pontada de dor no peito, desatou a correr atrás do suspeito, que já estava a metros de distância.

O terreno dificultava a perseguição. Era cheio de lama, mato, entulho, lixo, valas por onde corria esgoto, árvores. Viu o homem tentar entrar numa casa pelos fundos, mas a porta estava trancada, assim Omar ganhou tempo e terreno e acelerou os passos, mas as botas ficaram ensopadas, estava ainda mais sem fôlego, e aquela chuva rala naquele calor com o sol que começava a despontar no céu piorava tudo. *Onde caralhos estava Tibério?* Sem tempo para sacar o rádio ou a arma, correu.

Quando o jardineiro subia um monte de entulho nos fundos de uma casa em reformas, Omar o alcançou. O homem havia tropeçado e caído. Tentava se levantar quando Omar chegou por trás e pulou nas costas dele, derrubando-o de novo. Tomado pela adrenalina, mal sentiu a dor quando o homem jogou o corpo contra o seu e inverteu suas posições. No momento as costas de Omar estavam sobre o entulho, sentia as pontas dos tijolos, pedras e cerâmicas quebrados espetando sua pele. Tentou golpear o homem com uma pedra, mas ele era rápido e se esquivou.

Merda, pensou. E, antes de tentar dar outro golpe, tudo o que vira, antes de ficar de todo paralisado por medo, foi o brilho da lâmina de uma faca. Era aquela a tão esperada hora em que viraria mais um, viraria estatística, outra história de um policial morto por aquelas bandas. Esfaqueado num monte de entulho por uma faca suja, uma morte esquecível, estúpida, nem sequer lembrariam o nome dele, iriam para seu funeral e depois nunca mais o mencionariam. E quem iria para o funeral? Não tinha amigos, não de verdade, talvez Tibério, mas nem ao menos tinha certeza de que ele conseguia ter sentimentos. Omar era distante da família, não tinha mais ninguém; toda a vida, todo o trabalho, tudo que fizera até então (isso se tivesse feito muitas coisas) culminara naquele momento, vivera a vida inteira para morrer esfaqueado cercado por lixo e esgoto. Que vida. Fechou os olhos, esperando a dor atravessar o abdome e rasgar os órgãos, abrindo as entranhas e derramando ali, misturado com toda aquela podridão, seu sangue.

De repente, sentiu o peso sobre si sumir. Abriu os olhos, e o homem não estava mais na sua frente. Quem estava ali era Tibério, que havia puxado o suspeito pelo colarinho e o jogado no chão, na base do monte de entulho. A faca estava jogada do outro lado, fora do alcance dele. Omar se levantou, sacudiu a roupa, tentando sem sucesso tirar a sujeira, e resistiu ao impulso de abraçar o colega.

Voltavam para a casa do suspeito, Tibério à frente e Omar atrás, puxando o homem algemado, que resmungava palavras incompreensíveis, quando o parceiro de repente parou.

Na casa do jardineiro, surgida pela porta que o homem havia deixado aberta, estava uma criança, chorando e vestida apenas com uma cueca. Chamava pelo pai.

Tibério entrou primeiro, o cenho franzido, a arma em punho. Omar aguardou do lado de fora, com o suspeito e o filho dele, que no momento chorava abraçado às pernas do pai. O colega voltou pouco mais de um minuto depois (não havia muitos cômodos para verificar), o cenho ainda franzido, mas a arma guardada no coldre, sobre a qual mantinha a mão. Não havia mais ninguém em casa.

— Onde está a mãe da criança? — perguntou Omar, puxando os braços do homem para trás, arrancando-lhe um grunhido de dor, para motivá-lo a responder.

— Não tem — respondeu o suspeito, com uma resignação na voz de quem enfim tinha se rendido, não à polícia, mas à desgraça da própria vida.

Omar encarou Tibério, que entendeu a frustração em seu olhar. Não podiam levar o homem para a delegacia com aquela criança, precisavam encaminhá-la para o conselho tutelar. Empurrou o homem para dentro de casa, lá o prenderia em uma cadeira e ligaria para os policiais que os aguardavam na viatura, solicitando que fossem buscar alguma assistente social, a tempo de passar pela porta e ver o colega agachando-se para falar com o menino, com uma voz doce e suave que ele nunca ouvira antes, fazendo a criança parar de chorar e o escutar falando que o papai dele tinha que falar com a polícia.

Em pé, escorado no vão da porta da cozinha, Omar observava o suspeito sentado na cadeira, com as mãos algemadas em cima da mesa na qual ele e o filho tinham acabado de tomar café da manhã e sobre a qual ainda estavam os pratos e copos sujos. Na sala, com o canto do olho, podia ver Tibério sentado no sofá, ao lado do garoto que no momento estava calmo, assistindo na televisão a algum desenho animado frenético e com uma dublagem de vozes agudas.

— Ótimo exemplo pro teu filho, hein — disse Omar. — Melhor confessar logo pra acabar com isso mais rápido e poupar o menino.

— Só vou falar na presença dos meus advogados — declarou o jardineiro. Afinal, havia visto, sim, alguns filmes policiais. — E quero fazer uma ligação.

— Na delegacia você vai ter tudo isso. Mas nada vai servir, temos suas digitais — respondeu Omar, sentando-se em uma cadeira no lado oposto da mesa para ver a reação do suspeito.

Mas o homem virou o rosto e se calou.

— Para alguém que coloca crucifixo nos cadáveres — disse Tibério, quando saíam da casa. — Ele não parece ser muito religioso.

Omar olhou uma última vez para o interior do imóvel, antes de o policial que os acompanhava trancar a porta, e percebera que ali não havia nenhum símbolo religioso. Nenhuma imagem, santo ou crucifixo.

Voltaram para os carros numa procissão, a assistente social na frente, segurando a mão da criança, um policial atrás, com a mão no coldre, e o outro segurando o suspeito algemado.

Quando a criança foi colocada na viatura, aos berros e chamados pelo pai, Omar viu um olhar vacilante em Tibério.

— Tu tá bem? — perguntou Omar.

— O pai vai ser preso e o menino vai ser entregue ao sistema, vai ser só mais um número — murmurou, confirmando as suspeitas de Omar. O colega estava se vendo naquele menino. Será que o pai de Tibério também havia sido preso? — Nós destruímos a vida dele.

— Não, o pai fez isso — retrucou. — De toda forma, tenho certeza de que ele será muito mais bem cuidado agora por pessoas profissionais e experientes, em vez de um criminoso.

Mas Tibério apenas deu de ombros.

— É... — Assentiu, dando por encerrada a conversa. E então jogou a chave do carro para Omar. — Quer ir dirigindo?

Omar voltou contente para a delegacia, dirigindo a Toyota de Tibério. Por fim, eles fizeram um grande avanço na investigação, prenderam um suspeito, que ia com eles no carro. Só precisavam indiciá-lo, coletar as impressões digitais, compará-las com as encontradas na canoa e nos cadáveres, comparar os vestígios encontrados nas roupas dele com os que eles já tinham, solicitar uma audiência de custódia para uma prisão temporária... Tinham tudo contra ele. Com sorte, ele baixaria a guarda. Pensaria no filho, no que tinha a perder. Proporia um acordo. Revelaria os mandantes do crime. Mal podia esperar para ver Tibério o interrogando.

Vê-lo interrogar suspeitos era sempre um espetáculo, os policiais se aglomeravam na salinha para assistir: o homem era frio e afiado feito uma navalha. Cortava pela jugular. Com poucas palavras e com o olhar mortal, fazia o mais fodão dos criminosos confessar aos prantos. Só esperava que o jardineiro não chamasse os advogados.

Advogados.

"Só vou falar na presença dos meus advogados." Não fora isso que ele havia dito, na casa? Lembrou-se do casebre, cheio de rachaduras, goteiras, os armários vazios, a geladeira enferrujada, a mesa bamba, a rua por onde corriam ratos e esgoto. Gente que vivia naquela miséria mal conhecia os próprios direitos. Não tinha advogado. Muito menos "advogados", no plural.

Olhou para Tibério, inconscientemente buscando respostas no homem, mas ele estava calado, olhando pela janela, absorto em pensamentos. Nem sequer parecia estar presente dentro daquele corpo. Talvez o suspeito estivesse blefando, repetindo frases sem saber o significado, mas que havia visto na televisão. Não tinha advogado nenhum. Ou talvez tivesse... Talvez tivesse alguém poderoso o protegendo. Respirou fundo. Estava sendo desconfiado demais. A resposta mais provável sempre era a mais simples.

Na frente da delegacia havia duas equipes de jornais. A notícia da apreensão do suspeito já tinha se espalhado.

Antes de ser levado para a sala de interrogatório, o suspeito exigiu fazer uma ligação. Omar tinha poucas escolhas, autorizou. Só restava esperar que ele estivesse ligando para um familiar e não para "os advogados". Tentou escutar o que ele falava, mas foi impossível, tinha que manter distância para dar-lhe privacidade, e o telefone ficava no salão principal, cheio de policiais e civis barulhentos.

Omar aproveitou o tempo para ir ao banheiro. Sentou-se na privada e relaxou, satisfeito com o lugar vazio e silencioso. Misturar cerveja e uísque sempre fazia mal à digestão. Faria barulho e não seria cheiroso. Já estava de olhos fechados, aliviado pelo peso que descarregara, quando ouviu alguém gritar a palavra "ambulância", e depois passos correndo. Apressou-se para ver o que se passava, nervoso. Após se limpar, atravessou o salão principal, desviando de gente que corria no caminho, de curiosos que não saíam do lugar e bloqueavam a passagem, cruzando com civis confusos que não sabiam o que estava acontecendo, esbarrando em cadeiras que haviam sido largadas no meio do corredor, para constatar que a confusão vinha da sala de interrogatório. No caminho olhou depressa para o telefone: o suspeito não estava mais lá. Com o coração acelerado e a sensação de que algo ruim havia acontecido, correu. Uma horda de policiais se amontoava para ver o que havia dentro da sala.

— Dá licença! — berrou, e os policiais parados na porta da salinha saíram.

O jardineiro estava caído no chão, pálido, os braços estirados, as pernas amolecidas. Ao lado, uma cadeira caída e um policial agachado, com dois dedos sobre o pescoço dele, verificando a pulsação.

— Está morto — anunciou o agente.

— Saiam da frente! — Omar ouviu alguém gritar atrás de si.

Era Tibério, entrando na sala. Ele se aproximou do corpo, verificou a pulsação, abriu a boca do morto. Então levantou-se, deu uma olhada ao redor e pôs-se na sua frente.

— Ele fez alguma ligação? — perguntou, exasperado. Mas Omar não respondeu. Não conseguia. Sentia o corpo dormente. A vista embaçada, os sons abafados. Sentia que desmaiaria. — Omar, ele fez alguma ligação? — voltou a perguntar, dessa vez gritando e sacudindo seus ombros.

— Fez! — respondeu, voltando a si pelo grito e pelo sacolejo.

Tibério saiu correndo, empurrando os policiais que voltaram a bloquear a porta, curiosos. Omar sacudiu a cabeça, querendo entender o que o outro estava fazendo e envergonhado por ter entrado em pânico, travando na frente de toda a delegacia, e correu atrás dele.

— Largue esse telefone! — berrou o colega ao se aproximar do aparelho, que uma policial acabara de tirar do gancho.

Preparava-se para discar quando o homem gritou, e olhou, incrédula, com o grito que levara. Quando viu quem era, largou o telefone de imediato e se afastou, aterrorizada.

Omar se aproximou a tempo de ver que Tibério apertara o botão de rediscar. Enquanto chamava, fez um gesto para que se aproximasse. Obedeceu, e ele pôs o fone entre os ouvidos dos dois, para que ambos pudessem escutar.

— Bonifácio e Associados, bom dia — disse a voz do outro lado da linha.

Omar, sobressaltado e aterrorizado, apertou o gancho, encerrando a ligação.

O principal suspeito do caso tinha acabado de morrer na delegacia logo após ligar para a Bonifácio e Associados, a firma de advogados que representava os maiores poderosos daquela cidade, os moradores mais ricos, os empresários, os políticos, o prefeito, o delegado.

14

Que a violência me traga paz

Renan, mais conhecido como Kelly Prada, não sabia dizer muito bem o que era justiça.

Foi por isso que, naqueles dias cheios de debates acalorados sobre o assunto nas redes sociais, ele postou para seus poucos seguidores a questão: "O que é justiça?".

Recebeu algumas respostas e, pesquisando em outras fontes, o significado era quase sempre o mesmo. Justiça era quando as coisas funcionavam. Quando tudo era justo. Quando a lei era aplicada para corrigir algum desequilíbrio no bem-estar social. Oportunidades iguais para todos, direitos, garantias, segurança. Era uma lei imparcial, que não via cor, religião, sexualidade, gênero.

Sua próxima postagem foi: "Nunca vi essa tal justiça".

E, como constatou nas reações à frase, muitas pessoas também não. Justiça não era a mesma para todo mundo. Não para ele, por exemplo, negro, gay, afeminado, que gostava de se vestir de drag à noite para dançar na boate, que havia sido expulso de casa pelo pai, um pastor, que clamava fazer a justiça de Deus enquanto colocava para fora aquele demônio que havia se infiltrado em sua família. Para o pai, um homem branco e heterossexual, a justiça era o que ele bem entendesse. Para a mãe, uma mulher preta que era traída pelo marido, nem tanto. Isso era justo? Renan considerava que a justiça funcionava como degraus na hierarquia social. Quanto mais se descia em direção ao porão escuro, úmido e cheio de mofo, mais rarefeita ela ficava. Mulheres, gays, negros, transgêneros, a escada ia descendo. Até o fundo do poço, em que a justiça era mera lenda urbana.

    Renan estalou os dedos, preparando-se para o textão, ajeitou-se no sofá e digitou no celular: "O conceito de justiça é perfeito. O problema é do humano e da sociedade, que o deturpam".

    Talvez, com bastante esforço, a justiça pudesse ser alcançada. Ela estava ali. Em algum lugar naquela grande escadaria social, oculta nas penumbras do porão. Quem sabe enterrada. Coberta por mofo. Por lama.

    A vingança, por outro lado, ele não saberia muito bem definir em palavras. Mas Renan reconhecia o olhar de alguém que havia confundido justiça com vingança. Era um olhar amargo, estreito, cheio de ódio.

    Viu esse olhar em Pavo, que surgiu do quarto, enrolado em um cobertor, falando:

— Foda-se a justiça, Renan! A gente precisa é de vingança!

— Fazer justiça com as próprias mãos é errado e perigoso — retrucou.

— Bicha, se a polícia não faz o trabalho dela, quem vai fazer? Os criminosos vão continuar soltos matando a gente?

O amigo estava furioso, feroz, com um olhar impetuoso que lhe lembrava Dione Dite nos últimos dias de vida.

— E tu quer fazer o quê? Pegar uma arma e sair atirando por aí? Bancar a justiceira? Matar os bandidos com as próprias mãos? Arriscar quebrar essas unhas postiças? Tu não é Divine, mona!

— Primeiro, acho que tu viu o filme errado. E segundo, sim. Quero fazer tudo isso.

Renan revirou os olhos. Aquilo estava saindo do controle.

— Violência só vai trazer mais violência, só vai ajudar a continuar esse ciclo.

— Ciclo? Que ciclo?! — berrou o outro, erguendo os braços e deixando o cobertor cair no chão. Pôde ver a mão dele, que até então estava oculta, enfaixada com gaze ensanguentada. Depressa desviou o olhar, pois sangue lhe dava calafrios. O que o amigo havia feito? — Não tem nenhum ciclo de violência, bicha. Só tem eles nos matando. Eles contra nós. Eles tirando nossos direitos, nos apedrejando, espancando, nos colocando na rua. Eles julgam, condenam, nos humilham, jogam merda e lama na nossa cara. Todos os dias. Eles ensinam que nós somos errados, somos aberrações, que merecemos sofrer, morrer. E ficamos calados levando a surra, engolindo o choro, nos escondendo, fingimos ser quem não somos, morrendo. Nunca levantamos a mão, damos um chute, um soco, jogamos uma pedra. Isso não é um ciclo. Tá na hora de mudar. Se a paz só me trouxe violência, que a violência me traga paz. Talvez, se eles tiverem medo da gente, aprendam a nos respeitar.

— Respeito? Isso não vai trazer respeito, vai trazer medo, mais ódio.

— Se ficássemos calados esperando respeito, nenhuma pedra teria sido atirada em nosso favor. Eu não quero morrer. E se eu morrer, pelo menos vou morrer tirando sangue do meu agressor — sentenciou, erguendo o pulso enfaixado e ensanguentado.

— Pavo, o que foi que tu fez?

— Fizemos o que foi preciso. E se tu não vai nos ajudar, por favor, saia do nosso caminho.

Com calafrios subindo pela espinha, Renan se retirou, foi para a sala, o lugar em que dormia, e enfiou na boca dois chicletes de nicotina; havia parado de fumar antes que os dentes ficassem amarelos demais. Sentado no sofá, lembrou-se da madrugada quando voltou para casa e encontrou Fortuna naquela sala, parecendo ter perdido a cabeça.

Ela estava coberta de lama, a roupa rasgada, a maquiagem derretida e a peruca jogada num canto da sala. Parecia que tinha caído na sarjeta ao sair da boate embriagada. Na verdade, fora isso que Kelly Prada achara que tinha acontecido. Estivera ocupada transando, não soubera da entrevista do delegado, desconhecia que a amiga tinha acabado de ser atacada na rua por homens encapuzados que jogaram bolas de lama do mangue nela.

— Pavo? — Kelly tentou falar com o amigo naquele dia, mas ele estava transtornado demais, os olhos esbugalhados, a respiração pesada. Era um ataque de fúria. Daqueles que só são apaziguados com vingança. — Fortuna?

— Agora é Atena. Atena Fortuna — respondeu.

Alguém bateu na porta com fúria. Fortuna, Atena Fortuna, foi na cozinha, pegou uma faca numa gaveta, abriu a porta e saiu. No breve segundo em que a porta permaneceu aberta, Kelly Prada avistou três pessoas do lado de fora, mas não as reconheceu, pois os rostos estavam cobertos por balaclavas vermelhas e douradas.

Pavo havia, enfim, saturado. Transbordado. A represa que carregava em si cheia de sofrimentos havia rompido, como uma represa que Renan soubera que havia explodido em algum lugar por aí. Revidou violência com violência, continuando a propagar aquele ciclo, que nem Renan sabia se realmente existia. Talvez Pavo tivesse razão, talvez fosse a hora de agir, ficar parado esperando o melhor não mais servia. A justiça não estava à vista, e o que eles podiam fazer? Esperar morrer um por um, até não sobrar ninguém?

Sentia-se só, sem esperanças. Não se sentia assim desde que havia sido posto para fora de casa por possuir um demônio dentro de si. Foi ali no Paraíso que Renan encontrou o próprio paraíso e foi acolhido, ali seu demônio era bem-vindo. Ganhou teto, comida, emprego, amigos, uma família. "Família é aquela que a gente escolhe", disseram-lhe uma vez, e tudo que podia fazer era sorrir com todo o amor que recebera ali dentro. Naquele bairro, Renan podia ser quem era e quem quisesse ser. Podia se chamar Kelly Prada, podia usar salto e peruca, beijar quem quisesse, *amar* quem quisesse, dar as mãos sem medo de olhares opressores, dançar, gritar, beber, transar, viver como se não houvesse amanhã, como se amanhã ele não pudesse ser morto e encontrado apodrecido nas lamas de um mangue.

O paraíso estava ameaçado. Dois morreram, quem seria o próximo? Não ele, não seus amigos, não sua família escolhida. Não permitiria. Naquele momento, tomou uma decisão. A polícia não parecia estar fazendo o próprio trabalho. A justiça sabia-se lá onde estava. Pavo, coitado, estava perturbado. Era a vez de Renan fazer sua parte. Foi até a sala e sentou-se no sofá, que também era sua cama, e dali, escondido embaixo do assento, retirou um caderninho rosa. Não era seu, era roubado. Era o caderno de clientes de Dione Dite, a morta, de quem Renan havia roubado no dia da morte dela.

15

Ninjas emputecidas

— O colapso nervoso de Britney Spears foi o momento mais autêntico dela — declarou Eva, ofegante, avançando com a perna direita e dando um soco cruzado na almofada.

— Vocês então deviam raspar o cabelo e sair por aí quebrando para-brisas com guarda-chuvas — murmurou Renan, do canto da sala, ao lado da caixinha de som que tocava Gloria Groove no último volume.

Irritado com aquele comentário insensível sobre a saúde mental da sua diva, não esperava que ninguém ouvisse, mas acabou falando no intervalo entre duas músicas e todos olharam.

— Exatamente! — berrou Pavo, estalando os dedos, sem perceber que Renan estava sendo irônico.

— *Travesti enfurecida é presa quebrando para-brisas no centro de Abaporu* — narrou Eva com uma voz triunfante, empinando o nariz e fazendo uma moldura com as mãos em torno do rosto. — Já posso ver as manchetes. Vou ser famosa, monas!

Renan se calou, recolhendo-se no lugar. Quando falaram que teriam uma aula comunitária de defesa pessoal, esperava outra coisa. O instrutor era Pavo, que assistira a alguns vídeos na internet e se sentia pronto para comandar um exército de ninjas emputecidas. Mas, desde que a aula começara (surpreendentemente cheia de alunes), tudo o que estavam vendo era ataque, e não defesa. Murros, chutes, enforcamentos. Até investidas com faca (simuladas com escovas de cabelo) foram ensinadas.

— Quando vamos aprender a nos defender? — resmungou Renan certa hora, desconfortável depois de dar três murros numa almofada.

Não conseguia se imaginar fazendo aquilo contra uma pessoa.

— Ataque é a melhor defesa — retrucou Pavo, recebendo aplausos e berros de aprovação.

O resto da aula Renan passou sentado no chão empoeirado, observando aqueles vinte corpos suados extravasarem toda a raiva que carregavam dentro de si por meio de socos e pontapés.

Colocou a mão na perna, por cima do bolso que guardava o caderninho rosa de Dione. Andava sempre com ele, decidindo o que fazer. Estava inseguro. Com medo. Medo da polícia, dos assassinos, do amigo.

— Chega! — gritou o instrutor, pegando todos de surpresa. Ele parecia furioso. — Vocês tão batendo como se tivessem com medo de quebrar a unha.

— Estamos — gracejou alguém no canto da sala, arrancando alguns risos.

Pavo continuou sério e encarou a mapoa que estava parada na sua frente. Sofia.

— Tentem visualizar nas almofadas a pessoa que vocês mais odeiam. Imaginem que estão batendo nela. Quem tu mais odeia na sua vida? — perguntou Pavo à moça, e todos se calaram para ouvir.

— Meu pai — respondeu Sofia sem hesitar ou pensar duas vezes.

— O que ele te fez? — indagou o professor, pegando uma almofada e segurando-a com ambas as mãos na frente de Sofia.

— Espancou meu irmão mais novo porque ele queria brincar com minhas bonecas — respondeu a moça, com os olhos baixos. A tristeza, então, deu lugar à raiva. E ela levantou os olhos, mirando a almofada que Pavo segurava. — Morreu no hospital com o fígado dilacerado — esbravejou, dando um soco na almofada. — Ele só tinha seis anos. — Outro soco. — Fugi de casa com minha namorada antes que fosse minha vez.

O último soco jogou Pavo para trás e arremessou a almofada para o outro lado da sala.

Aquilo foi como jogar querosene na chama do amigo de Renan. Ele pegou a almofada de novo e repetiu o ato, colocando-se na frente de outra pessoa, um garoto chamado Pablo.

— E tu?

— O policial que matou meu namorado. Estávamos num bar, bebendo, e ele, que estava fora de serviço, sentado em outra mesa, viu a gente se beijando e simplesmente sacou uma arma, se levantou e deu um tiro na cabeça do meu namorado...

O murro dessa vez foi tão forte que a almofada foi contra o rosto de Pavo, machucando o lábio, mas ele nem pareceu perceber.

— E tu? — perguntou a outra pessoa.

Quando falou, Renan viu sangue entre os dentes dele.

— Minha mãe, quando eu falei que era um homem trans, me arrastou pela rua só de cueca, me puxando pelos cabelos, até a igreja, e lá chamou os irmãos para tirarem o demônio do meu corpo. Consegui fugir para um matagal antes que me espancassem e nunca mais voltei.

Dessa vez, a almofada rasgou. Mas ainda aguentava alguns murros.

— E tu?

— Os homens que me estupraram quando eu tinha...

Cansado daquilo, Renan se levantou e, sem olhar para trás, deixou o lugar. Aquele culto ao ódio não levaria ninguém a lugar nenhum, além de trazer mais ódio. Nervoso, procurou um cigarro na bolsa, mas ele tinha parado de fumar, tinha só aquelas merdas de chiclete de nicotina.

Maldito fora o momento em que decidiu roubar aquele caderninho rosa. O que diabos passou pela sua cabeça? A cada passo que dava, parecia que aquele caderno ficava mais pesado no bolso.

Estava na janela, numa tarde, no dia da morte de Dione (gostava de ver as pequenas bandeiras de arco-íris que ornamentavam a rua, penduradas em várias janelas e portas, balançando ao vento o orgulho de suas cores), quando a viu, montada como drag queen, o que era pouco usual para aquele horário, pois drag queens, esses seres vampirescos, só apareciam à noite, saindo do prédio e entrando num perfeito Cadillac preto, digno de colecionadores. Não era expert em carros, mas conseguia reconhecer vários modelos. Seu pai era admirador de veículos antigos, mas só colecionava miniaturas, pois os de verdade eram inacessíveis a ele. O pequeno Renan, que, proibido de tocar nos carrinhos, assistia, admirado, ao pai falar dos modelos e suas histórias, e se imaginava crescido, adulto, colocando a cabeça para fora da janela de um Maverick, vermelho como o esmalte favorito da mãe, deixando o vento bagunçar o cabelo.

Não soube o que lhe deu. Um pressentimento ruim, talvez, um desejo avassalador, um pensamento intrusivo diabólico, mas Renan saiu da janela e subiu as escadas até o apartamento da drag queen que no dia seguinte seria encontrada morta no manguezal.

A porta estava destrancada. Não sabia o que estava fazendo ali, nem o que queria. Talvez só dar uma olhadinha, ver como vivia a célebre Dione Dite, ver os móveis, as maquiagens, os picumãs, as roupas... As roupas! Cheiraria as roupas, as vestiria, talvez até levaria alguma para casa. Mas algo no quarto chamou sua atenção: o colchão da cama estava levemente fora do lugar. Quando o levantou, viu o caderninho rosa coberto de *glitter*. Pegou, abriu e leu. Não era uma pessoa de ler, mas ficou curioso.

Sem pensar, colocou o caderno no bolso e saiu, voltando para o próprio apartamento. Não precisava de mais nada, nenhuma roupa, peruca, maquiagem do ídolo: havia pegado o bem mais precioso dele. Escondeu o caderno embaixo das almofadas e resolveu fingir que nada havia acontecido.

Sentou-se na frente do prédio, fugido da aula de Pavo. A mente de Renan voltou para alguns dias antes, quando dera de cara com aqueles dois policiais na escada. Pensou no policial mais velho, o que estava sem farda. Era charmoso, bonito, sim, mas o que lhe chamara atenção não fora a beleza da maturidade que tanto o atraía aos homens quarentões, e sim o olhar. Era como um clichê de romance piegas, vira naqueles olhos pretos uma perturbação enigmática e reconfortante. Viu-se preso nos olhos de Tibério, talvez nunca mais conseguisse sair, o olhar de quem tudo já viu e tudo via, um olhar tão sábio, firme e preciso, que Renan teve vontade de lhe entregar tudo. Sabia que não podia falar demais, afinal sua vida dependia disso, pois alguns dos nomes escritos no caderno de Dione Dite eram de homens poderosos, ricos, políticos, mas, ao mesmo tempo, aquela energia que emanava de Tibério despertara em Renan algo que ele não sentia havia muito tempo: o desejo de uma presença paterna. O pai que ele nunca teve se materializou ali, na forma daquele policial estranho com pose de que tinha tudo sob controle. Tomado pelo instinto sem sentido e absurdo, passou a acreditar que aquele homem era o único policial em quem poderia confiar, e assim começou a revirar a bolsa para entregar-lhe o caderno. Talvez ele soubesse o que fazer. Mas a maldita bolsa estava tão cheia de cacarecos que ele não conseguiu encontrar o caderno, e, quando deu por si, eles já estavam indo embora.

Ficou ali sentado na escada da entrada sentindo o caderno no bolso, ouvindo um rumor, que depressa cresceu num grito, vindo do edifício. Uma miscelânea de vozes confusas que aos poucos foi se organizando até Renan entender a palavra que pronunciavam num grito aterrador.

Gayrrilha!

Não precisou esperar para ver e compreender que eram alunes da aula de defesa pessoal, ou ataque impessoal, de Pavo, saindo turbinades de adrenalina e vontade de pôr em prática o que tinham acabado de aprender. Afinal, o que era uma aula teórica sem uma aplicação prática?

A Gayrrilha chegou
Todas prontas pr'atacá
Cada um com sua faca
Sem medo de revidá!

Podia distinguir com nitidez a voz de Pavo comandando aquele canto, aquele grito de guerra com rimas pobres e banais e linguagem de qualidade duvidosa. Renan se levantou antes que o grupo, ou gangue, guerrilha, quadrilha, cardume, matilha (não estava nem aí para como se denominava aquela junção de pessoas sedentas por sangue e vingança) saísse do prédio e desse de cara com ele sentado na escada, pois com certeza o pisoteariam, e correu até a esquina do bloco, onde se escondeu para esperar o grupo passar. Precisava pôr um fim naquilo antes que se escalonasse para uma tragédia.

16

Senhor Cruz

O alter ego de Renan, Kelly Prada, havia surgido como uma válvula de escape para toda a sua estranheza e incompetência social. Na persona de Kelly, sentia-se estimulada a falar tudo o que guardava como Renan. Sentia-se livre para ser irracional, ficar embriagada e pegar todos os homens que como Renan não teria coragem.

Não era comum uma drag queen sair em plena luz do dia, quando estavam sujeitas ao sol, ao calor que parecia cozinhar o cérebro embaixo da peruca, à quentura sufocante das várias camadas de roupas e adereços, à maquiagem barata que derretia com o suor, mas, pior, estavam sujeitas aos olhares carrancudos de velhas rabugentas, à violência física, verbal e silenciosa de homens intolerantes e de masculinidade frágil, das crianças com risinhos debochados que eram puxadas com violência por mães contrariadas, olhares curiosos, de quem tentava compreender que espécie de ser era aquele caminhando entre seres humanos.

E foi assim mesmo que Kelly Prada caminhou em plena manhã em direção à grande avenida engarrafada que cortava Abaporu, ligando bairros periféricos ao centro da metrópole. Caminhou com o *poc poc poc* dos saltos ressoando nas calçadas esburacadas, tentando ignorar os risinhos e os comentários ofensivos proferidos atrás de si.

Era difícil viver a vida sendo fiscalizada com frequência. Kelly queria uma vida livre e justa. E ainda acreditava no potencial da justiça. Talvez, muito talvez, se ela fizesse sua parte, as coisas se ajeitassem. Aos poucos o mundo mudaria. Queria provar para Pavo que justiça sempre era melhor que vingança.

Já estava perto do destino quando tomou um último fôlego de coragem. Teria atitude, determinação, colocaria a cara no sol. Achariam o criminoso, a justiça seria feita, Pavo se acalmaria.

Com o caderninho rosa em mãos, entrou na delegacia.

Ali encontrou um pandemônio. Caras confusas, outras assustadas, policiais correndo de um lado ao outro, um homem de terno perguntando o que caralho estava acontecendo na delegacia dele, alguém gritando por uma ambulância, outra pessoa gritando que alguém estava morto, dois policiais parados ao lado de um telefone, os olhares assombrados como se tivessem visto um fantasma.

Não esperava ver aqueles dois, que tinha visto tão determinados na escada do Edifício Silvetty, parecendo tão confusos. Muito menos o mais velho, que ali não tinha aquele ar silencioso de seriedade que lhe inspirara confiança. De repente, ele olhou para trás, como se tivesse lido seus pensamentos, mirando seus olhos. *De fato deveria ter lido seu pensamento*, Kelly pensou, pessoas com tão poucas palavras como aquele homem se comunicavam com a força do olhar, pois, depois daquela troca de olhares silenciosa, ele baixou o olhar direto para a sua mão, que segurava o caderninho rosa de Dione Dite.

— Tibério! — gritou alguém, e o policial se virou para olhar.

Kelly aproveitou para ir embora. Saiu pela porta por onde os socorristas entraram. Não suportou aquele caos, aquela desordem. Os homens da lei não deveriam manter a ordem? Kelly se viu desamparada, sem ter a quem recorrer, e atravessou correndo o estacionamento da delegacia, escondendo-se na sombra de um prédio da rua ao lado. Pegou o caderno rosa, abriu-o e, então, pegou o celular.

As primeiras páginas do caderno eram uma agenda telefônica, e as subsequentes eram um calendário, com dois dias em cada página, e os dias divididos em manhã, tarde e noite. Os códigos, a maioria deles iniciais, como A.P. ou S.T.V. representavam os nomes dos clientes, com os telefones, dias e horários marcados. Alguns nomes estavam por extenso, e Kelly reconhecia as figuras públicas por trás daquelas letras. Folheou até a última página marcada. O calendário indicava poucos dias antes. O último dia de Dione Dite. O último cliente. Em vez de letras, havia um símbolo: uma pequena cruz, desenhada com caneta preta. Não havia horário ou local escrito como nos outros, apenas a cruz desenhada na parte da manhã.

Folheou as páginas anteriores, procurando a mesma cruz, e lá estava ela, em diversas páginas, duas, três vezes por semana, alguns dias continham apenas a cruz em todos os horários. Era um cliente assíduo.

No início do caderno, na lista telefônica, Kelly encontrou o número do senhor Cruz e ligou para ele.

17

Alienígenas

— Tibério! — Ouviu o delegado Levi gritar em meio aos outros gritos.

Não quis olhar, estava ocupado demais. O morto na sala de interrogatório, o telefonema da firma de advogados, a drag queen que mascava o chiclete freneticamente segurando um caderninho rosa... O que era aquilo? Evidência? Parecia importante, pelo jeito como ela segurava a coisa. Era o caos. Logo ali, no seu ambiente de trabalho, o lugar metódico cheio de ordem, protocolos e burocracias que aprazia a necessidade constante de organização que tinha no cotidiano.

"Venha aqui", orientou o chefe com um gesto rápido de mão. Tibério mordeu o lábio, o inferior, os dentes tocando com suavidade aquela cicatriz que não lembrava como tinha sido causada. Olhou de volta para a drag queen, mas ela tinha sumido. Estava atravessando o estacionamento correndo.

Precisava saber o nome da pessoa por trás daquela drag queen. Precisava falar com ela. Perguntar o que ela sabia, o que tinha ido fazer ali. E precisava fazer isso o quanto antes, pois viu no rosto dela o olhar de quem estava para fazer algo muito, muito estúpido.

— Vocês estão deixando esse caso, que era simples, sair do controle — bradou Levi assim que Tibério se aproximou. *E você não está ajudando muito*, pensou. — Chame a perícia, quero esse corpo fora daqui o mais rápido possível, antes que a mídia caia em cima. E eu realmente espero que ele tenha morrido de causas naturais.

Tibério também esperava.

Apressou-se para a sala de interrogatório. A mesa estava no meio da sala, fora do lugar. Havia sido empurrada para a frente. A cadeira em que o suspeito estivera sentado fora jogada para trás, estava caída no chão. Entre os dois, o corpo, deitado com a barriga para cima. Os enfermeiros o haviam movido para tentar salvá-lo. Tibério olhou para o canto do teto, procurando a câmera que deveria ter filmado o que acontecera. Mas a luz vermelha estava apagada.

Por aquela câmera eles assistiam aos interrogatórios e os registravam. A única janela era na porta, quadrada e pequena, na frente da qual às vezes os policiais se amontoavam para espiar um interrogatório. Era uma salinha minúscula, apertada, abafada, feita para deixar o suspeito desconfortável, com um condicionador de ar que estava sempre frio demais ou quente demais.

Estava indo para lá, local em que ficavam os controles da câmera e o televisor no qual se projetava a imagem, quando Omar chegou. Estressado e preocupado, o cenho franzido.

— Quando a gente acha que as coisas não podem piorar... — murmurou o colega com um suspiro.

Tibério concordou com a cabeça. *As coisas sempre podiam piorar*, pensou.

— Precisamos chamar os peritos para liberarem o corpo — disse, ao ver que, pela cara, Omar estava sem condições de raciocinar sobre o que fazer. — E você precisa falar com todo mundo que teve acesso a essa sala e entrou em contato com o suspeito. Também veja as filmagens das câmeras. A corregedoria em breve estará aqui para investigar tudo.

— Tu vai pra onde? — perguntou Omar.

Para casa. Tirar os sapatos, desabotoar a camisa e se sentar no sofá. Daria duas palmadinhas no assento ao lado para chamar o gato preto, que ia aparecer de súbito, pulando no sofá e deitando-se ao seu lado, com a cabeça encostada de leve na sua perna e as orelhas baixas, pedindo carinho. Alisaria a cabeça dele por alguns minutos até o gato se cansar e ir procurar outra coisa para fazer, e então pegaria o celular e ligaria para Afonso, que atenderia de imediato. Chamaria o namorado para passar em seu apartamento. Queria deitar e receber cafuné, igual ao gato. Enquanto Afonso não saía do trabalho, tomaria banho, faria uma torta. De limão. Afonso gostava. Elis também, a criança da vizinha. Levaria um pedaço para ela, mais tarde.

Ou pelo menos era isso que ele queria fazer. Encheu os pulmões, endireitou a coluna e expirou. Precisava de foco, afastar as ansiedades, a vida pessoal, as emoções. Precisava voltar a ser o Tibério objetivo e calculista de sempre, com as emoções enterradas em algum lugar profundo do cérebro.

— Enquanto você descobre o que aconteceu aqui, vou no Paraíso continuar a investigação — disse Tibério.

Saiu da delegacia, deixando Omar para trás, encarregado de resolver aquela bagunça. Já podia imaginar que Afonso trabalharia até tarde aquela noite, pressionado pelo delegado a resolver logo aquele incidente, então já não podia contar com sua presença no apartamento. Seria uma noite solitária, só ele e Gato. Talvez chamasse Sâmia, a vizinha, para tomar uma taça de vinho.

Estava no estacionamento quando viu uma pessoa mexendo em seu carro. Era uma mulher, com o cabelo arrumado em longas e grossas tranças, colocando um papel sob o limpador do para-brisas. Tibério olhou para os lados e não viu nenhum outro carro com aquele papel. Era destinado a ele. Então levantou a voz e falou "ei!".

A mulher olhou, sobressaltada. Era a repórter do outro dia, que o interrogara sobre as visitas ao Paraíso. Alice Taiguara. Ainda não tinha conseguido identificar em que jornal ou emissora ela trabalhava. A sensação de que a conhecia de algum lugar estava cada vez maior.

— Ei! — repetiu Tibério, quando ela terminou de colocar o papel e fez sinais de que ia embora. — Quem é você?

Então ela o olhou com seriedade. Era um olhar de incredulidade tão intenso que o deixou nervoso. Ele parou e pôs a mão na nuca, sentindo uma pontada de dor.

— Quem é *você*? — retrucou a mulher, repetindo as palavras, mas, além da pergunta, ali havia uma insinuação, uma acusação, um enigma.

Alice Taiguara virou as costas, andou até uma van estacionada na calçada, debaixo de uma árvore, deu partida e sumiu. Tibério pegou o papel que ela colocou no para-brisas, uma convocatória de protesto no Paraíso, e entrou no carro. *Quem é você?*, perguntou a si mesmo, olhando-se pelo espelho retrovisor.

Ao chegar ao Paraíso, viu cartazes espalhados pela rua, colados nas paredes, nos postes, no chão, anunciando o protesto em defesa das vidas do Paraíso, marcado para dali a quatro dias. Na frente do Edifício Silvetty, num velho muro caindo aos pedaços que fechava um terreno vazio, uma pichação cobrindo as centenas de cartazes que haviam sido colados ali, enfileirados. A pichação dizia, em vermelho-sangue: "GAYRRILHA". A tinta escorria das letras como se fosse sangue. Ao lado dela, havia sido pintada a silhueta de uma balaclava.

Samuel abriu a porta após três batidas leves. Apareceu com um olhar alarmado.

— O que está acontecendo? — perguntou.

— Nada — mentiu Samuel, abrindo espaço para que ele entrasse.

— É melhor você me contar antes que eu descubra sozinho — retrucou ao entrar no apartamento que cheirava a dendê.

Pilar estava sentada no sofá assistindo à televisão, algum jornal, e deu um sorriso para Tibério.

Foi ela, Pilar, que respondeu:

— Estamos preocupados com o protesto. As pessoas tão comentando que talvez haja violência. E tu sabe minha história com protestos, esses que terminam em confronto.

Tibério assentiu, tentando evitar olhar para a cicatriz no meio da testa da mulher.

Foi direto ao assunto, descreveu a drag queen que aparecera na delegacia, e eles a identificaram como Kelly Prada. Quando mencionou o caderno rosa que Kelly segurava, Samuel disse de imediato: era o caderno de clientes de Dione. Já o tinha visto algumas vezes, quando estivera no apartamento da drag, era ali que ela anotava as informações sobre os programas. Samuel não sabia onde Kelly estava, mas o melhor amigo dela poderia saber.

PARTE I | O MANGUE

Daquela drag queen intimidante, alta, com a cintura espremida em um espartilho, sobrancelhas furiosas e perfume forte que encontrara no outro dia, na escada, Tibério nada reconheceu em Pavo, um rapaz pálido, magricela e de cabelo ralo e encaracolado. A braveza que havia naquela drag queen, entretanto, persistia nos olhos de Pavo. Neles havia um olhar de revolta.

— Pois não? — perguntou o rapaz ao abrir a porta do apartamento.

Parecia ocupado, distraído. Olhou duas vezes para trás, verificando algo lá dentro.

— Quero que você me conte tudo o que sabe sobre o que aconteceu com Dione Dite.

— Não sei de nada — grunhiu, e começou a fechar a porta.

Mas Tibério colocou o pé no caminho.

— Ou você me fala agora ou eu volto com uma intimação e o acompanho até a delegacia — ameaçou Tibério, afiando a voz e o olhar.

Pavo pareceu ponderar por alguns instantes. Por fim, ressentido, deu um suspiro e relaxou, abrindo a porta.

— O que quer saber?

Entrou no apartamento devagar, observando o lugar, procurando sinais de Renan. O lugar estava imundo. Da cozinha vinha um cheiro de comida azeda e não havia lugar para se sentar. Nas duas cadeiras em torno da mesinha de jantar havia amontoados de roupas que pareciam sujas e o sofá estava coberto de travesseiros, roupas e lençóis.

— Podemos começar pelos clientes de Dione.

— Olhe, eu não quero problemas — esquivou-se Pavo, erguendo os braços como se Tibério lhe tivesse apontado uma arma.

Nos nós dos dedos indicador e médio de uma das mãos havia ferimentos, como se ele tivesse esmurrado alguma coisa. A outra mão estava coberta por um curativo.

— Nem eu, então vamos terminar logo isso — insistiu. — Você sabe quem são os clientes?

— Ricos, enrustidos. Empresários. Políticos. Policiais. O de sempre. Só sei disso, não sei nomes, Téo nunca me falou.

— E você nunca teve curiosidade em saber?

— Ele tinha muitos segredos. E eu também não perguntava — respondeu, falando cada vez mais rápido, as pernas cada vez mais agitadas.

— E onde está Renan?
Tibério deu um passo à frente, aproximando-se.
— Não sei, brigamos.
Haviam brigado? Por qual razão?
— Brigaram por quê?
— Divergência de opiniões.
— Quando foi a última vez que o viu?
— Hoje de manhã, no treino.
Treino? De quê? Algo a ver com aquela Gayrrilha? O protesto. Os cartazes. Os ferimentos nas mãos dele. O homem esfaqueado encontrado morto na praia.
— Que treino?
— Acho melhor você ir embora agora.
Pavo quebrou o contato visual, olhando para o chão. Mas não importava, Tibério já tinha tudo o que queria.
Ao se virar para se dirigir à saída, viu o quarto que deveria ser de Pavo, com a porta entreaberta. Em cima da mesinha de cabeceira, havia uma fileira de um pó branco. Na cama, uma faca.
Estava saindo do prédio quando o celular tocou. Era Omar.
— Encontraram outro cadáver no mangue.

Eis o manguezal, com as terras enlameadas e cheias de vida. Onde animais das mais variadas espécies se refugiavam entre as árvores verdes, as raízes grossas e a lama repleta de nutrientes. Era o lugar em que ocorria o milagre da vida, da reprodução e do nascimento, entre as raízes aéreas que sustentavam os mangues no terreno instável, alagado, quase sempre sob as forças da maré, do rio e do mar. Era naquela água salobra e na lama tão cheia de matéria orgânica, que cheirava a apodrecimento, que se escondiam caranguejos, peixes, mexilhões, ostras, aves e humanos assassinados que tiveram o corpo ali desovado.
Era uma cena angelical, etérea, mas distorcida. O vestido verde de cetim, que em condições mais favoráveis deveria fazer belos movimentos, pendia morto naquele mormaço de uma noite sem ventos, umedecido pela lama. A peruca, preta, comprida, estava colada ao rosto acinzentado. A boca

entreaberta. Nos lábios roxos pousou uma mosca. A mão, pendurada, portava um crucifixo entrelaçado aos dedos.

Completavam o cenário onírico os refletores dispostos estrategicamente para iluminar a cena, imergindo todo o resto na completa escuridão, como se aquilo ali no meio fosse uma pintura, os peritos encolhidos em um canto com os macacões e toucas brancas parecendo alienígenas, e as grossas lanternas nas mãos dos policiais, acendendo os rostos em sombras fantasmagóricas como se fossem os guardiões do inferno.

O silêncio era completo. Os rostos, todos virados para o investigador, curiosos, atentos. Gisele estava parada ao lado de outro policial, que interrompera o que estava falando para observá-lo. Antônia e Gabriella se afastaram do corpo. Se Tibério pensasse de novo naquele momento, veria tudo em câmera lenta. Como num filme. Os passos afundando na lama, o suor escorrendo devagar debaixo da camisa, a respiração pesada. O ar rarefeito. Os sons suspensos.

Omar estava parado ao lado do cadáver. Na mão, coberta por uma luva azul, segurava um pequeno pacote de evidências. Lá dentro, um cartão.

— Encontramos junto com o corpo — disse, entregando-lhe o pacote.

Só então, com o objeto em mãos, Tibério pôde ver que não era um cartão, e sim uma fotografia.

Era uma foto antiga, desgastada pelas intempéries do tempo. Mas a imagem ainda estava nítida. Ao fundo, via-se uma construção antiga, azul, com detalhes brancos. Uma igreja, um mosteiro, ou algo do tipo. No primeiro plano, duas pessoas. Uma delas era um padre. Não podia ver o rosto, a foto cortava a cabeça. Dele só se via dos ombros para baixo. Uma longa batina preta, um crucifixo pesado e bem ornamentado pendurado no pescoço. Tibério já tinha visto aquele crucifixo antes. A mão do padre estava sobre os ombros de um pequeno garoto parado ao seu lado. Magrinho, tinha a altura da cintura do padre, o cabelo fino, liso e dourado caído na testa. O rosto era impassível, sem expressões, como se ele fosse apenas aquela fotografia e nada mais, sem vida, sem alma. Não diziam que fotografias roubavam a alma dos fotografados? Na sua boca, havia um ferimento recente. Um corte profundo no lábio inferior. Estava começando a cicatrizar, com uma casquinha se formando ao redor da pele avermelhada e arroxeada.

Tibério levou a mão à própria boca e sentiu a cicatriz no lábio inferior, no mesmo local do ferimento do menino.

18

Injusto

O senhor Cruz não atendeu a ligação.

Kelly Prada estava voltando para casa, derrotada, quando o celular tocou. Um número desconhecido, bloqueado.

A voz do outro lado da linha era distorcida. Arrepiou-se e naquele momento teve certeza de que estava falando com o assassino. Ou assassina.

— Como conseguiu meu número? — falou a voz, meio metálica, meio robótica.

Parecia a voz daquelas pessoas com a identidade oculta que davam testemunhos em telejornais.

— Meu nome é Kelly Prada. *Pra dar*, entendesse? Agora sou eu que tô tomando conta dos clientes de Dione Dite — disse, quase cuspindo, falando tão rápido que nem teve tempo de raciocinar sobre o que estava fazendo.

Mas sentiu que tinha sido firme e decidida. Convincente.

Não recebeu uma resposta de imediato, apenas silêncio. Então, quando achou que desligariam na sua cara, ouviu:

— Você faz tudo que ela fazia?

Fazia. Então a pessoa sabia que ela estava morta.

Kelly engoliu em seco.

— Faço.

Que porra que Dione fazia?

— Entrarei em contato — falou depressa a voz do outro lado da linha e desligou.

O contato veio menos de uma hora depois. Kelly tinha acabado de chegar em casa e estava sentada no sofá-cama, apreensiva, pensando se já tinha ido longe demais para voltar atrás. Mas era uma das coisas da vida que só sabíamos quando já era tarde demais.

Um carro preto a buscaria em vinte minutos, em frente ao prédio. Lembrou-se das vezes que vira Dione Dite entrando em um carro daquela cor e perguntou-se se seria o mesmo. Provavelmente. Esperava que sim; nunca tinha entrado em um Cadillac.

Fato era que, quem quer que fosse aquela pessoa, era alguém que nada entendia sobre drag queens. Quem se arrumaria em vinte minutos? Aquilo não era *Drag Race*. Tinha acabado de voltar do centro da cidade, a peruca estava descabelada, a maquiagem derretida pelo calor e a roupa já fedia. Precisava de outro banho, outra maquiagem, outra roupa. Que roupa usaria naquelas ocasiões? Tentou lembrar-se de Dione Dite. Os *looks* dela eram sempre impecáveis. E se fosse no apartamento dela roubar alguma roupa? Não havia tempo. Deveria acuendar? Deveria fazer a chuca?

Foi no banho que ela teve a ideia de *pegar emprestadas* algumas roupas de Atena Fortuna. As roupas caras que Pavo comprava dispensavam ajustes, horas no espelho perguntando-se se dava para sair com aquilo, e outras roupas por cima para disfarçar a pobreza. Os picumãs, então, nem se falava, perfeitos, sem necessidade de se passar duas horas tentando arrumá-los e nunca caíam da cabeça. No guarda-roupa, encontrou o que acreditou ser ideal para um programa que era provável que envolvesse sadomasoquismo: um vestido longo e coladinho, com uma fenda sexy na coxa. Seu corpo era diferente do de Pavo, e o vestido não ficou tão justo como deveria ser, algumas preguinhas sobraram aqui e ali, mas estava sem tempo, precisava sair. Calçou saltos altíssimos, vestiu uma peruca preta com um longo rabo de cavalo (depois de muito hesitar em pegar a icônica peruca loira de Dione Dite, que não sabia como havia ido parar ali no guarda-roupa do amigo), colocou uma bolsinha no ombro e saiu. Enquanto o elevador fechava, ouviu Pavo chegar em casa. Faltou pouco para ser pega.

Desceu as escadas em frente ao prédio e entrou no carro preto que já a esperava.

Um charmoso Chevrolet Opala, um clássico, preto, a aguardava. Quando ela se aproximou, o motorista abriu o vidro e perguntou se ela era Kelly. Ao entrar, pela porta traseira, viu uma faixa de tecido jogada no banco de couro. O motorista, um homem que não se identificou, mas que Kelly supôs ser o senhor Cruz, sem se virar para olhá-la nem mostrar o rosto, instruiu-a a vendar os olhos.

Trêmula, com um frio na barriga e certa de que havia feito uma estupidez, obedeceu. O carro circulou por longos minutos, talvez horas, nunca conseguiria dizer exatamente quanto, pois tinha uma péssima noção de tempo e estava nervosa demais para isso. Estavam num completo silêncio: nenhuma música, nenhuma conversa, nenhum barulho alto de motor. Por trás das janelas que isolavam o ar gelado, podia ouvir os sons da cidade, e teve a impressão de que nunca saíram do centro de Abaporu. Como se estivessem andando em círculos.

Kelly Prada sempre teve uma vida simples. Sem extravagâncias, sem sonhos grandes demais, sem pretensões, sem grandes aventuras. Se, numa conversa, ela fosse falar dos momentos mais empolgantes que lhe aconteceram na vida, terminaria em menos de dois minutos. Foi por isso que, depois que saíra do carro e enquanto caminhava de olhos vendados e mãos amarradas, sendo puxada por uma corda, achou difícil de acreditar que estava naquela situação.

A venda só foi retirada quando se encontrava numa sala escura, iluminada por pequenos pontos de luz estratégicos que ocultavam o rosto da pessoa que estava à sua frente e moldavam, na penumbra, o contorno de objetos que ornavam o ambiente. Uma cadeira com amarras, chicotes pendurados na parede, máscaras, uma grande estrutura em forma de X que parecia servir para se amarrar uma pessoa, como numa crucificação. Perguntou-se se aquele X era o motivo de Dione ter registrado aquele cliente com uma cruz, no caderno, pois, até então, não vira uma cruz em nenhum lugar.

Naquele momento, deu-se conta de que nada sabia sobre sadomasoquismo. Era um mundo estranho para ela, que conhecia apenas por filmes (pornográficos ou não). O que fariam? Receberia algumas palmadinhas leves como naqueles filmes de romance ou algo mais pesado, com sangue para todo lado, membros decepados e homens sinistros com máscaras de cabeça de porco e velas pretas? Ela realmente não sabia de nada.

O homem deu um passo em sua direção, colocando-se sob a luz. Tinha um rosto amigável, simpático, até, e uma aparência máscula que lhe deu arrepios: ombros largos, barba, um olhar de curiosidade e excitação. Era exatamente o tipo de homem de que ela gostava, e, se não suspeitasse de que ele fosse o assassino de Dione Dite, estaria excitada ao extremo.

— É sua primeira vez? — perguntou, e Kelly assentiu.

A voz dele era bem como ele: grave, forte, sexy.

Ele a guiou com as mãos firmes e gentis. Tão gentil que era difícil acreditar que era um assassino. Talvez não fosse. Talvez estivesse enganada o tempo todo. Bom, melhor para ela. Não morreria e ganharia uma transa gostosa. Mas o assassino estaria solto aí em qualquer lugar...

Foi assim, ludibriada por aquele bofe, que o plano de Kelly Prada foi por água abaixo. Como levantaria a voz para aquele homem? Como diria que sabia que ele era o assassino e que chamaria a polícia naquele exato momento? Tinha imaginado um homem feio, covarde, fraco, um padre velho que bastaria empurrá-lo contra a parede para vencê-lo.

Então deixou-se guiar. No momento, convencida de que dificilmente estava nas mãos do assassino, ficou mais calma. Deixou-se ser levada até o X, e ali foi amarrada pelos pés e mãos, ainda com plena convicção de que sua vida estava sã e salva, que aquele homem bonito e gentil nunca lhe faria mal. O mal que ele fez, por fim, acabou a excitando. A sessão foi melhor do que esperava. Acabou gostando de coisas que jamais esperaria que lhe dariam prazer.

O homem, que não se apresentou, mas que para Kelly ainda era o senhor Cruz, beijou-lhe o pescoço, o ouvido, desceu por seu peito, abdome, até a pelve. Estar à mercê de uma pessoa desconhecida deu um torpor inesperado em seu corpo, como se entregar o total controle de si mesma para outro trouxesse um alívio, um relaxamento, como se com nada precisasse se preocupar. Então, com prazer, recebeu chicotadas, tapas, com gritos que eram mais de êxtase do que de dor, com lágrimas que desciam dos olhos, mas não eram de tristeza, com tremores que não vinham do medo, mas da completa satisfação física e emocional. O homem agarrou-a com as mãos fortes, as veias saltando e pulsando de tesão, puxou seu cabelo, arrancando a peruca cara que havia roubado de Pavo, arrancou sua roupa sem se preocupar se rasgava, xingou-a, cuspiu em seu rosto e ali passou a mão pesada para tirar a maquiagem. Por fim, tirou sua calcinha, arrancando a fita adesiva que escondia seu pênis, que no momento, livre, exibia todo o prazer que sentia com aquela humilhação. Já não era mais Kelly, era Renan. Mesmo assim, sentia-se como Kelly, pois Renan jamais sentira tamanha libertação.

O homem tinha um olhar irracional, de um animal selvagem, tão excitado que não cabia dentro de si. Ele parecia ter aumentado de tamanho. De força. De brutalidade. Com aquelas mãos, ainda mais fortes, deixando-lhe marcas vermelhas e roxas, virou-o de costas, e aquele corpo que ele já possuía, possuiu ainda mais. Renan gritou, gemeu, estremeceu, sentindo dentro de si a pulsação do seu dominador, que, sem mais conseguir se controlar, liberou com uma potência bestial todo o prazer que estava acumulado.

Estava passado. Aquele havia sido o sexo mais intenso que já fizera na vida (e já tinha feito muito), e tudo que queria no momento era um cigarro para complementar aquela sensação de relaxamento intenso que tomava conta do corpo. Livre das amarras, foi até a bolsa, jogada num canto da sala, e tirou dali um chiclete de nicotina.

Quando se virou, com a goma de mascar já contorcida na boca, o homem a esperava, vestido, com uma quantia surpreendentemente alta de dinheiro na mão. Renan aceitou, mesmo achando que aquilo havia sido tão bom que era ele que devia pagar.

Vestiu a roupa roubada, percebendo que o zíper havia se rompido, mas não se importando, pois com aquele dinheiro poderia comprar duas iguais, se quisesse, pendurou a peruca no braço e acompanhou o homem para a saída. Não se importou em sair com a maquiagem borrada, o rosto cheio de saliva seca, o lubrificante escorrendo entre as pernas. Sentia-se satisfeita consigo mesma, contente, incrédula que havia ganhado dinheiro de uma forma tão fácil e prazerosa. Com certeza faria aquilo de novo.

O homem, com gentileza, segurando sua cintura, conduziu-a até um elevador. Uma vez sem vendas, podia ver que estava num prédio. O elevador desceu uma dúzia de andares até um estacionamento, e ali entraram no carro. Já era noite e, quando saíram para a rua, o lugar em que estava era desconhecido. Não era de surpreender: nunca havia estado num bairro rico o suficiente para possuir propriedades nas quais o elevador abria dentro do apartamento.

Mais uma vez se deixou ser guiada. Afundou-se, confortável, no banco de passageiro, sorrindo quando, vez ou outra, o homem gentil colocava a mão em sua perna e a acariciava, como uma pessoa que não havia acabado de chicotear suas costas, enquanto ora observava a paisagem urbana noturna passar pela janela escura, ora virava-se para admirar a beleza daquele homem, desejando muito beijá-lo e já imaginando quando seria a próxima vez que ele ligaria com aquela voz enigmática marcando uma sessão de última hora. E o dinheiro, ah, o dinheiro! Já podia imaginar com o que gastaria. Comida. Roupas. Maquiagem.

Aquele sossego só passou quando percebeu que não estava sendo levada para o Edifício Silvetty. Estavam indo na direção oposta.

— Para onde vamos? — perguntou, tentando expressar tranquilidade na voz, mas sem conseguir deixar de transparecer a tensão que começava a brotar.

Era aquela, então, a hora do assassinato? Mas ele apenas a olhou, sorriu, e voltou a prestar atenção ao trânsito.

O que viu pelo para-brisas quando o carro parou a deixou muito confusa. O que estavam fazendo ali? Aquilo era algum tipo de piada? Olhou para o homem, esperando que ele falasse alguma coisa. Mas ele continuou calado, respirando fundo, encarando o prédio à frente deles.

— O que estamos fazendo aqui? — perguntou, tremendo de nervoso.
— Você... — tentou completar, sem conseguir terminar a frase, pois o homem depressa levou algo até o rosto de Kelly, tapando sua boca e nariz.

Era um pano umedecido com algo com um cheiro forte. Seu último pensamento antes de apagar foi a lembrança do carnaval passado, quando desmaiara de tanto cheirar loló.

Acordou com uma luz na cara. Uma luminária pendurada no teto. Estava deitada em uma superfície desconfortável, dura, gelada. Parecia uma pedra. Mármore, talvez? Uma pedra de sacrifício humano? Olhou para os lados, mas estava tudo escuro, com uma luz fraca que entrava por uma janela de vidro de uma porta lá do outro lado. Tentou se levantar, sem sucesso; ainda estava tonta por causa da substância que havia inalado. O desgraçado a havia drogado. Pelo menos não estava amarrada. Ainda.

Quando se levantou, percebeu que as pernas estavam bambas demais para a sustentarem, e mais ainda para andarem. As mãos, trêmulas e fracas, aguentaram quando se apoiou na pedra, e caiu. Tentou engatinhar, rastejando pelo chão liso e gelado, tateando no escuro até esbarrar a cabeça em alguma coisa, uma mesa. A mesa caiu em cima dela, derrubando um punhado de coisas sobre si. Algo pontiagudo atingira seu pescoço, e, graças ao efeito anestésico da droga que inalara, nada sentira, apenas um líquido quente descendo pela nuca. Pôs a mão ali e viu que ficou ensopada de um líquido preto. Estava escuro, mas sabia que era sangue. Sentiu o líquido escorrer pelo vestido. Arruinara o vestido verde de cetim. Teve vontade de chorar. Sua visão começou a embaçar, como acontecia sempre que via sangue. Nunca conseguiria fugir. Não pagaria o vestido de Pavo. Morreria ali, naquela catacumba.

A porta se abriu. Ele havia voltado.

Nem precisou amarrá-la. Ela estava sem forças, não reagiria nem tentaria fugir ou gritar. Se por efeito do clorofórmio que havia cheirado ou porque havia desistido de lutar, nunca se soube.

O senhor Cruz segurava em uma das mãos uma corda e na outra uma fita adesiva cinza. Era aquele o momento. Ele a amarraria, amordaçaria e mataria. O olhar dele era o pior de tudo. A curiosidade e a excitação continuavam, mas havia algo a mais. Algo sombrio, maligno. O homem gentil não mais existia.

Decidiu fechar os olhos e nada ver, como a Justiça vendada, enquanto o homem, pesado, subia em suas pernas e envolvia seu pescoço com as largas mãos. Sentia o atrito da borracha da luva que as cobria contra a pele. Não abriu os olhos, não queria encontrar os olhos dele, aquele olhar maligno, enquanto esmagava sua traqueia, faringe, laringe, cordas vocais, deixando uma marca profunda, roxa e fatal em seu pescoço, que aos poucos ia perdendo a vida. Kelly não lutou, sentia-se impotente, lamentava muito por Pavo, queria pedir desculpas, arrependia-se de ter roubado o caderno de Dione, culpava-se pelas decisões erradas, sentia-se estúpida por acreditar que as coisas dariam certo seguindo o bom caminho e burra por acreditar que o plano de fato daria certo, lamentava ter desperdiçado tempo de vida esperando por uma justiça que nunca viria... Talvez Pavo estivesse certo o tempo todo. Abriu os olhos. A justiça podia ser cega, mas a injustiça a gente podia ver.

Isso é tão injusto...

Foi o último pensamento de Renan.

19

Sozinha num mundo intolerante e hostil

Dispostas na parede, fotos, pistas, mapas, notas fiscais e documentos roubados unidos por barbantes e alfinetes de diversas cores a lembravam todos os dias de como aquela investigação era complexa. Faltava alguma coisa, entretanto. Algo que tornasse aquele emaranhado de pistas compreensível. Faltava algum rosto que nunca fora visto, algum nome que nunca fora dito. E o aparecimento daquelas drag queens mortas só complicara tudo, adicionando mais uma variável àquela investigação, cruzando o caminho com o de Tibério Ferreira, que, por acaso, estava bem no meio daquele mapa de descobertas.

    Alice Taiguara descolou a fotografia de Tibério da parede e a observou, preocupada. Se o que havia investigado sobre ele era verdade, se ele era o gênio da dedução como todos falavam, não tardaria para ele descobrir tudo sobre ela. Precisava agilizar. Mas, antes, precisava descobrir o que ele sabia.

Sua assistente dormia no sofá, coitada, estavam trabalhando direto havia quase um mês, mas pelo menos estava sendo bem paga. E o sofá era confortável, apesar de pequeno demais para comportar seu corpo. Baby era enorme, com quase dois metros de altura, intimidante, mas era sua voz, aguda e meiga, que lhe conferia o nome. Sem fazer barulho, Alice pegou as chaves da van e saiu.

Ainda não havia amanhecido por completo. A cidade tinha aquele tom acinzentado e melancólico dos primeiros minutos de luz solar. Dirigiu até uma ponte, sua ponte favorita, que cruzava o rio Abaporu, que, por sua vez, cortava bem no meio a cidade à qual emprestara o nome. Estacionou no meio-fio, desceu da van e se apoiou no guarda-corpo de concreto pintado de um verde aguado, a observar a água barrenta que se locomovia tão devagar que seria impossível enxergar o movimento não fosse pelas baronesas carregadas pela água suja.

Olhou de novo para a foto de Tibério que havia levado consigo, aproveitando o silêncio e a calmaria daquela hora para pensar. Era ali, naquele lugar, que ela pensava nos próximos movimentos. Observar aquele rio, que tanto trazia e que tanto levava embora, a ajudava a organizar os pensamentos.

Ali, bem onde estava parada, houvera uma pequena estátua, não mais, já a tinham destruído, dela só restava uma base de pedra, resquícios de que já existira. Era uma estátua de Oxum, a orixá das águas doces. Da beleza, do amor, do poder feminino. Quando ficava perto do rio, sentia-se protegida por ela, como se fosse uma mãe que por ela zelava. A mãe que nunca teve. Alice só queria poder retribuir: proteger aquelas águas tão poluídas, proteger a estátua dela, recuperar tudo que lhe fora tirado. Havia ido até aquela ponte também para isso: para relembrar seus propósitos. Para relembrar o porquê de estar fazendo tudo aquilo. Ela devia a Oxum.

— Deviam te tratar melhor — falou Alice, enxugando do rosto uma lágrima que ali escorreu, falando aquilo ao mesmo tempo para o rio, para sua orixá, para a foto de Tibério e para ela mesma.

Entrou na van e voltou para o apartamento, no qual Baby começava a acordar. Já havia decidido os próximos movimentos. Naquela noite invadiria o escritório da psicóloga de Tibério e roubaria os arquivos.

Alice nem sempre se chamou Alice. Possuía outro nome, que jogara no lixo como uma parte de si que não reconhecia. Quando nasceu, viam-na como alguém que não era. Um outro nome, um outro corpo, um outro gênero. Como uma mulher transgênero, Alice Taiguara percorrera um longo e difícil caminho até chegar aonde estava. Para ela, tinha sorte de apenas estar viva.

Ao sair de casa (da qual fora obrigada a sair, para a própria segurança), viu-se sozinha num mundo intolerante e hostil, no qual valia tudo para sobreviver. Alice, que sempre fora tratada como se fosse um menino, aproveitou as habilidades para fingir ser uma pessoa que não era e para passar despercebida em lugares cheios de pessoas. Afinal, num mundo cisgênero e heterossexual, quem fugia da normatividade muitas vezes precisava se camuflar para ter a identidade respeitada. Viveu na ilegalidade, escondida nas sombras e nas ruínas de prédios abandonados. Sem nome, identidade, não era ninguém. Roubava, contrabandeava, aceitava serviços de transportar coisas que era melhor evitar perguntar o que era. Pequena e ágil, nunca foi pega. Pela polícia, nem por ninguém. Era invisível, nunca a encontravam, ela que encontrava as pessoas. Com o dinheiro que começara a acumular, enfim podia fazer o que queria.

Certo dia, acordou com uma gritaria na rua, próximo ao prédio abandonado em que morava. Ali era um ponto de prostituição de garotas trans e travestis, e ela foi ver o que acontecia. Mais uma delas tinha aparecido espancada, quase morta, jogada na rua por um carro. Era o mesmo cliente, mas não sabiam quem era. Alice tinha meios de descobrir. Conhecia caminhos, tinha contatos, e não foi muito difícil. Ela entregou o nome completo dele às irmãs da rua.

No mesmo dia em que o jornal da noite noticiou o desaparecimento do empresário, uma travesti apareceu no prédio abandonado com o pagamento de Alice. Ela recusou o dinheiro. "Tu devia trabalhar com isso", a travesti falara. Alice nunca perguntou o nome dela, mas aceitou o conselho.

E assim se iniciou sua carreira como investigadora particular.

De início, seus casos resumiam-se a cônjuges querendo comprovar traições. Animais de estimação sumidos. Procura de parentes desaparecidos, por questões de herança. Alice era boa, e sabia disso. As pessoas também. Não muito tempo depois, os trabalhos começaram a ficar mais complexos e perigosos. Havia um potencial de mercado ali, com a polícia falha de Abaporu. Trabalhava fora dos radares, sem registro, pois seus métodos burlavam muitas leis. Começou a resolver crimes que a polícia fracassava em solucionar. E o trabalho, que antes se sustentava no anonimato, saiu da penumbra e adentrou espaços que temia. Investigando um grupo neonazista, seu caminho se cruzou com o de Baby, que fazia um trabalho de hacktivismo para expor aquele mesmo grupo. Juntaram os talentos de investigação e de informática e passaram a trabalhar juntes em vários casos. Sentia-se confortável com Baby, pois elu também era uma pessoa trans (não binária, atendia por pronomes femininos ou neutros), e assim formavam uma ótima dupla.

Depois, ao ser contratada para investigar o desaparecimento de uma travesti, esbarrou por um terrível acaso com pessoas do passado. Pessoas perigosas e poderosas.

Ficou um tempo afastada. Precisava de uma pausa. Então fechou o escritório, mudou a aparência e passou alguns meses de férias forçadas em um lugar distante para reavaliar os próximos passos. Mas não conseguiu passar muito tempo longe. Não podia deixar aquelas pessoas impunes. Voltou com sangue nos olhos, dedicada em exclusivo àquela investigação, sem mais aceitar outros trabalhos.

Com Baby, alugou um apartamento e comprou uma van. Iria atrás de todos eles. Daqueles que lhe fizeram mal, que a deixaram sem lar. Iria atrás de Tibério Ferreira.

Alice e Baby andavam apressadas pelas ruas vazias da madrugada no centro de Abaporu. Haviam estacionado a van a dois quarteirões do consultório, para evitar suspeitas.

A clínica da psicóloga de Tibério ficava num prediozinho antigo e charmoso de dois andares, que servia como clínica de acompanhamento psicológico, espremido entre dois espigões de concreto, e ali funcionavam uma loja de departamento e um banco, respectivamente. O prédio em questão era recuado e possuía um farto jardim cheio de arbustos e árvores. Naquela manhã, Alice estivera ali para supostamente marcar uma consulta com algum psicólogo e observara a posição das câmeras, constatando que não havia nenhum tipo de alarme e, mais importante, vendo onde ficava a sala da psicóloga de Tibério, uma velha senhora, com métodos antigos, que mantinha no armário, sem nenhum tipo de segurança, as fichas com todas as informações dos pacientes.

Baby se escondeu atrás de uma árvore, observando o movimento da rua, enquanto Alice procurava uma entrada. Apelou para a habilidade de arrombar portas, que adquirira na época em que invadia imóveis desocupados para passar a noite sob um teto seguro. Com duas presilhas, sem muita dificuldade, abriu a porta da frente e entrou no prédio.

Subiu até o primeiro andar e, na sala da psicóloga, tranquila por estar sozinha e confiando na falta de movimento da rua, acendeu a luz. Começou a abrir as gavetas procurando a ficha do policial. Também não teve dificuldade: a mulher era organizada e mantinha as fichas em ordem alfabética. O arquivo do policial, por fim, era enorme, e Alice começou a fotografar as páginas.

Estava na metade quando recebeu uma mensagem de Baby no celular: Fodeu. Segurança. Viu luz acesa.

Alice se abaixou e olhou no canto da janela. Era um segurança privado. Ele estava na entrada, ao celular, chamando reforços ou a polícia, talvez ligando para alguém da clínica para saber se havia alguém trabalhando àquela hora. Sem mais tempo, pegou a ficha de Tibério, colocou debaixo do braço, desceu para o térreo, correu até os fundos do prédio e pulou por uma janela.

Agachou-se entre os arbustos escuros e, com a sorte de o solo estar úmido, caminhou sobre as folhas que cobriam o chão sem fazer barulho. Podia ver o segurança na rua, parado na calçada sob a luz de um poste. Era um homem musculoso que bem fácil daria uma surra nelas com o cassetete que já segurava. Baby a esperava atrás de uma árvore, preparando-se para correr. Quando Alice deu o impulso para ir até ela, pisou num galho seco, que se partiu. O segurança virou-se, procurando de onde vinha o barulho, mas não conseguia enxergar no escuro. Foi quando colocou a mão atrás do corpo. Alice prendeu a respiração, tensa, acreditando que ele sacaria uma arma.

Baby apanhou uma pedra no chão e a arremessou na direção oposta do jardim, fazendo um arbusto chacoalhar distante de onde estavam. Alice aproveitou que o segurança se virou para o outro lado e correu.

Quando o homem as viu correndo na rua, já estavam virando a esquina. Aproveitando-se da má iluminação pública, chegaram à van sem mais problemas. Voltaram para o apartamento que servia de dormitório e escritório, enquanto Alice folheava, ofegante, a ficha roubada.

Estava sem fôlego da corrida, cheia de adrenalina, precisava chegar em casa para ler com calma, mas estava ansiosa demais, queria saber o que Tibério sabia. Além disso, a van, velha, chacoalhava nas ruas irregulares, com Baby dirigindo em alta velocidade, Linn da Quebrada no último volume, então só conseguiu ler alguns parágrafos. Contudo, foi o suficiente.

Aquela psicóloga acompanhava Tibério havia décadas, desde que ele era um adolescente e ela, uma recém-formada. Estava tudo ali. Desde quando ele morava num orfanato, uma criança problemática, que gritava à noite, urinava na cama. Provavelmente tinha estresse pós-traumático. E depois, anotações de quando ele saiu de lá. Laudos da psiquiatria. Depressão, ansiedade, trauma. O medo do próprio corpo e a repulsa às cicatrizes. Alice mordeu o lábio e rolou os olhos para cima, suprimindo lágrimas. A psicóloga fazia anotações das impressões sobre o paciente, as frustrações quando não via melhorias no tratamento, as preocupações, as observações empolgadas de quando via algum progresso. Viu suas suspeitas sobre Tibério ter sofrido algum trauma violento na infância. Só que ele não lembrava absolutamente nada de antes do orfanato. Um bloqueio mental. A psicóloga recomendou hipnose. Alice avançou as páginas. O paciente teve uma crise de pânico tão intensa durante a sessão de hipnose que precisou ser medicado. Viu, nas anotações, a psicóloga se questionar se era válido ele lembrar e reviver o trauma, ou se era melhor esquecer e tentar levar a vida sem nunca saber o que lhe acontecera.

As últimas páginas continham menos informações. As sessões continuavam, e Tibério parecia enfim melhor, como se o tempo o tivesse curado. Tinha uma carreira de sucesso, um namorado, um gato. Mas aquilo duraria pouco, Alice sabia. Esquecer-se de algo era como um pequeno curativo numa ferida aberta e purulenta. Uma hora cairia e ele teria que enfrentar o pus.

Deixou os arquivos de lado e recostou-se no banco. Estavam quase chegando ao apartamento. Pegou o tablet da bolsa para ver os arquivos que Baby enviara mais cedo, mas que ela não tivera tempo de ver. A hacker invadira o sistema da polícia e conseguira vários arquivos da investigação. Alice abriu tudo e, enquanto percorriam os últimos metros até chegarem em casa, foi passando as páginas pela tela. Primeiro abriu as fotos da cena do crime. Passou uma por uma. O mangue, o rio, o cadáver. O vestido vermelho com lantejoulas de Dione Dite. O rosto pálido. O pescoço contorcido e roxo. A mão aberta com um crucifixo caído.

Alice arregalou os olhos.

Passou para as fotos mais recentes da investigação. Eram fotos noturnas. Alice observou a data e hora e viu que eram daquela mesma noite, de pouco tempo antes. Haviam encontrado outro cadáver. Chegou às últimas fotos, que mostravam o rosto da vítima, reconheceu-a como Kelly Prada. Com o coração parecendo desabar, continuou a passar as fotos e parou em uma que mostrava a mão de alguém segurando uma pequena fotografia, dentro de um saco plástico de evidências. Nela, um garotinho assustado, ferido, um padre ao lado dele, com a mão em seu ombro, e o crucifixo pendurado no peito.

— Baby, não vamos pra casa — disse Alice, sem desviar os olhos daquela foto. — Faça um desvio, vamos pro orfanato. Onde Tibério morou.

Baby, sem questionar, virou à esquerda e se dirigiu ao orfanato, que ficava não muito longe. Dormiriam na van, até que abrissem as portas em algumas poucas horas. Baby dormiria. Alice tinha medo dos pesadelos que com certeza voltariam naquela noite.

Tudo passou a fazer sentido. O passado de Tibério. O assassinato das drag queens. A cruz. O passado de Alice. Estava tudo interligado.

Ficaria a noite toda acordada, olhando para aquela cruz. Enfim tinha uma pista sólida. Sabia quem era o assassino.

Só que, até onde ela sabia, ele estava morto.

PARTE II
O caos

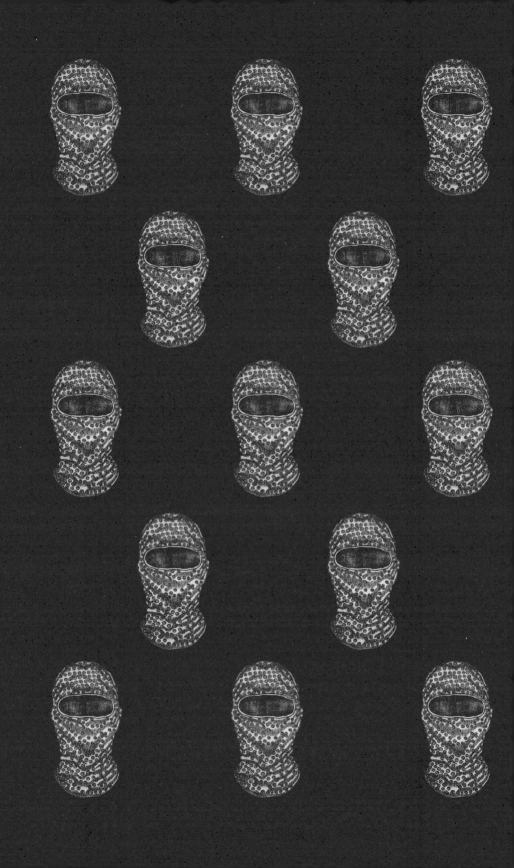

20

Assombro e incompreensão

— É ele — afirmou, convicta, Antônia.
— Não, não pode ser — retrucou Gutemberg, ao seu lado.
Ambos estavam agachados, ombro a ombro, como crianças inspecionando um besouro desconhecido que aparecera no jardim.
— Calem a boca, ele chegou — ralhou Gabriella, já sem paciência para aquele diálogo dos dois, que se repetia havia dez minutos.
A analista e o auxiliar de necrópsias se levantaram rápido e seguiram a perita até a margem da clareira, abrindo caminho para Tibério ir até o cadáver.
O silêncio era estarrecedor. Todos aguardavam o policial chegar para ver a foto. Todos se perguntavam se aquele menino com um corte no lábio de fato era Tibério. As semelhanças eram inegáveis.
— É ele, sim, tenho certeza. A cicatriz é igual — sussurrou alguém ao lado de Gabriella, que ela não tinha visto em meio à escuridão.

Olhou, sobressaltada. Era Gisele, a policial militar, encolhida em um canto, ao lado de um dos refletores, como se quisesse se agarrar à luz.

— *Shhh!* Ele tá pegando a foto — interrompeu Antônia.

Gabriella prendeu a respiração. Até o vento pareceu parar de soprar. O mangue, ao redor deles, parecia ter desaparecido.

Com o canto do olho, Gabriella viu o casal bêbado que havia descido da lancha para transar no meio do mangue, uma ideia que devia ter parecido genial para os dois na hora, e acabaram dando de cara com um cadáver.

Então aconteceu. A confirmação. Como se estivesse no palco de uma ópera, tão dramática era a cena, com todos aqueles espectadores e os refletores apontados para ele, Tibério levou a mão à boca. Tocou, com os dedos, a cicatriz no lábio inferior, no exato mesmo local do corte na boca do menino da foto, a foto que encontraram junto com o cadáver de Kelly Prada. Era ele.

Gabriella não conseguiu dormir aquela noite. Havia chegado em casa às três horas da madrugada, exausta, suja de lama e com os sapatos molhados. Tomou banho e sentou-se no sofá. Não queria ir para cama, estava sem sono e não queria acordar a esposa, Estela, que tinha um sono leve e era supersticiosa; acreditava que àquela hora os espíritos estavam soltos. Mas Gabriella era cética, em nada acreditava, apenas em evidências que podia ver com os olhos, e ficou sentada no escuro, ouvindo os ruídos da noite. Na cabeça persistia a expressão de assombro e incompreensão de Tibério ao se reconhecer na fotografia encontrada na cena do crime. Era o quarto cadáver encontrado em uma semana e ninguém estava entendendo nada.

Ficou olhando para o relógio, apreensiva, balançando a perna, impaciente com o tempo que se rastejava. Queria logo que chegasse a hora de voltar ao trabalho. Precisava resolver aquele enigma se queria voltar a ter noites tranquilas de sono. Até que outro caso surgisse.

Foi até o quarto e observou a esposa dormir. Parecia tão tranquila, alheia aos problemas que rondavam a cabeça de Gabriella. Estela era sensível demais para ouvir as coisas do trabalho da esposa, então a policial guardava tudo para si.

Quando o relacionamento com Estela evoluíra ao ponto de decidirem morar juntas, pensaram em morar no Paraíso. Mas a violência crescente do bairro, cada vez mais negligenciado, o tráfico de drogas cada vez mais presente, a prostituição, as batidas policiais, que eram mais frequentes e mais intensas, fizeram-nas mudar de ideia. Gabriella, que, no fundo, acreditava que a solução para os problemas não era fugir deles, perguntava-se se fazia o certo ao se afastar da comunidade que tanto a acolhera.

Estela começava a acordar quando Gabriella se deitou na cama e a segurou.

— Não quero te largar por nada nesse mundo — cochichou no ouvido dela.

Ficaram daquele jeito, abraçadas, trocando carinho, durante todo o tempo que lhes restava, antes de Gabriella ter que ir para o trabalho e aquele caso tomar conta de toda a sua vida.

— Hoje faz oito dias desde o aparecimento do primeiro cadáver do caso das drag queens. Receberemos do laboratório alguns resultados, e eu quero todos focados nisso. Façam disso prioridade — anunciou Gabriella na manhã de segunda-feira. — E eu quero todo mundo focado na fotografia que encontramos. Quero que a vasculhem. DNA, impressões digitais. Quero saber quando foi tirada, quando foi impressa, que tipo de papel foi utilizado, que tipo de tinta, que tipo de câmera. Quero saber se esse crucifixo é o mesmo encontrado com Dione Dite. Quero saber quem é esse homem na fotografia.

Afonso e o ajudante Gutemberg desceram apressados para a sala de necrópsias, na qual o cadáver encontrado na madrugada de domingo se somaria a uma pilha de mortos que precisavam ser inspecionados. Abaporu era uma cidade grande e violenta. Eram casos demais para resolver. Mortes demais.

Os outros correram para os postos, computadores, mesas, laboratórios. Cada um tinha uma tonelada de trabalho atrasado e provavelmente aquela ordem de Gabriella não agradara a muitos. Mas aquele caso era a prioridade da polícia de Abaporu... desde a declaração polêmica do delegado, que acabou atraindo atenção da mídia para o caso, e o grande protesto que estava marcado para dali a alguns dias, que aumentava a tensão de tudo.

A analista laboratorial segurava uma pilha de papéis.

— Os resultados da biologia molecular e papiloscopia — falou, entregando o material a Gabriella. — E das pegadas encontradas no mangue.

— O que dizem? — perguntou.

A analista já devia ter lido e ela não queria perder tempo lendo tudo de novo.

— Bom — começou Antônia, ajeitando os óculos e apertando o botão de iniciar a cafeteira que ficava imprensada entre os microscópios —, as pegadas batem com as botas sujas de lama encontradas na casa do jardineiro. As impressões digitais encontradas na canoa, no local de desova do primeiro cadáver e nos corpos de Dione Dite e Solange batem com as do suspeito morto na delegacia. Não havia resquícios de DNA nas marcas de mordidas em nenhuma das três drag queens, exceto por duas mordidas em Dione Dite, que possuem DNAs diferentes, ambos desconhecidos. Um deles se repete numa amostra de sangue isolada do cadáver esfaqueado encontrado na praia. O sangue não era da vítima.

Gabriella fez sinal para que Antônia parasse. Aquilo estava ficando confuso demais. O jardineiro havia desovado os corpos das duas primeiras drag queens, mas não o de Kelly, considerando que ele já estava morto, e, por isso, as digitais dele estavam apenas em Dione e Solange. Outra pessoa desovara os outros dois cadáveres. Seria o verdadeiro assassino, agora sem o ajudante? Talvez ele tivesse matado o jardineiro, para eliminar pontas soltas. As mordidas, por sua vez, a confundiram. A mesma pessoa que mordera Dione Dite deixara sangue no homem morto na praia? Os casos de fato estavam conectados...

— E os crucifixos? — perguntou, esperando que, se estivessem lidando com um assassino em série e aquilo fosse sua marca, houvesse ali alguma pista.

— Nada, nenhuma impressão digital, nenhum DNA — respondeu Antônia. E, vendo a frustração de Gabriella, acrescentou: — Eu mesma vou fazer a análise na fotografia, para acelerar. Até o final do dia, teremos algum resultado.

— Gabriella sorriu, agradecida. — Sobre o material, uma coisa interessante: o primeiro crucifixo é de uma madeira incomum. Ele foi talhado à mão, com ferramentas finas e precisas, provavelmente por um artesão. Deve ter sido caro, pela quantidade de detalhes. Já os outros dois são genéricos, rudimentares, madeira barata, que você encontra em qualquer barraca de rua.

A perita franziu o cenho. Mais incongruências. O que era, afinal? Um assassino em série? Um assassino e um imitador? O que Dione Dite havia feito de especial para ter um crucifixo de valor e as outras, não? O assassino ficara sem dinheiro? Mal podia esperar para ouvir os pensamentos de Tibério sobre isso.

— E o que é isso? — perguntou, apontando para uma pasta que Antônia deixara sobre uma bancada, separada das que lhe entregara.

— Toxicológico — falou a outra depressa, sem dar atenção, e indo em direção à cafeteira para servir a bebida, como se aquele exame não importasse. — Do suspeito que morreu na delegacia. Moacir Yancy, o nome dele.

— E você não vai me mostrar?

Gabriella levantou-se e foi em direção à pasta. Quando estendeu o braço para alcançá-la, Antônia colocou a mão sobre os papéis.

— Deu inconclusivo — revelou a analista, pegando a pasta e virando-se de costas.

Estranhando o comportamento da mulher, aproximou-se e colocou a mão no ombro dela. Ela estava rígida. Fossem lá quais fossem os resultados da análise das toxinas encontradas no corpo do homem, aquilo a havia perturbado.

— Me mostre.

Antônia cedeu. Estava pálida e tremia como se tivesse visto uma assombração. Tinha aquela expressão de reconhecimento que Gabriella havia visto em Tibério, quando ele olhou para aquela foto. *Assombro e incompreensão.*

Folheou os resultados, todos inconclusivos. O material coletado fora inadequado para se tirar alguma conclusão. Não havia nenhuma droga, veneno ou substância estranha. Ou, se houvesse, era numa quantidade indetectável. Ou algo desconhecido. Causa da morte: infarto agudo do miocárdio.

— Qual o problema? — perguntou, sem entender a reação da analista.

Aquele tipo de resultado não era tão incomum assim. O infarto, sim, era estranho, mas nada para causar pânico. Pessoas jovens morriam de infarto o tempo todo. Alimentação pouco saudável e estresse eram o problema do século.

A colega então se levantou e fechou a porta de vidro, mergulhando o pequeno laboratório num silêncio desconcertante. Pegou um notebook que estava ligado em cima de um balcão, parou ao seu lado e falou, quase sussurrando:

— Você sabe que eu sou uma nerd. Eu estudo casos antigos, pois sempre se pode aprender coisas novas com eles. E, bom, esses números, esse padrão... são exatamente iguais a um caso de anos atrás. — Antônia se sentou em um banco, abriu o computador apoiado nas pernas e virou a tela para Gabriella, mostrando um arquivo de texto com algumas fotos. — Uma senhora que tinha sido dada como envenenada nas primeiras investigações, mas os exames vieram inconclusivos. Causa do óbito: infarto, contrariando todas as evidências que sugeriam um homicídio.

Gabriella se sentou na cadeira. Seu coração, de repente, estava acelerado.

— Quem era o legista na época? — perguntou.

Antônia colocou o notebook de lado, pegou a caneca de café e mirou Gabriella nos olhos, séria.

— Ricardo Afonso — sussurrou.

As duas se entreolharam. Com assombro e incompreensão.

21

Deus das trevas

Alice Taiguara e Baby bebiam, taciturnas, no balcão de um bar. Cerveja preta para Alice e uma caipirinha para Baby, que vestia um blusão rosa, da cor do cabelo, com um grande caranguejo estampado e os dizeres "Salve os carangayjos do mangayzal" impressos.

    A noite havia começado mórbida no bar, tendo em vista que, naquela noite em si, completavam-se oito dias desde a morte de Dione Dite. O público no lugar também não havia esquecido de Solange, a segunda drag queen morta naquela semana. E ainda nem sabiam sobre a morte da terceira drag queen. O bar estava lotado, abafado; parecia que tinham enfiado todo o bairro ali. Todo mundo foi homenagear as mortas e chorar. A performance de Isadora Pinto, drag queen que prometia ficar à frente da cena noturna do Paraíso, após a aposentadoria forçada de Dione, arrancou aplausos, gritos e lágrimas. Dublou Pabllo Vittar e foi ovacionada ao som de "Indestrutível", e todos se abraçaram, ao fim, prometendo uns aos outros que sobreviveriam àquela época sombria e perigosa, juntos. Que ninguém soltaria a mão de ninguém.

O avançar da noite, entretanto, com a ascensão do teor alcoólico no sangue de todos, trouxe ânimos exacerbados. O sentimento de união, compaixão e proteção que a noite *paraisiense* trazia depressa transformou-se em discussões, desentendimentos.

Sem um cano de escape para descontarem toda aquela fúria, os moradores do Paraíso acabaram descontando entre si, reacendendo desavenças antigas, discussões fervorosas, e Alice hora alguma olhou para trás, ficou encarando a cerveja virada para o bar e a parede coberta por garrafas, pois sabia onde tudo aquilo terminaria. E ela tinha outros problemas com os quais se preocupar no momento.

— Homens cis brancos e padrão que se vestem como mulheres por diversão e adotam nomes ridículos como Mia Romba, adotando o título de pessoa queer e aparência feminina quando bem lhes convém, mas que estão protegidos e seguros pela aparência masculina, começaram a morrer e só agora essa comunidade começou a se importar — esbravejou uma moça, subindo no palquinho improvisado com *pallets* e tomando o microfone que no geral servia para karaokê e saraus. — Nós, travestis, sempre fomos mortas todos os dias e ninguém nunca se importou!

— Keila vive! — gritou alguém nos fundos do salão.

Mia, que estava sentada numa mesa, se levantou, furiosa, derrubando uma garrafa de vidro e provocando uma onda de gritos, vaias e incentivos de briga.

— Eu sou não binária, sua puta! — gritou.

— Sou puta, sim, com muito orgulho, e vou rasgar a tua cara! — ameaçou a travesti que havia tomado o microfone pela primeira vez.

Aproximava-se da mesa de Mia Romba, para pegar os cacos de vidro da garrafa quebrada.

— Parem! — ordenou alguém no microfone, e de repente todos se calaram. Alice se virou. Era Pavo. — Estamos todos brigando umes contra ês outres quando o real problema tá lá fora. Eles contam com nossa desunião, com nosso medo. Eles querem que a gente se esconda, que a gente fuja. Nos alienam para que nos viremos umes contra ês outres. Assim não vão ter trabalho pra nos exterminar. Precisamos nos unir. Precisamos ter força. Precisamos ser resistência! Precisamos atacar! Ninguém está livre de opressão até que estejamos todos livres!

Com um arrepio na espinha e aproveitando a distração das pessoas, que se levantaram para aplaudir e ovacionar Pavo, esquecendo as desavenças e até as ameaças de morte, e no momento com gritos de guerra que invocavam a Gayrrilha, Alice terminou a cerveja em um longo gole, levantou-se e puxou Baby para fora do bar. Antes de sair, viu Pavo olhando, preocupado, ao redor, como se procurasse alguém.

Sabia onde aquilo daria. Aquele discurso inflamado de ódio e desejo por reparação, aquelas pessoas cheias de revolta, de sentimento de impunidade, querendo vingança. O protesto que se aproximava. Sabia que, quando os oprimidos enfim se unissem, viria a carnificina. Aquilo tudo terminaria num banho de sangue. Pelo que ela sabia, a polícia não estava dando muita atenção àquele protesto. Alice precisava alertar Tibério. A respeito de tudo.

Naquela manhã, Alice e Baby haviam estado na instituição em que Tibério passara boa parte da infância e adolescência. Era uma construção majestosa, porém malcuidada. Com as paredes pintadas de verde-água, descascando e escurecidas pela poluição. Ficava na periferia da cidade, às margens do rio Abaporu, e era cercada por muros gradeados e um imenso jardim que dava um alívio verde no árido acinzentado urbano. Baby a aguardou no jardim, fumando embaixo de uma árvore enquanto a detetive e falsa jornalista percorria sozinha o caminho de paralelepípedos cobertos por musgo e folhas secas que não viam uma vassoura fazia muitos dias.

Abriu a imensa porta de ferro e entrou na recepção, uma salinha com duas cadeiras de plástico, um pequeno vaso com uma espada-de-são-jorge murcha e um balcão de madeira, mas não foi recebida por ninguém. O barulho que esperava de erês correndo, chorando e freiras gritando, também não encontrou. O silêncio era absoluto, como se o lugar estivesse abandonado.

Atravessou a recepção e abriu outra porta, que dava para o interior do prédio, um corredor por onde soprava um vento frio com o cheiro refrescante e úmido de vegetação, uma brisa que Alice sabia vir do rio. De frente para ela, do outro lado do corredor, havia uma imensa porta dupla de madeira aberta, dando para uma capela escura e vazia. Ao fundo, um vitral empoeirado deixava entrar uma fresta do sol, que iluminava parcialmente o altar, com o Jesus crucificado que pendia torto em uma parede, um cálice dourado caído em cima de uma mesa, os bancos enfileirados, vazios, fantasmagóricos, *nostálgicos*, e os grãos de poeira que flutuavam sobre as coisas em câmera lenta.

Capelas lhe causavam pavor. Avançou pelo corredor deserto a passos apressados, em direção a uma área iluminada, de onde vinha aquela brisa, que suspeitava ser o quintal que dava para o rio, quando começou a ouvir um barulho lento e ritmado atrás de si, de madeira batendo contra o piso. *Toc. Toc. Toc.*

Considerava-se uma pessoa corajosa. Depois de tantas coisas que havia vivido e enfrentado, pouco lhe causava medo. A humanidade, por exemplo, não mais a amedrontava. O sobrenatural, por outro lado, as criaturas místicas e divindades que nos cercavam em um outro plano astral, ela temia, apesar de respeitá-las. Estava para começar a correr e gritar por Baby quando alguém falou atrás de si:

— Pois não?

Uma velha senhora estava parada no início do corredor, curvada, apoiada em uma bengala. Vestia uma blusa azul folgada por cima de uma saia marrom que ia até os tornozelos. Um véu da mesma cor da saia cobria o cabelo e, sobre o busto, um pesado crucifixo.

Alice estava a ponto de pedir desculpas e sair daquele lugar, e brigar com a assistente por lhe dar uma falsa informação de que ali ainda funcionava um orfanato. Mas, em vez disso, por impulso, resolveu perguntar, olhando os arredores empoeirados, silenciosos e sombrios:

— Isso aqui ainda é um orfanato?

— Não — respondeu a velha de forma ríspida, e se virou. Alice ia embora quando a mulher completou, caminhando em direção à capela: — Não usamos esse termo. Isso aqui é uma unidade de acolhimento para crianças.

Suspirou, aliviada. Era um problema de nomenclatura. Antes que a mulher entrasse na capela, obrigando Alice a segui-la até lá dentro, resolveu pedir, já esperando ter uma negativa (mas havia aprendido na vida que às vezes era bom jogar um verde), informações sobre uma criança que havia morado ali muito tempo antes, chamada Tibério. Esperava que a velha a olhasse com hostilidade, dissesse que era confidencial e que jamais lhe daria uma informação daquelas, mas, com um olhar cansado e uma voz de quem já esgotara a paciência para a vida, resumiu-se a dizer:

— Quanto tempo atrás? O assistente social tá de folga, mas tenho familiaridade com os arquivos. Sou a diretora.

— Trinta anos — respondeu Alice.

A velha ergueu uma das sobrancelhas ralas.

— Se importa se eu perguntar por que está interessada nessa informação?

— Estou fazendo uma reportagem sobre os sobreviventes da Ioroque — mentiu, assumindo o disfarce impecável de jornalista investigativa.

— Pois bem.

A diretora voltou a caminhar, arrastando-se no corredor e apoiando-se naquela bengala que parecia tão velha quanto ela, passou pela capela e falou para segui-la até sua sala. Ao passar pela capela, Alice olhou de relance para o espaço sacro e viu que, no momento, sentada em um dos bancos escuros próximos à porta, havia uma freira. Engoliu em seco e apressou os passos.

Sentou-se num pequeno sofá com o revestimento de couro ressecado e rasgado enquanto a diretora vasculhava o arquivo, um imenso móvel de ferro que, a cada gaveta aberta com um enorme rangido, intensificava o cheiro de mofo e naftalina na sala mal ventilada.

Enquanto folheava os documentos, a mulher desatou a falar. Parecia contente em fugir do tédio cotidiano.

— Naquela época tínhamos cerca de cem, duzentas crianças vivendo aqui. As coisas naquele tempo eram diferentes. Antes eram órfãs, hoje em dia são *crianças acolhidas* — contou, como se sentisse saudade do tempo de ouro. — Elas eram tratadas como criminosos, delinquentes. Hoje em dia ficam em lares temporários até serem encaminhadas para famílias. Aqui, como abrigo, só podemos acolher até trinta crianças e adolescentes, temporariamente.

Alice concordou com a cabeça, enfim compreendendo o silêncio e o vazio daquele lugar. Era um prédio antigo que precisou se adequar às modernidades.

— Deve ser solitário aqui, todo esse silêncio — comentou Alice, mas a mulher não respondeu, estava parada observando uma ficha, com o cenho franzido.

— Mas é claro. Tibério. Lembro dele — falou a diretora, puxando uma cadeira e sentando-se à mesa. Fechou o arquivo que segurava e olhou diretamente para a detetive, que se sentou na ponta do sofá, a espinha ereta, a respiração quase parada para se certificar de que escutaria todas as palavras. Estava prestes a entender o passado de Tibério e não queria perder nada. — Nunca soubemos muita coisa dele. Naquela época eu era apenas uma secretária, mas ouvia as coisas. Ele era muito jovem quando foi encontrado na beira do rio. Estava machucado, coberto de lama e sangue, os bombeiros levaram ele pro hospital e depois pra cá. Coitado. A casa dele deve ter sido destruída e a família se afogado; ele teve sorte. Você não devia ter nascido ainda, mas naquela época aconteceu um desastre horrível. Uma represa se rompeu. A água saiu varrendo tudo nas margens do rio Abaporu. Aqui, na capital, não teve muitos danos. Mas mais pra dentro, no interior, foi tragédia. — Mas lógico que Alice já era nascida na época, e se lembrava de tudo. O caos, o medo, o barulho, a destruição. O rio que se transformara em morte. A água que se transformara em sangue. O duelo entre Oxum, a orixá dos rios, e Obá, a orixá das enchentes e águas revoltas. — O menino deve ter batido a cabeça numa pedra quando a água o levou, pois quando chegou aqui ele não se lembrava de nada, nem do próprio nome. Mal falava. Como ele não sabia de onde vinha e nunca encontraram a família, mesmo a polícia divulgando a foto por aí, criaram novos documentos pra ele. Mas ele tinha doze anos, já era velho, era difícil ser adotado naquelas condições. Era um garoto estranho. Não falava com ninguém, nem gostava de ser tocado. Tinha pesadelos e acordava gritando no meio da noite. — A freira fez um rápido sinal da cruz. — Foi tratado por uma jovenzinha que tinha acabado de se formar em psicologia e procurava casos interessantes. Os meninos não gostavam dele e ele apanhava com frequência. Só tinha um... amigo. Ficou aqui até ser maior de idade e se virar sozinho. Ouvi boatos de que queria ser policial, mas nunca mais soube nada.

— A família dele nunca apareceu? — perguntou Alice.

Tinha dúvidas de se Tibério não lembrava nada ou se mentia para omitir o passado.

— Não. Muita gente nunca foi encontrada depois do desastre da represa, talvez eles tenham morrido... Como era mesmo o nome? Da represa...

— Represa Ioroque — respondeu Alice, levantando-se.

Como podia esquecer aquele nome? *Ioroque*. Palavra indígena para o deus das trevas e das mazelas humanas, o demônio que traria doença, morte e o fim de tudo. Para Tibério, pelo menos, foi o início de tudo.

— Então você sabe — respondeu a diretora, levantando-se e guardando o arquivo de volta na gaveta. — Bom, espero que eu a tenha ajudado. Eu só não poderia dizer onde pode encontrá-lo. Talvez o garoto com quem ele foi encontrado saiba.

— Que garoto? — perguntou Alice, controlando-se para a voz não sair muito exasperada.

Não sabia que mais alguém tinha sido encontrado com Tibério. Não gostava de ser pega de surpresa.

— Bom, ele era velho demais pra ser acolhido aqui, foi direto pras ruas. Pra aquele bairro de degenerados. *Paraíso*. Como podem chamar aquele bairro de Paraíso? Na minha opinião, isso é uma heresia. Depois pedem respeito... Ele tem uma ONG, que também acolhe jovens. Alguns que saem daqui vão pra lá. Na minha opinião, não é ONG coisa nenhuma, é um bordel. Samuel, o nome dele.

Samuel então era um sobrevivente da tragédia?

— A senhora tem bastantes opiniões — ironizou Alice, e a velha encarou aquilo como um elogio, exibindo um sorriso aberto e orgulhoso. — Pode deixar, lembro onde é a saída — acrescentou, quando principiou a sair e a velha fez menção de acompanhá-la.

Alice fechou a porta atrás de si, deixando a diretora sozinha na sala minúscula e mofada, e voltou a percorrer aquele corredor que lhe dava calafrios.

Ali estava a explicação para as frequentes visitas do policial ao bairro de "degenerados": a amizade deles nascera em uma tragédia. Em uma coincidência. Samuel, assim como Tibério, assim como a própria Alice, eram sobreviventes do rompimento da represa Ioroque, um acontecimento fatídico, de trinta anos antes, que trouxera caos, devastação, morte e renascimento. Do caos à lama. Todos eles tiveram ali uma oportunidade de começar uma nova vida.

— Ei — sussurrou alguém quando passava pela entrada da capela. Alice deu um pulo para trás, apavorada. — Desculpe se a assustei, mas não pude deixar de escutar sua conversa com a diretora — falou a freira, uma velha enrugada ainda mais velha que a diretora, curvada com o peso do crucifixo que parecia ainda mais pesado que o da outra, como se Alice e a diretora não tivessem tido a conversa em particular numa sala fechada, e sim num corredor aberto no qual qualquer pessoa não poderia deixar de escutar. — Ela omitiu algumas coisas.

A freira fez sinal para que Alice entrasse na capela sombria, e ela, afoita pelas informações que não lhe foram dadas, entrou, mesmo que relutante. As duas se sentaram.

— O que ela não me contou?

A freira olhou para os lados, certificando-se de que ninguém, além de Deus, escutava-as, e desembuchou, num sussurro que era uma mistura de medo de ser pega pela diretora e de estar pecando ao fofocar num local sagrado:

— Sou uma das mais antigas por aqui. Lembro bem do menino que você está procurando. Tibério. Como poderia esquecer? — A freira se ajeitou no banco, como se tivesse sido transpassada por um arrepio. — Ele chegou aqui cheio de cortes. Nos braços, principalmente. Mas aqueles cortes não eram devido à enchente, como disseram. Não, senhora. Aquele menino tinha sido espancado por alguém. E as marcas no pulso dele... Ele foi amarrado. — A freira se encolheu. — Sabe, eu decidi ser freira para me proteger do mal. Eu vi o demônio com meus próprios olhos. Quando eu era criança, uma vizinha ficou muito doente, louca. Nada parecia ajudá-la. Gritava, quebrava coisas, jogava móveis pela janela, brigava com o marido. Todos tinham medo de passar perto da casa dela. Até que um dia ela parou de sair, e um homem passou a frequentar a casa dela. Ia todo de preto, com uma mala. O marido dela falou que era um exorcista e que a mulher estava possuída. Do meu quarto, de madrugada, eu escutava os gritos. Um dia, tomada de pavor e curiosidade, eu saí escondida de casa e fui até a casa dela. Ninguém me viu entrar. O marido dela dormia e ela estava em outro quarto, amarrada na cama. Cheia de cortes, a roupa ensanguentada, o olho roxo. Se contorcia tanto que os pulsos estavam em carne viva. Os cortes de Tibério eram parecidos. Ela olhou para mim e seus olhos foram a coisa mais assustadora que já vi na vida. Mas não era o olhar do demônio, de uma pessoa possuída, maligna. Era o olhar de alguém em sofrimento, pedindo socorro. Ouvi um barulho no quarto ao lado e saí correndo, para minha casa. Ali eu tive a certeza de que o demônio não estava naquela mulher, e sim em quem estava fazendo aquilo com ela. Rezei todas as noites para esquecer do olhar de desespero que vi nela. Nunca me perdoei por não ter voltado para salvá-la. Mas eu era uma criança, o que podia fazer? Ela morreu alguns dias depois. Ou ao menos foi isso que o marido contou aos vizinhos. E o olhar dela, de pavor, de agonia, de quem havia sofrido nas garras de Satanás, eu vi esse mesmo olhar muitos anos depois, em Tibério.

— A senhora sabe quem fez isso com ele? — perguntou Alice, nervosa, arrepiada em pensar no tipo de pessoa que faria isso.

Sentia que estava mais perto que nunca. Mas de humanos ela não tinha medo. Do demônio, um pouco.

— Não, mas tive minhas suspeitas. Nunca falei para ninguém, é claro, naquela época era perigoso fazer esse tipo de acusação. Eu, como freira, não podia nem pensar nisso — respondeu a mulher, fazendo um rápido sinal da cruz e voltando a olhar para a porta, certificando-se de que ainda estavam sozinhas.

— O quê? — insistiu Alice, temendo que a outra enrolasse tanto para falar, que, por medo, acabasse mudando de ideia.

Ou alguém aparecesse.

— Que um padre fez isso — disse a mulher, sussurrando, ainda mais baixo, e dando uma rápida olhada para o Jesus crucificado torto na parede. — Uma vez por semana um padre vinha para o orfanato celebrar uma missa aos domingos. Tibério sempre se recusava a ir, fazia o maior escândalo. Quando o padre foi falar com ele, ele paralisou, se urinou todo, ficou em estado de pânico, catatônico, por quase uma hora. Isso aconteceu algumas vezes, sempre que um padre se aproximava dele. Disseram que o menino era possuído e tentaram exorcizá-lo, coitado. Chegaram até a culpar o amigo dele, esqueci o nome...

Iberê, pensou Alice.

A freira prosseguiu:

— A família dele foi morta num conflito envolvendo a construção da represa Ioroque. Ele e Tibério viraram melhores amigos. Mas ele desde cedo tinha sinais de que era diferente. Homossexual. E achavam isso uma má influência para os meninos, tentavam mantê-lo separado.

Alice balançou a cabeça, contrariada, e levantou-se. Tinha tudo de que precisava. Ou quase tudo.

A freira a acompanhava até a saída quando, antes de passar pela porta da entrada, Alice sacou do bolso o celular e mostrou a foto de Tibério criança, parado ao lado do padre.

— A senhora reconhece essa foto?

— Esse rapazinho é Tibério — respondeu a freira, que se curvou ainda mais para se aproximar da tela. — Mas... Onde você conseguiu essa foto?

— Arquivo — afirmou Alice, colocando propriedade na voz para não ser questionada. Tinha um curto vocabulário de jargões jornalísticos e aquela foi a primeira palavra que veio à sua cabeça. — Algum problema?

— É que essa foto parece ter sido tirada antes de ele vir pro orfanato. Nunca tivemos nenhum registro dele de antes. Nenhuma foto, documento nem nada. Nunca soubemos de onde ele veio. Nem o nome real dele. Nunca descobrimos nada.

— E como a senhora sabe que essa foto é de antes?

— Ele tá muito novo nessa foto. Mas, principalmente, por causa dos braços dele — disse a mulher, apontando para a foto, tocando os pequenos braços do menino como se fizesse carinho. — Não tem nenhuma cicatriz ou marca. Quando ele chegou aqui, estava repleto delas. E esse corte na boca, aqui já estava cicatrizado. Esse homem... — disse, apontando agora para o homem parado ao lado de Tibério, mas sem tocá-lo. — Você acha que ele fez mal ao menino?

— Você o reconhece? — questionou a detetive.

Podia escutar o próprio coração batendo.

— Assim, sem mostrar o rosto? Não... Mas essa cruz... Essa cruz eu reconheço — observou a freira, tocando na própria cruz, que era bastante diferente.

Grande, robusta, dourada.

— De onde?

Alice estava quase segurando os braços frágeis e flácidos da velha para chacoalhá-la e liberar tudo que guardava.

— De uma antiga ordem da Igreja. Eles usavam cruzes exatamente como essa da foto. Era uma ordem pequena, com alguns mosteiros ao longo do rio Abaporu. Com o rompimento da barragem, muitos clérigos morreram e a ordem acabou se dissolvendo e desaparecendo. — A freira fez então uma pausa, olhando, séria, para Alice. Em seu olhar havia dúvida e temor. — Dizem que um deles sobreviveu... Você deve conhecer.

— Quem?! — perguntou, exasperada.

Aquela era a resposta de que estava precisando.

A freira pediu que se aproximasse, e Alice se curvou.

Tomada por uma vertigem ao ouvir as palavras que a mulher sussurrara em seus ouvidos, quase tropeçou no pequeno degrau em frente à porta, quando se apressou para sair logo dali. As coisas talvez fossem mais complicadas do que esperava. Talvez não conseguisse resolver aquilo tudo sozinha.

Despediu-se da senhora, ainda sentindo a cabeça areada com a quantidade de informações que recebera, e seguiu pelo jardim cambaleando. Quando estava na metade do caminho, a freira gritou:

— Você conhece Tibério? Ele está bem? Conseguiu superar os calos do passado? Eu gostava muito dele, sabia? Queria o bem dele.

— Ele está bem, tem um bom emprego! — respondeu Alice, voltando alguns passos para não ter que gritar. — Ele acha que conseguiu superar o passado.

Viu o sorriso aliviado da freira, que acenou e entrou no prédio, fechando a grande porta atrás de si. Mas aquela frase de Alice estava incompleta. O que ela poupou a freira de ouvir foi: "Mas ele está enganado. Vou mostrar isso a ele".

E ele vai lembrar de tudo.

— Tais bem? — perguntou Baby quando se encontraram.
— Estou. Mas preciso de uma cerveja.

22

A corrente em suas mãos

Ploc, ploc, ploc.

A água pingava no chão ao redor e na sua cabeça, ensopando o cabelo, parecendo penetrar pele e crânio, encharcando tudo que havia dentro de si. Em breve, não sobraria nada, só tecido e órgãos putrefatos e mofados. Estava de volta àquele quarto minúsculo de madeira, com cheiro de óleo de motor de carro e musgo e terra molhada. Uma corrente prendia suas mãos. Daquela vez, não estava sozinho. Além das aranhas que pendiam ameaçadoras nas teias, das lacraias que corriam pelos seus pés e das lesmas que subiam na madeira deixando um rastro brilhoso, podia ver uma sombra no outro lado do quarto, talvez duas. Ou três. Choramingavam. As árvores arranhavam a parede lá fora como almas desesperadas para sair do inferno, implorando nos portões fechados da danação eterna o perdão de Cristo, e o barulho de água corrente parecia aumentar cada vez mais e mais e mais até não mais parecer um riacho, e sim um rio com poderosas correntezas, uma cachoeira, uma tromba-d'água, pororoca, maremoto, tsunami, uma represa se partindo, um lago que virava rio que virava mar que virava o dilúvio que tudo engoliria e destruiria. Era atroante. Era o caos. Então veio a explosão e tudo foi aos ares.

— Bom dia — disse Afonso, beijando-lhe a nuca, com a voz rouca de sono. — Temos que acordar.

Tibério abriu os olhos.

De início, sentia-se paralisado, como se algo depositasse em si um enorme peso, sobrecarregando-o com sentimentos, sensações e informações que ele não entendia. Aquele sonho fora assustadoramente real. Parecia uma lembrança. Não se lembrava de ter estado num lugar como aquele, mas não se lembrava de muitas coisas. Tentou racionalizar, compartimentalizar as informações, diminuí-las, destrinchá-las.

Lá fora, uma chuva terminava de cair; podia sentir o cheiro de musgo, de terra molhada, o cheiro que subia num spray de ar quando a chuva tocava o solo, revirando-o, expondo as bactérias que ali dormiam. *Streptomyces*. O cheiro da chuva.

Ploc, ploc ploc. Os últimos pingos da chuva da madrugada anterior caindo na fresta da janela aberta.

Já era tarde, Afonso o acordava, estavam atrasados. O trânsito já devia estar fluindo naquela rua movimentada. O cheiro de óleo de motor de carro.

O arranhado na parede. As almas do inferno, as árvores. A porta do quarto estava fechada, o gato devia estar lá fora arranhando-a para entrar, pular na cama, enroscar-se nos pés dos dois e miar por comida. Tudo tinha explicação.

A corrente em suas mãos.

Tibério sentou-se na cama num pulo, segurando os próprios pulsos, que ardiam. Esfregou-os como se estivessem em chamas, nas feias cicatrizes que o deformavam, avermelhadas, em alto-relevo, grotescas.

— Ei! — exclamou Afonso, segurando seus braços, como se temesse que Tibério os esfregasse tanto que rompesse a pele, expondo a carne, o sangue, a alma, derramando as entranhas nos lençóis brancos, maculados apenas pela mancha do suor que havia expelido naquele pesadelo, como se quisesse se livrar das toxinas das imagens. — Você está bem? Está doendo?

— Eu... — balbuciou, tentando encontrar palavras para traduzir o que nem ele mesmo compreendia. Não sabia se doía. Não era dor no sentido mais preciso da palavra. Era mais uma *lembrança* de dor. Uma lembrança distante, profunda, que penetrava o corpo como aquelas marcas, mas que ele não conseguia acessar. Não sabia de onde vinham as cicatrizes, nem os sonhos, nem os medos, as angústias, os traumas. — Eu vou mais tarde para o trabalho hoje, pode sair sem mim — disse por fim.

Esperou que Afonso saísse para ligar para a psicóloga. Com sorte, ela teria um horário para encaixá-lo ainda naquela manhã. Estava perdendo a sanidade, não sabia mais dizer o que era sonho e lembrança, perdendo-se no limiar entre o real e o imaginário. E o que a psicóloga disse, quando ele falou que queria vê-la, apenas piorou sua agitação:

— Tibério, eu ia pedir para você vir hoje pela manhã, de toda forma. Tivemos um probleminha aqui na clínica.

Antes de sair, olhou para a cama bagunçada, para a cortina que balançava desenfreada dentro do apartamento, com o vento que entrava pela janela escancarada, trazendo poeira, acumulando-se nos cantos, nos móveis, no chão, no ar, para a louça suja que Afonso havia deixado na pia ao sair com pressa, para o pó de café que ainda estava umedecido na cafeteira, para os grãos de ração que o gato havia derrubado no chão ao comer esfomeado, o cheiro de fezes que vinha da caixinha de areia, para o tapete do banheiro fora do lugar, para a umidade gordurosa do vidro do box do chuveiro, a pegada de Afonso ainda úmida no tapete, os fios de cabelo no ralo, o lixo que estava para ser levado para fora. Tibério estava à beira de um ataque de nervos.

Fechou a porta do apartamento atrás de si como se ali prendesse uma besta monstruosa.

— Uau — exclamou Sâmia do outro lado do corredor. Estava saindo para o trabalho, segurava a mão da pequena Elis, que, vestida com o uniforme da escola, deu um tchauzinho tímido para ele. — Eu diria que você tá precisando de uma bebida. E ainda não são nem oito horas da manhã.

— Estou — concordou.

Precisava de alguns momentos de leve embriaguez para livrar a mente de tanto caos, corpos, lama e correntes.

— Que tal amanhã à noite? — perguntou ela, enquanto gesticulava para a menina se adiantar e apertar o botão do elevador. — Eu também tô precisando.

— Combinado — respondeu.

Acenou para as duas, que desceram sozinhas no elevador. Ele desceria de escada, naquele dia em especial não queria ficar aqueles longos segundos angustiantes trancafiado na minúscula caixa de metal suspensa por cabos em um poço. Desceria de escada e pegaria um táxi, pois também não queria ir até o subsolo para pegar o carro. Pois debaixo da terra...

"Debaixo da terra só tem fogo. Lava. Um mar fervente de puro fogo, e nós boiamos sobre ele", dissera-lhe Iberê certa vez, numa noite de insônia no orfanato. Estavam escondidos ao lado da cama, debaixo de cobertas, sussurrando, e o amigo explanava as longas teorias sobre como eles eram minúsculos na imensidão do universo. Sobre como eles estavam em cima de uma bola de fogo flutuante no meio de um nada sufocante. Sobre como uma pequena superfície daquela bola de fogo havia esfriado e formado uma crosta, e nela a vida crescera, e nela os humanos viviam sem rumo, grudados no chão apenas pela gravidade, sem ideia do lugar de onde vinham ou para onde iam. Naquela noite foi dormir impressionado, pensando em como seria se a gravidade de repente sumisse, e todos se desprendessem da terra e saíssem flutuando para o nada.

Inês, sua psicóloga, o aguardava junto ao balcão da recepção. Quando ele entrou na clínica, ela fez sinal para que a acompanhasse até a sala, no primeiro andar.

— Sofremos um arrombamento domingo à noite, quando a clínica estava fechada — confessou ela, ao fechar a porta do consultório.

— Contataram a polícia? Levaram muita coisa? — perguntou. Mas, olhando ao redor, não havia sinais de que tinham roubado algo. — Posso ver no que posso ajudar.

— Não levaram nada, só... — respondeu Inês, fazendo uma pausa para se sentar. Tibério continuou em pé. — Sua ficha.

Ele deu um passo para trás, como se Inês o tivesse ameaçado com uma faca. Primeiro aquela foto de uma infância que nem ele próprio conhecia, e agora aquilo. Alguém estava revirando seu passado, e sabia muito mais do que ele mesmo.

— O que tinha nessa ficha? — perguntou.

Sempre teve receio de que suas informações fossem parar nas mãos erradas (policiais sujos sempre poderiam se aproveitar dos seus problemas psicológicos para tentar tirá-lo do cargo).

— Tudo. Informações sobre você, minhas impressões sobre nossas consultas, detalhes sobre suas terapias e medicamentos que você já tomou — respondeu a psicóloga, colocando a mão na testa enrugada.

Tibério refletiu por uns instantes, sem responder. Precisava estar à frente do criminoso, que até então parecia em controle da situação. Precisava lembrar-se do passado. Quem quer que fosse que o estivesse perseguindo já sabia coisas demais. E ele precisava ultrapassá-lo.

— Eu quero tentar de novo a hipnose — sentenciou, sentando-se na poltrona de frente à psicóloga.

— Tibério, você sabe como foi da última vez... — retrucou Inês, cautelosa.

Lembrava os momentos de horror que tivera quando, ainda se sentindo na necessidade de preencher a lacuna que a amnésia projetava em sua vida, o hipnoterapeuta tentara fazê-lo regredir no tempo.

— Não posso mais fugir do passado — interrompeu, decidido —, pois uma hora ele vai me alcançar. Só quero estar preparado. Não tenho mais escolha.

— Vou falar com o hipnoterapeuta e marcar uma sessão — disse ela, ainda hesitante, pegando a agenda e folheando à procura do contato. — Mas saiba que eu desaconselho. Tudo pode vir à tona e você pode perder todo o progresso que fizemos até hoje.

— Já estou perdendo — respondeu ele e saiu.

Sentia que estava falhando com aquele caso. Havia falhado em perceber como a familiaridade de alguns aspectos daqueles crimes indicava que havia alguma coisa pessoal ali. Havia falhado em achar que aquele caso era simples.

Chamou Omar num canto para olharem os resultados que haviam acabado de chegar da perícia. Tinham ciência do perigo que a necrópsia do suspeito morto na delegacia poderia representar: tudo indicava que ele havia sido assassinado por algum policial, querendo apagar rastros. Mas o resultado da necrópsia só indicava uma causa de morte: ataque cardíaco. O homem possuíra um coração frágil.

Folheou o resto da pasta. Análises de DNA, de impressões digitais, da fotografia, do crucifixo. Havia tanta coisa para ser averiguada...

Uma coisa de cada vez, pensou.

— O que você sabe de prédios históricos? — perguntou Tibério.

— Que eles são velhos — respondeu Omar. Mas, vendo que o colega não reagiu à piada, completou: — Nada. Não sei nada, Tibério. Por quê?

— Você vai hoje sondar a firma de advocacia, não é? A universidade fica no caminho. Lá tem um departamento de patrimônio histórico. Passe lá e descubra o que puder sobre esse edifício.

Omar pegou a fotografia da mão de Tibério e a observou: o menino com o lábio cortado, o padre sem cabeça com a mão no ombro da criança, o prédio ao fundo, uma construção antiga, provavelmente histórica, azul e branca.

— E tu, vai fazer o quê? — perguntou Omar.

— Vou na central da polícia do trânsito, tentar pegar imagens das ruas. Precisamos rastrear os últimos passos das vítimas. E depois... — Tibério abriu a pasta que segurava e olhou para a foto do crucifixo encontrado junto ao corpo de Dione Dite. — E depois eu vou descobrir por que esse crucifixo é familiar para mim.

O ateliê do artesão ficava em um vilarejo bastante afastado do centro de Abaporu. O punhado de casinhas antigas, coloridas, enfileiradas na margem do rio e cercadas por mangue era um sítio histórico com algumas lojinhas de artesanato e uma capela centenária. Tibério já tinha passado ali inúmeras vezes, sempre a caminho do manguezal, nunca parando. O ateliê se distinguia de longe. Na calçada estavam expostas diversas esculturas de madeira. Santos, santas, crucifixos. Alguns deles, pendurados nas vigas de madeira do teto do ateliê, se assemelhavam bastante ao crucifixo de Dione. Só podia ser essa a razão da familiaridade. Tibério lembrava-se, mesmo que lá no fundo do subconsciente, de ter visto aqueles objetos em todas as passagens pelo local.

O artista estava na calçada cercado pelas obras, sentado em um toco de madeira, esculpindo outro toco. A nova obra ainda estava no início, sem forma, e o homem entalhava a peça de madeira com cuidado, aos poucos, parando de instante em instante para observá-la.

Tibério parou o carro do outro lado da rua. No fim da estrada, viu a capela antiga. Uma construção pequena, mas robusta, em estilo barroco.

De repente, uma passagem veio à sua cabeça: "Quem come da minha carne e bebe do meu sangue permanece em mim, e eu nele", e, tomado por um arrepio, perguntou-se onde ouvira tais palavras antropofágicas.

Quando o policial se apresentou ao artesão, o homem se levantou e o convidou para entrar, falando para saírem daquele calor. Era um senhor simpático, disposto a ajudar. O interior do ateliê era tomado pelas esculturas, e mal havia espaço para eles, mas enormes ventiladores pendurados no teto refrescavam o local. Sentaram-se em tocos de madeira, iguais àquele em que o velho sentara lá fora, e, enfim, Tibério mostrou a foto do crucifixo.

— O senhor reconhece essa peça? — perguntou.

— Não. Não parece ser minha ou de ninguém que eu conheça — respondeu o homem, ríspido, como se o tivesse ofendido ao lhe mostrar aquela fotografia, levantando-se e assumindo uma feição séria. — Se me dá licença, eu tenho muito trabalho a fazer.

— Esse crucifixo foi encontrado com um jovem assassinado. Eu preciso da sua ajuda — insistiu Tibério.

O artesão curvou as sobrancelhas como se sentisse dor ao ouvir aquela notícia. Precisou de alguns segundos para se recompor, e, então, deu um longo suspiro, foi até a porta, espiou a rua, e a fechou.

— Não sei quem fez esse crucifixo, mas eu sei de onde ele é — confidenciou o homem, com a voz baixa, temendo que alguém o pudesse ouvir. — De onde era. Pertencia a uma antiga ordem da Igreja chamada de Ribeirinhos. Eu era criança, mas lembro porque meu pai fazia esculturas como essas para a Igreja, mas não para os padres dessa ordem. Dizia que eram homens ruins. — O artesão fez uma pausa como se esperasse um arrepio terminar de percorrer sua espinha. — Mas eles já não existem mais. Quando a represa Ioroque estourou, o rio Abaporu engoliu tudo que havia nas margens, incluindo os mosteiros dos Ribeirinhos e todos os membros. Mas um deles sobreviveu, pelo menos é o que dizem.

— Quem? — perguntou Tibério.

O homem olhou para os lados, muito embora apenas os dois estivessem fechados ali naquele ateliê, que parecia cada vez menor, mais quente e sem ar.

— Não sei. Mas dizem que é uma pessoa importante da Igreja. Alguém do alto escalão — sussurrou o homem. E, levantando a voz e apontando para a porta, finalizou: — Agora, por favor, saia daqui e nunca mais volte.

Antes mesmo que o artesão terminasse a frase, Tibério já estava do lado de fora, na calçada, sob o sol e entre as estátuas e tocos de madeira. Estava sem fôlego, com a coluna curvada, os braços esticados e as mãos apoiadas nos joelhos. Foi até o carro, a vista escurecida, apertou o botão da chave para destravar o veículo.

Mas, quando esticou a mão para abrir a porta, a maçaneta não estava mais lá.

Ergueu a cabeça, o carro também tinha desaparecido. O vilarejo não existia mais.

Nem ele.

Não era mais Tibério, e sim um menino assustado, que nada sabia de vida e morte, mas já havia visto tudo isto: a dor, o caos, a devastação.

— *Quem come da minha carne e bebe do meu sangue permanece em mim e eu, nele!* — berrava o homem que o puxava pelo braço, quase o arrastando.

Ele, o menino, estava só de meias. Sabia disso pois sentia na planta do pé o frio da lama, a grama amassada, as pedras que o machucavam. Olhou para trás, para os sapatos que haviam ficado no caminho, jogados no meio daquele terreno, entre árvores e arbustos, separando-o do casarão azul e branco no qual rostos silenciosos o observavam das janelas escuras, complacentes, omissos, tão culpados quanto, olhou para a frente, para a cabana de madeira carcomida, e quis gritar, implorar para que não o levasse mais ali, mas só conseguiu chorar, um choro engasgado, desesperado.

Seus pés, cobertos pelas meias molhadas e enlameadas, não mais sentiam o solo, o chão, a terra, sentiam madeira. Estava dentro da cabana. O quartinho de madeira.

— Davi — falou o homem, agachando-se na sua frente. — Quem come da minha carne...

Davi (era esse o nome dele?) no momento estava sentado no chão, sentindo nas costas a madeira gelada. Prendeu a respiração, o cheiro fermentado de vinho que saía da boca do homem o deixava nauseado. Davi estava com os olhos abaixados, pois não o queria olhar no rosto. Mirava o crucifixo que pendia do pescoço do monge, balançando para a frente e para trás, quase acertando a testa do menino. Às vezes fantasiava em puxar aquela corda e enforcar o homem.

O monge continuou a falar:

— E bebe do meu sangue...

Davi, que não aguentava mais prender a respiração, inspirou, sentindo o cheiro de vinho, de óleo de motor, de lama, de sangue, de rio, de vida e de morte, e, nauseado, vomitou aos pés daquele que estava agachado à frente, que se levantou e deu um tapa em seu rosto.

— Você vai ficar aqui até aprender, moleque — decretou o monge, ainda com a roupa com a qual havia acabado de celebrar a missa, no momento com as barras manchadas de lama.

E então prendeu Davi à parede com correntes que ali estavam fixadas e saiu, deixando o menino sozinho no escuro, no silêncio da noite, com os barulhos aterradores dos galhos crepitando na madeira da cabana, de água corrente, dos animais noturnos.

Era difícil dizer quanto tempo se passara, minutos ou horas. Lá fora estava o mais completo silêncio, sua barriga estava vazia, ainda sentia o rosto ardendo do tapa que levara, as meias sujas de lama, ainda tremia, ainda choramingava, ainda fazia as próprias preces para que permanecesse sozinho ali pelo resto da noite, quando ouviu uma voz:

— Ele tá vindo.

A voz veio do outro lado da cabana, num canto escuro, e Davi escutou o barulho de correntes quando a sombra se mexeu. Já havia alguém ali antes dele.

E então ouviu os passos, vindos do lado de fora, sobressaindo ao barulho das árvores, do vento, da água, dos animais. Não era um animal. Era uma besta.

Era a devastação, que se aproximava.

Era o demônio, e ele estava acompanhado.

23

Vamos ao paraíso

Tibério acordou dentro do carro, sentado, com o ar-condicionado ligado na máxima potência. O celular tocava. Não fazia a menor ideia de como havia parado ali. Pelo menos estava sozinho, e não teria que explicar para ninguém o que tinha acontecido.

Ficara com uma certeza na mente: que vivera num mosteiro dos Ribeirinhos quando a represa se rompeu e destruiu o lugar. Isso explicaria tudo. *Tudo*. Os sonhos, as visões. O quarto escuro de madeira. O crucifixo que era tão familiar. O artesão havia dito que somente uma pessoa havia sobrevivido, um monge, mas ele estava enganado. Tibério também era um sobrevivente. E o monge devia ser o assassino. Por isso aquele caso era pessoal. O monge estava tentando atingi-lo. O crucifixo nos cadáveres, a fotografia... Eram lembretes. Mas por que naquele momento, depois de tanto tempo?

Antes que o celular parasse de tocar, atendeu.

— Tibério — disse Omar do outro lado. — Gabi acabou de pedir pra gente passar com urgência lá no laboratório.

— Onde você está? — perguntou Tibério, enquanto dava partida no carro.

— Acabei de sair da Bonifácio.
— Tem um restaurante aí perto. Me espere lá, vou te buscar no caminho.

— O que descobriu? — perguntou Tibério assim que Omar entrou no carro.

Tinha começado a chover, gotas pesadas e esparsas, pessoas na rua apressando o passo para procurar abrigo, outras abrindo guarda-chuvas, o barulho metálico ritmado das gotas se encontrando com a carroceria do veículo. Tibério se lembrou do barulho da chuva contra o casebre de madeira.

— Nada. Não me deixaram falar com ninguém. — Omar suspirou fundo, passando a mão na cabeça, para tirar a água do cabelo curto. — Acho que era melhor não ter ido lá. Agora sabem que estamos na cola deles. Mas pelo menos eu tenho uma notícia boa.

— O quê?

Omar tirou da bolsa um pedaço de papel e mostrou depressa para Tibério. Aproveitando que tinham parado num sinal vermelho, o investigador deu uma olhada. Era a cópia de uma reportagem de jornal, datada de trinta e cinco anos antes. Em um canto, havia uma fotografia de uma construção antiga que ele reconheceu de imediato. Aquilo lhe deu calafrios, como se tivessem dado vida a um sonho. Era um casarão antigo, azul, repleto de janelões de madeira, com molduras brancas. Na frente dele, uma estrada de barro rodeada por árvores e mais árvores. O ângulo era diferente, mas aquela com certeza era a mesma edificação da fotografia. E o mesmo prédio que Tibério lembrava da infância. O título da reportagem dizia: "BISPO DESMENTE ACUSAÇÕES CONTRA MONGES RIBEIRINHOS".

— Resuma — disse Tibério quando o sinal ficou verde.

— Mostrei a foto pra um especialista em patrimônio histórico do departamento de arquitetura da universidade. Ele nunca tinha visto aquele prédio, mas sugeriu que eu fosse no Instituto de Conservação do Patrimônio da cidade. Só que lá não tinha listada nenhuma construção como aquela, então supus que não existisse mais. E ainda tinha a possibilidade de ser em outra cidade. Mas aí eu pensei: qual melhor lugar pra pesquisar sobre prédios velhos? No prédio mais velho da cidade.

— O Museu do Estado — concluiu Tibério.

— Isso! — respondeu Omar, com um sorrisão no rosto. — Lá tem uma exposição fixa de fotografias antigas, de construções desde a fundação da cidade. Tem uma sala só sobre o rio Abaporu e a represa Ioroque, com fotos de propriedades destruídas no desastre. Não tinha foto desse prédio, mas um desenho bem detalhado. Era o mosteiro dos Ribeirinhos.

Tibério concordou com a cabeça. Aquilo batia com o que havia descoberto com o artesão. Enfim tinha uma evidência física.

— E essa notícia? — perguntou, dando duas batidinhas com o dedo na manchete do jornal.

Omar desviou o olhar e engoliu em seco. Dobrou o papel e disse:

— Ok, não é uma notícia tão boa assim. Eu dei uma pesquisada, né, e descobri que esses Ribeirinhos se envolveram em uma polêmica. Denúncia de maus-tratos. Aparentemente abrigavam crianças *problemáticas*. Outra palavra pra gays, lésbicas, trans e tudo mais. Era a porra de um centro de reorientação sexual. Havia boatos de que a terapia era na base da violência, mas naquela época ninguém se importava. Até que uma mãe arrependida denunciou o desaparecimento do filho que havia mandado pra lá. Disse que ele não resistiu a um espancamento e jogaram o corpo do garoto no rio. Também entrevistaram um jovem gay, que alegou ter sido coagido a fazer um programa no mosteiro, mas lá foi amarrado, agredido por um monge e testemunhou crianças em situação precária. Óbvio que nunca provaram nada e o caso foi esquecido. Não é sempre assim? O bispo daquela época morreu de infarto alguns anos atrás e ninguém nunca mais falou nada a respeito.

Enquanto Omar falava, Tibério apertou o volante com força, para que o colega não percebesse que tremia.

Omar prosseguiu:

— Dei mais uma pesquisada e descobri que os Ribeirinhos tinham cinco propriedades. Quatro mosteiros ao longo do rio Abaporu, incluindo esse da foto, foram destruídos com a represa.

— E a quinta propriedade?

— É aí que fica interessante — comentou Omar, o sorriso voltando ao rosto. Parecia feliz como se tivesse ganhado uma medalha. — Com o desastre, e com os monges mortos, a ordem foi dissolvida. A quinta propriedade não era um mosteiro, só um terreno, nunca foi construído nada lá porque ficava numa reserva ambiental; nunca tiveram licença. Permaneceu intacto esses anos todos até dois anos atrás, quando o novo bispo, que substituiu o infartado, vendeu o terreno pra uma construtora e o prefeito que tinha acabado de ser eleito emitiu um alvará de construção.

— E o que construíram lá? — perguntou Tibério.

Já sabia, mas precisava ouvir. Precisava da confirmação.

— O Mangrove Tropical Residence. Mas isso não é tudo.

— O quê?

O que mais poderia haver?

— O prefeito mora lá — sussurrou Omar, estreitando os olhos.

Tibério comprimiu os lábios. Levi, o delegado deles, era um amigo próximo do prefeito e todos sabiam disso.

— E esse bispo que vendeu o terreno, quem é?

— O nome dele é Elias, é tudo que sei. Precisamos ir atrás dele, trocar uma palavrinha — declarou Omar. Então fez uma pausa e suspirou fundo. Preparava-se para falar alguma coisa. Tibério também se preparou, pois sabia que não seria agradável. — Tibério... Onde tu se encaixa nisso tudo? É tu mesmo, aquele menininho da foto, como tá todo mundo dizendo? Tu tava lá nesse mosteiro? Essa... Essa história de conversão, é verdade?

— Não lembro — mentiu Tibério.

A chuva havia parado e Gabriella os esperava andando de um lado ao outro quando chegaram na Polícia Científica. O que ela havia descoberto de fato era uma grande contribuição para o caso. Entretanto, pelo jeito como ela cumprimentou Tibério, meio hesitante, pouco firme, os olhos semicerrados alguns milímetros, podia dizer que havia algo mais ali. Algo havia mudado no jeito como ela olhava para ele. Como se a confiança que tinha até então tivesse mudado para incerteza.

— São os resultados das análises da roupa de trabalho de Moacir Yancy, o jardineiro que... faleceu na delegacia — informou Gabriella ao entregar um envelope pardo. — Encontramos pólen de hortênsia, que bate com o encontrado no corpo da primeira vítima. E também adubo, da exata composição do encontrado nas unhas de Dione Dite. Nada disso foi encontrado no mangue. Meu palpite é que ele trabalhava na casa em que o assassinato ocorreu.

Omar pegou o envelope e Tibério a observou, esperando que falasse mais alguma coisa.

Gabriella nada disse, apenas deu um sorriso sem graça e os policiais se despediram. Omar já estava lá na frente quando Tibério teve uma ideia e voltou para perto da perita. Quando ela abriu a porta para ele, o policial perguntou:

— Gabriella, sua esposa... — começou a dizer. A perita arregalou os olhos. — Estela, não é? Ela trabalha na polícia de trânsito, certo?

— Sim, senhor — confirmou ela, rígida.

Estava ansiosa com o rumo daquela conversa.

— Preciso que você peça um favor a ela. Talvez ela consiga imagens de trânsito mais rápido, como um favor, em vez de pedirmos por canais oficiais. Você sabe que eles costumam apagar as imagens.

— Acho que sim. Imagens de onde, quando? — perguntou ela.

Parecia mais relaxada.

— Da tarde e noite de domingo, nos arredores do Edifício Silvetty e dessa delegacia. Foi quando Kelly Prada foi atacada. Há algumas câmeras nesses locais. Não sei se todas funcionam.

— Pode deixar — respondeu a perita, e então voltou-se para o laboratório.

Pela porta de vidro, Tibério viu Gabriella e Antônia se encarando. Não falaram nada, mas era um olhar que dizia muita coisa. Assombro e incompreensão.

Na delegacia, Tibério atravessou o olhar pelo salão principal e viu que o delegado se encontrava na sala, cochilando, os pés na mesa e a cabeça jogada na cadeira.

— Quer ir? — perguntou Omar, tenso. — Tu tem mais experiência com ele. Eu posso ficar aqui e ver se descubro algo sobre a morte de Moacir Yancy.

Tibério assentiu e foi até a sala do delegado. Solicitaria um mandado de busca e apreensão no condomínio fechado do mangue, no qual era provável que o crime tivesse acontecido. Bateu três vezes na porta até que Levi acordou num sobressalto e o mandou entrar.

— Precisamos de um mandado — afirmou Tibério, entregando-lhe as evidências que a perícia lhes forneceu.

Levi pegou os papéis, gesticulou para que se sentasse na cadeira de frente para a mesa e folheou o documento, dando um longo e barulhento bocejo.

— Não é suficiente — determinou o delegado, fechando o envelope e o jogando na mesa.

— Como não? — retrucou Tibério. — O jardineiro trabalhava no condomínio. Apenas lá. O adubo e o pólen encontrados nele batem com os encontrados na vítima.

— Escute, Ferreira — falou, adotando um tom condescendente. Levantou-se e coçou a barriga, enfiando um dedo numa abertura entre os botões. Consultou o relógio dourado no pulso e vestiu o blazer que estava por cima do encosto da cadeira. — Tu tem família?

Tibério franziu o cenho, confuso com a pergunta.

— Não.

— Pois é, eu tenho. Assim como a maioria dos policiais aqui. — Levi apontou para o salão, atrás de Tibério. — Levamos esse trabalho a sério, pois é nosso sustento. Não é uma brincadeira, um joguinho pra passar o tempo.

— Não sei o que isso tem a ver com...

— Deixe eu falar, caralho — bradou Levi, agitando as mãos para calar Tibério. — Eu comecei a trabalhar muito antes de você. Antes de todas essas tecnologias. Não tínhamos tudo na mão, a gente trabalhava duro pra solucionar um caso. Hoje em dia esses policiais novinhos chegam aqui achando que a polícia é como na televisão. Que vão encontrar um fiapo de carpete num cadáver e vão rastrear a composição do fiapo de carpete num banco de dados no sistema da polícia e encontrar o tipo do veículo, a cor, o ano, a placa, o motorista. Não existe esse tipo de banco de dados. A porra do fiapo do carpete não é rastreável. Porra, a gente mal tem banco de dados de impressões digitais. E tu vem me falar que o caralho de uma semente de hortênsia conecta a vítima a uma porra de um condomínio qualquer? A minha mãe adora hortênsias! Você vai prender ela?! Vai prender a porra da minha mãe, é isso, cara?!

Tibério ficou calado, não adiantaria argumentar. Sabia que ele estava tentando miná-lo, diminuí-lo. Eles já haviam conseguido mandado com menos evidências do que aquilo, e o delegado estava enrolando para sabotá-los.

— Olhe, vai arrumar algo útil pra fazer, e pare de perder tempo brincando de detetive.

Tibério trincou os dentes, controlando-se para não dizer "eu sou um detetive".

— E deixe minha mãe em paz — acrescentou o delegado.

— Sim, senhor.

— Ótimo, agora se me dá licença — respondeu o delegado, apontando para a porta. — Tenho que me preparar pra um evento. Deixe esse relatório da científica aí que depois eu vejo o que posso fazer.

Omar voltou com um envelope na mão. Entregou a Tibério dizendo:

— Mandaram da distrital.

Tibério estava sentado, frustrado com o delegado, e pegou o envelope com desânimo, mas curiosidade. A delegacia distrital era responsável por crimes comuns, como assalto, roubo, danos a patrimônios. Perguntou-se por que mandariam algo para eles.

Folheou a papelada com um meio-sorriso. Parecia que uma gangue de drag queens estava quebrando para-brisas de veículos estacionados de madrugada nos entornos da delegacia. Haviam encaminhado aquilo porque acharam que estava conectado com os homicídios. Talvez estivesse, mesmo que de forma indireta. Era uma represália do Paraíso.

— Omar — disse, estalando os dedos, chamando a atenção do colega. — Vamos ao Paraíso.

24

Prevaricação

— Eu questionei todos os policiais que estavam na delegacia quando Moacir Yancy morreu na sala de interrogatórios e verifiquei as câmeras. Ninguém sabia ou viu nada. A câmera da sala estava desligada, e as outras nada mostravam — informou Omar, quando estavam a caminho do Paraíso.

— Tem certeza? — insistiu Tibério.

O colega era uma pessoa amigável, gostava de agradar a todos para manter um bom círculo de amigos. Talvez não tivesse pressionado os policiais o suficiente. Precisava ter certeza, pois a cada nova informação que adquiria, ficava menos convicto de que o jardineiro havia infartado.

Omar se virou. Parecia ter percebido alguma coisa na expressão de Tibério.

— Você descobriu algo. O que foi?

Tibério disse, sem desviar os olhos da rua:

— O delegado está atrasando a investigação de propósito.

— Prevaricação? — perguntou Omar, erguendo as sobrancelhas. Tibério confirmou, assentindo. — Ele tá envolvido nos assassinatos?

— Provavelmente não — respondeu o outro. Mas parou, pensou e reformulou a resposta. Não tinha certeza mais de nada. Não ainda. Precisava de mais informações para responder àquela pergunta. — Não sei. Ele é amigo do prefeito, que mora no condomínio. Talvez Levi esteja só protegendo a reputação do lugar. Como você disse, a construção do condomínio não foi lícita. A construtora comprou o terreno da Igreja, o prefeito autorizou a construção do condomínio e de brinde ganhou um lote lá.

— Aposto que tiveram bons advogados pra resolver isso — respondeu Omar. E, com um sorriso sarcástico, acrescentou: — Como a Bonifácio e Associados. Precisamos entrar nesse condomínio.

Tibério confirmou com a cabeça. Tudo confluía para aquele lugar. E ele sabia como entrar lá.

Quando chegaram ao Edifício Silvetty, Tibério pegou o celular do bolso e enviou uma mensagem para o amigo mais antigo, Iberê.

Omar o observou, atento, mas não perguntou o que ele estava fazendo.

Munidos com a documentação necessária, os dois policiais bateram à porta do apartamento de Pavo, acompanhados pelo velho Samuel.

Enquanto Tibério vasculhava a casa à procura de pertences de Renan que pudessem ser úteis, Pavo sentou-se numa cadeira, acompanhado por Omar, que lhe faria perguntas como: "O que fazia na hora do desaparecimento de Renan? Que tipo de relação vocês tinham? Renan tinha algum inimigo? Vocês brigaram antes de Renan desaparecer? Você sabia que Renan estava de posse de um caderno de Dione Dite? O que você sabe sobre a Gayrrilha? Como você feriu a mão?".

Omar falava para um Pavo calado, os braços caídos ao lado do corpo, olhando para o nada, com olheiras enormes, descabelado, cheiro e hálito de quem não tomava banho havia pelo menos dois dias e uma bandagem amarelada enrolada numa das mãos. Tibério circulou pelo apartamento. Numa mesa no canto da sala havia uma grande peruca loira, armada, como uma versão exagerada do famoso penteado de Marilyn Monroe, em cima de um suporte dourado no formato de uma cabeça humana. Quando estava prestes a tocar no cabelo, foi surpreendido por Pavo, que deu um grito, pulando do sofá.

— Não toque nisso!

— Desculpe. Era de Renan? — perguntou Tibério, afastando-se e colocando as mãos atrás do corpo.

Pavo revirou os olhos vermelhos.

— Claro que não! Era de Dione. Ela deixou pra mim. Vão embora, por favor — exclamou o garoto, jogando-se no sofá em seguida.

Os policiais se dirigiram calados à saída, porém, antes de fechar a porta atrás de si, Tibério deu uma última olhada para o apartamento. O rapaz estava sentado, desconsolado, o olhar vazio como se a alma não estivesse mais presente. Segurava uma almofada, a que o amigo assassinado usara para dormir, talvez. Sentiu pena dele.

Os olhos quase mortos de Pavo lembraram Tibério dos olhos do jovem Samuel, olhos que se abriram na devastação, décadas antes. O velho, jovem na época, quase morrera em uma enxurrada. Fora arrastado por um rio por vários quilômetros e, já convencido de que estava morto, de repente acordara, deparando com (e então salvando) um garotinho perdido, que não sabia quem era e nem onde estava. Segurara a mãozinha e caminhara com ele até encontrarem ajuda. O garotinho fora Tibério.

Antes era uma lembrança nebulosa, como um sonho esquecido, mas passou a ser uma recordação vívida. Lembrava-se dos cheiros, dos sons, das cores. O corpo caído ao lado do rio, coberto por lama, folhas e sangue. Não sabia se o rapaz estava vivo ou morto até que ele abriu os olhos. O pequeno Tibério deu um passo para trás, assustado, mal sabendo que parecia um morto-vivo tanto como aquele que encontrara. Ajudou o rapaz a se levantar.

— Meu nome é Samuel — apresentou-se na época. — E o seu?

— Não sei — respondeu o pequeno, que até então nem sequer sabia o que estava fazendo ali.

Já era noite quando foram resgatados. Caminhavam de mãos dadas, assustados, procurando ajuda. O rio corria furioso ao lado deles, carregando árvores, casas e corpos. O brilho da lua era o suficiente para iluminar tudo. Caminhavam sem saber para onde iam, como recém-nascidos que saíam do útero sem saber o que os esperava. Apenas seguiam o rio. De certa forma, eram recém-nascidos. Um tinha vinte e poucos anos, Samuel, e deixou que aquela água lavasse e levasse embora toda a vida passada, destruindo tudo literal e figurativamente, deixando um passado doloroso, cheio de perdas, para trás, e abrindo espaço para uma nova vida, um papel em branco que ele poderia preencher como bem quisesse. O outro, um menino de doze anos, cujo passado foi literalmente apagado. Não era ninguém, e até o próprio nome ele teria a possibilidade de inventar.

Um helicóptero que sobrevoava a região procurando sobreviventes os avistou de longe, e pouco tempo depois uma equipe de resgate os alcançou. Só se viram anos depois, quando o garoto, que tinha passado a se chamar Tibério, era maior de idade e saiu do orfanato, indo procurar aquele rapaz que ele só conhecia pelo primeiro nome.

— O que ele falou? — perguntou Tibério a Omar enquanto desciam as escadas, referindo-se às perguntas que o colega tinha feito a Pavo.

— Nada — respondeu o policial. — Ele se recusou a responder todas as perguntas. Disse que não era obrigado a fornecer provas que o incriminassem e que só falaria com um advogado. Como se ele estivesse sendo acusado de algo.

— Ele sabe de algo — completou Tibério. — Vamos descobrir o que é. Tenho uma ideia.

25

A cauda de um cometa

Intimaram Pavo a prestar depoimento na delegacia. Talvez, naquele ambiente, o jovem desembuchasse.

Tibério consultou a hora no computador. Já devia estar chegando.

— Veja isso — instruiu Omar, com o cenho franzido, e lhe entregou uma folha.

Era um relatório das análises de DNA que havia acabado de chegar. O colega apontava para a parte que falava das marcas de mordida.

Havia quase uma dezena de marcas de mordidas no corpo de Dione Dite. Umas mais antigas, outras recentes. Todas estavam sem vestígios de DNA estranho, exceto por duas. Uma delas continha um DNA desconhecido, e outra um DNA que também fora encontrado no cadáver da praia, no sangue. Tibério olhou para Omar.

Pavo era namorado de Dione Dite. Pavo estava com um curativo na mão, como quem se cortava ao esfaquear alguém.

— Isso explicaria o DNA encontrado em dois cadáveres — expôs Tibério, e o outro assentiu.

Compartilhavam a mesma teoria. A morte do rapaz da praia havia sido uma vingança. Mas por que aquele rapaz?

Omar voltou a ler o documento, e Tibério consultou de novo o relógio de pulso.

Ao fazer isso, viu a cicatriz no próprio punho, e uma frase surgiu em sua mente.

— Quem come da minha carne e bebe do meu sangue — recitou. — Permanece em mim e eu nele. O que isso quer dizer?

— O pão e o vinho dados por Jesus. Comunhão e obediência — explicou Omar. — Fui coroinha, ok? Por que a pergunta?

Antes que pudesse responder, Pavo chegou.

Tibério levantou-se de imediato, pegando uma pasta com as informações que reuniram sobre o rapaz. Ele estava abatido, como da última vez que o vira, o punho ainda com ataduras.

— Deixem ele comigo — falou para os policiais que o escoltavam, dando uma leve batida no ombro dele e apontando com o nariz para o final do corredor, para que ele o seguisse. Pavo obedeceu. Após darem alguns passos, Tibério se voltou para os policiais, que ficaram para trás, e falou: — Voltem para a casa dele e recolham todas as facas que encontrarem.

Olhou para Pavo, encarando-o, certificando-se de que soubesse que ele sabia. Os olhos dele, arregalados, fundos, afundaram ainda mais.

— Pavo Ataíde — disse Tibério, sentando-se, após o outro ter se acomodado do outro lado da mesinha, e abrindo a pasta que trouxera consigo. — Também conhecido como Fortuna.

— *Atena* Fortuna — respondeu Pavo, olhando-o pela primeira vez.

— A Deusa da guerra. Da justiça. — Assentiu, começando a folhear o documento. — Você tem alguma relação com a Gayrrilha? — Virou uma página. — Com o corpo esfaqueado encontrado na praia? — Outra página. — Com os carros vandalizados no centro da cidade?

— Aquele outro policial já perguntou tudo isso no meu apartamento.

E não sou obrigado a responder a nenhuma dessas perguntas — interrompeu, irritado.

— Você não ajuda muito, para alguém que preza tanto por justiça — ironizou o policial.

— Você não pode me manter aqui sem um advogado — resmungou Pavo, agitado, cruzando os braços.

— Por ora, o que eu quero não precisa da presença de um advogado — disse Tibério, virando-se para a porta, e gesticulando para a janela de vidro. Omar entrou carregando uma maleta de plástico e a colocou na mesa. — Segundo esse documento — disse, apontando para uma folha —, você é obrigado a nos fornecer uma amostra de DNA.

Pavo se endireitou na cadeira e olhou para os dois, assustado. Os conhecimentos que tinha sobre procedimentos jurídicos e policiais adquiridos em seriados de televisão foram insuficientes para saber se eles estavam falando a verdade ou não.

— Depois você discute isso com seu advogado — finalizou o investigador.

Omar, com luvas azuis, retirou um *swab* de dentro de um tubinho de plástico e, sem dizer nada, abriu a própria boca, numa imitação de um pediatra que pede ao paciente que faça "AAAAH" a fim de examinar a garganta. Pavo, vendo-se sem saída, abriu a boca. O policial esfregou a haste de algodão no devido lugar e a colocou de volta no tubo, identificando-o e o lacrando em um saco plástico de evidências.

— Você quer levar? — disse Omar, entregando-lhe o pacote e dando uma quase imperceptível piscadela com um olho. — Eu assumo aqui.

Teve que conter um sorriso. Aquilo era tudo que ele queria. Sair daquela delegacia para levar a evidência à polícia científica. E, lógico, descer ao subsolo do prédio encontrar Afonso concentrado no trabalho, curvado sobre um cadáver, com os óculos caídos na metade do nariz, um bisturi na mão. Mal via a hora de pedir a Gutemberg que fizesse alguma coisa, levasse algo lá para cima, a fim de se livrar da presença do assistente, certificar-se de que estavam sozinhos, e então chegar por trás de Afonso e encostar o nariz no pescoço do namorado, respirando fundo, sentindo o cheiro adocicado que persistia naquele ambiente desinfetado, uma brisa fresca em meio ao fétido da morte, do álcool, do formol, e ver os pelos finos do pescoço do amado se eriçarem, arrepiado.

Deu duas leves batidas à porta de vidro do laboratório em que Gabriella e Antônia estavam prostradas sobre uma mesa, analisando um punhado de papéis desordenados e empilhados, alguns amarelados, envelhecidos. As duas o olharam, sobressaltadas, e, antes que ele pudesse abrir a porta e entrar, a perita se apressou para atendê-lo. Tibério entregou-lhe o pacote contendo a amostra de DNA de Pavo e pediu que colocasse em prioridade. Olhou de relance para Antônia, que havia virado um notebook para o outro lado e estava parada em frente à mesa.

Gabriella apressou-se em dizer:

— Consegui as imagens do departamento de trânsito com minha esposa, Estela. Mas só as do dia do desaparecimento de Kelly Prada. Ela não conseguiu as das outras, Dione e Solange. Disse que estão sem espaço de armazenamento e apagam as filmagens a cada semana, caso ninguém as solicite.

Tibério estendeu a mão para receber os CDs com as filmagens, mas a perita falou:

— São muitas horas de filmagens. E eu sei que lá na delegacia vocês estão bem atarefados. Aqui podemos dar um jeito.

Tibério concordou, aceitando, aliviado, a ajuda. Se tivessem sorte e encontrassem alguma coisa, poderiam solicitar filmagens de câmeras dos edifícios próximos, para complementar o material. Se não fosse por Gabriella, ele e Omar perderiam dias assistindo àquilo tudo, e ele ainda tinha que revirar o computador de Renan à procura de algo útil.

Enfim, resolvido o assunto com a perita, dirigiu-se para onde mais queria ir: o subsolo.

Lá embaixo, perscrutou a sala de necrópsias pela janela de vidro da porta. Afonso estava sozinho, de costas, procurando alguma coisa na estante.

Verificando outra vez o corredor, certificando-se de que ninguém vinha e que teriam alguns momentos a sós, entrou. O legista não se mexeu, continuou de costas, de frente para a estante, esperando. Sabia quem havia entrado.

Enterrou o nariz no cabelo de Afonso. A brisa. O cheiro fresco e adocicado que persistia o dia inteiro rodeado de morte. Suspirou fundo e, embriagado, encostou o corpo no do outro e o abraçou, as mãos no peito dele, encostando nos óculos que ali estavam pendurados.

— Estava precisando disso. Meu dia está péssimo. Longo — confessou o legista, suspirando.

Tibério afrouxou o abraço, dando espaço para que ele se virasse.

— Cadê Gutemberg?

— No banheiro. Hoje ele está mais lento que o normal. Vamos terminar em — pausou para consultar o relógio na parede — duas horas.

— Quando terminar, vá para minha casa, vou preparar um jantar — falou, observando os olhos do namorado brilharem.

Afonso estava roçando as pontas dos dedos na mão do investigador, um toque tão dócil e suave, como uma brisa... Tibério queria mais.

— O que você quer? — questionou Tibério.

— Você sabe — respondeu, sorrindo.

No momento segurava as mãos do investigador.

Pensou em como pouco tempo antes teria sido insuportável alguém segurando suas mãos daquela forma. Firme, apertado, envolvendo-as por completo, fazendo-o esquecer todos os problemas. Não se sentia invadido, ao contrário, sentia-se seguro.

Antes que pudessem dizer mais alguma coisa, foram interrompidos pelo barulho da porta que se abria atrás deles. Era Gutemberg, pigarreando.

— Bom, preciso ir — disse Tibério, suprimindo um suspiro e virando-se, caminhando para a saída. — Tenham uma boa noite vocês dois.

O auxiliar murmurou um "até mais" desajeitado e foi até a estante pegar o que Afonso não havia encontrado, enquanto esse estava virado para outro lado, fechando o jaleco para esconder a excitação que Tibério provocara nele.

— Vamos terminar logo isso — disse Afonso para o assistente, antes que a porta do corredor que os separava fechasse. — Estou faminto.

Na frente do edifício, Tibério encontrou Alice Taiguara. Estava prestes a entrar com o carro no estacionamento quando viu o furgão da repórter estacionado no outro lado da rua. Tibério deixou o carro no acostamento e foi até ela.

— O que você está fazendo aqui e como descobriu onde eu moro? — disse, aproximando-se do veículo.

— Tu não lembra de nada mesmo, né? — replicou Alice.

Os olhos dela estavam repletos de lágrimas, e seu rosto era da mais completa desolação. Daquela distância, ele podia sentir o cheiro de cerveja. Tudo nela lhe era familiar, o choro, os olhos, até a sombra. Como uma sombra do outro lado do quarto.

— Não sei do que...

— Não importa — interrompeu ela. — Eu vim aqui te alertar. A Gayrrilha é mais que um grupo de ativismo. É uma guerrilha armada. Recomendo que fique de olho no protesto.

Alice fechou a janela e deu partida no furgão, sumindo no escuro da noite.

Tibério subiu para o apartamento e, atordoado com aquele encontro, foi fazer o que ocupava a mente quando estava em casa: organizar e cozinhar. Lavou o banheiro, limpou a caixa de areia, trocou os lençóis da cama, colocou a roupa para lavar e estava começando a preparar o jantar quando o celular tocou. Era Iberê. Atendeu com o coração esperançoso.

— Tu tinha razão — disse o amigo do outro lado da linha.

— O que aconteceu?

— Como tu me pediu, fui até o condomínio do mangue — começou a contar Iberê. — Como é longe aquela desgraça. Mas rico adora se isolar, né? Também, não precisam pegar três ônibus lotados sem ar-condicionado... Bom, eu tava com o uniforme da empresa, então disse que ia supervisionar uma obra de paisagismo. Me deixaram entrar sem problemas.

Tibério ergueu a sobrancelha.

— Você encontrou?

— Sim, quatro casas tinham hortênsias no jardim. Quando digo casas, tô sendo humilde. São mansões. Enormes. Mas na mansão do prefeito não tinha. Várias flores, nenhuma hortênsia.

Tibério trincou os dentes, frustrado.

— Calma, não terminou por aí — disse o outro, animado. — Vi uma coisa estranha no jardim da casa dele, então me aproximei, discreto. Não tinha cerca nem nada, então foi fácil. Tinha um espaço vazio no canteiro de flores. A terra tava revirada, como se algo tivesse sido arrancado.

Um sorriso surgiu no canto da boca de Tibério.

— Hortênsias?

— Foi o que pensei. Tirei fotos, acabei de te enviar. Também peguei um pouco da terra e coloquei num saco. Posso te entregar amanhã. Talvez dê pra fazer alguma análise, sei lá. Mas isso não é o melhor. Tá preparado?

— Sempre.

— Três funcionários, bom, dois, pois um agora tá morto, da empresa cuidam dos jardins de dez casas do condomínio, incluindo a do prefeito. O que vou contar agora não tá discriminado no sistema. Não costumam registrar qual jardineiro cuida de qual jardim. Tive que fazer umas perguntas por aqui.

— Iberê, por favor, pare de enrolar.

O amigo deu uma gargalhada.

— Moacir Yancy cuidava de três jardins. Um deles era o do prefeito. Os outros dois jardins não têm hortênsias.

— Você daria um ótimo investigador — falou Tibério, por fim.

— Tu deve dizer isso pra todos, Titi.

Tibério agradeceu ao amigo e se despediu, combinando um horário para se encontrarem no dia seguinte, para pegar a amostra de terra. Não funcionaria como evidência, mas serviria de base para um caminho a ser tomado. Pelo menos até conseguirem um mandado de busca.

Quando Afonso chegou, Tibério fazia o jantar. O legista ficou na sala, esperando a comida ficar pronta, fazendo companhia a Gato.

Naquela noite, transaram como nunca. Intenso, faminto, quase violento. As luzes acesas, as janelas abertas. Despido, literal e figurativamente, Tibério deixou-se ser guiado, deixou-se guiar. Afonso o penetrou com um desejo voraz, os olhos grudados aos seus, as mãos sem soltar seus pulsos, a respiração dos dois sincronizada, pesada, ofegante. Também penetrou Afonso, e suor e gemidos se misturavam. Nas pausas arfantes para recuperarem o fôlego, Tibério, trêmulo de excitação, se emocionava ao ver Afonso admirando-o, deitado de lado, passando as pontas dos dedos em seu corpo, nas marcas que havia acabado de deixar e nas marcas que já existiam ali, os olhos brilhando como se observasse a pessoa mais bela do planeta, o cabelo molhado de suor grudado na testa, os lábios vermelhos, a porra secando nos pelos do peito, amando-o como se o outro homem não fosse quebrado, danificado e incompleto.

Numa das pausas, segurou a mão de Afonso, que, com as pontas dos dedos, contornava uma cicatriz esbranquiçada no ombro de Tibério, um traço que dizia parecer a cauda de um cometa. "E onde está o cometa?", perguntara Tibério uma vez. "Aqui", respondera o outro, colocando a mão aberta no peito de Tibério, ali, embaixo, batia o coração, afundando os dedos em seus pelos, e beijando-o. Afonso o olhou com curiosidade, pego de surpresa por aquela intromissão de carinhos, e observou calado Tibério inverter as posições dos dois. Era ele que no momento percorria o corpo do amante com as pontas dos dedos, vendo a pele bronzeada arrepiar-se por onde passava. Percorreu a perna dele, subindo pela canela, joelho e coxa, no sentido contrário ao dos pelos pretos e finos que a revestiam, sentindo o relevo da barriga e do peito, que Tibério achava tão bonito, e poderia passar o dia inteiro deitado, acariciando os pelos que os cobria, abundantes. Subiu para o ombro, seguindo a veia que descia pelo bíceps, e pelo antebraço, alcançando a mão, ali seus dedos se entrelaçaram aos dele.

— Você é perfeito — disse Tibério, por fim.

— E você está enganado — retrucou Afonso, dando um risinho e levando a mão até o cabelo, colocando uma mecha atrás da orelha. — Veja.

Tibério olhou para aquela orelha pela primeira vez. Estava sempre coberta pelo cabelo escuro, provavelmente com a intenção de esconder a falha que havia ali, e que parecia incomodar muito Afonso. Faltava uma ponta na parte de cima da orelha, como se tivesse sido cortada.

— O que aconteceu? — perguntou, levando a mão até lá, e passando os dedos na borda da orelha; ali havia uma reentrância.

A cartilagem era irregular, granulosa, uma superfície acidentada e desarmoniosa no corpo que parecia imaculado, sob uma pele resistente que parecia nunca antes ter sido ferida. Afonso recuou, como se atingido por um pequeno choque estático, alguns milímetros apenas, mas o suficiente para Tibério notar.

— Uma criança me mordeu quando eu estava na escola — disse, segurando a mão que o acariciava. Deixou que Tibério continuasse a percorrer a borda da orelha por alguns instantes, então puxou a mão para o próprio rosto, passando-a pela barba e levando-a até a boca, beijando-a. — Minha mãe perdeu a cabeça. Era superprotetora. Fez um barraco e fez quase todo mundo ser demitido. Me tirou da escola. Ela era assim, fazia sempre tudo para me proteger. — E acrescentou, rindo: — Às vezes exagerava.

Tibério riu. Afonso falava pouco sobre a infância, mas Tibério sabia que a mãe morrera de câncer quando ele estava começando a faculdade de medicina. O pai ele nunca conheceu, nem nunca sentiu falta. Gostava muito de quando o namorado falava da mãe, sempre tão cheio de afeto, fazendo-o desejar, por breves momentos, lembrar-se da própria mãe. Isso se algum dia tivesse chegado a ter uma.

Observou Afonso ajeitar o cabelo, sem jeito, colocando-o de volta sobre a orelha defeituosa, e Tibério achou aquele defeito, aquela falha, a coisa mais bonita que existia em todo o corpo do outro homem. Amava suas falhas.

Então percebeu, pela primeira vez, que deveria ser daquela forma que Afonso via suas cicatrizes. Sentou-se nas pernas dele e o beijou, faminto, sentindo aquele volume enrijecer-se de novo. Tudo o que queria era beijá-lo e agradecer-lhe por fazer com que sentisse que aquele seu corpo desgastado, magro e cheio de cicatrizes era desejado e nunca repulsivo. Continuaram a transar pelo resto da noite. Entregou-se por completo, e Afonso se entregou a ele. Os dois eram um só, com as perfeições e falhas. Dormiria naquela noite tranquilo e exausto, com um sorriso no rosto, a cabeça no peito do outro, sentindo o cheiro refrescante, a mão dele em seu ombro, sobre a cauda do cometa.

Tibério jamais esqueceria aquela noite, pois foi a última em que teve sonhos bons e tranquilos.

26

Além do ódio

Quando Pavo ficou sabendo da morte de Kelly Prada, de Renan, o melhor amigo, a dor foi excruciante. O grito, que pareceu vir de dentro do estômago, saiu rasgando tudo e, no fim, não deixou nada para trás. No fundo, ele já sabia. Já estava aflito quando Renan desapareceu, e tudo piorou quando o policial chegou procurando por ele. Todos fizeram um mutirão para procurá-lo. Não houve balada naquele dia.

Na manhã seguinte, a pior das ressacas: "ESTRANGULADOR DO MANGUE ATACA NOVAMENTE", dizia a manchete do jornal. "GLITTER E SANGUE", dizia outra. Sangue nos olhos era o que Pavo tinha. Antes de vazarem a identidade da vítima, a certeza de que era Renan já estava presente no olhar de todos.

Pulou todas as etapas do luto. A aceitação, a barganha, a negação. Se havia uma coisa que ele sabia que substituía bem o sentimento de perda, era o ódio. Sentiu ódio, um ódio descontrolado. No domingo, o ódio era tão intenso, que era debilitante. O ódio que sentia, de si mesmo, da sociedade, de todos ao redor, estendia-se até Renan. Como ele podia ter sido tão estúpido? Como podia ter se permitido ser morto daquele jeito, despejado no fundo do mangue como se fosse um saco de lixo? Tudo, Pavo pensava, tinha sido culpa daquela ingenuidade. Do credo na justiça. Na paz. De que tudo ficaria bem se todos seguissem as regras e a ordem. Que se fodesse aquilo. Que se fodesse a ordem. Que se fodesse a paz. Renan estava errado.

Errado e morto. Igual a Téo, que havia resolvido fuçar o que não devia.

Havia perdido o namorado e o melhor amigo em poucos dias. O que mais lhe restava, além do ódio?

Mas o ódio era o melhor dos analgésicos. E também o mais viciante.

Foi assim que superou a saudade e a distância da mãe e do irmão quando o pai o expulsou de casa: odiando a todos eles.

Os policiais haviam ido até lá interrogá-lo e pegar coisas de Renan. O policial Omar lhe fizera perguntas sobre a Gayrrilha e o protesto que aconteceria dali a dois dias, mas Pavo nada dissera. O que sabiam? A certeza de que sabiam alguma coisa veio momentos depois, quando recebeu aquela intimação. Quando Tibério falou sobre a faca. O baque: estava fodido.

Porra.

Tudo acontecera dias antes, quando fora atacado na rua com lama de mangue. Estava desorientado em casa, furioso, andando de um lado ao outro, querendo canalizar aquela raiva em algo, em alguém. Fez ligações. Sabia bem para quem ligar primeiro. Eva andava armada das unhas aos dentes, literalmente (as unhas pontiagudas que poderiam cortar uma artéria, a navalha na gengiva, o canivete, ou Ivete, como ela chamava, escondido no sutiã), trabalhava de segurança na rua, de madrugada, protegendo as irmãs que usavam o corpo para ganhar dinheiro. Eva atendeu de pronto. Estava acordada, lógico, de vigia numa esquina ali perto. Se Eva topasse a ideia maluca, convenceria outras com facilidade.

Esperava as amigas no apartamento quando Renan chegou. O amigo tentou saber o que estava acontecendo, mas Pavo não respondeu. Ele não entenderia. Era um pacifista. As garotas chegaram e Pavo saiu, com uma faca da cozinha. Lá fora, era Atena Fortuna.

Junto a Eva estavam Andressa, uma das que ela protegia na rua, e Sofia, uma sapatão que era a melhor aluna das aulas de ataque (*ataqueer*, como chamavam) que Pavo dava. Estavam todas encapuzadas. Eva de salto e Andressa e Sofia, de tênis.

— Tirem os capuzes — disse Atena, enquanto desciam as escadas. — Duas pessoas de dois metros de altura, uma drag queen suja de lama e uma sapatão com cara de criança andando de madrugada procurando intriga já chamam bastante atenção. — Não estamos fazendo isso pra nos esconder.

Todas concordaram.

Andaram cerca de meia hora até chegarem a uma área decrépita do centro da cidade, uma zona portuária falida e cheia de armazéns e galpões abandonados. Era o maior ponto de prostituição da cidade.

Três prostitutas que conversavam sentadas na escada de um hangar abandonado arregalaram os olhos quando as avistaram e se levantaram, apressadas, entrando na construção.

Deixaram-nas correrem. Estavam atrás de outras coisas. Dos homens que escapavam de apartamentos enormes e de famílias perfeitas para se atracarem com as putas daquelas ruas imundas.

Encontraram um no quarteirão seguinte. Uma porta do carro estacionado estava aberta, e ali, em pé, havia um homem. Ajoelhada diante dele, uma mulher lhe fazia um boquete.

Eva cuspiu no chão. Então gritou:

— Ei, na minha frente não!

A mulher olhou de imediato, assustada. O homem ainda se demorou de olhos fechados, segurando a cabeça dela para que continuasse o que estava fazendo.

Eva tomou a frente, avançando em direção aos dois. O homem então abriu os olhos. Ao ver Eva se aproximando, e as outras atrás dela, empurrou a mulher para o lado, derrubando-a no chão, e deu um passo à frente.

— O que disse, *aberração*?! — bradou o homem.

Eva tirou a Ivete de dentro do sutiã.

Atena parou e engoliu em seco. Uma vez estando ali, ponderava se talvez não tivessem ido longe demais. No calor da situação, aquilo parecera uma boa ideia. Mas e no momento? O que fariam? Espancariam aquele homem? Matariam o homem e jogariam o corpo no mangue?

Eva se aproximou ainda mais.

O homem deu outro passo à frente, os punhos cerrados. A mulher, encostada no carro, tremia.

Vendo de mais perto, sob a luz falha e amarela do poste, Atena percebeu que o homem não passava de um rapaz de vinte e poucos anos.

— Eu disse — afirmou Eva, pontuando a frase com passos e palmas: — Que. Não quero ver. Essa. Nojeira. Na minha. Frente.

Eva abriu o canivete, expondo a lâmina afiada, e jogou o longo cabelo preto para trás.

O coração de Atena parou. Era isso. Foram longe demais. Passaram dos limites, e era tarde demais para voltar atrás. Alguém terminaria morto.

O rapaz, como típico playboyzinho, aparentemente fazia alguma arte marcial, talvez Muay Thai, e desferiu um golpe, dando um impulso para a frente, girando o quadril e dando um chute em Eva, jogando-a para trás. Eva gritou, deixando cair o canivete, que voou para o meio da rua.

Por instinto, a paralisia de Atena passou e, com Andressa e Sofia, avançaram para socorrer a amiga. Atena pegou a faca, que até então estava guardada na bolsa, e a segurou firme em suas mãos.

Foi quando viram a arma.

— Pra trás viados — exclamou o homem, apontado a arma prateada e brilhante para elas. — Ou mato tudinho.

— Amor, deixa pra lá, vamo embora — disse a mulher, que até então estivera acuada no carro.

Parecia habituada àquilo: a tentar tranquilizar o homem, a convencê-lo a abaixar a arma, a não atirar em alguém. Já teria estado sob aquela mira?

A resposta à pergunta veio segundos depois, quando ela colocou as mãos nos ombros dele, para acalmá-lo. Ele se virou e deu uma coronhada no rosto da companheira. A mulher gritou, deu um passo para trás e caiu sentada no chão, com a mão no rosto, tentando estancar o sangue do nariz quebrado.

— Tu só fala merda, porra — disse o homem, virando-se para a mulher caída e se esquecendo das outras.

Guardou a arma na barra da calça, deu dois passos em direção à amada e a puxou pelos cabelos, arrastando-a no cimento para o carro. O vestido dela dobrara, expondo a calcinha e as coxas, agora sangrando com o atrito com o chão.

— Chega — disse Sofia.

Tudo aconteceu rápido demais, Atena nem sequer teve tempo de processar. Ainda segurava a faca de cozinha na mão, e Sofia a puxou, tomando-a e cortando a mão da drag no processo.

Atena olhou para a mão, horrorizada, o corte aberto cuspindo o sangue, grosso, quente e vermelho. Não sentiu dor, apenas uma pequena ardência (o corpo ainda estava dopado de adrenalina), e aquela vista, o sangue jorrando numa cascata, era hipnotizante, belo. Pensou em Kelly, que, se visse aquilo, desmaiaria. Quando levantou os olhos, viu Sofia indo atrás do homem, que ainda arrastava a mulher. O homem estava de costas para ela. A mulher arrastada olhava para Sofia em silêncio, com os olhos cheios de lágrimas, arregalados e esperançosos.

Atena ouviu o barulho de carne rasgando quando Sofia enfiou a faca no meio das costas dele.

Ele deu um grunhido, arqueou as costas e soltou o cabelo da namorada, que engatinhou alguns metros para a frente. Sofia não puxou a faca, pelo contrário, enfiou-a ainda mais, derrubando o homem no chão e caindo em cima dele, enterrando a lâmina. Ele gritou de novo e se calou.

A namorada estava em pé, encarando a cena, com as mãos tapando a boca, suprimindo um grito, ou talvez uma gargalhada. Do nariz, roxo e amorfo, ainda corria sangue.

— Vá — disse Andressa para ela.

A mulher a olhou, confusa. Então pareceu organizar os pensamentos, acalmando-se. Ficou séria, assentiu e correu para o carro. Deu partida e sumiu. Nunca mais a viram.

Sofia se levantou, ajeitou a roupa e puxou a faca das costas do homem. O barulho da lâmina raspando no osso fez Atena estremecer. Sofia limpou a faca na própria roupa e a devolveu. Atordoada, sem saber muito bem como reagir àquilo, Atena aceitou o objeto e guardou de volta na bolsa.

— Precisamos nos livrar do corpo — declarou Eva.

O velho Samuel chegou quinze minutos depois. O rosto amassado de quem havia acabado de acordar, os olhos alarmados. Atena se sentiu horrível por vê-lo ali. Só que elas não tiveram a quem mais pedir ajuda.

— Meu Deus — murmurou o velho, quando desceu do carro e se aproximou do corpo, já cercado por uma poça de sangue. — O que vocês fizeram?

Eva ficou vigiando a rua enquanto elas moviam o corpo. Samu ficou dentro do carro, pronto para dar partida. Sofia e Andressa pegaram pelas pernas e Atena pelos braços. Suspenderam-no e o levavam até a mala do veículo quando o homem arregalou os olhos e puxou ar pela garganta, fazendo um barulho medonho, rouco, como um canudo chupando o fim da bebida. No susto, as três o soltaram, deixando-o cair outra vez no chão, a cabeça dele batendo no asfalto. Com o impacto, um punhado de sangue espirrou da boca.

— Tá vivo! — exclamou Andressa.

O homem agonizava, parecendo afogar-se no próprio sangue. Da boca escancarada saíam pequenos jorros do líquido vermelho, borbulhando. Os olhos, arregalados, estavam vidrados em Atena.

A drag encarou o tormento naqueles olhos por alguns segundos, ciente de que ele já havia provocado aquele mesmo olhar em outras pessoas. Quantas outras ainda arregalariam os olhos em pavor diante da arma daquele homem, se elas não dessem um fim nisso naquela noite? Atena se colocou em cima dele, sentando-se na cintura, e o esganou com todas as forças, nem sequer sentia mais o corte profundo na mão, até que o último resquício de ar se esvaísse dos pulmões dele, e, os olhos arregalados nada mais vissem, além da escuridão e a danação do inferno.

Desovaram o corpo dele no mangue.

Mas a maré o levaria, e, na manhã seguinte, o corpo seria encontrado em uma praia.

Naquela noite, porém, a adrenalina daquelas guerreiras, combatentes, guerrilheiras, assassinas e cúmplices, não se dissiparia no sangue e no suor. A adrenalina as manteria acordadas, alertas, e, antes mesmo de voltarem para casa, tiveram uma ideia e tomaram uma decisão. Criaram a Gayrrilha.

Sentado na sala de interrogatório na delegacia de homicídios do centro de Abaporu, Pavo se sentia estúpido. Haviam acabado de coletar o DNA de sua boca, e ele ouvira aquele policial irritantemente triste e soturno falar sobre as facas em seu apartamento. Eles sabiam. Seria preso. E nem mesmo havia sido ele quem esfaqueara aquele miserável. Antes tivesse sido.

Olhou para a mão enfaixada e pensou em Eva, Andressa e Sofia. *Espero que vocês não sejam pegas.* O barulho da carne rasgando que ouviram quando Sofia enfiou a faca no homem havia entrado no ouvido delas como uma droga. Adrenalina, poder e as consequências catastróficas. Aquilo foi bom.

E queriam fazer de novo.

Fizeram recrutas no Paraíso. A ideia inicial era união e proteção. Primeiro, aprender a se defender. Fizeram patrulhas nas ruas à noite. Duas vezes o carro com os homens encapuzados apareceu, provavelmente repetiriam com outras pessoas o que fizeram com Atena, jogando lama, mas elas o rechaçaram, gritando, jogando pedras.

— Vão se foder! — havia gritado Atena, orgulhosa, quando o paralelepípedo que jogou acertou o carro, o barulho da pedra contra a lataria da porta do veículo parecendo ressoar por todo o Paraíso.

O carro nunca mais apareceu.

E então, aprenderam a atacar. Começaram com pequenos atos de vandalismo. De revolta. De revolução. Quebraram para-brisas, vitrines, tocaram fogo em carros. Eva foi presa quebrando o retrovisor de uma viatura da polícia e saiu na capa de um jornal, pega no flagra por um fotógrafo. Foi liberada pouco tempo depois; no Paraíso tinham um advogado que trabalhava de graça para jovens LGBTQIAPN+ pobres e com problemas com a polícia de Abaporu. Foi para ele que Pavo telefonou.

O advogado mal deixou o policial Omar terminar de fazer as perguntas a Pavo. Gritou, berrou, exigiu respeito e ameaçou processar aquela delegacia se não liberassem seu cliente. E não deixaria barato por terem colhido o DNA do cliente sem sua presença. Assim, ele foi liberado.

Pavo teve contato com o horror da violência desde cedo. Quando tinha oito anos, o pai o ensinou a usar uma arma. O irmão, de doze, tinha aprendido dois anos antes. O pai era obcecado por armas, mantinha uma coleção trancafiada no escritório, e sentira necessidade de introduzir o filho caçula naquele mundo masculino o mais rápido possível, pois o menino mostrava sinais de feminilidade. Um aposentado do exército não podia ter dado aquela fraquejada e colocado no mundo um filho viado.

A mãe não aprovava nada daquilo, mas o que podia fazer? Naquela casa, mulheres não tinham voz. Mais tarde, Pavo entenderia que ela tinha medo do marido.

O pequeno Pavo de oito anos mal tinha forças para manter aquele revólver suspenso e sob a mira, uma latinha de ervilha vazia sobre um punhado de tijolos no quintal, um pequeno pedaço de terreno coberto por cimento.

Segurando aquele objeto, que o pai ensinara ser tão poderoso e imponente, uma extensão do Homem, ele sentiu uma eletricidade correr entre os dedos. A expectativa. A antecipação. A sensação crepitante que ressoava em todos os ossos e órgãos e tecidos de que algo grandioso estava para acontecer. A ânsia cada vez mais intragável, com gosto de ferrugem na língua seca, explodiu quando o dedo puxou o gatilho. O pai gritou algum palavrão, parabenizando-o. A latinha havia voado longe. Aquela sensação de urgência que escapara pelos dedos e pelo cano do revólver despejara uma quantidade absurda de adrenalina no corpo. E ele sorria, tremia, gritava. Queria sentir aquilo de novo. E, antes mesmo que seu irmão terminasse de colocar outra latinha em cima dos tijolos, ergueu a arma e disparou.

Ele só se lembrava do grito. E dos dedos jogados contra a parede como se fossem salsichas. E do sangue respingado no muro branco como uma pintura expressionista. Da mãe esmurrando o peito do pai, que permaneceu estático, com os olhos arregalados. Lembrava-se da mãe pegando o filho mais velho nos braços, quando esse desmaiara tentando juntar os pedaços de falange no chão, e do rastro de sangue pela casa que permaneceu ali um dia inteiro sem que ninguém limpasse. Lembrava-se do cheiro de sangue e de pólvora. Dos gritos. Dos dedos amputados do irmão que nunca mais o olhara da mesma forma. Lembrava-se do pai, que nunca mais mostrara uma arma aos filhos, e que, nos anos seguintes, olhava cada vez com mais ódio e desgosto para Pavo, este cada vez mais afeminado e gay, culminando no dia em que o expulsaria de casa para não ter que mostrar a arma ao filho uma última vez, dessa vez colocando-o sob a mira. E Pavo lembrava também que desejara nunca mais ter aquela sensação de novo. A eletricidade da antecipação. A represa prestes a se romper. O gatilho nos últimos segundos antes da derradeira explosão.

Pavo só teria de novo aquela sensação no dia seguinte, o dia do protesto.

27

O tiro

Havia um clima de ansiedade pairando sobre a comunidade. Era medo e excitação. Tinham medo do que poderia acontecer. Violência. Repressão da polícia. Ao mesmo tempo, ansiavam pelo grito de liberdade, de justiça. Queriam pedir respeito, aceitação, paz. Justiça por Keila, Dione Dite, Solange, Kelly Prada e todas as outras pessoas que vieram antes e viriam depois. Sobreviveram ao feudalismo e à idade das trevas, à seleção natural, à inquisição, às cruzadas, a todas as perseguições religiosas. Bruxas foram queimadas, outros foram apedrejados, crucificados, perseguidos, mortos por epidemias e preconceitos, políticos intolerantes, polícia repressora e genocida, falso moralismo, conservadorismo, cristianismo, protestantismo, neopentecostalismo. Sobreviveram. Resistiram. E aquele protesto do Paraíso era o ultimato.

    O protesto estava marcado para aquela tarde, e durante a manhã estavam todos preparando faixas, cartazes e o melhor *look* que podiam montar. Pavo estava no apartamento caminhando de um lado ao outro. O formigamento na mão. O dedo no gatilho.

PARTE II | O CAOS

O fim da tarde se aproximava quando Eva bateu à porta. Com ela, Andressa, Sofia e mais um punhado de novos membros da Gayrrilha. Muitos estavam com maquiagem agressiva de drag queens.

— A senhora não vai se montar? — perguntou Eva, cruzando os braços e batendo o pé no chão, ao ver Pavo, e não Atena Fortuna, abrir a porta. — Não vai tirar esse chuchu?

Eva ainda estava com os olhos roxos, esverdeados e inchados ao extremo, um deles quase fechado. Levara uma surra de dois policiais quando quebrara o retrovisor da viatura deles. Vestia aqueles ferimentos como se fosse uma armadura, uma pintura facial ritualística, pronta para o combate.

— Não — respondeu Pavo, recebendo um olhar de desaprovação de quase todas. E então, ao ver que muitas carregavam uma balaclava na mão, falou: — Só preciso de uma dessas.

— Cadê a faca? — perguntou Eva, entregando-lhe uma balaclava.

Era vermelha, decorada com lantejoulas douradas, assim como o derradeiro vestido de Dione Dite.

— Na bolsa — respondeu, logo pegando a bolsa, vazia, que estava em cima da mesinha ali ao lado e a colocando no ombro.

Guardou a balaclava dentro dela. Saiu do apartamento e trancou a porta, antes que elas vissem que todas as facas haviam sido levadas pela polícia.

A concentração do protesto era em frente à Hell. O prédio fazia sombra nos manifestantes, alguns vestidos com roupas coloridas, muitos com roupa preta. A cor vermelha com adornos dourados era onipresente. Cartazes na mão e gritos de guerra. Na frente, um carro de som se preparava para guiar o trajeto. Ao redor dele, Pavo e a Gayrrilha observavam tudo. O dia estava abafado e úmido, como se prenunciasse uma tempestade. Não havia vento naquela tarde, e, vez ou outra, no silêncio que entremeava as passagens de som do microfone, se ouvia o *clac* de leques se abrindo.

— *Não terminaremos na lama!* — gritou em coro um grupo de drag queens com a maquiagem cuidadosamente suja de lama, passando na frente deles.

Nos prédios ao redor, bandeiras LGBTQIAPN+ balançavam nas janelas.

O carro de som deu partida, seguido pelos manifestantes a passos lentos. Discursos de militância revezavam-se com música e depoimentos de membros da comunidade. Pavo seguiu calado, com os dentes trincados, sentindo a eletricidade no ar. O trajeto, de alguns quilômetros, até a prefeitura de Abaporu, duraria cerca de três horas. Eva e Andressa, com os olhos aguçados de vigia, iam no alto do carro de som, informando por mensagens de celular os outros membros da Gayrrilha sobre a movimentação em torno do protesto. Não havia polícia fazendo a segurança deles. Estavam por conta própria.

Em alguns pontos, quando a passeata cruzava grandes avenidas, um punhado de policiais fazia o controle do trânsito. Sempre de costas. Nenhum olhava para eles. Da população, que acreditava que aquela livre manifestação feria o direito *deles* de ir e vir, recebiam olhares furiosos, buzinadas e xingamentos.

Ali no centro, na metade do caminho entre o Paraíso e a prefeitura, havia um grande largo. Uma praça cheia de coqueiros, bancos de pedra, camelôs e estátuas antigas de políticos que ninguém conhecia. Foi ali, naquela praça, que tudo desabou.

Pavo sentia-se numa panela de pressão carregada de vapor prestes a explodir. Mas, olhando ao redor, ninguém parecia apreensivo. Tentou deixar de ser tão desconfiado, relaxar, se enturmar. Suspirou, forçou um sorrisinho e olhou ao redor, procurando alguém com quem jogar conversa fora. Sofia se pôs à frente, oferecendo-lhe um latão de cerveja geladíssima. "Tá três por dez", informou ela. Aceitou a bebida e deu um longo gole.

Quando a lata estava a meio caminho do segundo gole, ouviu o barulho de pneus cantando no asfalto, sobressaindo à música que tocava nos alto-falantes logo atrás dele. Do outro lado da praça, onde vários carros haviam acabado de frear de forma abrupta, viu uma movimentação. E então, o caos.

A panela de pressão, no fim das contas, havia explodido.

Pavo viu, de olhos arregalados, um espaço se abrir onde antes havia uma multidão de manifestantes. Viu gente correndo, tropeçando em degraus, pessoas sendo empurradas contra estátuas, caindo sobre carrinhos de pipoca, pulando por cima de carros, viu uma garota tropeçar em uma pedra, cair, soltando a mão da namorada, e ser pisoteada nas costas por uma drag queen imensa e de salto alto. Viu saltos voando. Latinhas, garrafas de vidro, unhas postiças.

No carro de som, alguém começou a gritar chamando a polícia. *Irônico.*

Eva e Andressa desceram do carro de som e jogaram duas malas grandes e pesadas no chão, fazendo um forte barulho de ferro contra o asfalto. Elas estavam com a balaclava no rosto.

— Vamos resolver isso — falou Eva, abrindo as malas, expondo grossos vergalhões. — Cada um pegue o seu e vista o gorro. Bora, Atena!

Pavo sorriu. A adrenalina. Pegou uma das barras de ferro, sentindo o gelado do metal adormecer aquele formigamento que o afligira o dia inteiro, vestiu o capuz e correu.

Do outro lado da praça, havia quatro carros parados. Pretos, de vidro fumê, sem placas, com as portas abertas. Deles havia saído uma dúzia de homens parrudos, enormes, também de preto: calças, camisetas, coturnos, luvas e balaclavas pretas, exatamente iguais àquelas que Pavo vira nos homens que o atacaram na rua com lama. Eles haviam se espalhado pela praça, atacando os manifestantes que não conseguiram fugir a tempo, perseguindo-os. Viu três deles atacarem a chutes um garoto encolhido no chão, em posição fetal, com os braços tentando em vão proteger a cabeça. Viu uma garota de olhos arregalados e boca semiaberta caída em um banco, um menino sentado ao seu lado gritando, pedindo socorro. Viu uma drag queen tirar os saltos para correr, e um homem tentar segurá-la pelo cabelo, mas era uma peruca, que se soltou e ela conseguiu fugir, até que outro homem colocou um pé para ela tropeçar, e ela caiu com a cara no chão. Pavo viu o sangue jorrar do nariz estourado.

A polícia não chegaria. Aqueles brutamontes estavam atacando um a um, derrubando e espancando todos. Eram numerosos e musculosos. Mas eles não tinham armas. A Gayrrilha tinha. E elas estavam em maior número.

Gritou. Sentia ódio. Ergueu o bastão de ferro e o estatelou contra a cabeça de um dos homens que atacavam o garoto encolhido no chão.

Ouviu o barulho de osso quebrando. E foi bom. O corpo caiu no chão, todo amolecido. Os outros dois olharam, assustados. Não estavam esperando retaliação. Passada a surpresa, partiram para cima dele. Mas Eva chegou a tempo, enfiando a ponta da barra de ferro nas costas de um deles. Pavo aproveitou e atacou o outro que sobrara. Acertou na boca. A vibração do ferro subira pelos braços como um choque. Seus ombros doeram com o impacto, mas ver o homem caindo no chão, aos gritos, expondo a boca ensanguentada e sem dentes, pois engolira todos, fizera tudo valer a pena. Ajudou o menino, que ainda estava encolhido no chão, a se levantar.

    Pavo olhou ao redor. A coragem daqueles homens havia se esvaído com aquele obstáculo. A certeza de que quebrariam tudo e triunfariam havia virado sangue e porrada. Os manifestantes, mesmo os que não eram da Gayrrilha, se levantavam, se juntavam às balaclavas vermelhas, empunhando pedras, galhos de árvores, qualquer coisa que encontrassem pelo caminho. Quem havia ido para o protesto de salto, e se arrependido por ter que caminhar nas ruas irregulares com aquele calçado, no momento se divertia estourando testículos com pisadas enraivecidas.

    Até que Pavo ouviu o clique inconfundível de uma arma sendo engatilhada. E tudo parou.

    Em câmera lenta (não sabia dizer se o mundo inteiro havia diminuído a velocidade para contemplar aquele momento, ou se ele mesmo havia se movido milímetro por milímetro), Pavo se virou e se viu sob a mira de uma arma brilhante.

    Engoliu em seco.

    A mão do atirador estava firme. Tinha certeza do que queria fazer. Os olhos por trás daquela arma, do rosto oculto pela balaclava preta, confirmavam aquilo: eram olhos de ódio. Muito mais que ódio. Pavo queria que aqueles olhos vissem sua cara, então tirou a balaclava e o encarou.

    O dedo começou a se mover.

    Pavo se perguntou se o atirador estava sentindo a eletricidade. A antecipação. A expectativa do tiro. A represa prestes a se romper. Provavelmente sim.

    Então ouviu.

    A represa se rompeu.

    A terra foi engolida por água e lama.

    O tiro.

28

Pequeno Davi

"Já pensou que a gravidade tá sempre puxando a gente pra baixo?", sussurrou Iberê quando Tibério estava para dormir e o amigo apareceu agachado na beira da cama, no escuro. "A vida inteira a gente passa tentando desgrudar do chão. Não é cansativo?" Tibério enxotou o amigo e fechou os olhos, fingindo ignorar os devaneios aleatórios de Iberê. Mas não conseguiu dormir naquela noite, sentindo o peso sendo puxado para baixo durante toda a madrugada. Sim, era bastante cansativo.

— Pare com isso — disse Afonso, do outro lado da sala, olhando para Tibério com seriedade.

O legista estava agachado, coçando as orelhas do gato.

— Parar o quê? — rebateu Tibério, erguendo as canecas, que segurava na bancada por mais tempo do que conseguia calcular, e caminhando para a sala.

— Pensar demais — respondeu Afonso, recebendo, sorridente, a caneca fumegante. — Você faz isso — acrescentou, franzindo o cenho e comprimindo os lábios, numa imitação teatral — quando está sendo tomado por pensamentos.

Era verdade. Tinham tido uma noite perfeita. Tibério dormira bem, entre os braços de Afonso, e, naquela manhã, após um longo banho juntos, lá estava ele divagando sobre o passado enquanto servia o café em duas canecas.

— Essa é a minha cara de sempre — disse e sentou-se no sofá. Afonso sentou ao seu lado, encostando a coxa na sua. Tibério recostou a cabeça no ombro dele. — Você merece coisa melhor que isso.

Afonso deu um gole no café e passou a caneca de uma mão para a outra.

— Isso aqui — falou, por fim, pondo a mão em sua coxa, apertando-a. Tibério sentiu o calor da mão que segurava o café — é tudo que eu quero.

Tibério foi encontrar Iberê no trabalho dele.

Tinha acabado de estacionar e descia do carro quando viu o amigo chegar. Caminhava apressado, com uma mochila nas costas, um sanduíche comido pela metade na mão esquerda e na outra, um copinho de isopor com café.

— Atrasei, ia comer no ônibus, mas o ônibus tava tão lotado que eu não conseguia nem mexer os braços — falou com a boca cheia de comida, desculpando-se e pedindo que o esperasse terminar de comer.

Esperou.

— Você ainda faz aquelas reflexões sobre o universo, a gravidade e a pequenez da gente diante da imensidão da existência? — perguntou Tibério.

Iberê engoliu o pedaço de sanduíche que mastigava e riu.

— Tá chapado?

— Esquece.

— Calma, Titi — disse Iberê, erguendo as mãos abertas, rendido. — Acho que quando era adolescente eu fui tão jogado de um lado pro outro, de família pra família, vários lares temporários, que acabei ficando obcecado pela gravidade. Sabe? A força que prende a gente no mesmo lugar. Por que a pergunta?

— Por nada. Só estava pensando. Você trouxe?

Iberê deu um riso. Estava esperando por aquilo. Tirou a alça da mochila de um dos braços e a abriu. Dali tirou uma sacola plástica.

Tibério avaliou o conteúdo do pacote e agradeceu ao amigo.

Atravessava a rua para entrar no carro quando Iberê gritou:
— Cuidado pra não sair voando por aí!
Mas tudo o que Tibério queria era que a gravidade parasse de puxá-lo para baixo para que ele conseguisse sair voando por aí.

Enquanto esperava a analista no laboratório chegar, sentou-se em um banquinho giratório e observou o local. Estava limpo, organizado, com cheiro de álcool e café, o último vindo de uma cafeteira entre os microscópios, que não havia sido limpa e ainda continha um restinho da bebida.

Levantou-se, lavou a garrafa da cafeteira, jogou fora a borra de café, lavou a caneca que dizia "Eureca!", abriu alguns armários procurando o pó marrom e, finalmente o encontrando, preparou a bebida.

O café tinha terminado de coar quando a analista chegou. Tensa, olhou para o investigador, sem entender o que ele fazia ali, olhou para a cafeteira, e depois voltou a olhar para ele.

— Você fez café? — perguntou, confusa.

— Fiz — respondeu, e, se dando conta de que havia invadido o espaço de trabalho dela e mexido no café, desculpou-se. — Eu estava te esperando e imaginei que fosse tomar café quando chegasse.

— Obrigada — disse Antônia, parecendo relaxar. Então vestiu o jaleco, aproximou-se da cafeteira e se serviu. — Você quer?

— Não, obrigado — respondeu, endireitando-se no banco. — Gostaria que você fizesse uma análise para mim.

Antônia estreitou os olhos, captando o tom hesitante. Tibério tinha esperanças de que ela entenderia o que ele queria dizer.

— Em off? — sussurrou a analista.

Tibério se curvou para pegar a sacola que havia deixado no chão e a colocou na mesa.

— É, não a registre e nem fale para ninguém.

— Urgência?

— O quanto antes.

Antônia foi até um canto, abriu uma gaveta, calçou luvas azuis e abriu a sacola para ver o que tinha dentro.

— Terra. Que tipo de análise?

— Compare o que encontrar aqui com a terra e o pólen encontrados em Dione Dite. — E, vendo o olhar indagador dela, acrescentou: — É melhor você não saber...

Estava saindo de lá quando recebeu uma ligação de Inês, sua psicóloga. *O que seria agora?*

A mulher estava tensa. Disse que o colega, um hipnoterapeuta bastante renomado, havia ligado para ela, falando que um paciente cancelara a sessão de última hora e estava com horário vago.

— Quando? — perguntou Tibério.

Naquele dia. Dali a uma hora. Se ele não estivesse pronto, tudo bem, ela pediria para ele marcar em outro dia. Mas, na sua agenda lotada, só havia espaço dali a quatro meses.

Consultou o relógio, olhou para Antônia, que já estava ocupada coletando amostras da terra, e saiu.

— Gostaria de esclarecer que não é assim que eu normalmente trabalho — explicou o hipnoterapeuta, um senhor robusto e de rosto austero, óculos com aros de cor âmbar e uma densa barba branca que escondia os lábios franzinos. Vestia um blazer marrom e estava sentado de pernas cruzadas numa poltrona em frente a Tibério, que se acomodara num sofá. Inês permanecia em pé, encolhida ao lado da porta. — Eu preciso de pelo menos duas sessões para conhecer o paciente antes de iniciar o tratamento. Mas veio ao meu conhecimento — o homem lançou um olhar rápido à psicóloga — que o senhor está com pressa. E que isso pode ser fundamental para uma investigação da polícia. Bom, eu tive uma longa conversa com Inês, e ela me inteirou de todo o seu caso. Preencher uma lacuna tão grande que permaneceu na memória de alguém por tanto tempo pode ser bastante difícil. No seu caso, em que a perda de memória pode ter decorrido de um profundo trauma, a hipnose também pode ser arriscada. Reviver um trauma que permaneceu guardado por tanto tempo pode ser, bom, traumático. A hipnose é uma terapia muito eficiente para tratar estresse, ansiedade e vários problemas cotidianos. Só que acessar lembranças reprimidas pode ser danoso. Além disso, corremos o risco de implantar em sua mente falsas lembranças. Gostaria de confirmar que você tem ciência disso.

— Sim, eu estou ciente. Os danos que eu poderia sofrer, eu já sofri.

— Muito bem. Então gostaria de saber qual a primeira coisa que você se lembra.

— Eu era criança. Acordei na beira do rio Abaporu, ferido e coberto por lama. Encontrei um rapaz inconsciente e o ajudei a acordar e se levantar. Ele se chama Samuel. Caminhamos juntos até sermos resgatados.

— E isso foi no desastre da represa Ioroque, certo? — questionou o terapeuta, e Tibério assentiu. — Vamos partir daí.

O terapeuta se levantou e fechou as cortinas. Inês, que estava do lado da porta e dos interruptores, diminuiu as luzes.

Orientado pelo homem, Tibério se deitou no sofá. Apoiou a cabeça nas almofadas, com a barriga para cima, e as mãos sobre a barriga, os dedos entrelaçados. O terapeuta caminhou até a mesa, serviu-se com uma jarra um copo d'água, deu um gole, e voltou a se sentar na poltrona ao seu lado, colocando o copo em uma mesinha que ficava próxima à sua cabeça.

— Feche os olhos e concentre-se na minha voz — disse o homem, com a voz baixa e grave. Tibério obedeceu e notou, pela primeira vez, que havia uma fonte em algum lugar daquela sala, que ele não tinha visto, mas no momento ouvia o tênue e delicado barulho de água corrente. — Quero que me fale as suas sensações naquele dia, quando caminhava no leito do rio. Comece pelos pés. Como era a sensação de pisar naquele solo?

— Frio — respondeu, e sentiu a temperatura da sala cair. Provavelmente Inês diminuíra a temperatura do ar-condicionado. — Úmido.

A lama era macia e reconfortante. Envolvia todo o seu pé e tornozelo, subindo gelada até os joelhos, quando pisava e afundava. Precisava fazer força para puxar o pé de volta e dar um passo. Uma torrente poderosa corria ao lado, o rio era um emaranhado de lama e entulho; era a Ioroque que carregava tudo pelo caminho. Lá na frente, viu um rapaz desmaiado. Quem depois conheceria como o velho Samuel.

— Vamos voltar um pouco — interrompeu o terapeuta. A voz era calma, plácida, tão reconfortante e macia quanto aquela lama gelada. Tibério se sentiu afundar naquele sofá e naquela voz. — Onde você estava antes de acordar naquele rio? Tente lembrar das sensações, da temperatura, dos ruídos.

Um trovão ressoou pela sala.

Mas o dia estava ensolarado quando Tibério entrou naquele edifício.

Sentiu alguma coisa pesada envolver seus pulsos e abriu os olhos, assustado, levantando as mãos. Mas não as conseguiu mover, estavam presas. Acorrentadas. E seu pulso estava em carne viva, ardendo, em chamas.

Estava nu, no escuro, no frio. Lá fora, uma chuva pesada ameaçava derrubar o casebre de madeira, a parede frágil e apodrecida tremia atrás de si, as farpas perfuravam sua pele.

A porta se abriu e ali apareceu o contorno de uma figura miúda. Davi não pôde ver o rosto, estava contra a luz.

O menino tentou se mover, mas o barulho das correntes o lembrou que estava preso.

— Me ajude — implorou.

— Se eu te ajudar — respondeu a voz vinda da sombra na porta. Era a voz de uma criança. — O que será de mim?

Davi não compreendeu o que aquilo significava, então gritou.

— Me ajude!

Gritou até a garganta sangrar. Sentia o gosto férreo do líquido viscoso na boca. Doía, e não tinha mais voz. Os trovões lá fora aumentaram, e o estrondo parecia carregar tudo. De repente, sentiu um baque na nuca e tudo esvaeceu. A parede explodiu. Era tudo água, lama, folhas. As correntes se soltaram. O ar virara água e tudo estava escuro demais.

— Tibério, está tudo bem — falou Inês, com uma voz apreensiva, muito nervosa. — Acalme-se.

Ouviu um barulho rápido e oco ao lado de seu ouvido, o terapeuta colocando o copo d'água na mesa.

Abriu os olhos.

— Está tudo bem, meu pequeno Davi — falou a voz atrás de sua cabeça. Era um sussurro suave, com palavras melosas. — Acalme-se.

No escuro, tudo o que via eram os números vermelhos no despertador em cima da mesinha de cabeceira, marcando 9h05.

Tentou gritar, mas a mão enorme e pesada de alguém cobriu sua boca. Tinha cheiro de leite fresco. Não havia correntes o prendendo, mas estava imóvel, o corpo desobediente.

Uma mão gelada segurou seu punho e o puxou.

Então Tibério gritou.

Estava de pé, de volta ao consultório. Inês e o terapeuta o cercavam com mãos erguidas como se tentassem domar uma fera.

— Está tudo bem, você está de volta, está seguro — falou o homem, com a mesma voz grave e calma de antes, mas no momento era irritante, arranhava seus ouvidos.

Tibério nada falou, apenas foi para fora da sala e correu até o banheiro no final do corredor, e ali vomitou na privada. Era bile, não tinha comido nada naquela manhã, mas tinha gosto de leite.

Voltou para casa. No caminho, mandou uma mensagem para Omar falando que adoecera e tiraria o dia de folga. Dirigiu de forma perigosa pelas ruas, apressado para chegar logo ao apartamento. Sentia o peito pesado, o ar se esvaindo e o espaço ao redor começando a diminuir, imprensando-o contra si mesmo. Estava para ter um ataque de pânico violento e só queria chegar lá em segurança antes que tudo ruísse de vez.

O coração pulsava tão forte e rápido que doía. Com as pernas pesadas e sem sentir o chão, tentou se concentrar nas coisas ao redor, nas coisas reais e concretas, para não se perder da realidade. Havia quanto tempo isso não acontecia? Observou a árvore e as folhas, a calçada e as pedras, o barulho do portão se abrindo, a expressão preocupada do porteiro, que deu boa-tarde (já era tarde?!), perguntando se ele estava bem, subiu as escadas, concentrando-se em cada degrau, em cada passo, tocando as paredes, o chão, o corrimão. Abriu e fechou as mãos, apertando, bombeando o sangue. Entrou no apartamento e se jogou no sofá. Fechou os olhos. O gato pulou em sua barriga, ronronando. Chorou até apagar.

Quando acordou, o apartamento estava tomado pela noite. Nenhum sinal do gato. O celular vibrava no bolso. Sentia-se fraco, amolecido. Exaurido. Tirou o celular do bolso, a tela acesa ferindo seus olhos. Quando a vista se acostumou, viu que era Afonso que ligava. Não atendeu. Havia mais vinte chamadas perdidas. Omar, Afonso, Iberê. Tibério olhou a hora. 20h45. Deixou o celular cair no chão.

Foi até a cozinha e encheu um copo de vidro com água da torneira, mas não bebeu. Sem precisar acender as luzes, pois conhecia cada centímetro daquele apartamento, foi até o quarto, entrou no banheiro e ligou a torneira da pia. Deixou a água correndo e se sentou na cama. Apertou um botão do relógio que ficava em cima da mesinha de cabeceira e a luz branca e tênue do visor digital se acendeu, mostrando a hora. 20h51.

Esperou. Nas mãos, apertava o copo de vidro com água.

21h00.

Fechou os olhos e começou a contar os segundos na cabeça, até somarem cinco minutos. No banheiro, a água continuava a cair da torneira.

Abriu os olhos e olhou para o relógio. 9h05. Colocou o copo de vidro na mesa, e, ouvindo o *toc* oco do vidro contra a madeira, fechou os olhos e se deitou.

E então se lembrou.

29

Espero que te perdoem

No escuro, ouviu os passos da mãe se afastando. Ela estava de salto alto, reconhecia o barulho, como quando ela ia a festas e jantares chiques, não a trabalho, mas a lazer, com o pai dele. O perfume doce havia ficado no quarto, como um rastro.

— Nós vamos nos atrasar! — exclamou ela na sala, sussurrando, mas irritada.

— Shhh! — respondeu uma voz.

Davi fechou os olhos e sorriu.

O barulho dos sapatos sociais do pai ecoou no silêncio do quarto.

— Boa noite, pequeno Davi — sussurrou, dando um beijo em sua bochecha.

— Boa noite, pequeno pai — respondeu Davi.

Não podia ver, estava escuro, mas sabia que o pai havia sorrido, como sempre fazia quando o chamava daquela forma. Era um homem enorme, e ser chamado de pequeno o fazia rir.

— Não vamos voltar muito tarde.

O pequeno pai acariciou o cabelo do menino com a mão grande, ajeitou o cobertor e saiu. Davi ouviu a porta da frente se abrir e fechar, o barulho dos sapatos dos pais se afastando até silenciarem, e se encolheu no conforto da cama. Com um sorriso no rosto, sentindo o cheiro do perfume da mãe e o calor do beijo do pai na bochecha, adormeceu, sem saber que jamais voltaria a sentir aquele conforto.

— Estou pronto para aquele drinque — disse assim que Sâmia abriu a porta, após as leves batidas, esperando que ela ainda estivesse acordada.

Ela estava com o uniforme do trabalho.

— Tenho vodca — respondeu a vizinha, sorrindo e abrindo mais a porta, dando espaço para ele entrar. — E cerveja — acrescentou, ao ver que Tibério fizera uma careta involuntária.

Entrou, observando o espaço. Era moderno, paredes cinza, um grande e convidativo sofá, pontos de iluminação amarelos e suaves, muitas plantas. Sentou-se ao balcão que separava a cozinha da sala, na qual havia três bancos altos.

— Cadê Elis? — perguntou, olhando ao redor.

Havia alguns brinquedos espalhados pela sala.

— Dormindo.

Tibério pegou o celular e olhou o relógio. 22h38.

— Minha nossa, não tinha percebido que era tão tarde — desculpou-se, levantando-se. — Melhor eu voltar outro dia.

— Não, não, fique — insistiu Sâmia, indo até a geladeira e pegando duas latinhas de cerveja. — Não vou conseguir dormir hoje, de qualquer forma. Pelo visto, você também não.

Agradeceu mentalmente por não haver nenhum espelho ali perto. Recusava ver o próprio estado. Devia estar péssimo.

— Você falou que tava precisando de uma bebida — lembrou, enquanto a vizinha abria a lata e erguia para um brinde. Tibério abriu a dele e brindou. — Isso geralmente significa que está precisando desabafar sobre algo.

— Pela sua cara, acho que é você que tá precisando desabafar — retrucou ela, sentando-se no banco ao lado do seu e dando um gole na cerveja.

— Davi, se levante. — Uma voz o acordou, e alguém o sacudiu.

Davi abriu os olhos, assustado. A mãe sempre o acordava dando um beijo na testa, mas não era ela que estava ali.

— Tia? — perguntou o menino. A irmã da sua mãe, com olhos vermelhos, cabelo despenteado e roupa preta, segurava seus braços. — O que houve?

— Seus pais. Houve um acidente. Eles estão no hospital. Se vista, vamos visitá-los — respondeu e começou a chorar.

Ela tinha uma cruz pendurada no pescoço, que balançava para a frente e para trás.

Sem entender o que estava acontecendo, Davi se vestiu.

Mas quando chegaram ao hospital, os pais dele já tinham morrido.

— Não é nada. São coisas do trabalho. Da vida — explicou Tibério, dando um suspiro e se deixando afundar no sofá da vizinha.

— E qual o problema? — perguntou Sâmia.

Tibério deu um gole na cerveja gelada.

— Não sei ao certo. As coisas estão confusas, como se tivesse uma névoa. Como se eu não conseguisse distinguir mais nada e não soubesse para onde seguir. Entende? — Tibério riu de si mesmo. Lógico que ela não entenderia. Ninguém o entendia. — É complicado.

— Tem uma expressão francesa que eu gosto bastante que é "entre chien et loup". Entre cachorro e lobo. — Sâmia era professora de francês, dava aula numa escola bilíngue e cara, cuja mensalidade não poderia pagar nem para a própria filha. Tibério prestou atenção. Embora compreendesse francês e soubesse a tradução daquelas palavras, não entendia o significado da frase. Ela continuou: — Se refere àquela hora do dia, quando o sol tá terminando de se pôr, ou começando a nascer, e as sombras se misturam ao pouco de claridade que resta. Na cidade, é quando as luzes da rua se acendem ou se apagam. No campo, é quando não sabemos diferenciar se o animal na nossa frente é um cachorro ou um lobo. Não sabemos se aquilo, bem diante dos nossos olhos, é o nosso guia de todos os dias, ou o nosso pesadelo. Se é nosso companheiro, ou nossa morte.

Tibério respirava fundo, o coração acelerado, ouvindo Sâmia falar. Ela tinha sido certeira, ele estava preso naquela hora do dia.

— Não sabemos se é o nosso melhor amigo... — continuou a vizinha.

— Ou o nosso assassino — completou Tibério.

Sua tia não parava de chorar e de rezar desde que a irmã e o cunhado morreram. O pequeno Davi não tinha muita noção do tempo, então podia ser que tivesse passado três dias ou três anos desde que os pais morreram num acidente de carro após voltarem de uma festa de madrugada. A única coisa que entendia era que estava se sentindo triste e sozinho. Havia deixado a grande e calorosa casa e no momento morava num apartamento minúsculo com os tios no alto de uma serra fria.

Sentia falta dos beijos de boa-noite e de bom-dia da mãe. Sentia falta de ir para a cozinha e ver o pai preparando o café da manhã, virando-se para ele e abrindo os braços para receber um abraço. O pequeno pai o segurava com os braços gigantes e o suspendia no ar. Davi abraçava o pescoço quente do homem, tão largo quanto o próprio corpo, imaginava que o pai deveria ser descendente de gigantes e se perguntava se quando ele crescesse teria aquele tamanho. Davi sentia falta da lancheira que a mãe montava para ele levar para a escola. Dos amigos da escola. Sentia falta do jantar que eles tinham juntos, todos os dias. A mãe era uma chef de cozinha, e sempre arranjava tempo para fazer jantares incríveis para eles, em casa. Sentia falta do leite de castanhas morno com biscoitos que ela lhe servia antes de dormir. Dos brinquedos, pois a tia dissera que não havia espaço na sua casa e tudo fora vendido. Tudo que lhe restara era a memória, a imaginação, dois livros de Agatha Christie e uma boneca de sereia que havia ganhado da mãe, numa das idas à praia, pois o mar o fascinava, que mantinha escondidos embaixo do colchão. Sentia falta das manhãs dos finais de semana quando iam à praia e, quando voltavam, passavam o resto do dia, os três, deitados na cama, naquele torpor após uma manhã de sol intenso, com a barriga cheia de água de coco e batata frita e o ventilador soprando no máximo.

Na atualidade, aos domingos, eles iam à igreja. Não havia praia. Não enterraria mais os dedos na areia quente, caminhando na praia de mãos dadas com os pais, pois vivia numa terra fria. Quando acordava, sua tia o obrigava a rezar, muito embora Davi nunca tivesse aprendido uma oração, pois os pais nunca o levaram à igreja. A comida era ruim e sem sal, e o obrigavam a comer pedaços de animais. Dizia que a mãe o deixara fresco com todas aquelas comidas cheias de frescuras, então ele beberia, sim, leite de vaca. Também era obrigado a colocar para dentro todo o vômito que subia quando o forçavam a comer aquelas coisas. Após o jantar, a tia tomava comprimidos com leite e ia chorar no quarto até dormir. Davi ia para a sala e ficava deitado no sofá, assistindo ao que o tio assistia, no geral um programa cheio de mulheres de biquíni, sentado numa poltrona com os pés em um banquinho. A nova escola também era horrível: não havia brincadeiras, danças, apenas matérias chatas e orações. Fizera um único amigo, um garoto da turma por quem se afeiçoara tanto que só viviam juntos, mas os dois foram separados ao serem vistos de mãos dadas no recreio. Foram recriminados, chamados na sala do diretor e para sempre proibidos de se aproximarem, sem sequer entenderem o motivo.

Naquela noite, após a tia se recolher, o tio o levou até a cozinha, e lá serviu dois copos de leite. Mas não como os que a tia bebia. Estava gelado. O tio deu um gole no copo dele, levantou-se, abriu um armário e tirou dali uma garrafa de vidro com um líquido transparente. O homem derramou o líquido no próprio copo, misturando ao leite, e bebeu, tingindo o grosso bigode de branco. Davi o observou, curioso. Vendo que o menino o estava observando, o homem riu e verteu a garrafa também no copo de Davi, que observou o líquido branco ficar ralo e deu um gole. Era horrível. Desceu rasgando. Queimava a garganta.

— O que é isso? — perguntou, tossindo.

— Remédio de homem — respondeu, dando uma gargalhada.

Quando terminou de tomar tudo, Davi sentia-se tonto. Sentado na cadeira da cozinha, tudo girava ao redor. Fechou os olhos e encostou a cabeça, adormecendo. Quando acordou, já era dia e estava na própria cama.

— E você, o que te aflige? — perguntou Tibério, servindo mais bebida aos dois.

— Eu? Tô cansada de cuidar dos filhos dos outros e não ter tempo de ficar com minha menina — respondeu Sâmia. — Sinto que ela me odeia por isso.

— Um dia ela vai entender — disse o vizinho. — Um dia ela vai saber que cada momento foi precioso.

— Não tive esses momentos com meus pais. Eles sempre foram muito ausentes. Terminou que nunca fui muito próxima a eles. Não queria que isso acontecesse com Elis, sabe?

— Você dá o seu melhor, Sâmia, eu tenho certeza. E mesmo que não dê o melhor, afinal a gente não é obrigado a dar o melhor o tempo todo, eu sei que você faz o possível. E saiba que sempre que precisar de ajuda eu tô ali na porta ao lado.

Sâmia sorriu, enxugando uma lágrima teimosa do olho. Os dois calaram-se, afogando as mágoas na bebida.

— Bom — murmurou ela, quebrando o silêncio. — Pelo menos amanhã vai ter aquele protesto no centro e vou ser liberada mais cedo da escola. Vou aproveitar pra pegar Elis e levar ela lá no protesto. Acho bom ela desde cedo aprender sobre diversidade e a importância de reivindicar direitos.

Tibério tinha esquecido que o protesto era no dia seguinte. Suspirou fundo, prevendo o longo dia que teria pela frente.

— Acho melhor vocês não irem.

Sâmia ergueu a sobrancelha.

— Ué, Tibério, achei que você não era conservador.

Ele riu.

— Não é isso. É que... — O policial ponderou por uns instantes o que poderia ou deveria falar. — Estou preocupado com o caso das drag queens. Acho que pode haver algum tipo de conflito.

— Se você diz, vou confiar — respondeu ela. — Mas pelo menos vou colocar uma bandeira LGBT na janela. Os gays que me perdoem.

— Eu perdoo — falou Tibério, rindo. Já se sentia inebriado pelo álcool.

— Na próxima parada da diversidade iremos juntos.

— Promete? — retrucou a vizinha, erguendo o copo para propor um brinde.

Tibério brindou.

— Prometo.

PARTE II | O CAOS

— Esse é o nosso segredo — dizia o tio noite após noite, quando misturava no próprio leite o remédio, às vezes também dando ao menino.

Fazia isso antes de sair, sorrateiro, de casa, tarde da noite, falando que a tia jamais poderia saber daquilo, pois ficaria furiosa. E nenhum deles gostaria de vê-la furiosa.

Voltava cerca de uma hora depois, cambaleando, muitas vezes Davi ainda estava acordado, e podia sentir no homem, além do cheiro de remédio, um perfume diferente, forte.

Um dia, acordou no meio da noite com um barulho no corredor. A tia gritava sobre se sentir só (Davi se perguntava se ela também sentia falta dos pais). Sobre aquela casa estar desmoronando (mas Davi não via nenhuma rachadura) e que a culpa era do tio por ir atrás de putas (Davi não sabia o que eram putas). Sobre pecados. Sobre dormir embriagado. Uma palavra ficou gravada na mente dele, e o significado lhe fugia: abominação. A tia, na época, também começou a bater em Davi. Gritava, puxava-o pelo cabelo e o arrastava pela casa, acusando-o de ter matado a irmã dela. Dizia que ele era um garoto mimado e malcriado, que havia cansado tanto a mãe que ela se vira obrigada a escapar para se livrar dele e relaxar, e por isso havia morrido naquela noite, deixando com ela o fardo de criar uma criança problemática que estava arruinando a vida dela. Davi começava a se perguntar se era verdade. Quando ela encontrou os livros de Agatha Christie, os quais ele lia de novo e de novo, reconfortando-se com o fato de que sabia como as coisas terminariam, e a boneca de sereia, que sempre o fazia viajar de volta ao mar, jogou-os fora.

O tio passara a aumentar a dose do remédio para si mesmo, ficando cada vez mais alterado e violento. Batia em Davi, falando que ele era um rapazinho ridículo e afeminado, e que o ensinaria a ser homem. Desconhecia o significado daquilo, mas, de todo modo, parou de fazer as coisas que, segundo ele, eram de "mulherzinha", como, por exemplo, sentar-se de pernas cruzadas. Mas, sobretudo, tentava engolir o choro, pois "meninos não choram". Às vezes, o tio o obrigava a ver vídeos com mulheres sem roupa. Certa noite, o tio exagerara tanto na quantidade do remédio, que o leite ficara quase transparente. Davi teve que tomar tudo. Ainda era cedo, a tia havia acabado de ir dormir, após jantar, e o homem o levou para passear, dizendo que naquele dia ele viraria homem de verdade.

Foram para uma espécie de fazenda, sem animais, cercada por árvores e pela escuridão. Na frente de uma grande casa, um homem assustador os esperava. "O de sempre?", perguntou ele, e o tio respondeu: "Algo especial pra esse jovem", dando tapinhas em sua cabeça, que girava.

Foram todos para um quarto, no qual uma mulher apenas de calcinha e sutiã esperava por eles. Tentou não olhar para ela, que parecia tão assustada quanto ele próprio. "Não farei isso, é apenas uma criança", declarou ela, e Davi se perguntou o que ela se recusava a fazer. O homem assustador, após dizer que ela teria que se ver com ele se não trabalhasse, saiu, batendo a porta atrás de si, e o tio se sentou numa cadeira no canto do quarto.

"Você só vai sair daqui quando virar homem."

Uma gritaria do lado de fora lhes chamou atenção, logo antes de a tia irromper porta adentro, aos berros, perguntando que porra era aquela. Estapeou o marido, que implorava pelo perdão, dizendo que era a primeira vez que ia ali, que não olhava aquelas mulheres, pois era cristão, e que tinha ido lá apenas para dar um jeito no "viadinho". Ela então puxou Davi pelos cabelos até o carro, e lá lhe deu uma surra.

Tudo o que o menino fez foi chorar. Ao que parecia, não virara homem. Voltou para casa enjoado, cheio de dor e foi trancado no quarto, e lá se deitou e escutou a briga que acontecia na casa.

Ainda estava acordado quando ouviu alguém entrar no quarto. O relógio marcava 9h05. Fechou os olhos e fingiu dormir. Tudo girava. Os passos se aproximaram da sua cama. Alguma coisa foi colocada na mesa de cabeceira, ouviu o pequeno baque oco. Um copo, de vidro. O colchão então se moveu; alguém havia se sentado lá. Não, deitado. Um corpo enorme e quente estava encostado no seu. Davi ainda estava enjoado e sentia aquela dormência do remédio e tinha dificuldade para se mover.

— Está tudo bem, meu pequeno Davi — falou. As palavras eram de seu pai, mas a voz não. A voz era da tia. Davi tentou se virar, mas um braço pesado se colocou sobre seu corpo. A mão enorme cobriu sua boca e a outra segurou suas mãos. Tentou gritar, mas a mão era grande e forte demais. Tentou se mover, mas seu corpo parou de lhe obedecer. — Seu tio te levou pra ver as putas dele, não foi? Tu gostou? Elas são melhores que eu? Tô tão sozinha, Davi...

Sentiu um gosto ruim e amargo subir pela garganta. O vômito encontrou a mão da tia em sua boca e estourou para todos os lados. Gritou. A mulher também. Uma luz se acendeu, no corredor, e alguém apareceu correndo. O tio gritou.

Davi rolou para fora da cama e caiu no chão, em cima do vômito.

— Que porra é essa?! — berrou o homem.

Davi olhou para ele, que estava parado no corredor, apenas de cueca. Fedia a remédio.

A tia estava de joelhos na porta, os seios para fora da camisola. Virou-se para Davi e apontou um grande dedo.

— Ele tá bêbado, não tá vendo? Ele se aproveitou de mim! Abominação, pervertido! Culpa sua! Você trouxe o satanás pra esta casa! — bradou a mulher, chorando.

— Esse viado?! Ele vai embora daqui, já sei pra onde, o diretor da escola dele me recomendou um lugar! — gritou o homem. — E você, sua imunda, vai ver só.

A mulher se jogou aos pés do marido, aos prantos. O homem afastou os pés e saiu, deixando-a desconsolada.

Engolindo o choro, ela colocou os seios de volta na roupa, olhou para Davi e falou:

— Espero que te perdoem.

O sol já tinha nascido e já haviam bebido todas as latas de cerveja de Sâmia, quando se deram conta da hora avançada e se despediram. Tibério voltou para o apartamento cambaleando e sentou-se. Não no sofá, mas no chão, encostado no balcão da cozinha. O gato se escondia em algum lugar e não apareceu.

Amparado pelo chão, pois dali era impossível cair ainda mais, deixou-se levar pelas lágrimas. O corpo tremia e se contorcia numa convulsão que parecia que nunca cessaria. Gritou, levantou-se e começou a derrubar as coisas da cozinha. Arremessou a cafeteira na parede, o vidro estatelando-se para todos os lados. Abriu um armário e derrubou todos os pratos no chão. Tirou a gaveta de talheres do armário e jogou na televisão, do outro lado da sala. Gritou enquanto arremessava os copos de vidro contra a parede na qual havia pouco ficava a televisão. E, a cada copo que destruía, sentia o corpo se recompor. A dor arrefecer.

Quando quebrou o último vidro que havia para ser quebrado, não mais gritava nem chorava.

Atravessou a destruição, pisando com sapatos nos cacos de vidro, como um dia, muitos anos antes, caminhara sobre a destruição ao longo do rio, o barulho do vidro estalando agradando os ouvidos, e se arrastou até o quarto, ali se jogou na cama, exausto. O gato deu um miado e enfim apareceu. O bicho deitou-se na cama, a cabeça tocando de leve o braço do homem.

— Você precisa de um nome — falou Tibério.

Abraçou-o, apertando-o contra o peito, e o gato recebeu o gesto sem reclamar.

O vazio que havia na memória fora substituído por dor, e desejou nunca ter lembrado. Não queria lembrar o quanto fora amado pelos pais e o quanto os amara, pois com isso vinha a dor de perdê-los. Era melhor ter algo bom e depois perder ou nunca ter tido nada? Sentia falta do vazio.

Levantou-se e tomou um longo banho, esfregando a pele freneticamente até ficar vermelha.

Saído do banho, enviou uma mensagem para todos que lhe haviam ligado, falando que estivera doente, mas estava se sentindo melhor. Tiraria outro dia de folga. Arrumou a casa, varrendo tudo que havia quebrado e colocando em grandes sacos de lixo. Não tinha mais pratos, copos, televisão e cafeteira, mas sentia que tudo estava em ordem. O apartamento e a mente.

Pouco depois, ouviu batidas à porta. Abriu e encontrou Omar e Afonso com feições preocupadas ao extremo. O último segurava uma sacola que Tibério julgou ser uma quentinha. Seu estômago roncou com aquele pensamento; estava sem comer desde a manhã do dia anterior.

— Tu não tá doente — disse Omar, franzindo o cenho. — Inclusive, tá melhor do que a última vez que te vi. — Afastou-o da frente e entrou no apartamento. Afonso o seguiu, sem desgrudar o olhar de Tibério. Ele não se deixava enganar. — Cadê tua televisão?

— Queimou.

Tibério pegou a sacola da mão de Afonso e a colocou no balcão. Pegou talheres na gaveta, antes que o outro tomasse a iniciativa e, ao abrir os armários, visse que não havia mais copos nem pratos. Afonso não falou nada, apenas ficou parado encarando-o, esquadrinhando as feições do investigador. Sabia que havia algo errado.

— O que aconteceu? — perguntou ele, enfim.

— Comi algo que me fez mal — respondeu Tibério, e fingiu se distrair com a marmita. Abriu a embalagem e começou a comer, sem vontade. Pensou em como nunca tinha comido uma comida tão boa quanto a da mãe. — Isso aqui tá muito bom.

Afonso se aproximou e tocou a sua mão. Ao ver que Tibério enrijecera por completo àquele toque, se afastou.

— Ok — murmurou.

Devia achar que Tibério contaria o que havia acontecido quando estivesse pronto.

Só que estava enganado, ele jamais contaria. Pois como dizer para o homem que amava que aquele corpo que tocava havia sido abusado física e psicologicamente, que tudo de bom que havia em si havia sido roubado, negado, destruído, que havia sido ensinado como a vida era cruel e violenta, que ele era uma aberração? A angústia, o nojo e a raiva que sentia por si mesmo eram terríveis, e não queria que Afonso também sentisse aquilo ao tocá-lo. Como diria, afinal, que aquele corpo era uma abominação, que não merecia ser amado? Não merecia os beijos de Afonso, e queria poupá-lo do horror que sentia por si mesmo.

— Vou para o protesto — disse Tibério, por fim.

Omar, que até então estava na sala, olhando para todos os lados, desconfiado, como se avaliasse uma cena de crime, virou-se como se ele tivesse perdido a sanidade toda.

— Tu tá louco?

— Faz parte da investigação. Preciso ir — insistiu o investigador.

— Tu precisa é de folga! — rebateu Omar.

Estava prestes a reclamar de mais alguma coisa, mas Afonso interveio. O legista se enfiou entre os dois policiais e colocou a mão no ombro do namorado.

— Já sei que não vou conseguir te fazer mudar de ideia. Então vou junto. Não vamos a trabalho, certo, Omar? Vamos como participantes.

— Certo, já que eu também tô de folga — respondeu Omar, relaxando os braços. — Não quero pensar em trabalho, e nem você vai pensar em trabalho, senhor Tibério. Vamos nos divertir, ter uma tarde tranquila e bem gay.

30

Caranguejos, guerreiros do manguezal

Quando chegaram ao local do protesto, a praça estava tomada por um completo pandemônio. Havia pessoas gritando e correndo para todos os lados, derrubando faixas, barracas, uns aos outros, alguém no carro de som pedia socorro, duas ou três pessoas passaram com o rosto coberto de sangue.

Omar levantou a calça e tirou a arma que estava presa à panturrilha. Saiu do carro com ela em mãos. Tibério e Afonso saíram do carro, seguindo-o, e, juntos, correram para o centro da confusão.

Em meio à correria, com pessoas indo para todas as direções, era difícil saber o que estava acontecendo. Afonso foi ajudar pessoas feridas, e Tibério perdeu-se de Omar. Estava preocupado com aquela arma, um tiro ali seria catastrófico. Quando adentrou alguns passos na praça, Tibério enfim viu o que estava acontecendo. Homens encapuzados, talvez vinte deles, estavam espalhados espancando os manifestantes. Eram grandes, com braços largos, porte de policial. À frente, um grupo de três atacava um garoto magricela a chutes. Ao lado deles, no chão, havia uma balaclava vermelha com lantejoulas douradas e uma barra de ferro, a qual o garoto tentou pegar várias vezes. O rapaz, que não era mais velho do que Tibério quando saíra do orfanato, tão magro e pálido quanto, estava ensanguentado e, quando erguia a cabeça para tentar se levantar, os homens chutavam a cabeça de volta, espatifando-a contra o chão, como se jogassem bola.

Tibério olhou ao redor; não havia mais nenhum outro policial ali. Estava sozinho. Então respirou fundo, trincou os dentes, e se jogou contra o homem que estava prestes a dar o quarto e último chute que arrebentaria o crânio do garoto.

O oponente tinha o dobro do seu peso e tamanho, mas a surpresa do impacto que sofrera nas costas o arremessou para alguns metros longe do menino. Rolaram no cimento, Tibério perdendo o fôlego com o peso do homem sobre si, e a manga de sua camisa rasgando com o atrito no chão, o ardor anunciando a pele ralada. Deu uma cotovelada no peito do encapuzado e girou as pernas para tirá-lo de cima de si, abrindo espaço no campo de visão para ver que os outros dois homens se aproximavam.

— Que porra é essa? — bradou um deles.

— É aquele fresco de merda — respondeu o outro, a voz abafada pelo tecido grosso do gorro.

Tibério tentou se levantar, mas sua distração, ao dar-se conta de que aqueles homens o conheciam, lhe custou a retaguarda. O que estava caído ao seu lado puxou os braços do investigador, por trás, e o levou de volta ao chão.

— Matem esse viado filho de uma puta — berrou ele, cuspindo.

Tentou se desvencilhar, bem como fizera décadas antes, no orfanato, quando os meninos seguravam a ele e Iberê, os braços dobrados atrás do corpo, os ombros latejando como se estivessem prestes a se deslocar, e os enchiam de socos e pontapés, e ninguém chegava para os salvar.

O primeiro chute acertou seu estômago. Sem fôlego e com o abdome tomado pela dor, tentou se curvar para vomitar e se proteger de outro chute, mas o encapuzado atrás dele ainda o segurava no chão, os dois deitados, expondo ao ataque toda a frente de Tibério, o rosto, os órgãos abdominais, os genitais. O segundo chute vinha em direção a sua boca quando a cabeça do agressor estourou numa nuvem de sangue e ele caiu no chão, amolecido.

Sem se dar ao luxo de perguntar o que havia acontecido, Tibério jogou a cabeça para trás, acertando o nariz do homem que o segurava. Solto, rolou para o lado, afastando-se dele. A mão de alguém apareceu na sua frente, oferecendo ajuda, e Tibério aceitou, dolorido demais para se levantar sozinho. A mão tinha unhas postiças vermelhas e enormes. A dona usava uma balaclava vermelha com lantejoulas, e em um dos buracos podia ver um olho inchado e roxo.

Atrás dela havia mais duas pessoas vestidas da mesma forma, segurando barras de metal como se fossem extensões dos corpos; aquela imagem lembrou-lhe caranguejos, guerreiros do manguezal, com os olhos esbugalhados e carapaças grossas e resistentes, vermelhas, territorialistas, perambulando pela lama para defender o mangue com as fortes pinças. Uma atacava o terceiro agressor, acertando as costas do homem com uma barra de ferro, enquanto ele gritava pedindo misericórdia, encolhido em posição fetal, e a outra ajudava o garoto agredido a se levantar. Entregaram-lhe um vergalhão, e ele o ergueu, indo em direção ao homem que Tibério acertara no nariz, e que começava a se erguer.

Um dilema logo passou por sua cabeça. Pararia aquela tentativa de homicídio bem diante dos seus olhos? Mas eles o salvaram, não? Afinal, aquilo era um ataque, uma defesa, ou uma vingança? Aquelas três opções lhe pareciam iguais, como que borradas por uma névoa. Quando a barra de ferro atingiu sem clemência o osso zigomático, logo abaixo do olho, do encapuzado de nariz quebrado, Tibério percebeu que estava entre um cachorro e um lobo. Não sabia qual dos dois era.

De repente, ouviu um grito atrás de si.

— Polícia! Largue essa arma agora!

Virou-se a tempo de ver Omar de costas, a alguns metros dali, erguer os braços, as duas mãos firmes na arma.

Correu até lá e viu um rapaz encapuzado, todo de preto, de costas para Omar, sem dar atenção às palavras ameaçadoras, apontando a arma para outra pessoa, que, por sua vez, estava com uma daquelas balaclavas vermelhas, e que lhe parecia terrivelmente familiar. Estava longe, mas Tibério podia ver o olhar de pânico e as pupilas dilatadas. O jovem tirou a balaclava com a mão enfaixada. Era Pavo Ataíde.

O rapaz que apontava a arma para Pavo aprumou a coluna e enrijeceu os ombros. Estava se preparando para o disparo. Tibério olhou depressa para Omar, que fizera o mesmo. Viu o dedo do colega se enrijecer no gatilho.

— Abaixe a arma! — gritou outra vez Omar.

O rapaz se virou para Omar, mas não abaixou a arma.

Quando viu o dedo dele curvar-se sobre o gatilho, Tibério correu.

E então ouviu os disparos. Quatro tiros.

Tibério se jogou contra o amigo, sendo atingido pela primeira bala. Sentiu uma dor quente perfurar o braço, e caiu no chão, por cima de Omar, quando as outras três balas passaram direto.

Colocou a mão no braço, torcendo para que o tiro tivesse errado a artéria, e deixou-se cair de lado, para sair de cima do amigo, que rastejava para pegar a arma. Estavam vulneráveis ali; o atirador os alvejaria com facilidade. As sirenes soavam distantes, aproximando-se a cada segundo, mas quando olhou para o atirador, ele corria, a arma não mais em punho e, somente naquela hora, Tibério percebeu lhe que faltavam três dedos na mão direita. Ao fundo da praça, numa distância considerável, viu Pavo correndo, acompanhado de mais três pessoas com capuz vermelho. Homens de preto os perseguiam.

Omar enfim havia se levantado e pegado a arma, e se abaixara para verificar se Tibério estava bem.

— Estou bem, vá atrás dele — disse o ferido e observou o colega policial perseguir o atirador até alcançá-lo, jogando-se em suas pernas e o derrubando.

Tibério sentiu as pernas enfraquecerem e os joelhos cederam, caindo no chão. Olhou para o braço no ponto onde a bala o atingira e viu o sangue saindo por entre os dedos, sem conseguir conter o fluxo que dali jorrava, como uma represa que não conseguia suportar o peso da água.

Tudo que via era o céu, coberto por uma pesada nuvem escura. E um imenso trovão se misturou às sirenes atroantes, um ruído cataclísmico ressoando como as trombetas do apocalipse e anunciando o fim de tudo.

Tibério fechou os olhos e se deixou ser engolido pela escuridão.

31

Cheiro de lama

Treinada na rua a estar sempre alerta e vigilante, atenta às ameaças que espreitavam em cada esquina, estando sempre de olho em si mesma e em suas meninas, observando cada movimentação (e havia muitas movimentações na rua), Eva estava preparada quando tudo aconteceu.

Tão confiantes estavam aqueles homens de que os subjugariam, que nem sequer levaram armas. Foram só com os punhos fortes. Mas a Gayrrilha tinha armas e era mais numerosa. Porém, enquanto quebrava crânios e colunas, Eva tinha a terrível sensação de que aquilo estava sendo fácil demais. Algo terrível aconteceria. A polícia chegaria, ou chegariam reforços para aqueles homens, ou alguém sacaria uma arma de fogo.

— Vamos acabar logo com isso e sair daqui — exclamou para as comparsas, antes de estourar mais um nariz.

Quando viu aquele rapaz sacando uma arma, sabia que aquilo ia dar merda. E que em segundos precisariam fugir dali. Ao longe, já se podia ouvir sirenes se aproximando. Olhou ao redor, procurando Andressa e Sofia. Quando as achou, meneou a cabeça, chamando-as, e elas se aproximaram.

Ao mesmo tempo, abanou os braços para os outros membros da Gayrrilha e moveu as mãos, indicando que saíssem dali. Eva e as duas comparsas ficaram de prontidão, escondidas atrás de uma estátua, o busto de pedra de um velho cujo nome ninguém se importava em saber, quando o primeiro tiro rompeu o silêncio que se instalara na praça.

O tiro acertou o policial, e o atirador saiu correndo. Era a chance de Eva.

Seguida por Andressa e Sofia, foram até Pavo, que estava paralisado, em choque. Eva não deixava ninguém para trás. Deu um tapa na cara dele e o puxou. Largaram os saltos e correram como se estivessem sendo perseguidas por buldogues na rua.

Deu uma última olhada para trás, a tempo de ver uma grande nuvem escura que trazia uma tempestade se aproximando por cima dos prédios antigos do centro da cidade, o policial atingido rolando no chão, uma viatura da polícia militar estacionando ali perto, o outro policial avançando contra o atirador, desarmando-o e rendendo-o, e quatro homens encapuzados surgirem do inferno e aparecerem correndo atrás delas.

— Buldogues! — alertou aos gritos.

Eva acelerou a corrida, as canelas ardiam e os dedos ela nem mais sentia. Sabia que eles as alcançariam. Ela e Andressa, que tinham pernas mais longas e a resistência física de quem trabalhava à noite nas ruas, podiam resistir por mais tempo, mas não Sofia, a sapatão era sedentária e já dava sinais de que não aguentava mais correr. Pavo, por sua vez, coitado, parecia um zumbi movido a cocaína.

Quando já estavam na calçada que separava a praça da rua e Eva ponderava, desesperada, para onde correr, um carro parou na frente delas e Samuel gritou da janela aberta:

— Entrem!

Sofia abriu a porta, deixando Pavo entrar primeiro. Eva olhou para trás, os homens se aproximavam. Olhou para o lado e viu que um dos carros pretos que os levaram até ali ainda estava estacionado, aberto, ligado, e se deu conta de que, se elas todas entrassem no carro de Samuel, aqueles homens as perseguiriam até o Paraíso.

Eva se virou para os encapuzados e se posicionou para receber o ataque e os atrasar. Andressa, entendendo tudo, a imitou. Quando percebeu que Sofia faria o mesmo, Eva aproveitou que a jovem ainda estava parada na frente da porta aberta do carro e a chutou para dentro, derrubando-a no banco traseiro, em cima de Pavo, e fechou a porta com outro chute. Sofia, apesar de cheia de raiva e fúria contra o mundo, já havia feito demais, e Eva não a queria colocar em perigos dos quais não daria conta. Gritou em protesto, mas Eva deu duas batidas na lataria do veículo e acenou para a maricona no volante dar partida. Samuel acelerou o carro e foi embora. Eva viu pelo retrovisor que ele chorava, mas compreendia que alguém precisava ficar para trás e proteger os outros.

Ela e Andressa eram altas e tinham alguma resistência e força, mas sabiam que jamais venceriam aqueles homens enormes. Com certeza eram lutadores ou policiais. Ou ambos. Só que estavam determinadas a darem a vida para salvar os que elas amavam. Fecharam os punhos e firmaram as pernas no chão. Naquele momento, uma grossa chuva despencou no céu.

Durou pouco tempo. Mas o suficiente para Samuel sumir com o carro nas ruas engarrafadas e complicadas de Abaporu.

Estava encolhida no chão, após ter sido derrubada por um puxão de cabelo tão forte que arrancara seu *mega hair*, recebendo chutes nos rins. A dor era tão insuportável que não via a hora de morrer logo. Já havia levado um chute nos rins antes, numa briga de rua, e passara uma semana mijando sangue. Só que aquilo era outro nível. Se sobrevivesse, provavelmente precisaria de um transplante. Quando se lembrou do canivete escondido no peito, era tarde demais, não tinha mais forças para isso. Olhou para o lado e viu que Andressa já tinha apagado, e Eva chorou, torcendo para que por trás daquele rosto que era uma massa de sangue e ferimentos ainda houvesse vida. Quando levou um pontapé no ouvido, fazendo ressoar um barulho doentio pelos ossos, perdeu a consciência.

De repente, sentiu cheiro de lama.

32

Rainha dos raios

Sem ter a menor ideia de quanto tempo se passara ou como havia chegado ali, Eva tremia, de dor e de frio. Tentou se situar, mas nada conseguia ver. A água batia em sua cintura e tudo estava escuro. Escutava a chuva caindo, mas os pingos não chegavam até ela. Estavam sendo aparados por... *folhas*? Era isso, a chuva caía em folhas logo acima da sua cabeça. Debaixo da água, alguma coisa se mexeu, roçando em sua perna. Eva gritou.

— Eva? — uma voz rouca e assustada sussurrou em algum lugar ali perto.

Andressa. Eva suspirou aliviada, a amiga estava viva. Ou as duas estavam mortas?

— Que porra aconteceu? — perguntou, sentindo uma pontada de dor nas costas, no ponto em que havia levado um chute.

Gemeu e tentou alcançar o lugar, enfim percebendo que estava presa a alguma coisa. Seus braços estavam rentes ao corpo, amarrados pelo que parecia ser uma corda. E as costas apoiadas em algo duro. Um tronco.

— Acordei quando eles tavam tirando a gente do porta-malas — disse

Andressa, que era só uma voz vindo do lado direito. Ela não a conseguia ver naquela escuridão. — Era um matagal. Achei que iam matar a gente ali, mona. Tu tava desmaiada. Me fingi de morta. Fechei os olhos, e ouvi eles colocando a gente num barco. Eles riam o tempo todo, como se a gente fosse algum tipo de piada. E amarraram a gente aqui.

— Andressa — disse Eva, tensa, temendo fazer a pergunta, pois a resposta a aterrorizava. — Onde estamos?

— No mangue.

Eva engoliu em seco. Sua garganta ardia.

— E há quanto tempo estamos aqui?

Seu coração pulsava nervoso. Seriam aqueles homens os responsáveis pela morte de Dione, Solange e Kelly? E delas duas já, já. Malditos. Haviam se cansado das drag queens?

— Não sei. Mas antes não tinha água — disse Andressa, chorando. A voz dela estava fraca, como se estivesse prestes a desmaiar. — Tô morrendo de frio.

O coração de Eva parou. Tinha acabado de anoitecer quando apagou na praça. Ainda era noite e a água já estava em sua cintura. A maré estava subindo rápido. Até onde subiria? Cobriria as duas? Provavelmente sim. Os homens as amarraram ali para que morressem afogadas.

— Eu vou tirar a gente daqui — garantiu, tentando soar convincente.

Precisava que a amiga parasse de chorar para poder pensar. Tremia. De dor, de frio e de medo.

Ouvindo os barulhos da noite e da chuva e os gemidos de Andressa que ora ou outra anunciavam os ferimentos que deveriam ser graves, Eva assistiu, e sentiu, calada, o nível da água que subia com frequência e rapidez. A água estava acima do seu peito. Escura. Gelada. Algo se moveu em seus pés, e Eva se debateu. Então percebeu que Andressa tinha ficado em silêncio.

A corda amarrada em sua cintura, prendendo seus braços ao tronco do mangue, era firme e grossa. Sem chances de conseguir rompê-la. Foi então que um relâmpago clareou tudo em um tom acinzentado por dois segundos. Esses dois segundos, entretanto, foram suficientes para que Eva tudo visse. Viu as árvores que se projetavam sobre a água escura como monstros de mil braços. Os braços, as raízes aéreas do manguezal, tinham um aspecto tenebroso e barrento de serpentes petrificadas, contorcendo-se no ar e sob a água como os longos dedos de um demônio que procurava almas condenadas. A alguns metros dali, Andressa estava amarrada a uma árvore, o pescoço amolecido, a cabeça tombada para a frente. Estava morta ou desmaiada. A água batia em seu pescoço. Quando Eva ia gritar chamando a amiga, um trovão ressoou, fazendo tudo estremecer, até ela mesma. Fechou os olhos e se encolheu, esperando que tudo explodisse.

Quando percebeu que não havia sido destruída em mil pedaços pela Rainha dos Raios, outro relâmpago clareou as raízes do manguezal, e ela enfim viu que ao redor de suas pernas, que estavam livres, as raízes da árvore à qual ela estava amarrada formavam um complexo emaranhado. Sem parar para pensar quais criaturas se abrigavam naquelas serpentes de madeira, Eva apoiou o pé em uma raiz. Procurou com a outra perna outro apoio, então ouviu a água se agitar logo ao lado, como se algo tivesse saltado. Paralisou, aterrorizada, prendendo a respiração. Permaneceu assim por alguns segundos, então voltou a procurar outra raiz com a perna livre. Quando o pé encontrou uma base, impulsionou o corpo para cima, deslizando a corda pelo tronco e arranhando as costas na madeira.

A água passou a bater no peito. Utilizando as raízes como degraus, continuou subindo até que o nível do rio estava na cintura. Suas costas estavam feridas com o atrito na árvore, e perguntou-se qual era o estado da corda. Sem se importar com a dor, começou a impulsionar as pernas para cima e para baixo, fazendo o corpo subir e descer pelo tronco, e a corda friccionar contra a madeira áspera, cheia de grumos, incrustações de mariscos, cracas e tocos de galhos partidos, até que se rompesse.

Batendo contra galhos, raízes, folhas e sabia-se lá mais o quê (preferia a ignorância), nadou na direção da amiga. Quando a encontrou, tateou o rosto da outra, certificando-se de que ainda estava fora da água. Estava, por poucos centímetros. Sacudiu Andressa até que ela acordasse. A amiga deu um grito e gargalhou de alegria e fascínio quando viu que ela havia se soltado, e subiu nas raízes como a amiga a instruíra, livrando-se do lento afogamento. Eva contornou, então, a árvore, driblando o labirinto de raízes, até achar o nó que prendia a corda. Tentou soltar o nó, mas sem sucesso, estava muito apertado e seus dedos já estavam em carne viva. Estava prestes a se desesperar quando se lembrou da eterna companheira, Ivete. O canivete que sempre carregava sob o sutiã e entre os seios estava lá, podia senti-lo como se fosse um membro do corpo. Em alguns minutos, as duas estavam rindo e se abraçando, seminuas, encharcadas, cobertas de lama, sangue e picadas de mosquitos.

Não havia chances de saírem do mangue àquela hora, às escuras. A chuva, os trovões, a maré alta, a escuridão e as raízes que formavam barreiras intransponíveis, tornavam impossível a localização naquele ambiente. Empoleiraram-se nas raízes mais altas que encontraram e passaram a noite acordadas, esperando a maré baixar e os primeiros raios de sol passarem por entre aquelas grossas folhas e guiarem o caminho até a margem do rio e até a estrada que as levaria ao Paraíso.

Naquela longa noite insone, com o gosto ácido da fome por vingança na ponta da língua, e o pulsar ansioso do coração que aguardava a violência iminente e inclemente, as duas cultivaram um ódio dentro de si, deixando-o expandir pelo corpo. Um ódio antigo, represado e acumulado, que vinha desde a nascente que eram as vidas sofridas, um rio que era enchido por afluentes da violência, discriminação e humilhação que sofreram a vida inteira, terminando ali naquele manguezal, até que disseram basta. Não apanhariam de novo, não mais derramariam o sangue delas, não maculariam sua pele e elas não cairiam no esquecimento. Tiveram uma longa conversa, discutindo, criando e revisando inúmeras vezes o plano de vingança que colocaria fogo na cidade e que faria o Paraíso surgir como uma grande fênix das cinzas de Abaporu. E o nome delas jamais seria esquecido.

33

O que será de mim?

Lá fora, uma chuva batia furiosa contra a madeira. As correntes pesavam como um lembrete doloroso nos pulsos de Davi. Tudo estava úmido. Podia ouvir o rio correndo logo ali perto. Na porta aberta havia esperança.

— Me ajuda! — suplicou.
— E se eu te ajudar, o que será de mim?

Tibério foi acordado por um trovão que fez tudo estremecer. Ele não conseguia mais enxergar a nuvem escura que pairava sobre eles, pois o aguaceiro que despencava do céu encharcava seus olhos. Piscou, tentando ver alguma coisa. Algo parecia queimar em seu braço.

Tibério ouviu passos rápidos e pesados chafurdando na água que começava a acumular na praça, depois o grito pelo seu nome, então o rosto de

Afonso aparecendo diante do seu, com um olhar preocupado e desesperado, e as mãos tocando seu rosto.

— Vá cuidar dos outros — orientou Tibério, tendo a certeza de que se aquele tiro o fosse matar, já teria morrido.

— Você levou um tiro no braço — refutou Afonso, afastando o cabelo molhado que lhe caía nos olhos e analisando o ferimento.

— Isso aqui? — falou, como se não estivesse quase desmaiando de novo. — Não é nada, só mais uma cicatriz.

O médico acariciou seu rosto. Atrás dele, a policial militar Gisele os observava. A mulher, quando percebeu que estava encarando os dois, desviou o olhar, envergonhada, e pegou o rádio para perguntar gritando se a porra das ambulâncias estava chegando.

— Faça pressão — disse Afonso, por fim, colocando a mão de Tibério em cima do ferimento, e o deixando para ir socorrer alguém que precisava de mais cuidados imediatos.

Um enfermeiro veio ao seu socorro e, aliviado, pois se sangrasse por mais alguns segundos não aguentaria mais manter a consciência, deixou o braço ser enrolado por um curativo. O enfermeiro o ajudou a levantar e o guiou para uma ambulância.

Antes de as portas traseiras da ambulância se fecharem e o veículo partir em disparada com as sirenes desesperadas, Tibério deu mais uma olhada ao redor, percebendo que não havia mais nenhum homem de balaclava preta, nem ninguém com a balaclava vermelha; todos tinham fugido. Nem barras de ferro se encontravam mais no chão. A praça se esvaziava, os últimos feridos eram atendidos e liberados ou encaminhados para hospitais, e os policiais terminavam de colher depoimentos e se dispersavam.

O sangue, que tingia as pedras daquela praça centenária, era lavado pela chuva, sendo carregado até os bueiros que em breve esgotariam a capacidade e transbordariam, alagando toda a cidade com sangue e esgoto. No dia seguinte, seria como se nada tivesse acontecido.

Antes de partir, chamou Gisele, que ainda perambulava pelo local, e contou-lhe a última coisa que vira antes de desmaiar: Pavo sendo perseguido por homens encapuzados. Estava preocupado com o que fariam com o garoto. A policial assentiu e pegou o rádio, lançando um alerta para as viaturas dos arredores ficarem de olho em carros com as descrições que fornecera.

— Boa perseguição — desejou-lhe Tibério.

Acordou, sobressaltado, com a sensação de que alguém o observava dormir, em pé ao lado da cama. Mas não havia ninguém além dele mesmo, entre as cortinas que o separavam dos outros leitos do hospital. Não sabia por quanto tempo havia cochilado desde que haviam feito os pontos no seu braço. Mais cedo, um policial colhera seu depoimento sobre o que acontecera na praça e a enfermeira lhe aplicara a reconfortante droga que sedara seu corpo, e, naquele momento, pelo silêncio do hospital, quebrado apenas pelo bipe de máquinas distantes e por sussurros indistinguíveis, julgava que já era tarde da noite.

Tentou se levantar, mas, ao apoiar o cotovelo na cama para pegar impulso, uma dor penetrante atravessou seu ombro esquerdo e ele desabou de volta no travesseiro. Havia utilizado o braço ferido. Seu gemido de dor devia ter chamado a atenção de alguém, pois ouviu passos se aproximarem no corredor à frente, coturnos de couro sintético rangendo contra o piso encerado do hospital, um pigarreio, e então Gisele projetou a cabeça por detrás da cortina, revelando um semblante preocupado. Carregava uma sacola na mão.

— Omar pediu para eu verificar se o senhor está bem.

— Estou bem. E ele, onde está? Interrogaram o atirador? E o rapaz que pedi para você procurar, você o encontrou?

Como era ruim perder horas do dia e não saber o que acontecera.

— Omar tá bem, ainda na delegacia. O atirador também tá lá, não sei se foi interrogado. Se chama Áquila. Não achei Pavo. Fui até o Paraíso, encontrei um tal de Samuel, mas ele disse que não conhecia nenhum Pavo. — Tibério suspirou. O velho devia estar escondendo o rapaz. — E nenhum rastro dos carros da praça. Ah... — disse, parecendo se lembrar de alguma coisa. Envergonhada, ergueu a sacola que carregava na mão. — Afonso mandou essas roupas limpas.

— Me ajude a levantar.

Ela o encarou confusa como se tivesse falado uma língua alienígena.

— Tem certeza? O senhor não acha que... — Hesitou em terminar a frase.

O olhar que lhe lançou foi o suficiente para que ela avançasse apressada para perto da cama e lhe oferecesse um braço para se apoiar.

— Meu corpo já sofreu coisas piores. Me leve de volta para a delegacia.

Passava das 21h quando Gisele o deixou na delegacia de homicídios do centro de Abaporu. A delegacia estava bastante movimentada para aquele horário, quando normalmente ali ficavam apenas alguns poucos policiais. A confusão no protesto deixara quatro mortos. Além de dúzias de feridos.

A sala do delegado estava vazia. Omar estava sentado em cima de uma escrivaninha, encostado a uma parede.

— Você está bem? — perguntou Tibério ao se aproximar.

O colega ergueu o olhar e pareceu se iluminar.

— O que tu tá fazendo aqui, homem? — perguntou Omar. — Tu precisa descansar. O médico te liberou? Quem foi esse incompetente?

— Estou bem — respondeu, passando a mão no cabelo e o sacudindo para tirar o excesso de água.

Caía um temporal lá fora, e os curtos metros entre a viatura de Gisele e o prédio da polícia foram suficientes para o encharcar.

A verdade era que seu braço doía bastante, mas ele não estava habituado à dor?

— Onde está o atirador? — perguntou.

— Áquila? Na sala de interrogatório.

— Alguém o interrogou?

— Interrogou — respondeu Omar, lançando um olhar furtivo pela sala. — Venha. — E caminhou em direção ao detido. Entraram na sala adjacente à de interrogatório, na qual ficavam algumas cadeiras, uma mesa e um monitor que mostrava o que acontecia ao lado. — Esse estúpido o interrogou. Não conseguiu nada — falou, apontando para a tela. Um policial estava na outra sala, sentado numa cadeira, mexendo no celular, balançando os pés apoiados em cima da mesa, na qual havia uma pasta com papéis. Oposto a ele, estava Áquila, sentado numa posição perfeita, como se fosse um robô, a coluna ereta, as pernas paralelas, as mãos algemadas sobre o móvel entre eles e os olhos fechados. — Eu ia interrogá-lo, mas o delegado ligou e disse que Giovani ia conduzir o interrogatório.

Omar se sentou em uma cadeira num longo suspiro, deixando o peso despencar. Tibério se virou e foi para a sala de interrogatório, Omar ainda tentou impedi-lo, mas não foi rápido o suficiente.

Quando o viu entrar, o policial Giovani se endireitou.

— Eu assumo a partir daqui — disse Tibério, segurando a porta aberta, deixando nítido que era para o policial sair.

— Levi disse pra...

— O delegado não está aqui — interrompeu, fingindo estar sem paciência.

Desconcertado, o homem se levantou e saiu, fechando a porta atrás de si.

Tibério tirou as algemas do garoto, aproveitando para observar de perto os três dedos que faltavam na mão dele, sentou-se à mesa e folheou a pasta deixada ali. O rapaz enfim abriu os olhos, olhando para ele com curiosidade. Parecia surpreso.

— Quem é você?

Tibério franziu o cenho e ignorou a pergunta, continuando a ler o que havia nas fichas. Anotações do interrogatório, feito com perguntas estúpidas e respostas nulas. A única coisa interessante com que se deparou foi a identidade do garoto: seu nome era Áquila Ataíde. Já tinha visto aquele sobrenome antes.

— Meu nome é Tibério Ferreira.

— Onde tá Giovani? — perguntou Áquila. — Já falei tudo pra ele.

— Não falou quem eram seus amigos encapuzados.

— Não vou responder nada sem um advogado — retrucou, cruzando os braços.

Olhava o investigador diretamente nos olhos.

— Então vamos começar com algo mais simples. Seu nome é Áquila Ataíde, certo? — Tibério mudou de tática. Áquila estreitou os lábios e assentiu. Parecia impaciente, como se tivesse algum lugar para ir. Descruzou os braços e voltou a apoiá-los na mesa. — E... — O investigador folheou os papéis, fingindo procurar algo. — E o seu endereço é rua Apepuca, 352?

— Sim, e aonde você quer chegar com isso? Tá tudo escrito aí, não?

Apontou com o nariz para a pasta que Tibério segurava, sem nunca quebrar o contato visual.

— Só conferindo se está tudo certo — disse. O que estava fazendo, na verdade, era avaliar as reações do interrogado quando respondia a algo cuja resposta Tibério já sabia. Quando mentisse, as mudanças na linguagem corporal o denunciariam. — O rapaz para quem você apontava uma arma... Pavo Ataíde. É seu irmão, certo?

Áquila cruzou os braços e virou o rosto para o lado, encarando a parede.

— Não tenho irmão.

Tibério conteve um sorriso. *Voilà*, como diria a vizinha Sâmia.

— Vejo aqui que seu endereço, rua Apepuca, é muito próximo ao endereço de Rogério, que foi encontrado morto na praia. Na verdade, é na rua de trás. Você o conhecia? Talvez andassem de skate juntos na praça...

O garoto continuava a encarar a parede, e Tibério passou a ter certeza de que algum policial estava envolvido naquilo. Se Áquila estivera naquele ataque ao protesto por vingança do assassinato do skatista, isso significaria que ele sabia que Pavo era um suspeito, e isso não havia sido divulgado para a imprensa. O fato de eles serem irmãos era uma confluência de eventos que pegara Tibério de surpresa, e se perguntava se tudo aquilo tinha alguma relação direta com o assassinato das drag queens ou se era apenas um efeito colateral. A violência que gerava violência, que gerava violência, o ciclo eterno da...

A porta da sala se abriu num estrondo violento, e Tibério se virou para deparar com o delegado Levi de bochechas vermelhas e olhos irritados.

— Tibério, venha aqui! — berrou.

Tibério se levantou e deixou para trás Áquila, que exibia um sorriso debochado no rosto. Fechou a porta atrás de si e, no corredor, encarou o delegado, acompanhado por Giovani. Omar estava atrás deles, os olhos arregalados.

— Eu estava no meio de um interrogatório — disse, ríspido.

Omar, lá atrás, ergueu as sobrancelhas.

— Esse rapaz já foi interrogado. E você levou um tiro, nem era pra estar aqui — retrucou Levi. Virou-se para Omar, que logo assumiu uma expressão neutra. — Você também. Vão pra casa. Amanhã vou transferir o caso *dos travestis* pra um investigador mais competente.

— Drag queens — corrigiu Omar.

— Como está seu braço? — perguntou Afonso enquanto dirigia para a casa de Tibério.

Colocou uma mão em sua coxa. A madrugada estava avançada quando ele foi buscar o namorado na delegacia.

— Doendo — respondeu Tibério. Parou de olhar para a chuva que caía incessante lá fora e olhou para Afonso. — Obrigado por mandar uma roupa limpa para o hospital. Como você as conseguiu?

Afonso sorriu e lançou um olhar rápido para ele.
— Seu porteiro já me conhece e me deixou entrar.
— Obrigado — disse, pegando a mão de Afonso e levando até a sua boca. Beijou-a.
— Pensei em mandar roupas minhas, mas iam ficar folgadas em você.
— Pelo menos eu ia ficar sentindo teu cheiro.

Tibério acordou com o celular vibrando, anunciando uma mensagem recebida. Lá fora, o dia já estava claro e o céu, azul e sem nuvens, nenhum resquício do temporal que desabara na noite anterior. Afonso ainda dormia ao lado, encolhido em um canto. Havia três chamadas perdidas e uma mensagem de Omar. Leu a mensagem, que dizia que Áquila Ataíde havia fugido da delegacia na madrugada anterior e apontava o endereço do mangue no qual naquela manhã encontraram mais uma drag queen morta.

34

O homem viril

Tudo começou a dar errado na vida de Áquila Ataíde dias antes, quando o amigo, com quem gostava de andar de skate na praça próxima a sua casa, fora dar uma escapulida com uma amante numa noite e só aparecer no dia seguinte, morto, esfaqueado nas costas numa praia distante de onde moravam. Ou tudo começara um pouco mais cedo, anos antes, quando seu irmão nascera?

Não demorou muito tempo para o irmão começar a demonstrar os primeiros sinais de *sensibilidade*. Gostava de brincar com as meninas da escola, e algumas vezes fora pego com bonecas. Áquila não via problema nisso, na verdade até gostava. Como o irmão mais novo tinha outros interesses, deixava-o em paz, e ele não era obrigado a brincar junto ao caçula. Mas seu pai via um problema ali. E assim começaram as brigas, os choros, os gritos. Foi só uma questão de tempo para que Áquila passasse, também, a detestar o irmão.

Aproximou-se do pai, que via no filho mais velho uma esperança, o projeto de filho homem que ele almejava ter, reflexo de sua imagem, o homem viril, masculino. Aposentado por ter sofrido uma lesão, o militar, com bastante tempo ocioso, resolveu ensinar o filho, ainda criança, a usar armas. Aquele momento deles era quando Áquila mais se sentia unido ao pai, quando juntos empunhavam uma arma e atiravam numa latinha no fundo da casa. Até que o homem resolveu incluir o filho viado na atividade, e o miserável estragou tudo. Não só estragou tudo, como deu um tiro errado e estourou a mão de Áquila. Naquele dia, perdeu três dedos. E, sempre que olhava para a mão, lembrava-se do irmão e de tudo que ele lhe tirara.

Nunca mais lhe foi permitido tocar naquela arma, como se tivesse culpa de alguma coisa. O pai manteve trancada numa gaveta no escritório. A mãe, que era uma fraca, que vivia chorando enfurnada na cozinha, era a principal responsável por tudo isso. Aquela mulher tinha culpa pelo irmão ser *daquele* jeito. E, assim, também a odiava.

Os anos seguintes foram um declínio. Pavo foi expulso de casa pelo pai, ao voltar de madrugada bêbado e maquiado, usando roupas da mãe. A mãe perdeu a sanidade, entrou em estado de negação, culpou-se pelo fracasso da família, fingiu que o filho mais novo nunca nascera e concentrou todo o tempo em bajulações para cima de Áquila, que a rejeitou, temendo acontecer com ele o que acontecera com o irmão: virar bicha, afeminado. Seu irmão era um assunto não tocado havia anos naquela casa, como se nunca tivesse existido, quando o pai morreu. Enfartava, contorcendo o rosto e enroscando os braços numa dor excruciante no peito, quando Áquila o encontrou caído no escritório ao lado de um copo quebrado de uísque, e, quando tentou socorrê-lo, o homem olhou para ele com os olhos esbugalhados, segurou seu rosto e falou:

— Pavo? Me perdoe.

Sem nada dizer, Áquila se levantou, se virou e se trancou no quarto.

Nunca superou a perda do pai. E nunca deixaria de culpar a mãe pela morte dele. E o irmão, aquele que não mais existia. Quando seu amigo foi morto, foi difícil manter a sanidade. Tinha vontade de esmurrar todos e quebrar tudo. De pegar a arma do pai e canalizar todo o ódio e raiva no tiro que explodia com o cheiro de pólvora de que tanto gostava.

Na praça de skate, estavam todos revoltados com a morte do amigo, Rogério. O pior era não saber o que acontecera, ou quem o matara. O que sabiam era que ele saíra com o carro da mãe, sozinho, naquela noite, e o carro nunca fora encontrado. Achavam que tinha sido um roubo seguido de morte, mas o fato de terem encontrado o corpo dele numa praia tão distante era estranho.

Até que um dos garotos skatistas, Júnior, cujo pai era policial, revelou que a polícia havia descoberto que o corpo não fora jogado na praia, e sim no mangue, no mesmo canto onde encontraram as drag queens mortas, e a correnteza do rio o arrastara.

Não podia ser uma coincidência, ou podia? Então numa noite Áquila foi na esquina em que Rogério gostava de ir atrás de putas e perguntou de forma persuasiva (empunhando a arma que roubara do escritório trancado do pai) às meninas que trabalhavam por lá se haviam visto algo estranho. Tinham visto. Um grupo de mulheres, travestis, drag queens, sapatões, transgêneros, ciborgues, alienígenas ou feministas, não sabiam dizer, procurando confusão. Disseram que esses seres perambularam pelo lugar até encontrar um rapaz que se atracava com uma moça no carro dele. O rapaz apontou uma arma para o grupo, mas quando deu as costas, foi esfaqueado. A moça fugiu com o carro. Perguntou quem era a moça, não sabiam. Com a arma em punho, e o cabelo de uma delas entre os dedos, perguntou de novo.

Foi até a casa da moça, um barraco imundo numa comunidade, pronto para dar um tiro na cabeça da puta. Estava muito a fim de dar um tiro, não importava em quê, ou quem. A moça havia se mudado. Vizinhos fofoqueiros a viram chegar com um carro novo certa noite. Provavelmente vendeu o carro e fugiu. No lugar havia apenas alguns móveis e um gato. Não sabia dizer se o gato era dela ou se era um gato de rua que se aproveitara do vazio do lugar e o tomara como seu. Áquila odiava pessoas abandonadas. Também odiava quem tomava o que não era seu. Acima de tudo, odiava gatos. Antes de sair, deu um tiro na cabeça do felino.

Então Giovani Júnior, filho do policial, falara que a polícia tinha suspeitas de que um viado do Paraíso matara Rogério esfaqueado. Coletaram o DNA do suspeito e apreenderam facas no apartamento dele. Quando ouviu o nome do suspeito, Pavo Ataíde, o sangue envenenado que subiu em seus olhos foi visível para todos, e ficou evidente que Áquila estava disposto a fazer qualquer coisa para vingar a morte de Rogério, inclusive matar o próprio irmão. O protesto dos viados seria a oportunidade perfeita.

Lá, as coisas evoluíram numa escala que ele não esperava. O irmão estava diferente, mais alto, mais velho, mais bicha. Aquele olhar irritante permanecia o mesmo. Atiraria, enfim, liberando aquela raiva por tudo que lhe causara. Mas aí aquele policial interveio... Um preto e uma bicha, não podia ser pior.

E então estava na delegacia, algemado. Giovani sentando-se no outro lado da mesa como se nada tivesse acontecido, como se não tivesse estado no protesto encapuzado e espancando *travecos*, como se, por baixo do uniforme, não tivesse uma costela quebrada de uma pancada que levara com uma barra de ferro.

Quando o outro policial aparecera, com um olhar perspicaz como se pudesse ler sua mente, fazendo perguntas que não deveria, ficou preocupado. Não podiam ser descobertos. O falecido pai uma vez dissera que a maior desonra de um homem, além de dar o cu, era ser preso. E, se fosse preso, com certeza seu cu não seria poupado.

Era madrugada quando a luz da câmera que o filmava apagou. Giovani o tirou da sala de interrogatórios e o guiou pelo corredor até os fundos da delegacia, sendo acobertado por outros policiais.

— Sabemos onde aquele viado tá — disse-lhe Giovani, em seguida narrando como conseguiram capturar dois *travecos* e os amarrar no mangue, para que no dia seguinte fossem encontrados afogados.

Áquila se sentou no banco de trás de uma viatura da polícia. No banco da frente, Giovani sacudiu uma sacola plástica que retirara do porta-luvas. Áquila sorriu com o barulho de madeira batendo uma contra outra, quando os crucifixos que pedira para o policial providenciar se agitaram.

Subiram as escadas do prédio sem serem notados. Era madrugada e deviam estar todos dormindo, depois do cacete que levaram no protesto. O apartamento de Pavo estava fechado, mas Giovani destrancou a fechadura com dois pedaços compridos de arame, sem fazer barulho. O policial revistou a sala e Áquila foi direto para o quarto.

Mesmo de luvas, revirou os armários com nojo. Ali havia roupas femininas, perucas, coisas de sexo. Giovani lhe dera o pacote com os crucifixos, três pacotes de plástico vazios e uma pinça. Com a última, coletou fios de cabelo de uma escova, cílios e unhas postiças que estavam jogadas num canto de uma penteadeira e raspou a superfície áspera de uma lixa de pé até obter uma quantidade ínfima de pó (suficiente para se encontrar o DNA do dono), colocou-os nos pacotes e os enfiou nos bolsos. Os crucifixos ele despejou numa gaveta, embaixo de meias.

Viu, jogado em um cesto de roupa suja, um par de luvas. Eram luvas longas, daquelas que subiam até a metade do braço, douradas e cobertas por lantejoulas brilhantes. Nas pontas dos dedos havia unhas falsas enormes, vermelhas, como se atravessassem as pontas das luvas. Pegou uma luva do par, dobrou e colocou no bolso de trás da calça.

Estava para sair quando ouviu uma voz estranha e exaltada vir da sala:

— Quem é você e o que está fazendo aqui?

— Tudo bem, senhor, eu sou da polícia — respondeu Giovani com uma voz calma.

— Cadê o seu mandado? — O velho parecia nervoso. Áquila deu uma espiada. Devia ser o tal Samuel, que escondia Pavo. — Se você é policial mesmo.

— Eu não sou da polícia — disse Áquila, após pegar o que parecia ser um molde de cabeça humana, sem olhos nem boca, todo dourado e muito, muito pesado, arremessar no chão a peruca ridícula que estava em cima dele e atravessar a sala em passos largos, acertando a cara do velho com a base daquela cabeça dourada.

O velho caiu para trás, com as costas no corredor fora do apartamento, o nariz tinha virado uma poça de sangue. Ele gritou, e Áquila acertou de novo seu rosto para ele calar a boca. Mas era tarde demais, foram ouvidos, e passos rápidos subiam as escadas.

— Samuel?! — gritou uma velha no alto dos degraus, quando chegou ao andar e viu o marido caído no chão, com o rosto desfigurado. — Ai, meu Deus!

Sem perder tempo, Áquila correu até ela e, num pulo, chutou a velha na altura do diafragma, fazendo-a despencar de volta pela escada.

— O que caralho tu tá fazendo?! — bradou Giovani, sem elevar a voz, sussurrando, como se ainda pudesse evitar que fossem ouvidos. Enquanto isso, a velha rolava escada abaixo gritando, até que silenciou. — Vamos embora!

No andar de baixo, agachado ao lado da velha caída e inconsciente (ou morta), estava Pavo. Quando viu o irmão, arregalou os olhos, levantou-se num pulo e saiu correndo. Áquila correu atrás dele, pulando os degraus de três em três, alcançaria o filho da puta e esmurraria a cara dele até transformar numa sopa de cérebro, isso se ele tivesse algum.

Mas foi interrompido no meio do caminho pelo que parecia ser uma aparição de dois demônios.

Já tinha descido correndo cerca de três andares. Estava no alto de um lance de escada, Pavo estava na metade, e lá embaixo havia dois seres.

Duas pessoas esguias e desfiguradas. Cobertas por lama, sangue, úmidas, seminuas, com as roupas rasgadas. Os olhos estavam inchados, vermelho-sangue. Eram monstros de outra realidade. Uma delas era extremamente alta e tinha um cabelo preto desgrenhado que parecia ter sido torado pela metade, e a outra, magricela, de olhos enormes, tinha o cabelo loiro desbotado. Seguravam barras de ferro. Estavam ali para levá-lo para o inferno, para se encontrar com o pai.

— Pavo, vá embora daqui — orientou uma delas.

O rapaz correu, passando entre as duas.

Começaram a subir as escadas na direção de Áquila e ele se jogou, pulando sobre elas. Os três caíram, assim como as barras de ferro, que voaram para longe.

Sentiu uma pontada no abdome quando uma delas enfiou um canivete em sua barriga. Os três se levantaram de uma vez só. O canivete, que ainda estava enfiado na barriga de Áquila, agora era dele. Antes que pudessem partir para mais um ataque, o rapaz arrancou o canivete da carne, puxou uma delas, a magricela com cara de rata, e a segurou de costas contra si, colocando um braço ao redor do pescoço dela e a ponta da lâmina pressionada contra a jugular. A outra ergueu os braços em rendição e pediu que ele soltasse a amiga.

Andando de costas, Áquila desceu os degraus ainda segurando a refém. Quando se afastou andares suficientes, jogou-a no chão. Pensou em matá-la, mas não tinha tempo para isso, e saiu correndo.

Já estava na rua quando ouviu o grito. Era um grito extremamente potente, podia ouvi-lo muito bem mesmo àquela distância. Lá no alto do prédio, um daqueles monstros, ou uma daquelas guerreiras, a de cabelo preto que havia enfiado o canivete em sua barriga, havia se debruçado na janela e gritado para toda a cidade ouvir:

— A gente vai tacar fogo nessa cidade, seus merdas! A Gayrrilha vai tacar fogo em *TUDO*!

Que taquem, pensou Áquila.

A viatura estava estacionada um pouco à frente, com Giovani no banco do motorista o aguardando.

O serviço havia sido feito. As evidências foram plantadas. Em breve Pavo seria preso por ser o assassino daqueles degenerados encontrados no mangue. Colocou a mão na barriga, no ponto em que sangrava, e pressionou o ferimento. Suprimiu um gemido.

— Tem cigarro? — perguntou Áquila enquanto analisava o canivete que o havia atingido.

A lâmina não era longa o suficiente para perfurar um órgão, mas era grossa e podia fazê-lo sangrar até morrer. E não se sabia com o que estava contaminada...

— Deve tá aqui em algum lugar — respondeu o policial, enquanto procurava a carteira de cigarro pelo carro.

Sentindo uma pontada na bunda, Áquila lembrou-se do que carregava no bolso de trás da calça. Era a luva que havia pegado no apartamento de Pavo. Calçou a luva brilhosa e analisou a mão, admirando como os dedos ficavam longos com aquelas falsas e enormes unhas. Sentia-se um mutante. Perguntou-se como ele se sentia quando se vestia de mulher. Limpou o cabo do canivete na blusa.

O policial estava debruçado em direção ao porta-luvas, com as costas expostas entre o banco do motorista e o do passageiro, e foi ali, nas costas, que Áquila enfiou o canivete que segurava com a luva de Pavo. Antes que Giovani pudesse reagir, enfiou mais uma vez. E de novo, e de novo, e de novo, mirando nos rins e na coluna, sentindo o atrito contra o osso e contra a carne que rasgava. Apunhalou o homem com tanta ferocidade e velocidade que Giovani não teve tempo de reagir, apenas caiu no banco do passageiro, em choque, com as costas do uniforme rasgadas e repletas de sangue.

Áquila ficou sentado no banco de trás por mais alguns minutos, observando o oficial sangrar até a respiração diminuir e cessar. Arrancou uma unha da luva e enfiou num dos ferimentos do cadáver. No banco traseiro deixou alguns fios de cabelo de Pavo que retirou de um pacote do bolso. Em seguida, saiu do carro, jogando o canivete ao lado da viatura. Andou alguns passos e jogou a luva numa lata de lixo.

Poucos metros adiante, após caminhar pela rua escura e fedida, encontrou uma construção abandonada com vista para o Edifício Silvetty, onde ficaria escondido até Pavo voltar. E então ligaria para a polícia. Queria estar ali para ver quando o irmão fosse preso. Ou então apenas o mataria.

35

Um beijo para Davi

Com o braço latejando de dor na região em que levara pontos, Tibério estacionou o carro na área mais próxima em que a estradinha estreita e erodida cercada por canaviais chegava ao manguezal. Ali, as plantações se convertiam em vegetação nativa e a estrada virava um terreno irregular alagadiço e cheio de lama. A maré estava baixa, então poderia ver onde pisava. Algumas viaturas da polícia já estavam estacionadas ali, junto a um carro da polícia científica. Dois oficiais guardavam os veículos e um terceiro esperava por ele para acompanhá-lo até a cena do crime.

O policial caminhou desajeitado à frente, dando eventuais pulinhos para desviar das poças de lama nas quais a perna podia afundar até quase a altura do joelho. Tibério, já habituado àquele terreno, não teve dificuldades. Aproveitou para respirar a natureza que o cercava. Deixou os olhos absorverem o verde-escuro das árvores, o marrom-acinzentado da lama, o céu brilhante e azul, e os pulmões se afogarem naquele ar puro e úmido.

Havia alguma coisa nas formas curvas e irregulares do manguezal que o hipnotizavam. Era como se limpassem sua mente dos ângulos retos, perfeitos e artificiais da paisagem urbana. Na cidade, sentia-se encaixotado naqueles desenhos projetados e claustrofóbicos; ali, na mata, com as curvas e imperfeições dos troncos, da água, do rio, a mente se esvanecia e se acalmava, livrando-o do peso que era manter a vida sempre organizada, reta, perfeita. Se a natureza se permitia crescer sem limites e sem ordem, por que ele também não poderia?

Caminharam por dentro do mangue alguns poucos metros até chegar lá. Além dos peritos, três policiais estavam no local. O cadáver, como os de Dione Dite, Solange e Kelly Prada, estava preso a uma árvore, com os braços e pernas entre os troncos confusos do mangue. Antônia e Gutemberg estavam ao lado do corpo. A analista estava agachada pegando alguma coisa com uma pinça, enquanto o auxiliar segurava a câmera fotográfica, e Tibério perguntou-se onde estava Gabriella.

Havia um senhor encostado a uma árvore ali perto, observando tudo.

— Quem é aquele? — perguntou ao policial que o guiara.

— O pescador que encontrou o corpo e chamou a gente.

Olhou para o cadáver, que ainda estava sem aparente decomposição, podendo-se supor que havia sido morto na noite anterior, e um rápido pensamento passou pela sua cabeça: era curioso como todos os corpos foram encontrados depressa, logo após o assassinato, mesmo naquela área de difícil acesso, e, ainda por cima, em maré baixa.

— O senhor que encontrou a vítima? — perguntou Tibério ao homem, que portava uma barba grisalha que cobria o rosto queimado pelo sol e uma camiseta de botão surrada e aberta.

— Sim, senhor — respondeu o homem, que se apresentou como Sebastião. — Liguei pra polícia assim que vi. Mas não me aproximei do corpo, não. Minhas pegadas tão ali, ó — disse ele, apontando para as marcas que iam até metade do caminho. Não havia outro rastro de pegadas, indicando que, fosse lá quem tivesse jogado o corpo ali, havia ido de barco com a maré alta.

— E o que o senhor estava fazendo aqui?

Sebastião era um produtor de ostras. Falou que cultivava os bivalves logo ali na margem do rio, apontando para a direção oposta de onde estava o cadáver, por onde se podia ver a água barrenta após algumas árvores. Ele explicou:

— Crio ostras pra alguns clientes. Restaurantes. Eles me ligam e encomendam. Eu coloco as sementes, é assim que chamamos as pequenininhas, em gaiolas presas no rio, até elas crescerem. Quando elas tão no tamanho bom, eu coleto, ligo pros clientes e eles me encontram pra eu entregar. Hoje não era dia de coletar as ostras, ainda não tão muito grandes, mas um cliente ligou e insistiu que eu pegasse algumas pra ele. Falei que não tavam boas, mas se insistiu, não vou recusar dinheiro, né?

Tibério assentiu, pensativo.

— Quando eu tava lá no rio pegando as ostras, vi um brilho na mata e vim até aqui — completou o senhor, referindo-se ao brilho das lantejoulas do vestido que a drag queen morta vestia.

Tibério chamou um policial num canto e o instruiu a pegar o contato do cliente, ligou para Omar e falou para ele perguntar a todas as testemunhas que encontraram os cadáveres se foram instruídas, de alguma forma, a chegarem àquele local e, por fim, caminhou até o corpo que Antônia analisava.

Havia pesquisado todas as drag queens do Paraíso para se familiarizar com os rostos. Aquela ali era Mia Romba. Tudo se repetia: a roupa feminina, a peruca, a maquiagem que fora retirada, o crucifixo, o olhar vazio e a pele machucada e pálida, indicando que a morte acontecera na noite anterior, quando estavam todos ocupados com o protesto catastrófico. Não havia rastros, pegadas, nada que indicasse quem era o assassino. No corpo provavelmente também não encontrariam nada conclusivo. Olhou ao redor, procurando alguma nova pista, um sinal, uma mensagem, uma fotografia sua de quando era criança. Nada.

Tibério deixou os peritos terminarem o trabalho sozinhos e voltou para o centro de Abaporu.

De volta ao ambiente artificial, física e emocionalmente exausto, teve medo de estar em um daqueles casos que nunca terminavam, em que nunca achavam o culpado, que acabavam no fundo de uma gaveta, e que perseguiam os investigadores envolvidos pelo resto da vida. No seu caso, em especial destruindo-o, pois, para ele, era um caso pessoal, que envolvia o passado que ele mal compreendia, e que ainda não sabia se queria compreender. Tibério, então, sentou-se na cadeira e deu um longo suspiro. Esqueceu-se do café.

Percebeu o clima estranho que havia se instaurado ali. Estava tudo normal, funcionando excepcionalmente bem, como uma delegacia deveria funcionar e como aquela nunca funcionara. Quase todos os policiais que tinham expediente naquele turno estavam ali (alguns haviam tirado folga por motivo de doença após o protesto), naquele horário tão cedo, e todos pareciam estar fazendo alguma coisa, trabalhando, em silêncio, sem conversas e piadas infames, sem pernas em cima de mesas, todos concentrados em documentos, em papéis, em computadores, em ligações importantes. Estavam todos mostrando serviço, pois ninguém queria ser suspeito de ter ajudado Áquila Ataíde a fugir.

Gabriella chegou afobada, à procura de Tibério. Disse que lá fora reinava o caos na cidade. Um trânsito infernal, dois carros incendiados ali perto, uma agência de banco invadida e destruída. Pessoas com balaclava vermelha jogando pedras em carros da polícia. A Gayrrilha. A perita estava ali para atualizá-lo sobre o que havia descoberto nas filmagens de trânsito. Dizia, sem fôlego, que viu Kelly Prada com um caderno rosa ligando para alguém, no celular, ali na frente da delegacia, e logo depois um Chevrolet Opala a buscou no Paraíso. Antes que ela continuasse a falar, Tibério pediu que ela se sentasse e respirasse um pouco.

Enquanto ela tomava um vento, o policial, sentindo-se exausto e com o braço latejando, foi até a copa fazer café.

A pequena sala em que os policiais se reuniam para não trabalhar estava vazia. Em breve, quando a notícia de que um detido havia fugido, sobretudo um relacionado ao caso das drag queens, se espalhasse, aquilo viraria um furdunço. Investigações, auditorias, interrogatórios, repórteres. E o fato de outro detido ter morrido ali no mesmo lugar não ajudava em nada. Então aproveitou o silêncio, enquanto todos se preocupavam em fingir que estava tudo normal e nada tinha acontecido. Um estrondo distante interrompeu o silêncio. Pela janela, podia ver uma grossa coluna de fumaça preta subindo de trás de alguns prédios.

Voltava para a mesa com um copo de café para si e um copo de água para Gabriella quando o delegado entrou pela porta da frente. Ele olhou para a perita, e depois para o investigador.

— Tibério, o que você tá fazendo? Já falei pra você não trabalhar no caso dos tra...

Tibério parou de ouvi-lo. Em vez disso, olhou para a janela e viu três figuras surgirem de trás de uma árvore do estacionamento. Estavam encapuzadas, com balaclava vermelha, o dourado das lantejoulas brilhando sob o sol.

Em uma das mãos, seguravam uma garrafa, de onde saía alguma coisa, e um isqueiro. Na outra, uma pedra. Tibério só teve tempo de entender o que cada uma das três figuras segurava antes de se jogar no chão, por cima de Gabriella, derrubando-a da cadeira. Três pedras, seguidas pelos coquetéis molotov, voaram pelo estacionamento, atingindo as janelas de vidro da delegacia, estraçalhando-as em milhares de cacos reluzentes, deixando entrar a luz brilhante do sol, que antes era filtrada pela película fumê, e explodindo em grandes bolas de fogo no ambiente.

Tudo era calor, fumaça e gritos e, à medida que as chamas subiam e se alastravam pelo chão seguindo o querosene derramado, Tibério sentia na pele o ardor do fogo. Estava por cima da perita, protegendo-a, ouvindo gritos e o barulho de vidro quebrando. Sentia os pelos do rosto carbonizando, os cílios em chamas, o globo ocular ardendo, ressecado, e o ar cada vez mais difícil de respirar. Entrava quente, queimando as vias aéreas. Suas cicatrizes latejavam, ardendo como se acesas pelo calor do fogo.

Sentiu uma dor insuportável, como se, por frações de segundos, se lembrasse de todos os momentos da sua vida que lhe abriram aquelas feridas. As feridas externas e as internas. A dor da perda dos pais. A dor das surras que levava do tio e do abuso da tia. Num flash, quando o pipoco de alguma coisa estourando ali na sala clareou tudo e fez cacos de vidro salpicarem em seu rosto, fazendo-o fechar os olhos, lembrou-se de quando a tia o levou para o mosteiro, e como ela fingia estar triste por largá-lo ali, e como ele ficara aliviado, e como o tio, dentro do carro, parecia furioso. A mulher tentou lhe dar um abraço de despedida, mas Tibério, na época ainda o pequeno Davi, afastou-a, e ela desferiu um golpe com a bolsa, acertando a boca do menino, abrindo o ferimento que seria eternizado quando, dois dias depois, a título de registro, os monges Ribeirinhos o obrigariam a posar para uma foto ao lado de um padre, que colocaria a mão pesada em seu ombro, jamais imaginando que, décadas depois, aquela foto seria encontrada ao lado de um cadáver e investigada pelo mesmo garotinho, crescido e com outro nome, mas ainda com a marca daquela ferida e de tantas outras. Num outro flash, lembrou-se da ponta de uma tesoura de poda sendo enfiada em seu ombro, enquanto de seus olhos desciam lágrimas, e a ponta deslizando em sua pele fazendo um traço que anos depois seria interpretado como o rastro de um cometa pelo homem que ele amava.

Quem o salvou foi Gabriella, que conseguiu se desvencilhar do seu peso, que não era muito, e o puxou para longe do fogo.

Os dois se arrastaram até as portas dos fundos, por onde alguns policiais já corriam para sair, e por onde Omar acabara de chegar, segurando um extintor de incêndio.

Nos fundos do prédio, ajudando os colegas feridos, com queimaduras horríveis no rosto, uniformes derretidos colados à pele, a se sentarem e esperarem socorro médico, Tibério ouviu as sirenes se aproximando, os bombeiros e as ambulâncias, mas não sabia se estavam indo para lá ou para outros locais, pois podia ver, ao redor, pelo centro da cidade, vários focos de incêndio, colunas de fumaça subindo às nuvens como novos arranha-céus. Omar saía da delegacia. O fogo havia se alastrado e estava intenso demais para um simples extintor dar conta.

Tibério queria ficar sozinho, queria um pouco de paz, queria ser a própria dor e sofrimento, absorver tudo aquilo que lhe causaram sem propagar para os próximos, para quem amava. Como se ele próprio fosse uma faísca, um foco de incêndio, levantou-se, atravessou o estacionamento e viu o delegado, o primeiro a escapar após o ataque, pois era o que mais estava perto da porta. O homem estava sentado embaixo de uma árvore, sem sequer uma cinza no terno caro. Tibério, sem olhar para trás, caminhou pela rua no sentido contrário dos curiosos até se afastar o suficiente da delegacia para não mais ver a claridade do fogo e das sirenes. Chamou um táxi e foi embora. Aquele caso, de toda forma, estava perdido. Se já estavam longe de solucionar alguma coisa, naquele momento, com aquela quantidade de policiais, e com todas as (poucas) evidências incineradas, jamais chegariam a algum lugar. Tibério só queria sentar-se no sofá ao lado do gato e os dois permanecerem em silêncio, sem nada dizer, um porque não podia falar, e o outro porque não queria.

Ao descer do táxi, atravessar a calçada e passar pela portaria, o porteiro chamou sua atenção.

— Doutor Tibério! — exclamou o homem do alto do seu posto. — O senhor tá bem? Vi que tão atacando o centro! Chegou uma encomenda para o senhor hoje de manhã. Mandei por sua prima, ela subiu ainda agorinha.

Seu coração acelerou de imediato. *Que prima?*

O policial subiu pelas escadas, em passos lentos e silenciosos, no canto da parede, pois por ali o detector de movimento não acenderia as luzes automáticas.

Quando faltavam dois andares para o seu, sacou a arma e completou o trajeto com a coisa em punho, pronto para atirar em quem o esperava.

Parou antes da porta de aço corta-fogo que dava para o corredor e respirou fundo. Tentou ignorar a dor no braço, que devia estar encharcado de sangue, e focou na firmeza do punho. Não podia tremer. Tentou escutar algum ruído vindo do outro lado, mas nada ouviu. Então, com a mão esquerda, do braço ferido, deu uma rápida puxada na porta, forte o bastante para abri-la de uma só vez, e avançou para o corredor com a arma firmemente apontada para a porta do seu apartamento, e ali havia alguém sentado no chão. Atrás de si, a porta fechou, num ruído metálico.

— Eu falei que era sua prima e o porteiro me deixou entrar! — gritou Atena Fortuna, levantando-se num pulo, erguendo os braços e derrubando um pacote pardo no chão.

Usava a peruca loira de Dione Dite.

Tibério comprimiu os lábios e guardou a arma.

— Você sabe que a polícia está atrás de você, não é?

— Eu sei. Por favor, me ajude. Eu não sabia pra onde ir, estão tentando me matar — falou a drag.

Parecia exausta e assustada.

— Pode abaixar os braços — respondeu. Tibério se aproximou e tirou as chaves do bolso. Quando abriu a porta, convidou-a para entrar e se acomodar no sofá. — O que é isso aí?

Pavo de início pareceu não entender, mas então olhou para o chão e viu o pacote pardo que segurava antes de Tibério chegar.

— O porteiro me entregou quando achou que eu fosse sua prima. É endereçado a você.

Pegou o pacote e o analisou. Não tinha remetente. No interior havia um pequeno objeto cilíndrico, parecia um *pen drive*.

Os dois entraram. Não havia sinais do gato, que devia estar escondido, temendo a presença de uma pessoa desconhecida. Colocou comida para o felino, serviu um copo de água a Atena, e, enquanto ela bebia e se acalmava, abriu o envelope e verteu o conteúdo no balcão da cozinha. Havia ali dentro um pedaço de papel e um *pen drive*.

O pedaço de papel era um recorte de revista. Uma revista antiga, pelo estado em que se encontrava, de décadas antes. Estava amarelada e se esfarelando. O recorte mostrava apenas uma fotografia com uma pequena legenda e um trecho de uma matéria, que dizia: "A CHEF DE COZINHA PREPAROU PARA A OCASIÃO UM JANTAR VEGETARIANO PARA CEM PESSOAS E NOSSA EQUIPE ESTEVE LÁ PARA PRESTIGIAR. CONFIRA OS PRATOS DE QUE MAIS GOSTAMOS". Franziu o cenho, sem entender o que estava lendo. Passou os olhos para a legenda da foto: "AMÉLIA PENHA E O MARIDO POSAM PARA FOTO NO ANIVERSÁRIO DE UM ANO DO FILHO DAVI". Seu coração gelou. *Davi*. Trêmulo, olhou para a fotografia. Apesar do estado de degradação, havia qualidade suficiente para Tibério reconhecer aquelas duas pessoas que posavam alegremente com o bebê Davi. Eram seus pais. Sua mãe e seu pequeno pai. Podia senti-los ali, o cheiro deles, a voz deles, o calor do beijo do pai, o perfume adocicado da mãe. O gosto saudoso da comida. Os abraços apertados. Era estranho sentir tanta falta deles, depois de ter passado todos aqueles anos sem sequer lembrar que eles um dia existiram. Vivera todo aquele tempo sem se lembrar deles, mas uma vez lembrando, tudo que queria era tê-los de volta. Mas o tempo não voltava. E já havia passado tempo demais.

Só percebera que estava chorando quando Atena chegou ao seu lado e, segurando sua mão, perguntou se ele estava bem.

— São meus pais — falou, mostrando a fotografia. Atena, sem conseguir ver a imagem, pois a mão de Tibério tremia demais, segurou-a. — Eu não os via há muito tempo.

— O senhor se parece com eles — comentou ela, sorrindo. Tibério sorriu de volta, enxugando as lágrimas. — O que é isso?

— Não sei — respondeu Tibério, pegando o *pen drive* com uma sacola plástica, para preservar as impressões digitais que pudessem estar ali.

Depois pegou o computador e conectou o dispositivo.

Nele, havia apenas um arquivo de vídeo, nomeado como "QUEM É VOCÊ".

Sentaram-se no sofá, colocando o computador na mesa de centro. O investigador deu um duplo clique no vídeo e os dois assistiram.

Era um programa de culinária antigo. No canto, a logo de um canal que não mais existia. No meio, um balcão cheio de utensílios de cozinha e uma mulher sorridente com um dólmã branco.

"Vocês sabem que eu adoro uma torta, não é? Pois bem, peguem um papel e uma canetinha para anotar a receita de hoje, que vou fazer uma deliciosa torta de chocolate com geleia de morango, sem nenhum sofrimento animal, a favorita do meu filho", disse Amélia, olhando diretamente para a câmera e mandando um beijo para Davi.

36

Vai ficar tudo bem

Tibério, que, absorto na imagem da mãe que o computador reproduzira a noite inteira, sentindo o calor do sol esquentando sua perna, se situara no espaço-tempo, fechara o aparelho e se levantara. Havia reproduzido incansavelmente o episódio do programa de culinária vegetal de Amélia Penha, as lágrimas nunca deixando de escorrer dos olhos e a saudade apertando o coração que batia quente. Munido com o nome e a imagem dela, pesquisou sobre aquele passado de que ele nada sabia, do qual apenas vagamente se lembrava.

Amélia era uma famosa chef de cozinha, aparecendo em jornais, revistas e programas de televisão, fornecendo material suficiente para Tibério passar dias lendo e assistindo e voltando no tempo para aquela época em que tudo era possível, inclusive ser feliz e amado. O pequeno pai se chamava Carlos e era arquiteto. Não era famoso como a mulher, mas aparecia vez ou outra ao lado da esposa em fotografias de eventos que o casal frequentava. Viu-se, pequeno, menor do que aquele garotinho com o lábio ferido ao lado do padre, algumas vezes. As últimas notícias sobre os dois eram acerca do fatal acidente.

PARTE II | O CAOS

Foi com o toque do celular que percebeu quanto tempo havia passado. Pavo dormia no quarto de Tibério e tão distraído ficara que não pensou no que estava fazendo. No que faria com o rapaz.

— Você precisa parar de sumir desse jeito. Sabe quantas vezes eu, Afonso e Iberê te ligamos? Estamos preocupados e você...

— Eu estava dormindo — interrompeu Tibério. — O que foi?

— Tô no Silvetty — disse Omar. — O delegado disse pra gente não se meter mais nisso, mas foda-se ele. Um homem invadiu o prédio essa noite. Os velhos foram agredidos e tão bastante machucados, mas já foram atendidos por médicos e ficaram descansando em casa. Falei com eles e a descrição que deram do agressor bate com Áquila. Hoje de manhã encontraram Giovani morto dentro de uma viatura, em frente ao prédio. Entramos no apartamento de Pavo e encontramos os crucifixos guardados em uma gaveta. Áquila estava tentando incriminar o irmão. Teria tido sucesso se não fosse tão burro. Gabriella tá aqui, ela pediu pra gente encontrar ela no laboratório.

Tibério olhou para o gato, e o gato o encarava. Parecia alertá-lo sobre alguma coisa, e o investigador depressa se levantou, trocou-se e saiu.

Quando desceu do carro na polícia científica, Omar o aguardava no estacionamento.

— Tu tava certo quando me pediu pra ir atrás das testemunhas que encontraram os cadáveres — informou Omar. — O primeiro, Dione Dite, foi tu que encontrou. Como se o jardineiro soubesse que tu estaria ali naquele horário pra enxergar ele de longe. O segundo, tu e Gisele encontraram quando ele ainda tava no píer. Parece ter sido um erro. Então eu lembrei daquela lancha dos playboyzinhos que passou no rio. A lancha deve ter vindo do condomínio, mas não consegui identificá-los. Minha teoria é que seria pra eles encontrarem o cadáver. Mas vocês chegaram antes deles. Eu tive mais sorte com o casal que encontrou Kelly Prada. O rapaz falou que aquele é um lugar comum dos jovens do condomínio pra fugir de casa e ir transar escondidos. Já o último, consegui rastrear a ligação pro criador de ostras até um restaurante de frutos do mar dentro do condomínio. Liguei pra lá e o gerente disse que não sabia de nenhuma ligação nem daquele pedido.

Tibério assentiu.
— Tudo conflui para o condomínio.
— Precisamos entrar lá — concordou Omar.
— Antes precisamos nos livrar de Levi.

Gabriella estava andando de um lado para o outro no laboratório da polícia científica.
— Como você está? — perguntou Tibério, observando se ela estava com alguma queimadura do ataque à delegacia.
— Estou bem. E vocês? Desculpa, Tibério, depois do que aconteceu eu procurei o senhor e não o encontrei. Voltei pra cá. Mas eu o chamei aqui pra falar sobre as filmagens, estou quase lá. O motorista achou que fosse espertinho. Estacionou o carro longe do Edifício Silvetty pra escapar de ser visto. Mas eu cresci no Paraíso. Eu conheço todos os caminhos que os homens enrustidos fazem para não serem vistos com travestis. Eu consegui imagens de alguns prédios e lojas e vou descobrir para onde aquele carro foi.
— Tenho certeza de que vai — confirmou Tibério.
— Tem outra coisa. Antônia deixou comigo o resultado de uma análise que ela fez para o senhor. Uma amostra de terra — revelou ela, pegando na mesa uma pasta. Antes de entregá-la a Tibério, falou: — Eu gostaria de saber o que é isso.
Tibério olhou para Omar, que assentiu. Foi até a entrada do laboratório, fechou a porta e as persianas. Então contou, quase sussurrando, os três amontoados ao redor da mesa, das suspeitas de como aquele caso estava sendo sabotado por policiais, e como Iberê entrou no condomínio e coletou amostras de terra, pois se dependessem do delegado nunca conseguiriam um mandado.
Gabriella, parecendo pálida, apoiou as mãos no tampo da mesa, fechou os olhos e suspirou fundo.
— Tem uma coisa que preciso falar. Venho guardando algo e sinto muito. Devo ao senhor falar isso — disse ela, olhando para Tibério.
— Você sabe que pode confiar em mim — respondeu o investigador.
— E, por favor, pare de me chamar de senhor.

— Quando os resultados da necrópsia do suspeito morto na delegacia chegaram, eu e Antônia tivemos umas suspeitas e começamos a investigar uma coisa. Uma pessoa. Os resultados estranhos se repetiram algumas vezes, e encontramos um elo entre os casos... o doutor Afonso.

Tibério esperou o baque. Gabriella, sem parecer notar sua aflição, acabou tranquilizando-o:

— Mas agora você trouxe uma outra variável à equação, e vejo que nos equivocamos. Afonso não era o elo dos casos com resultados duvidosos. E sim essa milícia. O delegado, esses policiais que você citou. Vimos todos eles, muitos são da delegacia de homicídios. Todos os casos adulterados estão ligados à milícia. Aposto que os relatórios de necrópsia foram todos falsificados, não pelo legista, mas pelo delegado, que dá o parecer final. Minha Deusa, sinto muito.

— Não importa — contrapôs Tibério, por fim, engolindo uma preocupação que ficara entalada na garganta. Tinha medo de que o namorado fosse pego naquela bola de neve que desceria rolando sobre todos eles. Afinal, naquelas coisas envolvendo poderosos, sempre sobrava para o inocente. — Vamos pegar todos eles.

Os resultados da análise mostravam uma correspondência perfeita entre o solo e o pólen do jardim do prefeito com o encontrado em Dione Dite e nas roupas do jardineiro. Munido com aquela bomba, Omar foi ter uma reunião com o juiz que era seu amigo. Tibério, precisando resolver o que faria com Pavo e refazer os curativos dos ferimentos que voltavam a sangrar, voltou para casa.

A primeira coisa estranha que notou ao chegar ao prédio foi que o portão de entrada estava escancarado. A segunda foi o sangue espalhado na janela da portaria.

Contornou o cubículo com a mão no coldre e encontrou o porteiro sentado na cadeira e com a cabeça estourada sobre a mesa. Fora pego de surpresa, por trás, um tiro silencioso que não alarmara ninguém. Tibério encostou dois dedos no pescoço dele.

Ouviu um carro buzinando: um morador que queria entrar. Olhou para as câmeras que mostrariam o portão e viu que estavam todas desligadas.

Sacou a arma, o distintivo e foi lá fora avisar que um crime ocorrera e que esperassem a uma distância segura. Com o celular, pediu reforços e subiu até seu andar. Temia que o alvo fosse Pavo, que ele tivesse sido seguido.

Áquila Ataíde queria matar o irmão.

Daquela vez não subiu de escadas. Não havia tempo. Correu com a arma na mão, assustando alguns vizinhos que encontrou no caminho. Ainda segurando o distintivo, mandou esperarem lá fora os reforços chegarem. Quando a porta do elevador abriu em seu andar, viu que era tarde demais.

Havia duas portas abertas. A sua, no canto do corredor, e a da vizinha, Sâmia, de frente para o elevador. Entre as duas, havia um rastro de sangue. E, no rastro de sangue, havia marcas de mãos infantis.

Seguiu o rastro que ia do seu apartamento para o da vizinha. E foi lá que primeiro entrou, desviando do sangue no chão.

Sâmia estava morta no meio da sala. Havia um tiro em seu peito, um buraco no uniforme de professora da escola em que trabalhava. Ao lado dela, as chaves do carro e a mochila de Elis. Tinha acabado de buscar a menina na escola. Tibério percorreu o apartamento inteiro e nada encontrou.

Seguiu o rastro de sangue até seu apartamento. Resistia ao impulso de fechar os olhos, sem querer ver o que tinha certeza de que encontraria ali. Não queria ver o cadáver da criança. Engoliu em seco, esperando se deparar com os cadáveres esfriando de Elis, de Pavo e do gato, mas, ao entrar, encontrou o apartamento vazio. A saliva desceu pela garganta rasgando, grossa.

Pouco à frente da porta havia uma grande poça de sangue e, mais adiante, sobre as costas do sofá, mais respingos vermelhos. Foi ali que Sâmia levou o tiro no peito e caiu, e foi dali que ela rastejou até o apartamento dela, seguida pela filha, que engatinhou. Com a arma ainda em punho, o dedo no gatilho, controlando o tremor que insistia em aparecer, a vista escurecida por uma dor pungente na nuca, foi até o quarto, que também estava vazio. Afora os lençóis bagunçados de onde Pavo dormira, e a peruca loira de Dione Dite imperturbada na cama, não havia nada fora do lugar. Assim como o banheiro. Não havia sinais de Pavo, da criança ou do gato.

Foi então que ouviu um barulho. Um miado. Gato.

Parou no meio da sala e chamou o bichano.

Outro miado.

E então um *shhhh* baixinho e barulho de panelas se chocando.

Guardou a arma no cós da calça e se aproximou do armário de panelas, logo abaixo da pia da cozinha. Quando o abriu, viu a pequena Elis enfiada entre os utensílios domésticos, toda encolhida e suja de sangue, abraçando o gato. O felino se desvencilhou da menina e se esfregou nas pernas de Tibério. Elis, ao reconhecê-lo, arregalou os olhos e pulou para fora do armário. Foi abraçado pela criança, e ali ela choramingou por longos minutos, manchando a calça dele de lágrimas e sangue.

— Vai ficar tudo bem — mentiu Tibério.

PARTE III
A lama

37

O corpo de Keila

Os mandados de prisão não demoraram muito a sair após a corregedoria começar a investigar os crimes da milícia: o ataque ao protesto, a fuga de Áquila, os relatórios de necrópsias falsificados, o assassinato de Sâmia. O prefeito, tão revoltado com aquele crime, chamando-o de "traição ao povo de Abaporu", apoiara bastante a investigação, numa espetacularização midiática. Já Omar não conseguira o mandado para a casa do prefeito com seu amigo juiz, apesar de a pista do pólen ter sido sólida (aquela delegacia tivera problemas demais e aquilo comprometeria um julgamento). Enquanto isso, o delegado Levi tentou fugir, na fuga que foi televisionada por todo o país. Foi pego ao passar pelo Paraíso, onde tijolos e paralelepípedos voaram das janelas para atingi-lo. Os moradores, acompanhando a transmissão da fuga, emboscaram-no. A imagem do homem rastejando do carro com um corte profundo na cabeça e caindo a poucos metros do veículo, que, antes mesmo de a polícia chegar, explodiu, atingido por um coquetel molotov de origem desconhecida, persistiria na memória dos moradores de Abaporu por muitos anos.

PARTE III | A LAMA

De folga forçada por uma semana, após o assassinato da vizinha, Tibério ficou dois dias na casa de Afonso até a perícia liberar o apartamento. Se não fosse pela presença constante do namorado, não sabia como suportaria aqueles dias difíceis. O funeral de Sâmia o abalou de forma inesperada. A filha dela terminou sozinha no mundo, sem conseguir entender a crueldade que a havia abatido. Cresceria e viraria mais uma adulta cheia de tristeza caminhando pela Terra.

Quando seu apartamento estava limpo, os dois foram para lá. Afonso tirara férias, então ambos aproveitaram aqueles dias de descanso e sossego para apreciar a presença um do outro. E do gato, que, após ter testemunhado duas tragédias na vida, tinha um nome: Poirot. Tibério perguntava-se o que teria sido de si mesmo se, após ter sido encontrado vagando nas margens do rio Abaporu, sem memória, não tivessem lhe dado um novo nome e uma nova vida.

Naquele meio-tempo, mostrou a Afonso os vídeos da mãe, cujo *pen drive*, que enviara para a polícia científica, voltara sem a detecção de nenhum vestígio de impressões digitais nem DNA. Desejava que o homem o aninhasse nos braços, apertando-o para suprimir aquela saudade que tanto doía no peito. Queria que o amor que lhe fora tirado tantos anos antes lhe fosse dado de volta, mas não conseguia. Na cabeça persistiam as preocupações acerca do caso não solucionado, do assassino à solta, de Áquila, ainda foragido, que aparecera nas filmagens de trânsito nos arredores do Edifício Silvetty perseguindo Pavo, do destino da pequena Elis e, sobretudo, acerca das lacunas sombrias do passado.

Tudo ruiu ainda mais quando Alice Taiguara voltou a aparecer.

Ainda faltava um dia para a folga acabar, mas fora chamado à delegacia com urgência. Algo que não podia ser discutido por telefone, segundo a nova delegada. Uma informação nova. Uma testemunha do caso das drag queens. Omar também estaria lá. Tibério saiu do prédio ansioso para ir à delegacia, perguntando-se que testemunha era aquela, do que falaria, e, o mais importante, por que aparecera só naquele momento, quando viu o furgão da falsa jornalista estacionado no final da rua.

Ela estava sozinha. Ele parou ao lado da janela do carro e perguntou o que ela queria. Alice permaneceu séria e silenciosa frente àquela pergunta, como se não soubesse o que responder.
— Quem é você? — perguntou Tibério.
Alice o observou por uns instantes. Parecia decepcionada com alguma coisa. Então falou:
— Quando você se lembrar do abade, saberá. Então me procure.
Tibério franziu o cenho.
— Abade? Do que você está falando? E como vou encontrar você?
Alice não respondeu. Em vez disso, virou-se, parecendo procurar algo dentro do furgão. Colocou uma bolsa sobre as pernas e dali tirou um cartão, que lhe entregou.
— Meu número está aí. Quando se lembrar, me envie uma mensagem — falou, iniciando o motor do furgão.
— Para onde você vai? — perguntou, de repente se sentindo desesperado. Solitário.
— Isso não importa agora, mas você deveria fazer uma visita à casa episcopal.
Aquelas palavras saindo da boca de Alice acenderam uma luz, tênue, no cérebro de Tibério, como se os neurônios desmantelados tivessem feito uma conexão que não conseguia compreender muito bem.
— Você também estava lá, não é? No mosteiro.
A mulher ergueu a sobrancelha e começou a abrir a boca para falar alguma coisa, mas um barulho vindo do fundo do furgão a interrompeu. Era um murmúrio, um gemido. O barulho de alguém que tentava gritar, mas era impedido por uma mordaça.
Alice deu partida no veículo e sumiu.

Omar já o aguardava na delegacia, assim como a nova delegada, nada contente em vê-los ali. Delegada Albuquerque, assim como Tibério, tinha uma reputação que a precedia: era uma mulher de cinquenta anos curta e grossa. Não gostava de problemas, e sim de soluções, era o que sempre dizia. Estava sentada à nova mesa, concentrada em alguma coisa no monitor do computador; ao lado apoiavam-se as duas muletas que a ajudavam

PARTE III | A LAMA

a se locomover, e, quando os policiais entraram na sala, indicou os lugares para eles se sentarem, fazendo brilhar os pequenos cristais colados nas grandes unhas postiças.

Já estavam quase convencidos de que a mulher que ligara para Omar para fazer uma denúncia não apareceria. Omar a orientou que fosse, ainda naquele dia, sem falar a ninguém para onde estava indo, até a delegacia de homicídios do centro de Abaporu, cujo térreo ainda estava sendo reformado após o incêndio criminoso. Albuquerque enxotou a maioria dos policiais e deixou ali apenas os essenciais. Por fim, a testemunha, uma mulher chamada Tereza, que aparentava ter trinta anos e andava curvada como se carregasse o peso de uma vida difícil e cansativa, chegou, e a delegada assumiu a liderança para ouvi-la. Os dois policiais se sentaram em cadeiras atrás da chefe.

— Sou a delegada Albuquerque. Sei que a senhora está aqui para falar com o investigador Omar, mas a senhora pode confiar em mim e me falar o que tem a dizer. Está segura aqui e sua denúncia permanecerá anônima — garantiu a delegada.

A testemunha suspirou fundo.

— Não é a primeira vez que vejo algo horrível naquele lugar. Também não é a primeira vez que tento denunciar. Mas como vocês sabem, quando é coisa envolvendo gente poderosa, nunca dá em nada. Mas aí eu vi o delegado e todos aqueles policiais sendo presos e achei que dessa vez eu conseguiria contar tudo. — Ela respirou fundo e falou, com os olhos cheios de lágrimas: — Eu enterrei o corpo de Keila.

A delegada se aprumou na cadeira, endireitando a postura. Tibério sabia que ela se controlava para não se virar e olhar para eles.

— Keila? Achei que você estivesse aqui para falar sobre a drag queen — contrapôs a delegada.

— Téo... Dione Dite... — balbuciou Tereza, enquanto tentava pegar o copo d'água à frente.

Tremia demais para conseguir levá-lo à boca.

— Você o conhecia?

— Ela... Ele morreu por minha causa. Eu trabalho fazendo limpeza em uma casa — contou a testemunha. — Às vezes, quando a esposa viaja, o patrão organiza... festas.

Omar e Tibério se entreolharam.

— Que tipo de festas? — perguntou a delegada, desencostando da cadeira.

— Olhe, eu não aprovava nada disso. Não gosto desse tipo de coisa, especialmente depois de... Deus sabe que tentei sair de lá, tentei ajudar uma vez, mas me ameaçaram.

— Você pode ser mais específica?

— Festa de sexo. Orgias. O patrão contrata prostitutas de luxo. Mulheres belíssimas. E chama os amigos para participar. Amigos poderosos. Eu nunca cheguei a ver o que acontece na festa, pois não somos permitidos a entrar no salão. Eu fico na cozinha, escutando a música, os gritos, os choros. Depois que tudo termina eu limpo o sangue, merda, mijo e porra que deixam pra trás. — Tereza fez uma pausa para dar um gole no copo d'água. Estava constrangida. — Faz alguns anos já isso, quando eu tava no quintal fumando um cigarro, esperando a festa acabar, e uma pessoa passou pela porta correndo, uma mulher, pelada, toda coberta de sangue, pedindo socorro. Quando eu ia me levantar e correr pra ajudar, um segurança apareceu e deu um tiro nas costas dela. Meu Deus, achei que iam me matar por ter visto tudo. Mas o que fizeram foi me dar a arma pra eu segurar. Depois me deram uma pá e me obrigaram a enterrar o corpo dela. Depois, vendo as notícias, eu vi que era Keila, a travesti desaparecida. Falaram que se eu quisesse continuar viva, tinha que continuar trabalhando lá, calada. Então não falei nada quando contrataram uma empresa pra refazer o jardim.

Albuquerque saiu da sala, dando um tempo para Tereza se recuperar do choro que a impedia de continuar a falar. A verdade era que a própria delegada precisava de uma pausa para respirar. Tibério e Omar a encontraram no corredor.

— O que vocês acham que aconteceu? — perguntou a delegada.

— Misoginia. Transfobia. De todo jeito ela terminou morta — respondeu Omar.

— Mas o que ela fazia lá? — insistiu Albuquerque.

Foram interrompidos pela testemunha, que apareceu no corredor.

— Nunca soube o que Keila estava fazendo ali — falou Tereza, parecendo disposta a continuar o relato. — Eu não podia fazer perguntas. Mas naquela época, num dia que eu estava no supermercado fazendo feira, uma mulher me abordou. Devia ter uns quarenta anos, bem bonita, dessa altura, negra. Nunca chegou a me dizer o nome. Era uma detetive, investigando o desaparecimento de Keila.

Tibério sentiu um arrepio percorrer a espinha quando o nome Alice Taiguara surgiu em sua mente.

— Ela havia rastreado os últimos passos de Keila e sabia que eu trabalhava na casa em que ela foi vista pela última vez. Disse que estava a serviço de uma ONG do Paraíso, que buscava justiça. Eu não consegui mentir, entreguei na primeira conversa que havia enterrado o corpo da travesti. A detetive era uma boa pessoa, nunca me julgou ou condenou, pelo contrário, me entendeu, sabia que eu não tinha escolha, e tentou me ajudar. Ela me entregou um *pen drive* pra que eu copiasse arquivos no computador do patrão, pra ela procurar alguma coisa. Antes que eu fizesse isso, ela sumiu.

— Onde está o *pen drive*? — perguntou Tibério.

— Eu fiz como ela me disse. Coloquei o *pen drive* no computador, e ele copiou tudo sozinho. Mas depois eu não sabia a quem entregá-lo. Tinha medo de ir pra polícia, o patrão tinha amigos lá. Policiais iam àquela festa. Então uma vizinha minha morreu, de câncer. Eu era bem próxima dela. No funeral, encontrei o filho dela, que ela havia expulsado de casa anos atrás. Eu cuidava dele quando ele usava fralda. Eu não concordei com a atitude da minha amiga, de expulsar ele por ser gay, mas o que eu podia fazer? O coitado tava acuado num canto, os parentes o detestavam. Fiquei indignada. Reconheci ele da TV, dos protestos no Paraíso por causa do desaparecimento de Keila. Téo. Dione Dite. Depois do funeral, chamei ele e contei tudo o que tinha acontecido. Entreguei o *pen drive* a ele.

— Encontraram algum *pen drive* nas coisas de Dione Dite? — perguntou Albuquerque.

Omar balançou a cabeça. Nada.

Enquanto Tibério vasculhava os arquivos da mente, tentando supor onde aquele dispositivo poderia estar, Tereza contou que Téo não havia ficado satisfeito com as coisas que ela havia copiado do computador. Precisavam de mais. Precisavam expor aqueles homens, mostrar a todos a podridão que aquela cidade disfarçava com as águas turvas. Téo queria desenterrar Keila.

— Roubei um convite de uma festa e entreguei a Téo. Ele usou um disfarce pra enganar aqueles homens, se infiltrar na festa e tirar fotos — confessou Tereza. — Naquela noite, eu contei tudo a Moacir.

— Moacir Yancy? O jardineiro? — indagou a delegada. — Vamos voltar pra sala.

Enquanto as duas mulheres voltaram aos assentos, Tibério e Omar permaneceram de pé num canto da sala.

Tibério pensava no *pen drive*. Dione Dite deveria ter ido para aquela festa sabendo que talvez tudo desse errado. Então devia ter deixado os arquivos em algum lugar seguro. Com alguém em quem confiava. Samuel? Pavo?

— Eu e Moacir nos conhecemos lá na casa — contou Tereza. — Ele era o jardineiro. Quando o patrão dava uma daquelas... festas, ele servia de chofer para os convidados. Nas pausas a gente ficava nos fundos conversando. Um dia a gente se gostou e começamos a namorar. No dia da festa que Dione Dite foi disfarçada, ouvimos uma gritaria. Fiquei desesperada, sabia que tinha dado tudo errado, de novo. O delegado chegou com um homem, acho que policial. Eu só soube que era o delegado quando ele apareceu na televisão. Moacir foi chamado lá dentro, isso nunca tinha acontecido antes. Todos os funcionários foram dispensados, inclusive eu. Voltei pra casa preocupada com meu Moacir. Ele só apareceu no outro dia, foi na minha casa chorando, parecendo um bebê. Tive tanta pena dele. — Tereza sacudiu a cabeça, espantando as lágrimas. — Primeiro perguntei onde estava o filho dele. Ele disse que em casa, dormindo sozinho. Então fomos pra lá. Éramos quase vizinhos. Quando chegamos, me contou que quando chamaram ele pro salão de festas, tinha uma pessoa morta lá dentro. Era um homem vestido de mulher. Dione. Disseram que foi um acidente. Chamaram o delegado pra resolver. Então mandaram Moacir se livrar do corpo.

— E ele simplesmente obedeceu? Se livrou do corpo? — interrompeu a delegada.

— Quando você trabalha pra essas pessoas, você só obedece. Se nos colocarem pra fora, vai ser impossível conseguir outro emprego. E se não for a gente, vai ser outra pessoa. E Moacir tinha visto coisa demais ali, assim como eu, o que fariam com ele se ele recusasse? Ele arrastou o corpo pelo quintal até um barco e jogou o cadáver no mangue. Até deram um crucifixo pra ele colocar junto. Acho que pra se redimirem com Deus, vai saber — disse, enquanto fazia um sinal da cruz. Tibério, sentindo uma dor crescente, massageou a nuca. — Mas aí a maré baixou e encontraram. Ele disse pro patrão que estava com medo de ser pego, mas o patrão disse que ele não precisava se preocupar. Deu o cartão dos advogados dele.

— Você sabe que advogados eram esses? — antecipou-se Omar.

— Sei, pois eu não acreditei e pesquisei — respondeu Tereza. — *Num sei o quê e associados*, advogados de gente rica. Desde quando patrão paga advogado caro pra empregado? Mandaram ele ligar pros advogados caso fosse preso, mas não era pra ajudar, e sim pra saberem que ele havia sido pego.

PARTE III | A LAMA

Tibério fechou os olhos, preocupado. Nunca conseguiriam provar aquilo.

— Eu falei isso pra Moacir, pra ele desconfiar, mas ele não acreditou em mim. Então outro dia ligaram de madrugada. Disseram que de manhã ia ter algo esperando por ele numa canoa. Tinha que jogar o que estava lá dentro no mangue. Eu falei pra ele não fazer isso, e até me ofereci pra ir junto. Mas ele negou. Foi sozinho, era teimoso. Aí vocês apareceram. Ele nem sabia o que tinha na canoa, mas fugiu. Se escondeu na minha casa. Fui no píer e vi o cadáver. Então o policial Omar me deu o cartão dele. Pensei em dizer tudo, mas tive medo. — A mulher levou as mãos ao rosto. Chorava. — Eu devia ter contado. Talvez Moacir ainda estivesse vivo.

— E o que você fez? — perguntou Tibério.

— Fiquei esperando a poeira baixar pra largar o emprego e fugir. Mas Moacir foi preso e mataram ele. Outro dia, encontrei a mãe de Moacir, ela tá cuidando do neto, coitada. Continuei trabalhando, orando pela minha vida todos os dias. Aquelas pessoas são intocáveis. O que eu podia fazer? Mas não teve outra festa. As outras drag queens que morreram, se foi lá, eu não vi. Achava que essas pessoas nunca seriam pegas, até que essa semana o delegado foi preso. E com ajuda da população. Gayrrilha, não é, que tão chamando? Tive esperança. Aí resolvi ligar pro policial Omar.

— Tereza, quem é o seu patrão? — perguntou Albuquerque, levantando-se.

— A senhora não sabe? O prefeito da cidade.

— Senhora Tereza — disse a delegada. — O que você nos falou é de valor inestimável. Você pode estar salvando vidas aqui. Vou designar oficiais de confiança para a protegerem até que tudo esteja resolvido.

— E o que vai acontecer comigo, vou ser presa?

Albuquerque se levantou com o apoio das muletas e sorriu.

— Pelo contrário. Você vai ser livre.

Tibério chegou ofegante à polícia científica. Como combinado, Gabriella esperava por ele na entrada, para levá-lo até o depósito de evidências. Enquanto caminhava, apressado, pelos corredores silenciosos, pensava em Keila, Dione Dite, Kelly Prada, Mia e em todas aquelas pessoas mortas por causa de segredos, submersas na água barrenta, enterradas na lama podre.

— É essa? — perguntou Gabriella, entregando-lhe uma sacola.

Tibério observou a peruca loira encontrada em seu apartamento quando Sâmia foi assassinada e Pavo, sequestrado. Não sabia onde o garoto estava, mas naquele momento, enfim, compreendia o motivo de ele ter deixado aquela peruca ali, em cima da cama de Tibério. Era um artefato importante, não só por ser a peruca favorita de Dione Dite.

Tibério abriu o saco e pegou a peruca. Virou-a nas mãos e, de uma abertura discreta do forro, retirou um minúsculo, mas poderoso, *pen drive*.

38

Mangrove Tropical Residence

Uma operação sigilosa foi montada no fim da tarde seguinte para cumprir o mandado de busca e apreensão no condomínio fechado no meio do mangue. A estrada para chegar ao Mangrove Tropical Residence por terra, sem ter que pegar o rio, era de difícil acesso, e poucos policiais foram escalados para a operação.

Tibério foi no banco de trás do carro, no qual na frente iam Albuquerque e Omar. A delegada havia colocado música no último volume; sempre ouvia rap antes de operações, dizia que era para instigar. Tibério observou, horrorizado, o tamanho da devastação ambiental que aquele condomínio causara. A área de desmatamento era enorme, e o que antes fora a exuberante beleza do manguezal virara chão pavimentado, estacionamento e mansões. Algumas delas eram mais afastadas e ficavam sobre a lama do mangue e entre as árvores, suspensas por colunas de madeira e conectadas por pontes sofisticadas, numa versão luxuosa de casas de palafita.

A casa do prefeito era do tamanho de um quarteirão e tinha três andares. Na frente havia quatro carros estacionados. As janelas tinham cortinas fechadas, exceto por uma, com a luz acesa, no último andar, por onde se podia ver a sombra de uma pessoa. Um policial havia ficado na entrada do condomínio, para impedir o porteiro de alertar a alguém a chegada deles.

Gisele, mais três policiais militares, caminharam até a porta e tocaram a campainha. A delegada se aproximou da mansão, mantendo uma distância segura, e Tibério ficou dentro do veículo, com Omar. Abriram a janela para ouvir o que acontecia.

Uma moça de uniforme abriu a porta. Os policiais conversaram com ela por alguns segundos e então Gisele olhou para trás com uma expressão confusa. A delegada se aproximou, enquanto a moça falava alguma coisa agitada, gesticulando. Impaciente, Tibério, que naquela distância não conseguia ouvir nada, desceu do carro. Percebeu que a moça falava uma língua estrangeira.

— O que tá acontecendo? — perguntou Omar.

— Ela tá falando mandarim.

Tibério afastou-se da mansão para ter uma visão mais ampla. Todas as luzes estavam apagadas. Lá fora, a tarde avançava, e a hora em que não se distinguiria cachorro de lobo se aproximava.

A delegada ignorou a moça estrangeira e colocou a cabeça para dentro da porta, gritando para que quem estivesse em casa saísse. De imediato, uma mulher e dois homens saíram. Pela roupa que usavam, também eram empregados. Um dos homens, com a voz grave e alta o suficiente para todos ali fora ouvirem, anunciou que a casa estava vazia.

Ele falava devagar. Devagar demais, como alguém que tentava ganhar tempo para pensar. Ou para fazer alguma coisa. Pensou na empregada estrangeira e em como demorou para os outros saírem. Estavam ganhando tempo para alguém fugir. Empregados coagidos a servirem o patrão incondicionalmente. Olhou ao redor da casa, cujas laterais eram cercadas por água e vegetação.

— Onde tu tá indo? — perguntou Omar, saindo do carro, quando o viu se afastar.

— Distraia Albuquerque — respondeu Tibério.

Andou alguns metros para longe da casa até um caminho de madeira suspenso sobre a lama do mangue, que adentrava a mata e serpenteava as árvores. De lá viu que, dos fundos da casa, uma fumaça começava a subir.

PARTE III | A LAMA

Não havia como chegar ao quintal da casa sem ser pela porta da frente ou saindo daquele caminho de madeira e entrando no mangue, e foi exatamente isso que Tibério fez. Tirou os sapatos, apoiou-se no parapeito e pulou, os pés afundando na lama gelada até quase os joelhos.

Caminhou no silêncio do mangue, entre as árvores verdes, as raízes grossas e a lama, os pés chafurdando nas águas turvas cheias de vida e morte, a maioria dos animais ali ausentes, afugentados pela perturbação antrópica daquele ambiente, restando apenas alguns caranguejos, bravos guerreiros, com as fortes pinças erguidas como se fossem barras de ferro.

Estava todo molhado e sujo de lama quando chegou à margem aterrada do quintal da mansão. Saiu da água e pisou, agachado, no solo duro coberto de grama. Estava atrás de um arbusto que servia de cerca, separando o natural do artificial, e o cheiro de querosene e papel queimado era intenso. Quando se levantou, viu cinco caixas de papelão enfileiradas no meio da grama, três delas em chamas, uma intacta e a outra ensopada de querosene, cuja lata estava em uma das mãos do prefeito, em pé diante daquela caixa e segurando, na outra mão, uma caixa de fósforos.

— Pare o que está fazendo e coloque as mãos atrás da cabeça — gritou Tibério, levantando-se e se aproximando de Peixoto, o prefeito de Abaporu.

O homem, descabelado, assustado, vestia apenas uma cueca folgada e um roupão aberto. Havia sido pego desprevenido. E, no desespero, tentava queimar todas as evidências dos crimes, auxiliado pelos empregados, ordenados a juntar tudo naquelas caixas.

Obedecendo, jogou a caixa de fósforos no chão e ergueu as mãos. Mas ainda segurava a lata de querosene, cujo conteúdo ele verteu sobre a cabeça.

— Deus, me perdoe — disse o homem, dando um passo para trás.

— Não! — gritou Tibério.

Antes que pudesse correr e alcançá-lo, o homem andou para trás, fazendo com que os pés, embebidos pelo líquido altamente inflamável, tocassem as labaredas das caixas que pegavam fogo, e seu corpo foi engolido pelas chamas. O grito do homem carbonizando e o próprio grito de Tibério deviam ter atravessado a casa, pois, segundos depois, policiais com armas em punho passaram pela porta dos fundos e chegaram ao quintal. Albuquerque apareceu logo depois, olhando estarrecida para Tibério, que estava ajoelhado no gramado, seguida por Omar, que correu para as duas caixas remanescentes e as chutou para longe das chamas.

O conteúdo de uma das caixas foi arremessado à frente de Tibério, ainda ajoelhado na grama, com o cheiro pungente de carne queimada impregnado no nariz, um punhado de papéis, documentos, fotografias. Uma das fotografias chamou sua atenção.

No meio da foto estava Dione Dite, cercada por quatro homens, deitada, de bruços e com o rosto virado para a câmera. Tinha os olhos fechados e sorria. Estava com o vestido vermelho com lantejoulas douradas. Ao seu lado, agachado e nu, segurando o pênis enrijecido, estava Peixoto. Apenas de calça, sem parecer ter conhecimento de que havia sido fotografado, um homem de expressão assustada se aproximava por trás de Dione Dite. Os braços dele eram cobertos por cicatrizes de queimadura. Dos outros homens não se podia ver o rosto. Um estava de cueca; o outro, nu, segurando uma garrafa de champanhe.

Ainda olhava para a foto quando ouviu o barulho de extintores de incêndio sendo acionados e passos se aproximando.

Ao encarar a fotografia de Dione Dite, sentia dor. Queria pedir desculpas ao jovem por trás daquela maquiagem e ferimentos pelo mundo terrível que o matara. Tibério queria pedir desculpas por ter demorado tanto, por ter permitido tudo aquilo, e queria prometer que ninguém mais teria seu futuro arrancado.

— Caralho — exclamou Omar, agachando-se ao seu lado. Apontou para a fotografia, sem tocá-la, pondo o dedo acima do homem com olhar assombrado e a câmera pendurada no pescoço, com o braço cheio de cicatrizes. — Esse é o bispo.

39

Preciso ver

A mansão do prefeito era uma aberração arquitetônica, com corredores brancos e cheios de colunas e molduras neoclássicas que mimetizavam mansões estadunidenses. Omar desceu, enojado, até o porão em que havia um bar, mesas de jogos, sofás, televisões e brinquedos sexuais. As fotos colocavam Dione Dite ali no dia em que morrera. Usava a mesma roupa com a qual fora encontrada no mangue, e o corpo tinha os mesmos hematomas identificados na necrópsia.

O porão não havia sido limpo com tanto cuidado, como era de se esperar de um local onde um crime fora cometido e ocultado, e estava cheio de evidências: impressões digitais, fios de cabelo, DNA... sobretudo o DNA de Peixoto, que correspondeu ao encontrado numa das mordidas no corpo de Dione Dite.

As fotografias tiradas nas festas de Peixoto nunca saíam do recinto, serviam não só como diversão, lembretes, mas como garantia de que nenhuma palavra seria dita sobre aquelas festas.

A casa-grande de Abaporu ruiu: fraudes, corrupção, tráfico de mulheres, abuso e estupros expostos graças às fotos, aos testemunhos e aos documentos copiados do computador. A Gayrrilha organizou um grande funeral para Keila, cujo corpo foi desenterrado do quintal do prefeito, e desfilaram pela cidade, comemorando a justiça pela morte dela e de Dione Dite, e lembrando a todos que o assassinato de Solange, Kelly e Mia continuava sem solução, pois nenhuma das testemunhas do caso alegou tê-las visto.

Mas Omar sabia que a cereja que faltava no topo do bolo era o bispo, que aparecera em diversas fotos e que, segundo muitos, era o assassino de Dione e provavelmente das demais drag queens.

— Quem matou Dione Dite? — perguntava o policial, repetidas vezes, a todos os homens que estavam naquela festa e que se sentaram à sua frente.

— O bispo — respondiam sempre.

— E como aconteceu?

— Revezávamos as mulheres — contou um deles. — A gente batia, cuspia, humilhava antes de foder. O básico. Mas a gente gostava era de mulher mesmo, puta submissa. Ninguém sabia que Dione Dite era uma drag queen; se alguém soubesse, ela não teria nem entrado. Não sei como conseguiu um convite. Era a vez dela quando o melhor amigo de Peixoto, aquele padre, bispo, sei lá, furou a fila e enforcou ela. Ela foi ficando roxa e apagou. Foi pânico geral. Peixoto mandou todo mundo embora, menos o bispo esquisitão, Elias. Eu fui o último a sair e ouvi ele telefonando pra alguém.

— E o que ele disse? — perguntou Omar.

— Não sei. Pediu ajuda, acho.

A casa episcopal era um casarão centenário de dois andares, com um jardim que ocupava o enorme terreno nos fundos da catedral. Dali, ouviam os sinos da igreja anunciando a chegada do meio-dia. A cada badalada Tibério estremecia.

— Não parece ter ninguém em casa — anunciou Omar assim que eles se aproximaram.

Deram uma volta no terreno e viram duas luzes acesas e o carro do bispo na garagem. Além disso, verificaram que a caixa de registro e o hidrômetro estavam girando. Havia água sendo consumida.

PARTE III | A LAMA

Os dois homens se aproximaram do grande portão de ferro. Estava trancado. Tocaram a campainha e não viram nenhuma movimentação dentro da casa, que podia ser vista entre as barras enferrujadas do portão e as grandes árvores do jardim.

— Traz o corta-vergalhão — orientou Omar com um assovio, chamando um dos policiais que os acompanhavam.

O oficial trouxe o grande alicate e quebrou o cadeado.

A porta dos fundos da casa estava aberta e já estava assim havia alguns dias, percebia-se pela quantidade de folhas secas que o vento havia soprado do quintal para dentro da cozinha, toda suja.

O barulho de água corrente vinha lá de cima. Primeiro vasculharam todos os cômodos de baixo e depois subiram. O coração de Omar retumbava, nervoso.

A porta do banheiro estava entreaberta, com a luz acesa. Era dali que vinha o barulho de água, de um chuveiro. Omar chutou a porta para abri-la por completo.

Não havia ninguém ali. Um sabonete estava caído no meio do banheiro, assim como a cortina de plástico do chuveiro, arrancada do suporte. Tibério se aproximou e fechou a torneira, protegendo a mão com uma luva. Foi então que viram, no chão, sobre o ladrilho branco, no ponto em que antes estivera a cortina, uma pequena mancha de sangue. Eles se entreolharam.

A próxima porta do corredor era um quarto. Lá dentro, tudo estava normal. Exceto por uma grande mala em cima da cama. O guarda-roupa estava esvaziado, e todo o conteúdo parecia ter sido colocado às pressas naquela mala.

Enquanto Tibério revirava o conteúdo da mala, Omar saiu do quarto e foi até a porta seguinte.

Era um ambiente escuro, pois uma grossa cortina cobria a grande janela. Móveis coloniais de madeira escura aumentavam o clima sombrio do cômodo. Tudo estava fora do lugar. Gavetas derrubadas no chão, papéis revirados sobre um birô, caixas jogadas para todos os lados. A única coisa em ordem era uma grande quantidade de fotografias, todas enfileiradas no chão, como em um mostruário organizado ao extremo, e um crucifixo ornamentado, igual ao encontrado com Dione Dite, disposto ao lado. Agachou-se para ver as fotos de perto.

Até que ouviu Tibério se aproximando no corredor.

Omar se virou rápido e disse para o colega:

— Melhor tu não ver isso.
— Preciso ver.

Tibério arregalou os olhos, parecia assombrado por algum tipo de fantasma. Talvez um demônio. Omar tentou segurar seu braço, mas ele se desvencilhou.

O maior medo de Omar, desde que era novo, era ser medíocre. De falhar, de não ser suficiente, de decepcionar os pais. Mas fora exatamente isto que se tornara: medíocre. Estava sempre atrás, sempre em segundo lugar, sempre fazendo coisas boas, nunca o suficiente para se destacar. Isso acontecera na escola, na faculdade, na vida sexual e amorosa, na academia de polícia, na delegacia de homicídios, ali dera de cara com a figura ofuscante de Tibério. Sua competência e intuição para resolver casos eram inalcançáveis para um mero mortal medíocre como Omar.

Assumir a frente do caso das drag queens havia sido uma oportunidade que sempre esperara e achava que nunca conseguiria, assumir um caso grande como aquele, tendo em vista que havia outro investigador mais competente para pegar o trabalho. Mas sua condução da investigação fora um fracasso e, no fim, o delegado na verdade estivera, aparentemente, tentando atrapalhar aquela investigação e era provável que só o tivesse colocado na liderança por saber que Omar falharia. Não apenas falhara, como deixara Tibério levar um tiro, Áquila fugir, Pavo ser sequestrado, Sâmia ser brutalmente assassinada, a delegacia ser atacada por fanáticas com coquetéis molotov e não encontrara o assassino das drag queens. Também falhara em proteger Tibério, que se afogara na lama putrefata daquela investigação, sendo enterrado por lembranças terríveis e fotografias que nunca deveria ter visto.

Omar, tendo mais uma vez fracassado, mais uma vez sem conseguir se adiantar, observou Tibério fechar os olhos, depois de ver as fotos, devastado.

40

Deus dos homens

Alice Taiguara estava sentada tomando uma latinha de cerveja e pensando em tudo que passara para chegar àquele momento. Começava a anoitecer, e o vento que vinha de trás das árvores que ela observava começava a esfriar. Dali podia ouvir os pássaros que sobrevoavam o rio em busca de alimentos e parceiros sexuais.

Fechou os olhos enquanto a cerveja amarga e pouco gelada descia pela garganta, apreciando o sabor e a plenitude que vinha com a sensação de estar encerrando um longo ciclo na vida. Amarrou as grandes tranças num nó, para sentir o vento fresco no pescoço. Aquela noite traria lua minguante, a melhor época para encerramentos.

Não fazia muito mais que três décadas que aquele ciclo se iniciara, quando Alice, ainda pequena, começara a demonstrar sinais da transgeneridade e sua família, sem saber lidar com aquilo, e ludibriada pelas falsas promessas de uma igreja que prometia a salvação de almas corrompidas, a enviara para o mosteiro dos Ribeirinhos. Enquanto dava outro gole na cerveja, olhou para um pássaro que passou voando e pousou em um dos dois pilares em ruínas e cobertos por lama seca que havia um pouco mais à frente. Entre aqueles pilares, muitos anos antes, houvera um portão de ferro. E fora por ele que Alice passara ao ir morar no mosteiro, quando o inferno de sua vida começara.

Pegou o celular e olhou de novo a mensagem que já havia lido incontáveis vezes naqueles últimos dias. Agora eu lembro de tudo, diziam as palavras que Tibério Ferreira havia escrito. Se ele havia lembrado de tudo mesmo, precisava de um tempo para se recuperar dos ferimentos que aquelas lembranças deveriam ter aberto, e ela se perguntava se o tempo que lhe dera tinha sido suficiente. Talvez fosse a hora de responder à mensagem. Finalizou a cerveja, jogou a latinha em um saco e se levantou da pedra em que estava sentada.

Havia conhecido Tibério quando ele ainda era criança e se chamava Davi. Achava que o nome novo combinava mais com ele. Era um nome mais forte, assim como ele. Nunca havia conhecido alguém tão resistente e bravo. Lembrava-se bem do dia em que o garotinho chegara ao mosteiro. Ela estava no quarto chorando por causa dos joelhos que ardiam após horas ajoelhada em grãos de milho, por ter dado trabalho ao rasparem seu cabelo, quando as outras crianças passaram correndo e gritando que alguém havia chegado. Ali era um lugar isolado cercado por quilômetros de natureza e nunca ninguém ia ali, nunca ninguém saía dali, exceto pelo abade Saturno, o diretor do mosteiro, que uma vez por semana pegava o carro e ia para a cidade resolver burocracias e comprar mantimentos (e em algumas madrugadas saía para satisfazer aos desejos carnais), e nada acontecia. Então as crianças, animadas, correram para a janela da frente e viram o menino de cara emburrada saindo de um carro com uma mulher. Assim que viu a mulher tentando abraçá-lo, e ele se esquivando e empurrando-a, Alice soube que o menino não facilitaria a vida dos padres. E quando a mulher arremessou a bolsa contra o rosto dele, abrindo uma fenda em seu lábio, sujando toda a roupa de sangue, e o menino nem uma lágrima sequer derramou, viu o quanto ele era bravo. E desejou ser forte como ele.

Atravessando as ruínas do mosteiro, pisando no entulho de pedras que havia sobrado da enxurrada da represa Ioroque de décadas antes, transformando aquela terra Santa em terra alagada, Alice pensou na força de Tibério. Talvez fosse a hora de dar ao homem o que ele merecia.

Desde pequena era segura de si mesma. Sabia quem era e o que queria. Os padres não gostavam disso. Não gostavam de pessoas que sabiam seu lugar no mundo. Gostavam de pessoas inseguras, assustadas, submissas, pois assim as controlavam. Por vezes tentara fugir, mas sempre se perdia na floresta e era encontrada e levada de volta. Mas ela preferia morrer na floresta a viver naquele lugar, pois, mesmo sem ter o conhecimento de deuses e religiões, mesmo sem se interessar e não acreditar, sabia que, fosse lá o que regesse o mundo, o deus confinado naquelas salas cruéis não era o mesmo que estava livre na natureza.

As crianças eram enviadas ao mosteiro pela fama do lugar de corrigir almas perturbadas, isso queria dizer crianças LGBTQIAPN+, que mal compreendiam o significado daquelas letras, e que desafiavam os pais. Nenhum daqueles pequenos seres humanos era muito comportado. Mas Alice, pelo menos até a chegada de Tibério, era considerada a pior de todos eles. Uma má influência. Recusava-se a ser chamada de menino e rasgava as roupas que lhe eram dadas. Foi por isso que começou a ser trancada na casa de ferramentas no fundo do quintal para ser castigada. Os padres gostaram tanto do resultado daquela punição que começaram a enviar as outras crianças também. Ficavam lá trancadas durante o dia, por várias horas, sobretudo nas horas das refeições, durante as quais a fome e o calor as ensinavam a valorizar o respeito e a ordem. Por meio de tortura e lavagem cerebral, as desumanizavam, criavam pessoas traumatizadas, vulneráveis, subservientes, amedrontadas. Criavam servos para trabalharem como eles, servindo ao Senhor, o Deus dos Homens.

Então Davi chegou.

O menino era furioso. Batia, respondia aos padres, destruía as coisas. Seus castigos eram os mais severos. Deixavam marcas, tiravam sangue. Passaram a trancá-lo na casa de ferramentas durante toda a madrugada. Alice lembrava-se bem da primeira noite em que o levaram para lá. Tibério apanhara o dia inteiro após se recusar a repetir as palavras de um padre na aula de catequese, e, mais tarde, durante a missa, tivera um ataque de raiva.

Era tão teimoso que, em pouco tempo, toda a atenção daqueles homens se virou para o menino e nenhum deles se importava mais com as outras crianças. Algumas delas, inclusive, passaram a aprontar coisas erradas e acusar Tibério, para se livrarem dos castigos. Mas não todas. Alice e algumas outras achavam errado fazer aquilo. E o admiravam por enfrentar os padres e não baixar a cabeça. Foi por isso que também começaram a gritar com os superiores, a não ir à missa, a não beber o sangue e comer o corpo de Cristo, pois não eram canibais, a não dormir no horário certo, a não acordar cedo para lavar banheiro e encerar o piso. Alice insistiu em se recusar a ser tratada como um menino. Mas aquilo pareceu piorar tudo: aqueles homens eram sádicos, gostavam de educar na base dos castigos e maus-tratos.

Na primeira vez que Alice e os amigos foram enviados para passar a madrugada na casinha de ferramentas, Tibério, que sabia que eles tinham feito aquilo para que ele não ficasse sozinho de novo, segurou no braço de Alice, olhou bem em seus olhos e disse:

— Vocês não deviam ter feito isso. O demônio me visita todas as noites.

Alice, sem saber se ria ou se assustava, pois não sabia se ele estava falando sério, se arrepiou toda. O menino bravo e corajoso não estava mais presente. Naquele momento, ela acreditou em Tibério. Ela acreditou no demônio. E fosse lá que tipo de demônio era aquele, levara embora a alma do menino. E levaria a dela também.

Daquela primeira noite, e da segunda, e da terceira, e de todas as outras noites ela não gostava de lembrar-se. Havia gastado uma fortuna para apagar aquelas cicatrizes que por tanto tempo marcaram suas costas. Então parou sobre uma pedra do mosteiro em ruínas e olhou para o casebre de madeira que estava outra vez de pé nos fundos daquele terreno coberto por mato, pois ela o havia reconstruído, exatamente igual a como se lembrava.

Alice havia feito tantas coisas por Tibério. E ele, tantas coisas por ela... Estava na hora de fazerem mais uma coisa um pelo outro. Pegou o celular, no ponto mais alto do entulho que sobrara daquelas ruínas, o único ponto em que o sinal de celular pegava, e enviou a localização para o policial.

O dia em que decidira matar o demônio foi o dia em que os deuses da natureza decidiram salvá-la. Foi numa noite chuvosa, cheia de trovões. Um dia, entenderia que era Iansã guiando seu caminho. Havia se comportado excepcionalmente bem naquela semana, a fim de não ser enviada para o casebre. Não podia mais, não aguentava mais.

Em algumas noites, o abade saía para a cidade e pegava jovens em situação de rua, ludibriando-os ao dizer que buscava programas. Levava-os até o casebre, e lá, na frente das crianças que ali estavam de castigo, amarrava-os nas vigas de madeira que mal sustentavam o lugar. Era naquele momento que o abade dava o sermão: aqueles jovens estavam com o diabo no corpo. Eram gays, lésbicas, muitos deles transgêneros, e, para expurgar de seus corpos o mal, o abade os espancava, xingando-os em nome de Deus, pois eles representavam todo o mal da humanidade: o pecado, a destruição da família, a ruína do homem. As crianças, que também eram servas de Deus, deviam ajudá-lo, e ele lhes dava pedras e ordenava que elas fizessem como um dia fizeram à Maria Madalena. As que não obedeciam, apanhavam da mesma forma. Assim, a maioria delas estava sempre machucada. Saturno, antes de levar os jovens de volta ao lugar onde os achara, os ameaçava, para que ficassem calados. Alice se perguntava se aquele homem era de fato um demônio ou um deus.

Naquele dia, Tibério e a maioria das crianças estavam trancados no casebre, que chacoalhava naquela ventania absurda. Àquela hora, com a madrugada avançada, elas deviam estar acorrentadas à parede de madeira apodrecida, ainda chorando as dores dos tapas e puxões de cabelo que levaram para aprenderem o mal que o pecado trazia para suas vidas, ou apagadas, exauridas. E o demônio devia estar dormindo na cama, enorme e confortável, na única suíte do mosteiro, isolada no último andar.

Foi para o quarto dele que a pequena, mas valente, Alice se dirigiu em silêncio, acompanhada pela escuridão, pisando no chão gelado iluminado pela claridade dos raios frequentes que entrava pelas frestas dos janelões de madeira. Na mão, segurava uma faca, que havia roubado da cozinha após um longo dia desossando galinhas para a canja do jantar.

Prendeu a respiração, evitando ruídos, e abriu devagar a porta, que rangeu, mas o rangido foi abafado por um trovão que fez tudo estremecer. Já estava com a faca posicionada para furar as costas do homem que deveria estar deitado, quando um relâmpago clareou tudo e ela viu que não havia ninguém ali. Os lençóis estavam jogados no chão, molhados pela chuva que a janela aberta deixava entrar, os armários esvaziados, uma mesa revirada e um rádio caído no assoalho. O rádio, um objeto jamais permitido naquele lugar, estava ligado e tocava uma notícia de emergência.

Era um alerta do governo noticiando o rompimento da represa Ioroque. Estavam em estado de emergência e mandavam toda a região ao longo do rio Abaporu ser evacuada. Alice engoliu em seco. De todo o mosteiro podiam ouvir a furiosa correnteza daquele rio, que serpenteava logo ali ao lado. Segundo o alerta, já fazia cerca de duas horas desde o desastre, então só podiam ter alguns minutos antes de a destruição os atingir.

Voltou correndo até o quarto das crianças, no qual apenas duas dormiam, as únicas que não foram enviadas ao casebre naquela noite, além de Alice. Sacudiu um dos garotos, um que ela detestava, pois vivia lhe trazendo problemas (além de ser um dos poucos que nunca hesitavam em apedrejar os pecadores depravados), mas sabia que era rápido, forte e esperto, e assim o enviou para salvar as cinco crianças ali trancadas.

— Ioroque estourou! Vá pro casebre soltar todo mundo! — Todos estavam no mesmo barco, afinal. Foi até a cama do outro garoto que dormia e exclamou, acordando-o: — Venha, vamos trancar os quartos!

Com a ajuda da tempestade que encobriu o barulho que faziam, arrastaram móveis e trancaram os monges nos dormitórios. Os malditos morreriam afogados enquanto dormiam. As crianças desceram correndo as escadas para encontrar as demais lá fora, todas livres, prontas para fugirem daquele inferno.

Mas só havia o menino que Alice enviara para resgatá-las. Tinha uma expressão assustada, aterrorizada.

— Cadê eles?! — gritou Alice.

— Não estão lá! — respondeu ele. — O casebre estava vazio!

— Ele deve ter levado todos — concluiu ela, em pânico, referindo-se ao demônio.

Ao abade Saturno.

Juntos, os três correram até a garagem, uma pequena construção ao lado do antigo prédio. O carro não estava lá, apenas as marcas do pneu na lama, saindo do mosteiro e adentrando o caminho estreito que cortava a floresta.

Foi para lá que os três correram, desesperados para salvar a própria vida. Antes mesmo de deixarem os limites do terreno sacro, delimitado por uma mureta de pedra e um portão de ferro enferrujado, ouviram os gritos. Primeiro o grito de Obá, a senhora das águas revoltas, as forças do rio Abaporu que romperam a represa e chegavam para os carregar, derrubando prédios e arrancando árvores, depois os gritos dos monges, que acordaram com o som do apocalipse e tentavam fugir, descobrindo que estavam trancados e dali nunca sairiam vivos.

Uma nuvem escura cobriu tudo. Os raios pararam, os trovões cessaram. Antes da explosão que tudo devastou, o silêncio tomou conta da existência. E assim, as três crianças correram, se separaram e se perderam. Alice se viu sozinha, perdida no vácuo da imensidão. Nunca esteve tão sozinha na vida, e, ao mesmo tempo, tão preenchida por tudo. Aquele vazio escuro era nada e era tudo. Era sua alma, seu espírito, era a natureza ao redor, os orixás, as árvores, a mata, o rio. O silêncio a preencheu, e ela preencheu o silêncio. Com um barulho atroante, o vácuo se desfez em pedacinhos, dissolvendo-se em lama, dissolvendo-se nela mesma, e ela se voltou para a realidade, podia ver e escutar tudo. Podia ouvir o mosteiro ruindo ao longe, os monges silenciando-se para sempre, seus amigos deixando de existir, e uma árvore, imensa, poderosa, de raízes que iam até o núcleo da terra, alimentando-se do caldo nutritivo da Mãe de todas as mães, a própria árvore da vida, brilhando e pulsando bem diante dos seus olhos, o coração do mangue, as raízes abrindo-se como braços de uma mãe calorosa que recebe as crias. Alice entregou-se àqueles braços, os braços de Nanã, a orixá dos mangues e da lama, que a ergueu daquela terra alagada e a salvou da enxurrada. O rio passou bem debaixo de seus pés, carregando vida e morte, carregando lixo, entulho, galhos, corpos. Agarrou-se à árvore, a Nanã, ficou ali três dias seguidos até a maré baixar e o solo secar. Ali em cima, Alice desencarnou e reencarnou. Quando pisou na terra seca, era uma nova pessoa. Era livre para ser quem tinha que ser e quem sempre foi. Era Alice Taiguara.

Renascida, quando descera daquela árvore e caminhara para fora do mangue, vira o cadáver de um dos meninos que fugiram com ela, apodrecido, inchado, fedendo, preso aos galhos de uma planta. Não se aproximou, fechou os olhos e correu. Recusava-se a ver mais corpos. Para ela, estavam todos mortos, inclusive o abade, que imaginava perdido no fusca no meio da floresta, atolando na lama e sendo pego pela enxurrada. Morto. Ele e as crianças, que tiveram a alma livre daquele horrível sofrimento. A Alice restara o peso da sobrevivência.

Foi muito mais tarde, ao ser contratada por um grupo de pessoas do Paraíso para investigar o desaparecimento de Keila, que esbarrou com os crimes sujos da milícia de Abaporu. Alice não tinha provas, mas sabia que Keila nunca saíra daquela casa. Foi por isso que foi atrás de uma empregada da mansão, Tereza, a quem instruiu a colocar o poderoso *pen drive* que Baby havia configurado para copiar todo o HD da máquina. Enquanto esperava a mulher fazer isso, pesquisou toda a vida do prefeito Peixoto. Não precisou escavar muito para descobrir a ligação com o delegado Levi, deparando com uma fotografia dos policiais que trabalhavam sob o comando dele. Reconheceu de imediato o pequeno Davi, que era um homem amadurecido que se chamava Tibério. O corte no lábio, a pele pálida, o corpo franzino. O olhar, acima de tudo, era inconfundível. Ele parecia ainda ser duro na queda. Bravo, resistente, usando a própria postura como armadura. E assim, sabendo que ele estava vivo, e supondo que as outras crianças também estivessem, assim como o maldito abade, Alice decidiu fugir.

Mas não conseguiu ficar longe por muito tempo. Não podia ignorar que Tibério, e sabia-se lá mais quem, tinha sobrevivido. Havia abandonado a todos eles e achava que deveria, no mínimo, checar se aquelas crianças desaparecidas estavam bem.

Não conseguiu rastrear nenhuma além do policial. Observou Tibério de longe. Assumiu uma identidade falsa de repórter e acompanhou de perto o emergente caso das drag queens assassinadas, que parecia cada vez mais conectado com a morte de Keila. Era doloroso ver como ele havia se tornado um adulto atormentado.

Quando deu de cara com a foto do crucifixo, viu que o caso era mais pessoal do que achava. Os padres Ribeirinhos nunca tiravam aquela maldita cruz do pescoço. Só que ela matara todos eles, trancados nos quartos e afogados. Era impossível que algum tivesse sobrevivido. Além do abade Saturno, sobre quem ela não conseguiu encontrar registros atuais.

Bastou uma foto do homem para ela reconhecer aquele braço coberto por cicatrizes de queimadura. Bispo Elias, um dos melhores amigos do prefeito. Era um homem asqueroso com ou sem aquela batina santificada. Aquele era Saturno, que também tivera um recomeço, um novo nome. Mas a mesma vida podre.

Estava cansada daquela violência que parecia nunca acabar.

Alice empacotou as coisas, dispensou Baby do serviço, agradecendo por tudo e prometendo que ligaria assim que tivesse outro caso, pegou o furgão e foi fazer uma visitinha ao bispo *Elias*. O homem de identidade falsa estava no banho quando Alice invadiu a casa e encontrou as fotos no escritório. Lembrava-se daqueles rostinhos assustados, cheios de lágrimas e hematomas. Lembrava-se de tudo isso, todos os dias, todas as noites, e essa era uma dor que estava habituada a suportar. Mas com Tibério a história seria diferente. Ele não lembrava. Ainda. Voltar a lembrar-se de tudo aquilo de uma só vez seria devastador. Mas ele precisava. Devastações eram necessárias na natureza para que ao ciclo da vida se desse continuação.

Foi até o banheiro e deu uma paulada na nuca do bispo, que se masturbava, distraído. Ele desmaiou. Voltou ao escritório e dispôs as fotos no chão, prontas para serem vistas pela primeira pessoa que entrasse ali. Com sorte, a polícia. E Tibério com certeza estaria junto. Não seria fácil para ele, mas era necessário. Carregou o bispo inconsciente até a traseira do furgão e foi em busca de Tibério para provocá-lo.

Alice desceu do monte de entulho e foi até o veículo, estacionado embaixo de uma árvore; ali estivera morando nas últimas semanas. Calçou luvas, pegou a caixinha de instrumentos cirúrgicos e foi até o casebre de madeira que havia construído para manter o bispo em cativeiro.

— Eu já falei — murmurou o homem, com as palavras quase ininteligíveis, pois os dentes dele foram arrancados e as gengivas estavam inchadas e infeccionadas, e que Alice só entendia porque já as escutara milhares de vezes. Devia arrancar a língua do maldito. — Que eu não matei as outras drag queens.

Alice revirou os olhos. Estava cansada daquela ladainha. O homem havia matado Dione Dite quando a reconhecera na festa de Peixoto. Dione fazia programas e ele era um cliente assíduo, mas não queria que os amiguinhos soubessem que tinha tesão em machucar drag queens.

— Por favor, me solte ou acabe logo com isso.

Pela primeira vez, Alice lhe respondeu:

— Eu sei que você não as matou.

— Então por que você está fazendo isso? — perguntou ele, tremendo de febre pela infecção que se espalhava pelo sangue. — Eu sou um homem de Deus!

Alice pegou o frasco de álcool para esterilizar as mãos, e, pensando duas vezes, largou-o. Abriu a caixa de ferramentas e tirou dali o bisturi. Dessa vez, não precisaria esterilizar. Aquilo tudo terminaria em breve. Jogou os frascos de antibióticos no chão.

— Você não lembra de mim — disse ela, agachando-se ao lado dele —, mas eu lembro muito bem de você. Eu era diferente, mas você continua igual. — Então, olhando de novo para o rosto desfigurado, corrigiu-se: — Bom, não mais.

Enfiou a lâmina do bisturi superficialmente na pele da coxa do homem cujo nome ela recusava a falar e a pensar, e dali arrancou o pouco de pele que restava. Havia feito aquilo nas últimas duas semanas, arrancando a pele centímetro por centímetro, nunca deixando de tratar contra infecções, pois queria que o sofrimento durasse o máximo de tempo possível. Todos os dias, ao anoitecer, ela ia ali, e escutava os gritos e o chacoalhar das correntes de ferro enquanto o torturava, arrancando e descolando a pele dos membros. Dos dedos, do rosto, dos braços, das pernas. Do pênis, dos testículos. E os gritos continuavam madrugada adentro, enquanto os bichos o comiam pedacinho por pedacinho: vermes, ratos, caranguejos.

— Por favor, não! — gritou o monstro, que não se sabia se era homem, deus ou demônio. Isso se houvesse diferença. — Deus vai me perdoar e você vai queimar no inferno!

Alice não respondeu, queria ouvir os gritos dele. Assim como ele ouvira seus gritos diversas vezes, repetindo aquelas mesmas palavras.

— Certa vez, quando eu era criança — começou ela, enquanto arrancava as pálpebras do homem, para que os olhos nunca se fechassem —, você me fez sentir assim, sem minha própria pele. Você me negou o direito do meu próprio corpo, me feriu, disse que eu era uma aberração, me fez querer arrancar minha pele, minha carne, meus músculos. Você me fez desejar nunca fechar os olhos, pois eu tinha medo do escuro. E, mesmo de olhos abertos, eu via a escuridão. Você vai sentir toda a dor que eu e tantos outros sentimos.

E assim Alice percebeu que naquela época estavam todos errados ao chamarem aquele homem de demônio, pois não era preciso ser monstro para fazer as crueldades dos homens.

41

Os olhos

Tibério encarava havia pelo menos quinze minutos a mensagem que Alice Taiguara lhe enviara. O texto, que falava que ela tinha algo a mostrar-lhe, acompanhava uma localização em um mapa, no meio de uma mata, ao longo do rio Abaporu, distante da cidade. Saiu do banheiro e encontrou Afonso deitado na cama, os braços atrás da cabeça, o peito nu para cima, os olhos na janela. Tibério mostrou a mensagem ao namorado, perguntando se ele reconhecia o local, e ele respondeu que não.

— Você não está pensando em ir, está?
— Estou.

Lembrava-se de Alice no mosteiro com poucos detalhes. Lembrava-se dela nos corredores, dos joelhos ralados, lembrava-se do dia em que ela lhe dera a mão para ajudá-lo a se levantar, e dela acorrentada no outro lado do casebre, chorando. Lembrava-se de que ela o ajudou de alguma forma, apesar de não saber exatamente como ou por quê. Mas gostava dela, e isso ele lembrava bem. E se Alice queria lhe mostrar algo, ele queria ver. Pensou no barulho vindo da traseira do furgão, que ouvira na última vez que se viram.

— Venha comigo — disse, por fim, pois se sentiria mais seguro se não fosse sozinho, e Afonso com certeza também se sentiria mais seguro se fosse com ele. — Depois tiramos o dia de folga, juntos. Podemos ir aonde você quiser.
— Praia?
— Praia.

Dirigiram mais de uma hora cercados por plantações e matas até saírem da estrada e entrarem num estreito caminho de barro enlameado. Os galhos das árvores arranhavam a lateral do carro.
Já havia feito aquele caminho antes. O tio ia dirigindo, calado. A tia ia na frente, no banco de passageiro, rezando o caminho todo.

No final do caminho havia uma clareira quase tomada por inteiro pelo mato. Se não fosse por uma velha ruína bem ali no meio que se recusava a desaparecer, a natureza já teria tomado de volta o espaço.
Alice estava sentada em um dos pilares e estreitou os olhos ao ver Afonso o seguindo. Não esperava que ele levasse companhia.
— Espere aqui — falou Tibério para o namorado, que, de testa enrugada em preocupação, obedeceu.
Voltou para o carro e se encostou no capô.
Alice, sem dizer nada, saltou do pilar e andou em direção à grande ruína. Tibério a seguiu.
Caminhando entre as pedras, viu que, no meio da ruína, havia os restos de uma escada, e fora dessa escada que Tibério caíra e quase partira a cabeça em duas.

Ainda era Davi quando aconteceu. Fazia pouco mais de duas semanas que tinha sido largado ali naquele mosteiro, e todas as noites pensava se era pior ali ou na casa dos tios. Aqueles velhos com roupas estranhas e colares de cruz pendurados nos pescoços enrugados eram insuportáveis. Não suportava que aqueles homens o tocassem, o obrigassem a rezar e a beber aquele líquido vermelho-escuro com gosto amargo e com o efeito engraçado igual ao remédio que o tio lhe dava. Em toda missa, eram obrigados a tomar um gole daquilo e a comer aquela bolacha branca sem gosto. Davi não entendia nada e se recusava a entender. E continuava a ser castigado, todos os dias, com torturas que variavam entre surras e imersão em banheiras com a água quase congelada. Queria os pais de volta.

Foi numa das aulas... chamavam de aula, mas sabia que não era aula coisa nenhuma, pois nunca aprendiam matemática, nem biologia, nem história, nem artes, apenas liam um único livro enorme, a bíblia, cheia de frases complicadas e difíceis de se repetir. Era sua vez de completar a frase que o professor, o abade Saturno, um religioso que ostentava o alto cargo com a jovem idade, havia começado.

— Quem come da minha carne e bebe do meu sangue... — insistia o homem pela terceira vez.

Sabia como aquela frase terminava, pois a ouvira inúmeras vezes, mas a achava horrível e recusava-se a falar. Que Deus horrível era aquele que cultuavam? Comiam carne humana? Eles eram vampiros? Sentia-se enjoado, a barriga doía. Então cruzou os braços, apertando-a.

O abade, vendo aquilo como um desaforo, o puxou pelos cabelos e o arrastou pelo corredor até uma salinha de almoxarifado.

Não sabia o que estava acontecendo, e fingia não estar assustado quando o homem fechou a porta atrás de si e eles ficaram sozinhos.

A resposta veio logo depois, quando o homem o acertou com a palmatória. O golpe soou alto, estridente, e Davi acreditou que o mundo todo o pudesse ouvir, mas o mundo não mais existia: a cada golpe que recebia, o mundo se estreitava, se encolhia, até que se resumiu a eles dois, o homem que o golpeava, e ele, que nem dor sentia mais, nauseado, num quartinho abafado e com cheiro de mofo que passava a ser todo o universo existente. Não gritou nem chorou, pois acreditava que era isso que o abade queria, esperaria o homem se cansar, então ficou ali amolecido, a mente já distante, a dor que se espalhou e se tornou uma massa amorfa e gigantesca que envolvia tudo e, quando ele terminou e mandou Davi se levantar, o menino nada mais sentia, nem as pernas, nem a mente, nem o sangue que escorria sem rumo. O padre abriu a porta e o mandou sair, e Davi saiu caminhando sem controlar os próprios passos, nem a calça voltou a subir, andou daquele jeito mesmo, com a roupa abaixada, a calça enrolada nos tornozelos, e assim tropeçou. Antes de cair pela escada, viu o sorrisinho de escárnio do homem que o espancara.

Não sabia dizer quanto tempo ficou desmaiado até acordar e deparar com a pequena Alice, em pé ao seu lado e com o braço esticado para ajudá-lo a se levantar. Ela o ajudou a fazer um curativo na cabeça.

Naquela noite, como de costume, todos foram obrigados a assistir à missa, inclusive Davi, que permanecera em pé devido aos ferimentos. Quando o padre colocou o corpo e o sangue de Cristo na sua frente, ele o comeu e o bebeu. Mas estava nauseado demais, devido à concussão que sofrera na queda. Vomitou na batina do padre. E, naquele dia, foi a primeira vez que Davi foi enviado para passar a noite no casebre.

Alice lhe deu a mão para ajudá-lo a atravessar as ruínas. Lá atrás, onde antes era o quintal do edifício, um pátio de terra batida com um punhado de árvores, e no momento tomado por arbustos, viu o que Alice tinha feito. O casebre de ferramentas estava lá, de pé, intocado, como se o tempo o tivesse preservado. Era idêntico.

— Você não se lembra de tudo, né? — perguntou Alice de repente.

O que ele lembrava já era terrível demais. O que mais havia para lembrar?

— Lembro o suficiente. Eu lembro do demônio.

Alice assentiu e continuou andando em direção ao casebre, e Tibério, relutante, a seguiu. Tudo estava vindo em flashes. Algumas coisas talvez ele nunca lembrasse, pois na época a mente apenas se desligava, separando-se do corpo. Mas recordava-se do medo, da dor, da solidão, do ódio. Sentia raiva de Deus, de seus súditos, do demônio que lhe tentava roubar a alma. Queria matá-lo, arrancar os dentes dele, a língua, os dedos, os olhos, queria tacar fogo nele e enterrar no solo para que aquelas malditas plantas se alimentassem dele.

— Este é o meu encerramento — anunciou Alice, apontando para o casebre. Estavam a alguns passos de lá. Ela se aproximou, segurou o gancho de puxar a porta e falou, antes de abrir: — E esse é o seu.

Primeiro Tibério escutou o gemido. Depois, o cheiro. Merda, mijo, pus, feridas abertas. O zunido de insetos era aterrador. A luz que entrava pela porta escancarada dava direto na figura sentada no chão, acorrentada em uma coluna de madeira. Era irreconhecível, nem parecia humano. Não tinha pele, apenas uma carne sanguinolenta. Alguns pedaços de pele pendiam, apodrecidos, acinzentados, gangrenados. Havia moscas por todos os lados, e os pedaços de carne caídos no chão estavam tomados por larvas. Aquele ser não se movia, não tinha forças sequer para tremer. Afora o ruído rouco que parecia sair de pulmões em colapso, estava inerte, jogado contra a madeira, sentado em um monte de fezes amolecidas e cheias de sangue. Aparentava estar de boca entreaberta, mas na verdade os lábios e dentes foram arrancados. Dali saiu uma mosca gorda e esverdeada. Era um cadáver vivo.

Tibério mal conseguia respirar. Sentia o vômito subindo pelo esôfago. Alice criara um monstro. Ou revelara o monstro que havia por baixo daquela pele. Custava a acreditar que ela estivesse fazendo aquilo com uma pessoa. Estava sentindo uma profunda compaixão por aquele ser miserável amarrado no chão quando olhou para os olhos dele.

Os olhos estavam desfigurados, arregalados, permanentemente abertos pois as pálpebras foram cortadas, mas eram inconfundíveis. Havia medo ali. E, naquela troca de olhar, pela primeira vez, o medo não estava nos olhos de Tibério, e sim nos olhos que o encaravam, suplicantes. Nunca tinha visto medo naqueles olhos, mas ainda assim eram os mesmos olhos dos quais se lembrava. Havia, por trás daquela dor, escárnio e crueldade. Tibério não sabia dizer quantas vezes suplicara àquele olhar, pedira misericórdia, que, por favor, parasse. Quantas vezes pediu que fosse, pelo menos uma noite, poupado do castigo? Quantas vezes não desejou pegar uma chave de fenda e enfiar naqueles olhos? Olhos de deleite, de prazer, de sadismo. E no momento, ali naquela réplica exata do casebre, eram aqueles olhos que pediam misericórdia. Mas Tibério nunca foi salvo. Ninguém o socorreu. E ele não ajudaria ninguém. Olhou bem para aqueles olhos. Era a última vez que os veria.

Pegou a arma que estava enfiada na parte de trás da cintura da calça, mirou na cabeça do abade Saturno e atirou. Bem no meio dos malditos olhos abertos.

42

Não é o que tu tá pensando

Tudo começou a desabrochar no dia do protesto. Eram castigados por um aguaceiro e estavam todos ensopados, com as roupas justas e coladas ao corpo. Gisele não conseguiu evitar de encarar Afonso, todo molhado, debruçado sobre Tibério, que estava sangrando pra caralho. Foi quando o policial a olhou que ela desviou o olhar, envergonhada, e enfim viu Omar.

Ele também estava ensopado. E não estava de uniforme. A roupa evidenciava todos os músculos, e tudo que ela queria era chamá-lo para sua casa e o enxugar inteiro.

Foi ainda naquela noite, os dois cheios de adrenalina, e ela sabia, por experiência, que em dias de ocorrências como aquela jamais conseguiriam voltar para casa e ter uma boa noite de sono. Gisele parou a viatura ao lado de Omar, deu uma boa olhada nas coxas dele, e o chamou para tomar um chope depois do plantão.

A noite começou tímida, com umas poucas palavras trocadas, alguns olhares, sorrisos. À medida que a torre de chope foi secando, eles foram ficando mais próximos. Com casualidade, ela colocou a mão na perna dele. Era dura, como imaginava. Depois, ele colocou na dela, e ela estremeceu. Nesse momento houve uma longa troca de olhares, que a deixou sem estruturas. E então se beijaram. E o beijo inflamou-se, tacou fogo em tudo e virou um incêndio de proporções catastróficas e apocalípticas que se estendeu até o apartamento dele, numa transa que se repetiu em vários dias, que se alongava durante uma noite e manhã inteira e resultava em multas no condomínio pelo barulho em horário inapropriado, móveis quebrados e hematomas e mordidas pelo corpo.

Transavam muito. Todos os dias. Várias vezes ao dia. Nunca se cansavam, nunca se entediavam. Cada vez, faziam algo diferente. Gisele descobriu que Omar era mais safado do que ela esperava, quase tão safado quanto ela. Brincavam de dominação, privação de oxigênio, sadomasoquismo. Ele gostava de apertar seu pescoço e ela gostava de ser sufocada enquanto gozava.

Um dia, Gisele sugeriu realizarem sua maior fantasia sexual: queria transar com dois homens.

— Você sabe que só porque sou bissexual não quer dizer que vou topar um ménage, né?

— Claro que sei. Vai topar porque você adoraria chupar um cara enquanto me come. Quem não adoraria fazer isso?

No momento ele estava no banho. Ela, na cama, tomando um copo d'água e recuperando o fôlego. Tinham que se arrumar para sair. O amigo gay dele os encontraria ali no apartamento e então sairiam para um bar. Gisele queria conhecê-lo antes do ménage. Omar tinha mostrado fotos do amigo, que se chamava Iberê; era alto, tinha pele escura e bronzeada, com os músculos torneados de quem fazia trabalho braçal, e já tinha dito que topava aquela experiência.

Levantou-se e foi até o guarda-roupa de Omar. Estava frio e queria procurar alguma camisa que lhe servisse.

Deslizava os cabides procurando alguma blusa grande o suficiente, mas o desgraçado gostava de exibir o corpo e só tinha tamanhos pequenos. Tentou revirar o montinho desarrumado de camisas que ele usava para ficar em casa jogadas no fundo do móvel. Foi quando ouviu o clique.

— *Que porra é essa?* — sussurrou, enquanto tentava procurar o que tinha apertado para fazer aquele barulho.

Não achou.

Olhou para trás, para a porta do banheiro, que estava entreaberta. O chuveiro ainda estava ligado.

Foi até a cama e procurou o celular. Era tanta bagunça que demorou bastante. Enfim encontrou o celular, verificou se Omar ainda estava no banho e acendeu a lanterna do aparelho.

Lá estava, um pequeno botão escondido embaixo das roupas. Estava pressionado e no tampo de trás do móvel havia uma pequena abertura visível.

É um cofre, pensou. Ali ele guardava a arma.

Tentou se controlar, fechar aquilo e fingir que nada tinha acontecido. Não gostava de invadir a privacidade dos outros. Mas ela era uma maldita curiosa inconveniente. Gostava de fuçar o que não devia. Então abriu a porra do cofre.

O chuveiro continuava ligado. Podia ouvir Omar cantarolando. Contentou-se por ter dito para ele esfregar bem o cu para estar bem cheiroso quando Iberê fosse enfiar a língua ali.

Havia uma pequena caixa de papelão dentro do cofre, surrada. Afastou as roupas e colocou a caixa em cima de uma prateleira do armário. Abriu a caixa.

Lava bem demorado esse cuzinho, Omar, pensou Gisele.

Havia um monte de fotos dentro da caixa. Eram fotos antigas, de décadas antes, mas estavam conservadas, pois eram cópias. Pela idade aparente das fotos, não podiam ser de Omar. Talvez da família dele?

Tão concentrada estava que nem percebeu que o chuveiro havia sido desligado.

Encontrou uma foto que reconhecia. Era Tibério, na mesma idade daquela foto que encontraram com o cadáver da drag queen. O cabelo liso, loirinho, caindo pela testa aparecia em várias fotografias. Estava triste em todas. Em algumas delas, tinha o lábio ferido. Em outras, podia ver ferimentos nos pulsos. As outras crianças não estavam sempre feridas, mas todas estavam tristes.

Puta merda, Gisele, repetiu para si mesma. *Estúpida, estúpida, estúpida.* Até quando ia escolher homens errados? Quando ia aprender que nunca se devia baixar a guarda? Ainda mais em se tratando de homens... Mal havia se recuperado de como as coisas tinham terminado com o ex-marido abusivo. E lá estava ela de novo, tentando lembrar onde caralho havia deixado a arma. Mataria aquele filho da puta.

Então percebeu que Omar não mais cantarolava.

Quando olhou para trás, era tarde demais. Ele segurava o braço dela. Apertava com força. Ali ficaria uma marca roxa, com certeza.

— Não é o que tu tá pensando — declarou ele.

43

O tiro certeiro

I

Gabriella estava sentada num café quando a porta nos fundos do estabelecimento se abriu e o gerente pôs a cabeça para fora, acenando para ela. Levantou-se e foi até lá. Já estava quase desistindo, mas havia prometido a Tibério que encontraria aquele carro. O Chevrolet Opala tinha sido filmado indo até ali no dia do desaparecimento de Kelly Prada. Depois, nada. Era sua última esperança.

II

— Não é o que tu tá pensando — declarou Omar, apertando o braço de Gisele, talvez forte demais.
Então a soltou.

Gisele aproveitou para dar um chute no saco dele. Quando se curvou, contorcendo-se de dor, ela ergueu a perna e deu uma joelhada que acertou em cheio seu queixo. Caiu para trás, com a visão turva e o mundo girando. Ela sumiu de vista por alguns segundos e, quando voltou, estava armada.

— Omar, me dê um motivo pra eu não estourar tua cabeça agora mesmo, seu filho de uma puta! — gritou a policial.

III

O bispo caiu morto no chão. Da testa, no músculo disforme e purulento cuja pele fora arrancada, saía uma fina fumaça, no ponto em que Tibério dera o tiro certeiro. Enfim os dois tinham o encerramento que mereciam. O demônio estava morto. Talvez assim as almas que roubara fossem libertadas.

— Destrua isso — disse o policial, jogando a arma em cima do cadáver, e saindo do casebre.

Alice concordou com a cabeça. Sabia bem o que fazer e já estava preparada. Foi até a lateral da casinha e pegou dois galões de querosene. Esvaziou os dois no chão, na parede e no cadáver. Do lado de fora, acendeu um fósforo e tacou fogo em tudo.

Ela e Tibério ficaram parados, lado a lado, observando as chamas consumirem o que restava do passado deles.

IV

O fogo tremia diante dos seus olhos, consumindo o que restava da madeira. Como a água, o fogo tudo destruía e tudo recriava. Alice observou a combustão, a energia sendo liberada e dissipada, as luzes vermelhas e amarelas, e o dióxido de carbono que subia numa fumaça preta carregando embora o passado horrível que virava cinzas. No fim, tudo virava cinzas. E a natureza retomava o próprio ciclo. Nanã não tardaria a pegar de volta o que era seu: cobriria aquilo de água, de terra, de lama, de mangue, de flores e frutos. Era morte e vida, tudo de novo.

— Como nos velhos tempos — disse Alice, enquanto assistiam às últimas chamas consumirem o que restava do casebre.

Tibério a encarou.

— O que você quer dizer com isso?

Ela olhou para ele e sorriu. Foi como voltar no tempo. Os únicos poucos bons momentos (isso se desse para chamar aquilo de bom) que passara ali naquele mosteiro, haviam sido com Tibério. Ele era como um irmão que nunca tivera. Eram cúmplices, sempre ajudando e protegendo um ao outro. Faziam bonecas com galhos, sementes e folhas, e brincavam escondidos. Quando um roubava comida da cozinha, o outro distraía os padres. Quando faziam algo errado, um ajudava o outro a se esconder. Ou um assumia a culpa no lugar do outro, dependendo do estado físico e emocional em que estivessem. Como uma vez em que Alice, por estar com os joelhos tão feridos por se ajoelhar no milho no dia anterior, não conseguira lavar o banheiro direito. Quando ia ser castigada de novo (jogariam água sanitária nos ferimentos), o amigo assumiu a culpa e foi mandado para o casebre naquela noite. Ou como quando o garoto, após ter um surto psicótico durante a missa e ter derrubado a imagem de Jesus crucificado no chão, ficou quatro dias inteiros trancafiado no casebre, à mercê do demônio, e Alice precisou fazer alguma coisa para salvá-lo.

— Você tava lá há quatro dias — disse Alice. — Os padres não nos deixavam nos aproximar do casebre. Tentávamos levar comida pra você ou ver se ainda tava vivo. Alguns dos meninos tavam achando até bom, porque ninguém mais foi mandado pra lá naqueles dias. Você só estava comendo pão e água pela manhã, que um padre levava. Eu só sabia que tava vivo porque ele continuava a levar.

Tibério baixou os olhos e agitou a cabeça, afastando as lágrimas e as lembranças.

— Na manhã do quinto dia, eu resolvi fazer alguma coisa. Naquele dia ele tava dando uma de mecânico, o corpo todo debaixo do fusca, exceto pelas pernas, ajeitando alguma coisa. Tava todo sujo. Tinha uma lata aberta do lado dele. Sinto até hoje o cheiro do óleo de motor. Do lado da lata tinha uma carteira de cigarro e uma caixa de fósforos. Peguei um palito de fósforo, chutei a lata, acendi o fogo e joguei nele. Queimou tudo. A roupa dele derreteu e colou na pele.

— Ele passou um mês afastado, no hospital — completou Tibério.

— Eu era rápida, pequena e esperta. Corri, e antes que os gritos dele chegassem aos ouvidos dos monges, me escondi. Achavam que tinha sido um acidente e assim permaneceu.

PARTE III | A LAMA

— Foram dias de trégua. Até que ele voltou e alguém te denunciou — disse Tibério, se lembrando. — Foi um dos meninos. Ele disse que foi você. Tinha medo de que, quando o abade voltasse, a gente fosse enviado para o casebre, e usou você como bode expiatório. Qual era o nome dele mesmo?

— Kayo. Ele sempre fazia isso. Acusava alguém pra se livrar do castigo. Naquela noite o abade me bateu tanto que não sei como sobrevivi. Ele sabia bater o suficiente pra que não precisássemos ir ao hospital, quase me deixou cega de um olho. Esse aqui — disse ela, cobrindo o olho esquerdo — não enxergo quase nada com ele. Você se lembra do que fez a Kayo como vingança, naquele dia, por ele ter me dedurado?

— Eu... eu... — Tibério estava perdido nas próprias recordações, tentando se lembrar. — Sim... Eu o mordi. Arranquei um pedaço da orelha dele.

Alice sorriu. Aquela foi a maior atitude de braveza que alguém já havia feito por ela. Lembrava-se todos os dias daquela manhã. Estava chorando, sendo puxada pelos braços em direção ao casebre, quando ouviu a gritaria. Olhou para trás e viu Kayo berrando no chão, as mãos cobrindo a orelha ensanguentada, e Tibério em pé ao lado dele. Escorria sangue da sua boca, como se fosse um animal carniceiro, um leão que havia acabado de almoçar, um canibal, um antropófago, e então cuspiu no chão. Um pedaço de carne, de orelha. Aquilo não a impediu de ser levada para o casebre, mas a salvou. Naquela noite, ela se agarrou ao pensamento de que lá fora havia um mundo esperando por ela. Uma esperança de que um dia talvez pudesse haver retribuição. Vingança. A natureza lhe daria de volta o que lhe havia sido tirado.

Tibério parecia ter acabado de comer de novo uma orelha. Tinha a espinha ereta, mais do que o usual, e o rosto pálido. Pareceu haver um clique em sua cabeça, como se tivesse lembrado alguma coisa, ou percebido algo que havia deixado passar, e se virou, apressado. Alice o observou ir embora, sem nada dizer.

44

Obsessão

— Eu já falei que não é o que tu tá pensando! Eu posso explicar! — gritou Omar, ainda caído no chão.

— Tu pode explicar por que tem fotos de crianças do mosteiro escondidas num compartimento secreto do teu guarda-roupa, Omar? — perguntou Gisele, agitando a arma, ainda apontada para a cabeça dele.

— Posso. Por favor, abaixe essa arma — suplicou.

Precisava encontrar as palavras certas para explicar aquilo, e estar sob a mira de uma pistola sendo segurada por uma pessoa nervosa não estava ajudando.

— Tu acha que eu sou otária? Pode explicar, mas eu não vou te tirar da minha mira.

Omar fechou os olhos. Que merda havia feito? Por que não se livrara daquelas fotos antes? Era melhor nem ter se metido com aquilo. Mas como poderia? Sua obsessão surgira quase imperceptível, de início inocente, pequenininha, nada de mais, e, quando se dera conta do tamanho para a qual ela evoluíra, a obsessão por Tibério dominara toda a sua vida.

PARTE III | A LAMA

Quando entrou para a polícia e a figura de Tibério apareceu, aquele homem que fazia tudo tão bem e tão naturalmente, sem parecer dar a mínima para o fato de ser o melhor investigador da região, Omar se encantou por ele. Aproximou-se do policial, tornaram-se parceiros, viraram amigos. Foi então que percebeu que havia algo muito errado gravado nas profundezas do colega: uma ferida antiga, cruel, que se recusava a vir à superfície. Um trauma antigo, um mistério, que o homem sequer lembrava e nem fazia questão de lembrar. Na primeira vez que Omar fez uma pergunta sobre o passado a Tibério, o policial dissera que tinha um lapso na memória que o impedia de se lembrar da infância. O homem falara isso enquanto dava de ombros, como se não fosse nada de mais.

Mas Omar não podia viver com aquilo. Como podia viver dia após dia ao lado daquela pessoa tão danificada, tão traumatizada, tão infeliz, sem conseguir ajudá-la? Queria resolver aquele mistério, queria descobrir tudo sobre ele, queria fazê-lo lembrar e ajudá-lo a superar aquela coisa horrível que acontecera em sua vida. Se conseguisse solucionar o maior dos mistérios e consertar o melhor dos homens, não seria mais ordinário.

Adentrou a vida do colega como um parasita. Aproximou-se do único amigo dele, Samuel. Perguntava-se como surgira uma amizade tão incomum. Tão antiga. O velho parecia ser o único elo com o passado, então passou a investigá-lo também.

Quando descobriu que os dois se encontraram após perambularem na destruição da represa Ioroque, perdeu o rastro da trilha. No raio em que o menino fora encontrado, havia locais demais de onde ele poderia ter vindo, e, assim, o passado do investigador permaneceu um mistério apagado pelas águas do rio Abaporu. Omar permaneceu com aquela informação incompleta corroendo-o por dentro por meses, anos. Mais uma coisa na qual não fora bom o suficiente.

Mas aí encontraram o cadáver de Dione Dite e o crucifixo que era tão familiar ao colega. Lembrava-se de ter lido sobre um mosteiro que havia perto da área em que Tibério fora resgatado.

Pesquisou tudo o que podia sobre aqueles monges, até encontrar a ligação com o condomínio Mangrove Tropical Residence.

— Mas eu nunca quis atrapalhar as investigações, eu juro! — gritou para Gisele. — Só queria saber antes. Só queria resolver o mistério do passado de Tibério, eu não ia interferir no caso das drag queens! Mas aí eu entrei na casa episcopal e vi aquelas fotos...

— Tá dizendo que, antes mesmo de descobrirem a ligação do bispo com tudo isso, tu já tinha ido na casa dele? — perguntou Gisele, agitando a arma.

Omar continuou no chão, deitado, os cotovelos apoiados no piso duro e gelado.

— Eu fiz tudo ilegalmente, fui longe demais, não podia dizer nada a ninguém! O que eu fiz foi tentar dar um empurrãozinho em Tibério, mas eu piorei tudo. Eu coloquei a foto dele criança no cadáver de Kelly Prada.

O bispo não estava em casa. Omar pulou o portão e entrou por uma janela aberta. Não demorou para chegar ao escritório e encontrar aquelas fotos do mosteiro, as crianças posando na frente da construção, ao lado dos monges. E lá estava Tibério, magricela, o cabelo loirinho. O corte no lábio igual à cicatriz. Digitalizou tudo com o celular.

Em casa, imprimiu as fotos e as observou com mais cuidado. Duas daquelas crianças chamaram sua atenção. Uma delas tinha um rosto familiar. Era uma criança magra, de pele preta, cabelos crespos, uma gaze cobrindo um dos olhos, e um corte que ia até a sobrancelha. Na outra, Omar não sabia dizer o que lhe chamava atenção. Era apenas um garotinho, branco, comum.

A criança familiar ele reconheceu dias depois, o olho cor de mel, a cicatriz na sobrancelha: era a repórter que estava sondando Tibério havia vários dias.

Omar precisava descobrir quem era aquela mulher. Precisava entender o que ela queria com Tibério e o que tinha a ver com aquele caso. A curiosidade e a urgência de amarrar aquelas pontas soltas eram maiores do que qualquer prudência. Estava bêbado no dia em que decidiu seguir Alice até o apartamento dela. Ele era um covarde, admitia isso para si mesmo enquanto se encarava no espelho retrovisor do carro, parado na frente do prédio da repórter. Um fracassado, medíocre. A que ponto havia chegado, colocando toda a carreira em jogo daquele jeito? Mas sua vida estava descontrolada havia muito tempo, pelo menos daquela forma ele tinha controle de algo. Então, quando o lugar estava vazio, entrou. Lá dentro havia uma enormidade de informações sobre Tibério: notícias, fotos, documentos. Em alguns casos, o nome Tibério fora riscado, e em cima fora adicionado "DAVI". O nome se repetia numa lista com mais sete nomes, e Omar lembrava que essa era a mesma quantidade de crianças que havia nas fotografias antigas do mosteiro. Ao lado de todos os nomes estava escrito "MORTO", exceto por três. Um desses estava riscado, e por cima havia "RESSUSCITADA – ALICE". Ao lado de Davi tinha a palavra "vivo". Ao lado de Kayo estava escrito "provavelmente morto".

Em casa, pesquisou todas as crianças órfãs daquela região chamadas Davi que pudessem ter sido enviadas para o mosteiro até encontrar a história do órfão de Amélia Penha. As notícias falavam que o menino fora morar com a tia, a última parente viva. Os últimos registros que se tinha sobre a mulher era que ela se suicidara poucos anos depois da morte de Amélia, e o tio morava recluso numa cidadezinha distante chamada Santa Bárbara do Monte. Sobre o menino Davi, nunca mais ninguém ouviu falar.

Guardou aquele segredo como uma pequena vitória. Só que a vitória era como um câncer que se espalhava pelos vasos sanguíneos e consumia os órgãos, pois não podia compartilhá-la com ninguém. Era uma vitória que tinha o gosto amargo de derrota, pelo menos enquanto o amigo não se lembrasse de tudo. Então enviou para o policial as notícias sobre a mãe dele e a filmagem do programa de culinária. À medida que se lembrava das coisas, o homem estava piorando. Havia feito tudo errado. Então entraram na casa do bispo e encontraram aquelas malditas fotos, arrumadas como numa exposição macabra. Como se não bastasse, a reação de Tibério havia sido o oposto do que esperava. O homem não se curou, pelo contrário, fora destruído. Mais uma vez Omar fracassara.

— Tu é patético — disse a policial militar, por fim, abaixando a arma e se sentando na cama.

— Eu sei — respondeu, enfim respirando, deixando o corpo cair no chão.

Permaneceram em silêncio por longos minutos.

— E a outra criança? — perguntou Gisele de repente.

Omar levantou a cabeça.

— Que outra criança?

— Tu disse que tinha duas crianças familiares nas fotos, além de Tibério. Uma era Alice. Tinha outra.

Omar se sentou, sem entender o interesse de Gisele naquilo.

— É — respondeu.

— Deixe eu ver.

Foi até a caixa jogada no chão, revirou as fotos até encontrar e a entregou à policial. Ela ficou encarando a foto, os olhos semicerrados como se também o achasse familiar, mas não conseguia saber de onde o conhecia. Então os olhos se arregalaram, e ela pulou da cama.

— Puta que me pariu, caralho!

Havia reconhecido o menino.

45

Obá

I

Alice caminhou em direção à entrada das ruínas, Tibério alguns metros adiante. O vento levava embora o cheiro de queimado do casebre incendiado. Lá na frente, perto do portão da saída, Afonso os aguardava na sombra, embaixo de uma árvore. Estava concentrado em um ponto do tronco, parecia um legista analisando um corpo. Quando viu o namorado se aproximar, o olhou preocupado. Alice parou e os observou de longe. Abraçaram-se por longos segundos. Tibério parecia bem, protegido. Ficaria seguro nos braços do homem que tanto o amava. Sabia que, para pessoas quebradas como eles, era difícil encontrar alguém que os amasse mesmo com todas as rachaduras. Tibério havia tido sorte. Um dia talvez ela também tivesse. Mas estava bem assim, por ora. Amava a si mesma, e isso era o suficiente. E um dia, aquele que ela considerava um irmão também aprenderia a se amar.

Antes de partir, o policial olhou para trás e acenou com a cabeça para ela. Alice sorriu de volta. Afonso acenou com a mão e os dois partiram. Entraram no carro e sumiram entre as árvores.

A mulher caminhou até a árvore perto da qual o namorado de Tibério ficara esperando por eles e sentou-se numa pedra, exausta. Estava tudo terminado. Toda uma fase de sua vida se encerrava ali. Era hora de começar uma nova. O ciclo do renascimento. Fechou os olhos e respirou fundo, deixando o cheiro da natureza invadi-la. Estava pronta para ir embora.

Sem compreender a razão, lembrou-se da história do conflito entre Obá e Oxum, as duas esposas de Xangô. Uma das lendas contava que Obá tinha inveja de Oxum, que parecia ser a preferida do marido. A orixá não entendia o motivo de a outra ser tão mimada, e perguntou qual era o segredo para encantar o homem. Oxum, aproveitando-se da inocência dela, disse que o segredo era colocar um feitiço no prato que preparava. O ingrediente especial era adicionar a própria orelha como oferenda de amor. E assim Obá o fez, arrancou a própria orelha e serviu ao marido, que, furioso e enojado com o jantar, expulsou as duas. A outra versão da história, a que Alice tendia a gostar mais, dizia que Obá arrancara a orelha não por ter sido enganada, mas para provar seu amor. Nas duas versões, entretanto, a orixá estava sempre escondendo o defeito. Colocando a mão para cobrir a orelha que faltava.

Levantou-se da pedra e com as mãos limpou a poeira da lama seca que sujara a calça. Antes de ir para o seu furgão e partir, uma coisa chamou sua atenção.

A capa de lama seca que cobria metade do tronco da árvore estava raspada em um local, mais ou menos na altura de sua cintura. Era exatamente o ponto para o qual Afonso olhava, antes de irem embora. Aproximou-se e viu que ali, gravado no tronco com algum objeto afiado, estava o desenho de uma cruz. Com as unhas raspou ainda mais a lama, expondo uma maior porção do tronco. Havia mais cruzes gravadas. Dúzias. Eram cicatrizes antigas, ferimentos infligidos naquele tronco décadas antes. Pela altura, uma criança havia feito aquilo. Uma criança que ficara adulta.

Alice correu até o carro. Antes mesmo de alcançá-lo e tirar as chaves do bolso, viu que os pneus estavam todos rasgados.

II

— Gi? — perguntou Omar pela segunda vez.

Gisele continuava paralisada, encarando a foto do garotinho branco.

— Tá vendo a orelha dele? — disse, enfim.

Omar pegou a fotografia e aproximou do rosto. Havia alguma coisa na orelha do menino. Era deformada, como se tivessem arrancado um pedaço.

— Sim, tem um pedaço faltando. E daí? — perguntou.

— Tu já viu a orelha de Afonso?

Não entendia o motivo daquela pergunta, mas parou para pensar. Não, nunca havia visto.

— O cabelo dele esconde — respondeu.

— Pois eu já. No dia do protesto. Tava chovendo, ele foi socorrer Tibério e colocou o cabelo molhado atrás da orelha. Era essa mesma orelha — disse, apontando para a foto. — O mesmo lado. O mesmo pedaço faltando. Esse moleque é Afonso.

Omar se levantou num salto e correu até o celular. Por fim reconhecia as semelhanças entre aquele menino e o adulto. Encontrou o contato do amigo e discou.

Por favor, atenda, repetiu Omar para si mesmo, enquanto chamava.

Tibério não atendeu.

46

Os segundos mais longos da sua vida

I

O Chevrolet Opala preto passou pela imagem da câmera. Sem visibilidade do motorista. Era isso, fim, beco sem saída. Gabriella já verificara as redondezas e aquele carro não aparecia mais em nenhuma filmagem.

— Obrigada — disse Gabriella, decepcionada, ao gerente do café que, muito solícito, lhe mostrou as imagens. — E o senhor não conhece o dono desse carro, não é um cliente? É um carro bem antigo.

— Tiaguinho, aquele rapaz ali do caixa, vai poder te informar melhor. Eu fico mais aqui nos fundos, ele lida com os clientes.

Gabriella caminhou até o jovem que estava contando dinheiro. Mostrou uma foto do veículo e perguntou se alguém com aquele carro frequentava o café.

— Carrão bonito esse daí. Já vi passar aqui na rua algumas vezes. De madrugada, quando eu tô fechando a loja. Acho que é de alguém que mora ali naquele prédio da frente — informou o rapaz.

Ótimo, pensou Gabriella, mas ainda sem saber como entraria naquele prédio. Olhou para o balcão à frente e, considerando que estava ali, aproveitou para pedir um bolo de rolo para Estela. A esposa amava. Quando abriu a carteira, o caixa deve ter visto sua identificação, pois perguntou:

— A senhora é da polícia, é?

— Sim, polícia científica. Sou perita.

— Oxe, tem um cliente que vem muito aqui que também trabalha lá, gente da maior qualidade!

— E é? — perguntou Gabriella. — Como é o nome dele?

— Doutor Afonso! — exclamou o caixa, abrindo um sorriso. — Gente fina demais! Vem muito aqui. Às vezes ele tá com cheiro de produto químico. Ele é médico, né? De vez em quando pede pra entregar na casa dele. A senhora é médica também? Tem cara, toda chique desse jeito. Mas tá cheirosa, viu? Tem cheiro de formol não. Mas ele nunca mais veio. Depois manda um abraço pra ele!

— Mando sim! Você disse que ele pede pra entregar na casa dele. É aqui perto?

— É sim, mulher! Dali da janela dá pra ver, ó! É aquele ali da esquina. O mesmo prédio que eu falei desse carro aí que a patroa mostrou.

Gabriella olhou para a grande janela do café, para onde o jovem apontava, e viu um luxuoso prédio de tijolos brancos cercado por palmeiras imperiais no fim da rua.

— Que maravilha! — exclamou ela. — Então me dá mais um bolinho desse que vou levar lá pra ele. Ele tá meio adoentado e vai adorar.

— Eita danado! Pois manda melhoras pra ele, viu? O apartamento dele é no último andar, mas sempre deixamos na portaria.

O carro que levou Kelly Prada tinha entrado no mesmo prédio em que Ricardo Afonso morava. *Não podia ser coincidência, podia?* Gabriella era pragmática, uma perita, não acreditava no acaso. Afonso devia ter algum envolvimento naquilo. E se ele estava envolvido naquilo, estivera mentindo aquele tempo todo. Fingindo ser alguém que não era. Um infiltrado. Para Gabriella, só havia uma maneira de conhecer alguém de fato: puxando a ficha criminal. Então a perita se despediu do caixa e correu para o carro. Lá, ligou para Antônia. Descobriria quem era aquele homem que se chamava Ricardo Afonso.

II

Antônia foi até o subsolo da polícia científica e pegou a caneca de café de Afonso na sala de necrópsias, como Gabriella instruíra por telefone. Não sabia o que diabos a chefe queria, mas pelo tom urgente da voz dela, era coisa séria. Levou até o papiloscopista e pediu que o técnico coletasse as digitais. Não demorou mais de dez minutos. Ligou o computador, abriu o arquivo e logo as digitais estavam sendo rodadas no sistema.

A analista quase deu um pulo da cadeira quando o alerta surgiu na tela. As digitais batiam com um caso antigo, de trinta e quatro anos antes. Como ninguém tinha visto aquilo antes?

Era um homicídio. Mulher grávida encontrada morta em casa, junto a um homem ferido em estado grave. A identidade do homem estava oculta. Havia fotos apenas da mulher. Do homem, apenas descrições dos ferimentos. A mulher tinha marcas de agressões, de esganadura e estava amarrada pelos pulsos. O homem possuía uma contusão profunda na base do crânio e iguais marcas de esganadura. O suspeito era o filho da mulher, um garoto de sete anos chamado Kayo. Antônia deu um gole no café, assombrada.

Nos arquivos do caso, constava que, devido às circunstâncias especiais, o menino fora enviado para uma instituição da Igreja. A analista pesquisou mais registros de algum Kayo com aquele sobrenome e nada encontrou. O menino sumiu depois do ocorrido. Voltou a conferir a ficha de Afonso. O legista tinha trinta e oito anos, segundo os documentos. O garoto teria quarenta e um anos hoje em dia. Tinham idades diferentes. Mas as digitais deles eram idênticas.

— Mudou a identidade, o nome e a data de nascimento — falou ela em voz alta. — Igual a Tibério.

E enviou tudo para Gabriella.

III

Enquanto se dirigia para o prédio de Afonso, Gabriella pegou o celular e ligou para Omar, a pessoa mais próxima de Tibério que ela conhecia. Além do legista.

Havia um carro preto sem placa estacionado em frente ao edifício, do outro lado da rua. Tinha um amassado na traseira. Gabriella se aproximou devagar e viu que os vidros da frente estavam abaixados e havia uma pessoa no banco do motorista. Parecia morta, a pele acinzentada, um odor ocre de ferimento infeccionado. Áquila, o foragido que atirara em Tibério, abriu os olhos quando a perita colocava a mão no interior do veículo para verificar a pulsação.

— O que você está fazendo aqui? — perguntou Gabriella.

Na mão, segurava o celular para pedir uma viatura.

— O assassino que vocês tão procurando tá aí dentro. Ele levou meu... irmão — disse Áquila, apontando o nariz para o prédio de Afonso. — Vou matar Pavo. Só não descobri... — disse, interrompendo a frase para dar uma tosse molhada. — Como entrar aí ainda.

No rádio, Gabriella pediu reforços, mas a central informou que o pedido demoraria. Estavam com falta de pessoal. Então pediu uma ambulância.

Não conseguia entender o que estava acontecendo. Afonso tinha identidade falsa, havia matado os pais quando criança, entrara na polícia sabia-se lá como, possivelmente era o dono do Chevrolet Opala que levara Kelly Prada, e Pavo estava em cativeiro lá dentro? Sentia-se zonza com tantas informações absurdas. Mas, como uma boa perita, precisava averiguar aquelas evidências.

Deixou o rapaz ferido no carro e foi até o edifício.

— Doutor Afonso não está — disse o porteiro. — E você não pode entrar sem um mandado.

— Foda-se o mandado! — gritou a policial, surpreendendo-se consigo mesma. — A vida de uma pessoa depende disso!

— Não estou vendo ninguém morrendo — respondeu o porteiro, e fechou a janela que o separava do exterior do edifício.

Voltou para o carro de Áquila, que estava com a cabeça encostada no banco, os olhos fechados e a boca de lábios rachados entreaberta. A respiração era pesada e ruidosa. Parecia estar morrendo.

— Preciso de sua ajuda — falou a policial.

O plano de Gabriella para entrar no edifício de Afonso baseava-se, sobretudo, na confiança de que Áquila não mataria Pavo. Pelo seu estado físico, acreditava que o rapaz não conseguiria fazê-lo.

A perita se escondeu atrás de uma árvore, enquanto o outro tirou as bandagens encardidas que enrolavam o abdome e enfiou ali um dedo. Começou a sangrar.

Áquila arrastou-se pela rua até chegar à calçada do edifício. Estava pálido, parcialmente coberto por sangue, e ali ele caiu. O porteiro saiu e se aproximou da pessoa morrendo. Agachou-se para ver se ainda estava vivo, e Gabriella aproveitou a deixa para correr e entrar no prédio. No elevador, apertou o último botão.

Foi só quando chegou ao vigésimo segundo andar que percebeu que a porta apenas abria com uma senha ou uma chave. O elevador abria direto no apartamento. Não havia como entrar. Estava perdida. Pavo, se estivesse vivo, morreria. Afonso (ou quem quer que fosse o responsável por aquilo tudo) se safaria. Deu um murro na porta do elevador, que balançou com o impacto.

A porta estalou e abriu.

Observou o apartamento à frente. Uma sala ampla, clara, impecavelmente limpa e organizada. Ficou parada, sem ter coragem de entrar.

— *O que cê tá esperando?* — falou uma voz rouca e metálica vinda do autofalante do elevador. Era Áquila. O que ele havia feito com o porteiro? — *Entre logo aí!*

Gabriella deu um passo à frente e pegou um vaso de cerâmica em cima de uma mesinha ali ao lado.

Ele não está em casa, ele não está em casa, repetia para si mesma, enquanto avançava pela sala que parecia nunca terminar. Tinha cheiro de lavanda. *Ele não vai voltar para casa.*

— Pavo? — chamou. — Atena Fortuna? Você está aí?

Iberê chegou ao apartamento de Omar pronto para ser a marmita do casal e encontrou os dois policiais tensos, como se alguém tivesse morrido.

Omar estava sentado numa cadeira, todo empertigado, ao telefone. Mas não falava, estava silencioso. Gisele, que abriu a porta para ele entrar, começou a andar de um lado ao outro. Tinha uma arma na mão.

— Eu devo voltar outra hora?

— Precisamos encontrar Tibério — respondeu Gisele, enfim percebendo que assustara Iberê.

Guardou a arma e explicou a situação. Tinham acabado de receber o telefonema de Gabriella dizendo que havia rastreado o carro que sequestrara Kelly Prada até o edifício em que Afonso morava. E que o legista usava uma identidade falsa. Era Kayo o nome dele, e havia matado os pais quando criança. Mentira para todos e ninguém sabia onde ele estava. Gisele já conhecera homens mentirosos daquele jeito. Sabia muito bem como aquilo terminava.

Iberê permaneceu parado, em choque.

Omar então deu um pulo. O amigo não estava atendendo as ligações, mas havia acabado de enviar uma mensagem.

— Ele disse que onde está o sinal é ruim e não pode atender a ligação. Falou que foi espairecer numa praia, dar um mergulho — falou, lendo a mensagem pela segunda vez.

Gisele encarou o paisagista, que se manteve calado. Estava com o cenho franzido, balançando a cabeça.

— Não é possível — disse ele. — Tibério nunca iria para a praia. Muito menos mergulhar. Ele tem pavor da profundidade.

— Afonso tá com ele — disse Omar. — Talvez seja um código.

— Espairecer. Ele disse que foi espairecer — disse Gisele. — Quando a gente tava no mangue, naquela porra de canoa, ele disse que ia lá pra espairecer.

— Titi conhece aquele mangue como ninguém — respondeu Iberê.

Mas Gisele também conhecia bem aquele mangue. Conhecera aquelas terras e águas anos antes, mapeando a lama e as árvores, monitorando a maré e os animais que ali se alimentavam, pois foi ali que ela escondeu seu mais profundo segredo: o cadáver do ex-marido, quem matou quando ele tentou espancá-la pela segunda vez. Aquele segredo, tão bem enterrado, ela pretendia deixá-lo assim.

— Eu sei pra onde Tibério foi — declarou ela. — Conheço o caminho.

A resposta de Pavo veio como um murmúrio, vindo da porta entreaberta no final do corredor. Ele estava suspenso, amarrado num enorme X metálico, cada braço e perna presos a uma ponta da letra. Os olhos estavam entreabertos, os lábios secos e rachados. Os ossos da costela apareciam. Estava nu e o corpo, coberto por hematomas. A pele dos pulsos e tornozelos, nos pontos em que estava amarrado, era carne viva. Quando viu Gabriella, começou a chorar. Não a conhecia, mas, naquela situação, devia ser um alívio ver uma pessoa que nunca tinha visto.

A policial soltou o garoto e correu para pegar um copo d'água para ele. Ajudou Pavo a se vestir (com roupas que pegou num quarto) e os dois desceram. Áquila os esperava na entrada. O porteiro estava amarrado a uma cadeira, debatendo-se.

Os dois irmãos se encararam. Gabriella esperava que ali houvesse fúria, ódio. Que seria obrigada a separar os dois. Mas não. Só houve silêncio. Um podia ver a morte do outro. Trilharam um caminho de ódio e desprezo que culminou ali. Os dois pareciam já mortos.

— O homem que fez isso comigo é policial — disse Pavo, enfim desviando o olhar do irmão e se dirigindo a Gabriella. Fazia bastante esforço para falar o que precisava ser dito. — Eu tava na casa de Tibério. A vizinha apareceu pra dar um oi, ela e a filhinha. Então ele chegou e... atirou nela e me levou. Também matou o porteiro. Me manteve aqui todos esses dias. Tibério esteve aqui, ouvi a voz dele, mas eu tava amordaçado, ele não me viu nem ouviu. O homem foi embora há alguns dias e me deixou aqui sem comida. Agora os dois estão juntos. Precisamos salvar Tibério.

Como o investigador mais intuitivo que ela já havia visto não percebera que dormia com um assassino em série? Como eles podiam ter estado tão errados?

— Não conseguiremos encontrá-los — respondeu ela.

— Chame reforços! — exclamou Pavo.

— Não há reforços, não há policiais suficientes em serviço.

— Eu sei como encontrá-los — interrompeu Áquila, enfim falando. Parecia a ponto de desmaiar.

Áquila olhou para o irmão.

— Segui você até a casa de Tibério, ia entrar e... — Engoliu o resto da frase, "te matar". Com isso, começou a tossir. Sangue respingava da boca dele. — Eu ia subir lá, mas esse Afonso chegou, matou o porteiro e vi ele te levando. Subi bem rápido no apartamento, era uma carnificina. Entrei no computador de Tibério e acessei a conta do celular dele. Agora consigo monitorar onde ele tá. Depois descobri onde o tal Afonso mora e fiquei aqui esperando um momento pra entrar.

— Tu sabia que eu tava aqui e me deixou aí esse tempo todo?

PARTE III | A LAMA

Gabriella tentou não imaginar as coisas horríveis que Pavo sofrera, que o faziam desejar que o irmão tivesse entrado e acabado com a vida dele desde o início.

— Tu mereceu.

Esperou que o garoto esboçasse alguma reação de fúria, mas ele só olhou para o irmão com desprezo. Seu olhar dizia "você também".

— Vamos atrás daquele miserável — disse Pavo.

— Não podemos ir sozinhos — adiantou-se Gabriella.

— Não vamos sozinhos. Teremos reforços — retrucou o jovem, que, magro e com aquelas roupas grandes, parecia um esqueleto andante. — Vamos passar no Paraíso e convocar a Gayrrilha.

Áquila o encarou por um instante e então tirou algo do bolso. Jogou um molho de chaves para a policial.

— Peguem o carro — disse, surpreendendo-os. — Meu celular tá lá, conectado ao GPS de Tibério.

Os três foram em direção ao carro. Gabriella se sentou no banco do motorista e Pavo, no de passageiro. Áquila permaneceu do lado de fora.

— Boa caçada — disse ele.

— Tu não vem? — perguntou o irmão.

Gabriella percebeu que aquela era a primeira vez que ambos pareciam irmãos.

— Como poderia? Ficarei aqui. Já tive o que merecia.

Pavo assentiu e virou o rosto, escondendo as lágrimas que já ameaçavam descer. O conflito entre os dois irmãos era muito maior que apenas aqueles dois indivíduos: foi imposto sobre eles, e se odiavam sem sequer entender o motivo. Foram impedidos de amar. E era tarde demais.

Gabriella acelerou e viu, pelo retrovisor, Áquila se sentar no meio-fio, com dificuldade, a mão segurando o abdome que sangrava as últimas gotas e a outra apoiando-o no chão. Ela havia chamado uma ambulância havia tempos, e sabia que quando chegasse, ele já estaria morto. O garoto também sabia disso, pois fechou os olhos e deu um suspiro demorado, esperando os últimos longos segundos de sua vida acabarem.

VI

Alice correu como se sua vida dependesse daquilo. E dependia. Não só sua vida, como a vida da pessoa com quem mais se importava: Tibério. Precisava salvá-lo como ele a salvou tantas vezes. Largou as coisas, abandonou o carro com os pneus furados e correu pelo mangue. Não seguiu a estrada, pois o percurso era mais longo, mas cortou caminho por entre as árvores. Descalça, pisou na água gelada, na lama que a puxava para baixo, nas raízes das árvores que prendiam seus pés. Bichos e plantas agitavam-se ao redor, como se estivessem tão apreensivos quanto ela. Como se o mangue a entendesse. Como se o mangue, em sua inteligência incompreendida, também quisesse salvar Tibério. Não sabia para onde estava indo. Apenas correu. Os caranguejos a guiariam. O mangue a guiaria. Obá a guiaria.

Tudo tivera início ali, mas Alice não queria que aquele fosse o fim. Não ainda.

A Gayrrilha esperava por Pavo no Paraíso, vestindo as balaclavas vermelhas com lantejoulas douradas. Era o batalhão pronto para a última batalha. Três garotas entraram no carro, emocionadas ao verem que Pavo estava vivo, e outro carro, no qual na frente iam Samuel e Pilar, cheios de hematomas e ataduras, já estava cheio e pronto para segui-los.

Seguiram em direção ao lugar onde o caos encontrava a lama e a lama encontrava o caos.

Em direção ao mangue, lá tudo tinha o início e o fim.

47

E se eu te ajudar?

Caminharam até o carro ouvindo apenas o barulho da lama e das folhas úmidas esmagadas sob os pés e a arruaça dos pássaros. Entraram no veículo, Afonso sentou-se no banco do motorista e girou a chave, o barulho do motor assustando as aves pousadas nos galhos ao redor.

Enquanto manobrava o carro para dar a volta na estrada, Afonso viu, pelo retrovisor, Alice se aproximando da árvore.

— Você está bem? — perguntou a Tibério.

— Estou — respondeu o homem, pegando o celular que havia deixado dentro do porta-luvas e vendo que havia dúzias de chamadas não atendidas.

Tibério estava rígido, com o rosto tenso como quando ele tentava resolver um dilema. O tiro que havia ressoado por toda a floresta alguns minutos antes com certeza tinha sido disparado por Tibério. O demônio, como chamavam, estava enfim morto.

— Não vai retornar as ligações? — perguntou Afonso.

— Não tem sinal. Vou enviar uma mensagem e esperar que chegue.

Da posição que Tibério segurava o celular, Afonso conseguia ver o que ele escrevia. Disse que estavam sem sinal, indo à praia. Nada comprometedor. Ele não sabia.

O que Alice havia mostrado a Tibério no casebre reconstruído não havia despertado as lembranças dele. Não todas. Mas a detetive provavelmente conectaria os pontos assim que visse as cruzes na árvore. Então pisou fundo no acelerador para sair dali o mais rápido possível, antes que ela descobrisse um jeito de persegui-los sem o furgão de pneus furados.

Aquela era a última noite em que veria a mãe. Estaria morta em alguns minutos. Kayo estava no quarto, dormindo, quando acordou com as batidas na parede. Os pais trepavam bem alto. Tentou voltar a dormir, cobrir a cabeça com o travesseiro. Logo a trepada estaria terminada, pois sempre era assim, o pai aparecia no meio da noite, dava umas batidinhas na janela da sala, entrava, comia a mulher, às vezes brigavam, e logo ele voltava para o buraco de onde vinha.

Mas naquele dia ele não foi logo embora. A briga veio e demorou. Kayo se encolheu na cama, esperando o pai se cansar de bater na mãe e ir embora. Dessa vez ela não apanhava calada, estava gritando, pedindo socorro. O menino ouviu uma pancada forte e então silêncio.

Por longos minutos, ele ficou encolhido na cama, tremendo, ouvindo o barulho de passos que andavam de um lado ao outro. Nenhum sinal da mãe. Levantou-se devagar, colocando a ponta de um pé no piso gelado, depois o outro, e caminhou até chegar à porta entreaberta do quarto, ali posicionou o ouvido. Os passos se afastaram e desceram a escada. Kayo colocou a cabeça para fora a tempo de ver as costas do pai descendo até o térreo.

Correu até o quarto da mãe e parou ao ver a cena. A cama coberta de sangue. O chão e a parede cheios de manchas vermelhas. A mãe na cama. Braços estendidos, amarrados pelos pulsos na cabeceira. Pernas caídas, frouxas, amolecidas. Estava nua, mas o corpo estava coberto de hematomas e sangue. O rosto estava desfigurado: os olhos não se viam mais, e a boca era uma ferida aberta. Kayo deu um passo para trás, e pisou em um dente.

Ela deu um longo suspiro e tentou dizer alguma coisa, talvez um pedido de socorro, talvez mandando-o fugir ou chamar a polícia, mas tudo que saiu foi uma espécie de arroto.

Os passos voltaram. Kayo escondeu-se atrás da porta.

De novo viu as costas do homem. Grandes, imponentes. Ele segurava uma faca.

— Eu te disse pra tomar cuidado, Dione — disse ele à mulher. — Acha que as pessoas não falam? Achou que isso não ia parar nos meus ouvidos? Eu sou um abade, caramba! Um homem de Deus! Tenho uma reputação a zelar. — Ela não respondeu. — Tu anda dizendo por aí que o menino é meu filho. Não foi isso o que combinamos, foi? Eu mando dinheiro pra tu manter essa merda de boca fechada. E me falaram que tu tá... esperando outro? — O homem apontou a faca para a mulher. — Isso é pra tu se lembrar o que vai acontecer se eu ouvir historinhas suas por aí novamente, puta!

O pai colocou a faca de lado e começou a retirar a calça.

O menino precisava fazer alguma coisa senão aquele homem ia matar sua mãe. Terminar de matar. Com que direito ele a torturava? Com que direito ele vinha para sua casa uma vez por mês, a deixava em estado lamentável e ia embora? Com que direito ele deixava Kayo ali, abandonado no mundo, com a responsabilidade de cuidar da mãe depois que ele destruía o psicológico dela e abusava de seu corpo?

Ao lado, atrás da porta, havia uma tábua de passar roupas. No chão, o ferro. Kayo pegou o eletrodoméstico e, quando o homem de músculos tensos se debruçava sobre a cama, deu um pulo e acertou o pesado objeto na cabeça dele.

Primeiro ouviu o barulho de algo partindo. Ferro contra carne e osso. Depois, o barulho do imenso corpo se espatifando no piso. Carne contra madeira.

A mãe, Dione, voltou a falar. Dessa vez conseguiu pronunciar as palavras:

— Me ajuda, Kayo.

Quantas vezes a ajudara? Quantas vezes tentou levantá-la no dia seguinte para que ela pudesse ir trabalhar, pagar as contas e comprar comida? Quantas vezes a ajudara a passar a maquiagem para esconder os hematomas do rosto e o levar para a escola como uma mãe e uma criança normais? Quantas vezes teve que preparar o próprio café da manhã, pois ela estava trancada no quarto, chorando, ou sem forças para se mover? Não aguentava mais aquilo. Se ele a ajudasse de novo, como seria o dia seguinte? Se ele a ajudasse, o que seria dele?

Subiu na cama da mãe e sentou-se em seu ventre. Kayo era um menino de apenas sete anos, mas era grande e forte para a idade. Havia puxado ao pai. Na escola, era o maior da turma e os meninos o temiam. Brigava o tempo inteiro com garotos mais velhos.

Ela arregalou os olhos inchados. Estavam vermelhos e cheios de lágrimas. Aquele não era o rosto da mãe que ele conhecia. Era como se estivesse coberto pela pesada maquiagem que usava à noite, para sair ou para receber homens. Odiava como ela nunca retirava aquela pintura antes de dormir e no dia seguinte estava toda borrada, desfigurada, com o rastro preto das lágrimas que carregaram a tinta olho abaixo. Pegou um cobertor e esfregou no rosto dela, limpando o sangue.

Colocou as mãos em volta do pescoço da mãe e apertou. Não desviou o olhar nem piscou, observou os olhos arregalados dela, enquanto o ar terminava de esvair-se dos pulmões e a vida, aos poucos, escapava por entre os dedos do menino, enquanto ela tremia e tentava, em vão, respirar. Sentiu os músculos da mulher se enrijecerem e, enfim, quando estava morta, relaxarem. Naquele breve momento, numa fração de milésimos de segundos, houve uma faísca, uma espécie de choque, como se ali tivesse corrido um pulso elétrico minúsculo. Era o ponto de separação entre a vida e a morte. Como se um interruptor tivesse sido acionado, o corpo parou de funcionar, e o último impulso nervoso percorreu seu derradeiro nervo. Naquele instante, quando a luz da vida foi interrompida, viu a alma deixando o corpo e a sentiu fluindo entre os dedos que ainda apertavam o pescoço, flutuando até o espaço, até a eternidade. Aquilo era lindo. E ele sentia, pela primeira vez na vida, paz.

Quando Kayo saiu de cima da mãe, não sabia dizer quanto tempo tinha ficado ali. Havia sangue seco em suas mãos e roupas. Demorou uns segundos até perceber que o pai não estava mais ali no chão. Não podia deixá-lo escapar. Pegou o ferro de passar e foi atrás dele.

O homem havia se arrastado pelo corredor e alcançado as escadas. Estava rastejando, descendo degrau por degrau. A cabeça mais para baixo e as pernas nos degraus de cima.

Kayo desceu até alcançar a altura da cabeça dele. O pai nem teve tempo de olhar. A criança bateu o ferro contra a cabeça do homem, e ele apagou, amolecido nos degraus.

O menino voltou para o corredor, ali viu que o telefone se encontrava fora do gancho, e o destruiu.

Então se sentou no degrau ao lado do pai, que ele acreditava estar morto, e contemplou o silêncio absoluto da morte.

Tinham acabado de sair do mangue e chegado à estrada quando Afonso rompeu o silêncio que havia se instalado entre eles desde que deixaram as ruínas do mosteiro.

— Qual praia, amor? — questionou.

— Alguma bem distante — respondeu Tibério, olhando para ele. Estava sério.

Afonso sorriu, girou o volante e partiu na direção contrária a Abaporu.

O poder que Kayo sentiu de controlar a própria vida durou pouco.

Era novo demais para ser preso. Iria para um reformatório juvenil. Assistiu a tudo calado, sem reação, num estado de torpor que nada sentia ou pensava e as coisas passavam em câmera lenta à frente, as vozes distorcidas, as paredes tremendo, como átomos agitados prestes a explodir, as luzes vermelhas e azuis, o chão cambaleante e fluido como líquido e o rosto das pessoas se desintegrando diante de si. Havia uma mulher, uma assistente social, que tudo lhe explicava e dizia o que aconteceria. Mas não a escutava, naquele estado de dissociação mental, o rosto dela era desintegrado, sem forma, uma orelha voando num canto da sala e o nariz no outro. A mulher amorfa ficou com ele por alguns dias, mas então sumiu e Kayo ficou sozinho. Só entendeu o que aconteceu muitos anos depois.

Seu pai fora uma figura importante da Igreja, o abade de um mosteiro, e a arquidiocese com certeza não queria que a notícia de que ele tinha um filho se espalhasse, e que a mãe desse filho carregava outro na barriga. Nem muito menos queria que soubessem que ele espancara a mulher, matando o bebê que ela carregava, e que o filho a matara e quase o deixara paraplégico. Pauzinhos foram mexidos e Kayo foi enviado para o mosteiro do pai. O mosteiro dos Ribeirinhos.

Lá, tudo piorou. Era obrigado a obedecer a ordens, cumprir horários, se ajoelhar, orar, comer comida sem gosto. O método utilizado para tratar as crianças era bater nelas até ficarem catatônicas. O pai fingia que eram desconhecidos. Kayo era obrigado a chamá-lo de abade Saturno. Era pior do que viver com a mãe. Havia se livrado de um problema para arranjar outro pior. As coisas voltaram a perder a forma com mais frequência. Nas crises de pânico, em que se dissociava da realidade, não via mais rostos, objetos, paredes, tudo era um emaranhado de formas desconexas. Quando tudo parecia desmoronar ao redor, e as paredes giravam e o engoliam, os rostos se desintegravam, se misturavam e se tornavam uma coisa só, as vozes viravam uma cacofonia de uma frequência sonora artificial, ele corria para fora, para a natureza, sentava-se debaixo de uma árvore e observava o verde e o marrom que o cercavam.

Foi ali que percebeu que os animais permaneciam na forma inteira. Seus corpos não se desintegravam, não desmanchavam, os olhos não saíam voando nem os narizes derretiam. Havia um punhado de animais por ali. Além dos naturais do mangue, como pássaros e siris, havia os trazidos pelos monges: ratos, gatos, galinhas e cabras. Curioso, tentando entender a natureza do mundo e da própria mente, Kayo matou o primeiro animal. Era um gato. Separou as partes, dissecou os órgãos. Queria entender como olhos, narizes, braços e corações se separavam, e como se mantinham unidos.

Descobriu que aquilo acalmava tudo, mantinha a mente estável. Quando tudo perdia o controle e as formas do mundo se desmanchavam, matava um bicho e separava as partes com as próprias mãos, e assim tudo ao redor voltava à solidez normal.

Os monges Ribeirinhos, vendo Kayo como um perigo para as outras crianças, colocaram-no para dormir num casebre de madeira que ficava nos fundos do prédio, no qual guardavam ferramentas de jardinagem. Dormiu em um colchão de palha, cercado por pás, tesouras e enxadas. À noite, quando chovia, tudo tremia, e o barulho de metal e madeira rangendo não o deixava dormir. Foi numa dessas chuvas que o pai, aproveitando enfim a privacidade e a chance de encontrá-lo sozinho, entrou e se vingou por aquela fatídica noite.

PARTE III | A LAMA

— Pare aqui — disse Tibério de repente.

Afonso, confuso, olhou ao redor. Estavam no meio do nada. De um lado da estrada havia a reserva ambiental do manguezal, do outro, plantações que se estendiam por quilômetros. Parou o carro no acostamento.

— O que foi? — perguntou.

— Tem uma coisa que quero te mostrar — disse Tibério e desceu do carro.

Toda vez que o pai entrava lá, à noite, as coisas se desmanchavam. Kayo ficava num canto, dali via o homem chegando, sempre acompanhado por alguém. O abade amarrava aquelas pessoas numa coluna, e ali as espancava. No fim, colocava algumas pedras na mão do filho e o mandava fazer sua parte, dizendo que ele era filho do pecado e precisava fazer aquilo para se redimir e redimir a mãe. Mas Kayo não conseguia, as paredes desabavam, o chão afundava e virava céu, as estrelas explodiam e viravam supernovas e buracos negros que engoliam tudo, o pai virava uma nuvem, um líquido, uma presença ruim que preenchia o mundo, que envolvia seu corpo, que entrava na sua pele, rasgando. As pedras na sua mão viravam brasa e os dedos saíam voando por aí.

Assim que tudo terminava, a solidez voltava, e Kayo podia sentir o cheiro do mangue, de sangue, a dor que tomava o corpo inteiro, podia ver o teto mofado, as paredes úmidas e o abade fazendo o sinal da cruz e saindo com um sorriso no rosto, carregando a pessoa pecadora da vez.

Naquele tempo, o menino era proibido de entrar no mosteiro. Era obrigado a cuidar do jardim, colhendo folhas e legumes. Só tinha contato com os demais durante as missas, ministradas pelo abade, a quem não conseguia olhar nos olhos, pois ele não tinha rosto; sua forma era permanentemente derretida. A única coisa que conseguia conectar a ele era a forma ora líquida ora gasosa que invadia o quarto do menino e o sinal da cruz que o abade fazia ao sair. Aquela forma, os dois traços que se cruzavam, um maior na vertical e um menor na horizontal, era a única forma sólida que ficava registrada na mente após aquelas noites. E, numa maneira de fixar aquilo na memória, tentando entender o que acontecia ou a dor e angústia que sentia todas as vezes que o pai no estado disforme entrava em seu quarto, ele talhava no tronco de uma árvore, com uma faca de jardinagem, uma pequena cruz.

Até que chegou ao mosteiro o garoto que tudo mudou, o pequeno Davi.

Tibério atravessou a estrada e entrou na mata, caminhando entre as árvores do mangue. Afonso o seguiu, curioso para saber o que aquele homem queria mostrar ali. Com certeza havia perdido a sanidade de vez. Alice, naquela encenação do casebre, levando-o a matar o abade, havia desgraçado de vez a cabeça do homem.

— Tibério, o que estamos fazendo aqui? — perguntou Afonso.

— Espere um pouco — respondeu o outro.

Chegaram a uma pequena clareira, na qual havia um riacho. Amarrada a um toco de madeira enfiado na lama estava uma canoa coberta por uma lona camuflada. Tibério tirou a lona, subiu na canoa e estendeu uma mão para ajudar Afonso a subir também.

— Para onde estamos indo? — perguntou o legista.

O namorado estava sentado ao lado do motor da canoa, guiando-a ao longo do riacho, que, após alguns metros, desembocou no grande rio Abaporu. Levou a embarcação até o meio do rio.

— Antes de irmos para o mar, queria te mostrar isso — falou Tibério, apontando ao redor. O grande espaço aberto do rio, o céu azul, as árvores escuras nas margens distantes. — Este é o meu lugar. Onde sou inteiramente eu. Onde me sinto calmo e completo. — Tibério desligou o motor, deixando os ouvidos de Afonso serem tomados pelo silêncio do lugar. O namorado se levantou e, equilibrando-se na canoa que balançava com a água, caminhou na direção de Afonso e sentou-se ao seu lado. — Você ainda não tinha visto esse meu lado. Queria ter certeza de que você me conhecesse por completo antes de partirmos — falou, sorrindo e colocando a mão em sua perna — assim como eu te conheço por completo.

De repente, o rosto de Tibério perdeu a forma.

Davi gritava com os monges, tinha surtos e derrubava as coisas. Kayo gostava dele. Em especial porque, após um ataque de raiva violento, o pequeno foi mandado de castigo para o casebre, que, a partir daquele dia, passou a ser utilizado apenas para aquele fim, e Kayo foi mandado de volta para o grande quarto de beliches no prédio principal do mosteiro, e lá não mais receberia visitas do pai amorfo. Percebeu que, enquanto se comportasse e os monges e o homem disforme se ocupassem do garoto, eles o deixariam em paz. Voltou a ter tempo e oportunidade de matar e dissecar bichos, e o mundo voltou à forma original.

Certa noite, decidiu sair do quarto e descer até o casebre. Pela pequena janela de vidro suja e embaçada, viu as pessoas amarradas pelos pulsos à madeira, assim como a mãe estivera nos últimos momentos de vida. Viu no rosto delas aquele olhar de medo e dor. Viu o abade orando enquanto batia nelas, expulsando os demônios, e a cara de prazer que tinha ao fazer aquilo. Viu as crianças chorando e apanhando após se recusarem a apedrejá-las. E, depois que o homem ia embora, levando consigo os quase mortos, vivos para se lembrarem do pecado que cometeram, várias noites Kayo entrava ali e ouvia as crianças, pedindo que ele as ajudasse, assim como a mãe fizera. Mas Kayo não as ajudava, assim como não ajudou a mãe, pois, se as ajudasse, o que seria dele?

Davi já estava preso no casebre havia vários dias quando Alice tacou fogo no abade. Kayo não viu o homem queimar, infelizmente, mas sentiu o cheiro de óleo queimado. O homem ficou hospitalizado por várias semanas, e aqueles foram tempos de alegria e esperança. Kayo chegou até a se ressentir por ele mesmo não ter feito aquilo antes, para se livrar daquela presença terrível.

Então o homem voltou.

Voltou pior. Desfigurado, a pele derretida. Mas não era apenas Kayo que o via assim; ele estava se desmanchando na frente de todas as pessoas, e aquilo era aterrorizante. Sem suportar que as pessoas vissem o mundo se desfazendo assim como ele via, denunciou que Alice tinha feito aquilo. E Davi mordeu sua orelha, em vingança. Kayo observou o sangue jorrar por cima do seu ombro e um pedaço da orelha voar da boca de Davi para o chão. Era como se ele mesmo, dessa vez, se despedaçasse. Sua orelha indo para um lado, o nariz para o outro. Era assim, então, a sensação de ter o corpo se desmanchando e se espalhando pelo universo? Gritou, fechou os olhos e desmaiou.

"Ioroque estourou", disse Alice certa noite, e Kayo imaginou as paredes da represa girando, colapsando, sendo engolidas por elas mesmas, e os átomos de oxigênio e hidrogênio se agitando, se separando e se unindo, formando uma grande nuvem, levando tudo no caminho, engolindo casas, árvores, pessoas. Kayo temia ser engolido.

Antes de ir até o casebre resgatar as outras crianças, como Alice havia mandado, deu uma passada no quarto do pai. O lugar estava revirado, com coisas faltando. Não achou nenhuma fotografia, mas, dentro de uma gaveta, viu alguns crucifixos e pegou um. Quando tudo se desmanchasse e sumisse, ele precisava lembrar que aquilo havia sido real, que era sólido e não manchas obscuras na memória.

Correu até o casebre.

Apenas o pequeno Davi estava acordado. Tinha o olhar vazio, distante, opaco. As outras crianças dormiam ou estavam desmaiadas. Podia ouvir os trovões, a chuva, o rio monstruoso que se aproximava.

"Por favor, me solte", suplicou-lhe Davi. Kayo se aproximou e encarou os olhos assustados do menino. Não podia soltá-lo, mas podia ajudá-lo a lembrar. Quando tudo se desmanchasse, quando tudo ruísse, as formas se desintegrassem e não mais existissem, o pequeno Davi precisaria de algo sólido ao qual se agarrar, para não sair flutuando, a orelha de um lado e o nariz do outro, e se perder na imensidão do vácuo. Pegou uma grande tesoura de poda e aproximou-a do ombro de Davi. Enfiou uma ponta na pele frágil e branca dele, e arrastou-a, fazendo o primeiro corte, mais curto, horizontal. Estava para fazer o segundo corte, vertical, mais longo, para completar a cruz, quando ouviu um barulho lá fora. Alguém se aproximava. Era Alice, indo verificar se estava tudo bem. Pegou uma grande pá que estava escorada ali ao lado e apontou o cabo em direção a Davi. O menino suplicou mais uma vez, a última vez, antes de Kayo golpear a nuca dele:

— Me ajude...

Afonso se levantou e foi até o motor da canoa, quase perdendo o equilíbrio no caminho. Tudo estava torto, solúvel, líquido, como o rio que corria abaixo deles. Puxou a alavanca que deveria rodar as engrenagens, mas nada aconteceu. Puxou de novo, o motor fez um breve barulho, mas apagou. Precisava ir embora dali, e logo, antes que tudo derretesse e ele fosse engolido pela água.

— O que você está fazendo?! — gritou para Tibério, que permanecia parado como se nada estivesse acontecendo. O rosto dele era uma tinta oleosa escorrendo em uma tela, como aqueles quadros horrorosos de Van Gogh. Puxou de novo a alavanca. Nada. — Vamos, me ajude!

De repente, o rosto do homem do outro lado da canoa voltou à forma original, sólida. Tudo derretia, menos ele. Havia algo diferente ali, no rosto sólido de Tibério havia algo a mais. Uma faísca. Era como se a alma, que não estivera presente no corpo dele aquele tempo inteiro, tivesse de repente voltado, se reintegrado.

— E se eu te ajudar, o que será de mim? — retrucou Tibério.

48

Quem come da minha carne e bebe do meu sangue

I

A história que Alice lhe contara sobre a mordida na orelha do menino era a peça que faltava no quebra-cabeça incompleto que era sua mente. Lembrou-se precisamente dos dentes rangendo contra a cartilagem, o macio da pele rasgando e o sangue quente explodindo na boca como um chiclete recheado com calda. Lembrava-se do gosto férreo que ficou na boca quando cuspiu o pedaço da orelha no chão, e o olhar assustado de Kayo, com o ombro encharcado pelo vermelho quente, que logo desmaiou, espatifando a cara na terra batida.

Kayo, que passara a se chamar Afonso. Que o havia convencido de que estavam apaixonados, de que se amavam. Que o havia tocado, abraçado, o feito feliz, o feito gozar. Que havia desenhado o cometa no seu ombro com a ponta de uma tesoura e o largado para morrer.

— Me ajude! — berrou Afonso, tentando ligar o motor da canoa.

O esforço era vão, pois Tibério havia arrancado uma peça do motor e a jogado no rio. Os olhos dele passavam de um lado ao outro, como se não conseguissem mirar uma coisa só, como se não houvesse nada para mirar, e ele estivesse perdido em outra realidade. Parecia um garotinho perturbado, com um mundo confuso e assustador à volta, no qual nada compreendia.

— E se eu te ajudar, o que será de mim? — repetiu Tibério a frase que um dia escutara daquele homem, e ouvir aquelas palavras pareceu despertar alguma coisa em Afonso, que largou o motor e se aprumou.

Os olhos dele se estabilizaram e o encararam.

— Você se lembra — afirmou.

O garoto apavorado havia sumido e o homem centrado estava de volta. Parecia procurar algo firme no sacolejo da água.

— Eu me lembro, sim — respondeu. E então apontou para o assento à frente e o mandou sentar. — E quero que me esclareça algumas coisas.

Tibério o compreendia em partes. Entendia como ele o havia usado para se livrar dos castigos e abusos no mosteiro. O mundo era um lugar cruel. Às vezes você precisava de um bom amigo, às vezes era cada um por si, e, a fim de se salvar, era preciso sacrificar alguém. Afonso sacrificou Tibério, enviava-o para o casebre para que ele não tivesse que ir. Cada um tinha os próprios traumas, e acima de tudo, eram crianças, e não conseguia julgá-lo.

O que fugia da compreensão de Tibério era como haviam chegado até ali. Por que ele se tornara legista, como fora trabalhar na polícia científica, de que modo haviam chegado àquele caso juntos? Ele havia matado as drag queens? Por quê?

Mas "ele realmente o amava"? Era a questão que mais se repetia na sua cabeça.

— Quando fugi do mosteiro, me perdi — contou Afonso, sentando-se na tábua que atravessava a canoa e servia como banco. — Andei por dois dias até achar uma casa enorme no meio da mata. Uma mansão. Um casal morava lá. Eu disse que minha família tinha morrido na enchente e eles me acolheram. A mulher tinha problemas para engravidar. Convenceu o marido a ficarem comigo. Eles me adotaram, forjaram documentos. Escolheram esse nome, Afonso. Eu não sabia minha idade, minha mãe nunca comemorava meu aniversário. Me deram a idade que achavam que eu tinha. Eles eram atenciosos e ricos. Me deram comida, brinquedos, me matricularam numa escola cara.
— Fico feliz por você — respondeu Tibério.

II

Naquela grande casa, cercada por floresta e nada mais, a alguns quilômetros de uma pequena cidade, Afonso tinha a liberdade de fazer o que queria. O mundo jamais perdia a forma, pois sempre tinha bichos para matar. Dissecava roedores, gatos, pássaros, peixes. Os pais adotivos nunca o reprimiam. Quando ele cresceu, o pai, que era um cirurgião, estimulou aquele lado dele curioso sobre anatomia e o incentivou a seguir a mesma profissão: se tornou médico, depressa conseguindo emprego como cirurgião no mesmo hospital que o pai. Entretanto, o homem conhecia o filho. Temia que o menino, com tanto poder sobre pessoas enfermas e imobilizadas, fizesse alguma besteira.

Foi por isso que começou a encaminhar ao filho pacientes terminais e cirurgias arriscadas ao extremo. Sempre que o mundo à sua volta ameaçava tremer, derreter e perder a forma, o doutor levava um paciente terminal para uma cirurgia desnecessária, o abria e nunca mais fechava.

No ambiente hospitalar, conheceu Fernando, o enfermeiro que o chupava em troca da participação em grandes cirurgias. O estudante gostava de ser esganado e privado de oxigênio durante o gozo. Afonso achava interessante aquela sinestesia entre dor e prazer. Enquanto estapeava o rapaz, que recebia as agressões com deleite, perguntava-se se era aquela prazerosa sensação de controle que o abade sentia ao espancar aqueles jovens do mosteiro. Querendo entender o fascínio do pai com a violência, não parou quando o enfermeiro começou a chorar e pedir que parasse. De certo modo, Afonso gostou daquilo: não sentia prazer na dor do outro, como o pai, mas apreciava o poder que tinha de controlar algo que ia além do prazer do parceiro, controlava a sua vida. Quando Fernando conseguiu fugir, chamando-o de louco, dizendo que o denunciaria à polícia, espancou o rapaz até que ele não pudesse mais estar vivo e o jogou pela janela de vidro do apartamento.

Afastou da cabeça a imagem da bunda em carne viva de Fernando e olhou para Tibério. Submisso, com aquelas cicatrizes, carinha de triste e suplicante, não era tão diferente do seu enfermeirozinho. No entanto, Fernando fazia um boquete melhor.

— Você me nocauteou e me abandonou com as outras crianças para a morte. Como descobriu que eu sobrevivi? Mais alguém sobreviveu, além de Alice? — indagou Tibério.

Afonso negou com a cabeça.

— E quando foi que decidiu se infiltrar na minha vida, me enganar e se aproveitar de mim?

— Eu te vi na televisão — respondeu. — Naquele caso do assassino do parque.

Tibério havia sido requisitado para ajudar a resolver misteriosas mortes no parque de uma cidade turística à beira-mar. O caso ganhara notoriedade, e ele tivera que aparecer na televisão, numa das poucas vezes que dera entrevista. Afonso o reconheceu na hora. Tibério era praticamente a cópia de quando era criança: o mesmo rosto com olhos tristes, o cabelo ralo, as cicatrizes. Só estava mais alto, com algumas rugas, mas era impossível não reconhecê-lo.

Naquela época, Afonso viu com fascínio o investigador famoso, competente, cheio de casos e mistérios para resolver. Era uma vida ocupada, excitante, ao contrário da sua, que se resumia a terminar o serviço de que doenças já haviam feito a maior parte. Ver Tibério na televisão, lá fora, lhe deu uma perspectiva de que havia muito mais. O policial conseguira se livrar daquelas correntes, havia sobrevivido ao caos, ao mundo sem forma, que se dissolvia e tudo engolia. O que ele havia visto? Ele se lembrava, ou achava que tudo era um sonho? Lembrava-se da meia cruz que Kayo gravara em seu ombro, assim como ele se lembrava do pedaço arrancado da orelha?

Chegou a cogitar a possibilidade de outros terem sobrevivido, mas logo abandonou a hipótese. As outras crianças eram desistentes, enquanto Tibério era sobrevivente. Resistente.

III

Tibério abanou a mão, pedindo que Afonso parasse. Era difícil acreditar que o homem para quem havia derrubado todas as suas barreiras, a quem se entregara emocional e fisicamente, que havia deixado entrar em si em todos os sentidos possíveis da palavra, tinha feito aquilo tudo.

— Eu estava pesquisando tudo sobre Abaporu, pois pretendia me mudar para cá. Foi quando eu vi uma foto do homem sem forma — contou Afonso, não mais o encarando.

Olhava para o rio.

— Quê? — perguntou Tibério, interrompendo-o.

"O homem sem forma." Questionou-se sobre o significado daquilo, ao mesmo tempo que Afonso se sobressaltava, como pego por um ato falho.

Uma vulnerabilidade.

— O bispo Elias — corrigiu-se o doutor. — Eu vi as cicatrizes de queimadura e o reconheci. Era o abade Saturno. Meu pai. Aquela cicatriz de queimadura era inconfundível.

Tibério trincou os dentes, surpreso com aquela informação aterradora. Pai, filho, o ciclo da violência passado por genes, por sangue, pelo ambiente caótico e cruel que os rodeava. Era possível fugir daquela carnificina?

IV

O homem derretido se tornara uma obsessão de Afonso. À noite, sonhava com os olhos flutuando no canto do quarto, o nariz em outro, e aquela presença terrível que cercava seu corpo e entrava na sua carne.

Começou a faltar ao trabalho. Fazia viagens para Abaporu, observava o bispo e sua forma desconexa de longe. Via seus hábitos estranhos, as frequentes idas a um condomínio fechado numa reserva ambiental, os jovens queer que ele pegava nas ruas, levava nas madrugadas para a casa episcopal, de onde saíam cheios de machucados. Passava na frente da delegacia e esperava Tibério sair. Via-o com o jeito sério e conturbado. Solitário.

Em casa, os pais adotivos esgotavam sua paciência. Reclamavam de sua incompetência no trabalho, das faltas, do comportamento errático. Em breve, seus rostos começariam a tremer e os olhos se separariam da pele, e as bocas sairiam voando.

Viraram manchete nos jornais da época. Um famoso cirurgião encontrado morto ao lado da esposa. Ambos os corpos estavam dispostos na cama do casal, e neles foi feita uma espécie de necrópsia amadora. Os órgãos foram cuidadosamente retirados dos corpos e dispostos em sacolas ao lado da cama. Em seguida, a abertura abdominal fora costurada. O casal tinha um filho, um médico, que encontraram morto, incinerado no quintal da casa. O corpo era de um jovem que Afonso encontrou num aplicativo de encontros, com o mesmo tipo físico que o seu. Matou-o e o queimou, para despistar seu verdadeiro paradeiro. Enquanto a polícia tentava descobrir quem havia matado a perfeita família, ele já estava bem longe, em Abaporu, batendo à porta do pai.

Quando o homem de olhos difusos, pele derretida e com a presença ruim que o cercava e rasgava a pele abriu a porta, Afonso o encarou nos olhos. A única vez que tivera coragem de fazer aquilo. Queria que o homem o reconhecesse. Que visse que ele estava vivo. Exigiu que falasse com os amiguinhos, o prefeito, o delegado, não importava quem, mas ambicionava aquele emprego. Afonso queria trabalhar na necrópsia que atendia os casos da delegacia de Tibério. Assustado com aquela súbita aparição, o bispo perguntou o que ele desejava com aquilo, se dinheiro ou vingança, e Afonso respondeu que desejava ficar próximo ao investigador. "Já sondei ele", respondeu o bispo, "o delegado, chefe dele, é meu amigo. O imbecil não lembra de nada. Não precisa ficar de olho nele". Mas, além de achar difícil acreditar que o homem não lembrava de nada, Afonso desejava muito mais do que apenas ficar de olho nele.

— O que você queria comigo? — perguntou Tibério.

— Não sei. Quando você entrou na sala de necrópsias e me viu trabalhando lá, não me reconheceu. E aquilo me deixou intrigado. Eu queria entender como era viver com uma mente despedaçada como a sua. Ter um mundo inteiro fragmentado a sua volta e seguir vivendo como se nada estivesse acontecendo. Você me fascina, Tibério.

Tibério desejou ter a arma consigo. Atiraria bem no meio dos olhos daquele maldito desgraçado.

VI

Em troca daquele emprego, e da segurança de se esconder por trás de documentos falsos, Afonso forjava necrópsias a desejo do delegado. E assim, quando mataram o antigo legista e o substituíram, faria o que mandassem. Em seu primeiro caso, a mulher que fora envenenada, atestou que ela teve um problema cardíaco.

Queria consertar Tibério. Unir os pedaços fragmentados da vida dele. Tornar o mundo dele, que se liquidificara no dia em que a represa estourou, sólido outra vez. Quando o tocava, ele estremecia. Mas suas partes não saíam voando, seu nariz não ia para um canto da sala e seus olhos para o outro, pois Afonso os segurava, os mantinha unidos, e apertava com força até que parasse de tremer. E aquele controle que teve sobre o outro, nunca tivera sobre nada, jamais, na vida inteira. Sentia que tinha domínio sobre o mundo dele, e o corpo injuriado, abusado e despedaçado ele controlava, segurava, apertava, beijava, penetrava. Era todo seu.

Até que Tibério parou de estremecer aos seus toques. Encontrou a solidez. Mas Afonso queria que Tibério precisasse ser segurado por suas mãos fortes. Então começou a pensar numa maneira de quebrá-lo de novo, para então juntar os pedaços.

— Dione Dite. A testemunha disse que o delegado chegou na festa com alguém para se livrar do corpo. Foi você, não foi? — perguntou Tibério.

— O delegado me ligou de madrugada. Disse que precisava de um médico urgente. Me levou até o condomínio. Algo tinha dado errado numa orgia. Eles quase mataram aquele rapaz sufocado.

— Quase?

Quando chegou lá, a drag queen estava desacordada em uma mesa. O pescoço roxo, a pele do rosto sem cor. O pai, patético, também estava lá, fingiram ser desconhecidos. Peixoto circulava pelo ambiente, nervoso, repetindo "de novo não", enquanto o bispo tentava justificar o ato, falando que *aquilo* era um homem vestido de mulher e que merecia, sim, morrer. Afonso se aproximou da vítima, que tinha a traqueia ferida, porém respirava, ainda que com dificuldade. Estava na linha tênue entre a vida e a morte. Perguntou seu nome e ela disse. Seu nome de drag. Dione Dite. Como a mãe de Afonso: Dione. Um arrepio tomou conta do seu corpo, uma eletricidade, um tremor nas mãos, um desejo de ajudá-la, assim como havia ajudado a mãe tantos anos antes.

"Está morta", disse Afonso. E, enquanto todos estavam ocupados no próprio desespero, terminou de matá-la. Apertou o pescoço dela até sentir os ligamentos se romperem, o último resquício de vida disparar pelos neurônios e o derradeiro tremor anunciar que a alma havia passado por entre os dedos e ali só restava um pedaço de carne. A beleza da morte.

Limpou o corpo de Dione assim como limpou o da mãe. Tirou a maquiagem, limpou as mordidas que continham DNA. Não todas, deixou algumas, para que aquele caso fosse interessante. Quando o delegado chamou um funcionário e o mandou jogar o corpo no mangue, Afonso o seguiu.

"Ei", disse para o empregado, que carregava o corpo para um bote no píer atrás da mansão. Tirou do bolso um crucifixo, que havia roubado antes de fugir do mosteiro, e que sempre carregava consigo, um lembrete da realidade, do passado, da solidez de tudo que acontecera e que estava para acontecer. Um lembrete da presença ruim que matara sua mãe e que tantas vezes machucara sua pele. Jamais deveria esquecê-la, pois um dia daria o troco, e aquele dia chegara. Entregou o crucifixo a Moacir e falou para que colocasse junto ao corpo.

Pretendia despertar as lembranças de Tibério. De bônus, teria a vingança particular. O investigador ligaria aquele crucifixo ao mosteiro e o bispo seria desmascarado. Matá-lo nunca foi uma opção. Não conseguia nem olhar nos olhos derretidos dele, não de novo, muito menos tocá-lo. Sob nenhuma hipótese teria coragem de fragmentar seu corpo e ver como antes aqueles pedaços o rodeando.

Matar Dione havia despertado em si uma sede havia muito tempo adormecida. Amarrar, esganar e sentir a vida escorrendo por entre os dedos. Comprou um carro antigo, de colecionador, que lembrava o carro do pai adotivo, e sequestrou Solange. Amarrou-a no quarto, fodeu-a, espancou-a como aqueles homens fizeram com Dione Dite e então levou-a à sala de necrópsia, e lá a fez tropeçar no fio da vida. Foi fácil, conhecia todas as brechas de segurança do lugar. Fez com que o jardineiro a jogasse no mangue com um crucifixo qualquer.

Naquela altura, seu plano estava funcionando. O policial estava tendo pesadelos, fragmentos de lembranças voltando, flutuando na cabeça perturbada. E Afonso estava sempre lá, ao lado, para segurá-lo.

O bispo, que ficara sabendo que as drag queens tinham sido encontradas com crucifixos, estava em pânico, certo de que alguém o perseguia. Quando recebeu uma ligação de Kelly Prada, pediu que Afonso resolvesse.

Quando aquela foto apareceu com o cadáver de Kelly, o bispo lhe telefonou falando que fugiria. Alguém havia entrado na casa dele e mexido nas suas coisas. Estavam matando aquelas drag queens como aviso. Mais alguém havia sobrevivido e ia atrás dele. Alguém sabia. Alguém dentro da polícia. Talvez o investigador tivesse se lembrado de tudo. Afonso o tranquilizou. Mas, no fundo, também estava preocupado, pois não sabia quem tinha pegado aquela foto.

Enquanto não descobria quem havia roubado aquela foto, distraiu Tibério. Cuidou dele, o amou, deu carinho, o fez gozar. Fazer Tibério estremecer, não de dor, mas de prazer, foi uma das coisas mais incríveis que já fizera. Tinha dado àquele corpo machucado um prazer que nunca antes sentira. E o poder daquele gozo, de sentir a alma dele escapar por entre seus dedos, não porque morria, e sim porque se extasiava, foi a certeza de que o possuía. Aquele prazer foi quase tão bom quanto o de matar alguém.

VII

Tibério, no solavanco das ondas do rio, queria vomitar. Sentia o gosto do gozo de Afonso na boca e ansiava colocar tudo para fora.

— Você é teimoso, Tibério — acusou o assassino, com as sobrancelhas curvadas. — Você não deveria ter lembrado tanto. Ia ficar bem, eu ia cuidar de você, segurá-lo nos braços. Você gosta, não é? Que eu te segure. Seríamos felizes juntos. Mas você... Você é resistente.

— O que mais você fez para me afetar? — perguntou Tibério, levantando-se.

Na verdade, não queria saber a resposta. Não suportava mais estar diante dele. Queria matá-lo. Queria morrer. As drag queens, todos aqueles jovens mortos por nada, por um capricho de um sociopata narcisista.

Afonso continuou com aquele olhar sem expressão e o esboço de um sorriso vazio.

VIII

Afonso tinha ido ao prédio de Tibério apenas com o intuito de matar Sâmia, a vizinha de quem o namorado tanto falava e tanto gostava, para que ele visse a menina ensanguentada e órfã. Como bônus, obteve Pavo.

Planejava matá-lo naquele mesmo dia, depois de brincar com sua vida por algumas horas, e jogar o corpo no mangue, para o policial achar. Entretanto, com as subsequentes prisões, dos policiais e do delegado, e a busca na casa do prefeito, Afonso se ocupou. Deixou Pavo trancado no apartamento e ficou ao lado do namorado, esperando. Naquele tempo, o bispo de repente ficou em silêncio. Foi visitá-lo a fim de saber o que o homem tinha aprontado. Ele tinha sumido. As coisas estavam lá. A mala pronta para a fuga. As fotos... As fotos estavam dispostas e enfileiradas como numa exposição de péssimo gosto no chão do escritório.

Olhou para aquelas fotos com uma sensação indescritível. O mundo não perdeu a forma, mas havia aquela angústia que parecia puxar suas entranhas e dar um nó no meio do estômago. Podia ver todos eles ali: Tibério, Davi, o homem sem forma, e os demais. Ele mesmo. O menino sem expressão e com a orelha faltando um pedaço. Afonso colocou a mão na barriga e apertou. Caiu de joelhos. Parecia ter sido contaminado por algum veneno. Talvez as fotos fossem uma armadilha, e o homem sem forma estivesse logo ali para matá-lo, atrás dele, orando, estalando os dedos, expondo os dentes amarelos e fedorentos num sorriso tétrico, tirando o cinto da calça e... Afonso virou o rosto. As fotos giravam e voavam por toda a sala, e por todo lado havia crianças e rostos tortos. Fechou os olhos e se arrastou para fora do escritório. No corredor, as coisas pararam de girar. Levantou-se e correu. Nunca mais voltaria àquele lugar.

Correu para Tibério, que estava no próprio apartamento, deitado junto a Poirot. Deitou-se ao seu lado e enfiou o nariz no cabelo dele. Aspirou fundo; o cheiro o tranquilizou. O cheiro tomou conta de tudo, e tudo que havia eram eles dois. O bispo não estava lá. Ninguém ia lhes fazer mal.

— Quando Alice mandou aquela mensagem pedindo que você fosse

encontrá-la, temi que tudo estivesse acabado — confessou Afonso.
— Mas acabou, Afonso — respondeu Tibério.
— Tudo que fiz foi por você. Por nós. Você não pode viver sem mim e eu não posso viver sem você. Somos o complemento um do outro.

IX

Um vento frio cortou o espaço entre os dois. Os pássaros voavam para os ninhos e linhas laranja e vermelhas coloriam o céu azul acinzentado. Era a hora em que se não distinguia um cachorro de um lobo.

Afonso se levantou e abriu os braços. Queria abraçá-lo. Tibério deu um passo para trás. E se, de fato, fosse impossível viver sem Afonso? Teria sobrevivido a tudo aquilo se não fosse por ele? Se Afonso não estivesse sempre ao seu lado, segurando sua mão, acariciando sua perna, afagando seu cabelo, dando aqueles beijos de que tanto gostava, teria sobrevivido? O que seria das noites sem o peito quente do namorado no qual apoiar a cabeça?

Afonso era, de fato, a cola de que precisava para juntar os seus pedaços? Mas, sem Afonso, talvez não estivesse tão quebrado assim.

— Nós nunca nos complementaríamos porque não somos completos. Roubaram um pedaço de nós. Você roubou um pedaço de mim. Esse pedaço você distorceu, apodreceu. E eu não quero esse pedaço de volta.

Afonso pareceu de repente ferido. Seu rosto se contorceu, e ele pôs a mão na barriga, como se sentisse uma dor profunda. Deu um passo na direção de Tibério, buscando socorro, ajuda. Tibério sabia que aquelas palavras haviam feito o mundo daquele homem estranho desmoronar, e, à medida que as coisas ao redor dele tremiam e derretiam, Tibério era a única coisa que se mantinha inteira para ele.

Deu mais um passo em recuo. A canoa começava a inclinar para o lado de Tibério. Sabia como aquilo terminaria. Afonso havia dito que os dois não podiam viver separados. Mas, na verdade, os dois não podiam viver se estivessem juntos. Enquanto Tibério mantinha Afonso inteiro, Afonso mantinha Tibério quebrado. Era uma relação desproporcional, desarmônica. Era parasitismo. O parasita precisava do hospedeiro para se manter vivo, mas o hospedeiro nunca seria saudável enquanto tardasse a exterminar o invasor.

O mais forte, no fim, sobrevivia.

Afonso se aproximou ainda mais. Estava curvado, os olhos instáveis, parecia não saber mais para onde olhar ou onde pisar. Tibério deu meio passo para trás, chegando à extremidade da canoa.

O parasita, ou lobo, de repente se endireitou. Olhou para cima, como se farejasse algo, e levou a mão às costas. Retirou dali uma arma, que estivera escondida aquele tempo todo no cós da calça.

Tibério fechou os olhos. Afonso se mataria ou o mataria. Qualquer das opções, recusava-se a ver. Para onde quer que fosse, recusava-se a levar consigo aquelas imagens.

Então ouviu o barulho de motor se aproximando.

Abriu os olhos e viu, aparecendo por trás do meandro do rio, duas embarcações vindo na direção deles em alta velocidade. Havia pessoas nelas, que, àquela distância, eram só silhuetas.

Afonso ergueu a arma e apontou para um dos barcos.

Nos barcos, naquele momento mais perto, Tibério conseguia ver Alice, Omar, Iberê, Gisele, Gabriella, os caranguejos da Gayrrilha, com as cabeças vermelhas e douradas: Pavo, Eva, e outras que não reconhecia. Omar empunhava uma arma, mas falhava em mirar devido à embarcação se agitar na água. Gisele tomou a arma do policial e mirou em Afonso.

— Afonso, abaixe essa arma — disse Tibério. — Você também foi uma vítima, assim como eu. Vamos, se você abaixar essa arma, vou te ajudar.

— Você vai me *ajudar*, Tibério, sério? — respondeu Afonso. — Você sabe o que vai ser de mim se você me ajudar? Vou ser preso. Vou ficar louco. Sem você, enlouquecerei. — Tirou a mira dos policiais. Virou-se de repente, encarando-o de frente, apontando a arma para Tibério. O dedo firme e tenso no gatilho. — Para onde eu for, você vai comigo.

Quando o dedo se curvou, Tibério deu um salto contra Afonso. Estava no meio do pulo quando o barulho veio, o estouro da pólvora, a explosão do tiro. O rompimento da represa, a separação das formas, o mundo em colapso.

Houve dois disparos, mas um único barulho. Foram sincronizados, em uníssono. O pescoço do homem à frente de Tibério estourou num espirro vermelho e da arma que ele segurava saiu um brilho intenso.

Quando Afonso o segurou, Tibério sentiu a rigidez do cano quente da arma no ombro. Caíram juntos, abraçados, corpo contra corpo, a água gelada envolvendo os dois, anestesiando as dores, e o silêncio da profundeza entupindo seus ouvidos, limpando-os do ruído dos tiros. O gosto salobro do estuário invadia sua boca, tirando o gosto de ferrugem que a morte iminente trazia. O ar esgotava-se dos pulmões, levando consigo o cheiro de pólvora.

Afonso não lutou. Apenas deixou-se ser envolvido pelos seus braços. Tibério, na liquidez sem forma que os cercava, era uma âncora. Era sólido no líquido. Juntos, afundaram. Juntos, se dissolveram.

E, enquanto afundavam, não conseguindo os levar à superfície, pois não sabia como nadar e nem teria forças para isso, Tibério pensou numa frase que ouvira havia muito tempo: "Quem come da minha carne e bebe do meu sangue, permanece em mim e eu nele". Havia comido a carne de Afonso quando eram crianças, quando arrancou um pedaço de sua orelha, e naquele momento, misturado à água salobra que entrava pela boca aberta em busca de ar, bebia o sangue que escorria dele. Havia comido a carne e bebido o sangue daquele homem, e assim Afonso permaneceria para sempre nele, e Tibério para sempre em Afonso.

Fechou os olhos, aceitando a escuridão, abraçando o gelado, apertando aquele corpo contra si. Entregou-se à Terra e à gravidade, deixando-se ser puxado até o fundo do rio, até a profundeza fria, escura e sem vida.

Até o corpo tocar o solo e ser lentamente engolido e velado pelo silêncio do mangue.

Epílogo

Encarou a estrada escura à frente.

Pegou de novo o papelzinho repousado no banco do passageiro e observou o endereço que ele negligenciava visitar havia semanas. Não tinha coragem. Não ainda. Precisava beber mais. Mas talvez não houvesse bebida o suficiente em Santa Bárbara do Monte.

Concentrou-se, de volta à estrada. Naquela escuridão, escondiam-se majestosas serras. Com as rochas, curvas e histórias, eram imponentes e, mesmo sem serem vistas, eram sentidas.

"Você está bem, o tiramos do rio", ouviu uma voz dizer. Era uma voz distante, vinda de um lugar profundo da memória. Uma voz familiar. De um amigo.

"E ele?", lembrou-se de ter perguntado.

"Não o encontramos ainda", foi a resposta que recebeu. "Ainda."

Lembrava-se de Pavo esfregando as mãos para se aquecer. O menino estava tão pálido e magro que o vento noturno parecia que o levaria voando. Apareceu alguém ao lado dele, Pilar, que colocou um cobertor nos ombros do garoto.

O rosto de Iberê estava sobre o seu, o amigo tinha as sobrancelhas arqueadas e uma gota de suor escorria da testa. Estava ofegante e sentia o peso das mãos dele no peito. Alice também estava agachada ao seu lado. Pressionava um pedaço de pano em seu ombro, que de repente começou a doer. Lá atrás, podia ver Gabriella e Omar segurando armas e lanternas, apontando para o rio.

Tossiu. De sua boca esguichou água. Naquela água havia lama e sangue. Estava prestes a tossir de novo, mas prendeu. Tinha medo de que talvez Afonso saísse dali de dentro, rompendo tudo, dividindo-o em dois.

Iberê segurou sua mão.

— Vamos encontrar ele — garantiu o amigo.

Mas Tibério sabia que não o encontrariam. Afonso tinha se dissolvido na água, pois ele era líquido, era cola, e Tibério pegara essa cola para unir os próprios pedaços. O homem não seria encontrado, pois ele estava dentro de Tibério. E ali ele permaneceria para sempre.

Contorceu-se no banco, sentindo um desconforto insuportável dentro de si. Sentia que havia algo ali dentro. E aquele algo ruim crescia a cada dia, consumindo-o.

— O que é aquilo? — Ouviu a voz vinda do banco de trás.

Olhou para o retrovisor e viu Afonso, sorrindo, o cabelo molhado. Belo.

Tibério olhou para onde Afonso apontava, ciente de que estava em um pesadelo acordado. Lá na frente havia luzes. Azuis e vermelhas, cores vivas em meio ao breu. Quando se aproximou, viu duas viaturas paradas no acostamento. Havia uma fita amarela de polícia demarcando uma pequena área. Cena de crime. Mais adiante, depois das viaturas, cercada pelas fitas amarelas, e iluminada pelos faróis das viaturas, no chão, uma grande mancha de sangue. Perto da estrada, um homem alto e corpulento segurava um rádio, sem saber para quem ligar. Tibério já o tinha visto antes. Era o delegado da cidade. Um jovem policial vomitava atrás de uma viatura. Um outro policial, mais velho, olhava para a escuridão da floresta, parecendo preocupado. O delegado, com o rádio na mão, olhou na direção deles. Seus olhos encontraram os de Tibério. Ele parecia disfarçar um pânico imensurável. Tibério se perguntou o que ele temia. Ou quem.

— Melhor parar, talvez precisem de ajuda — falou Afonso, inclinando-se para o banco da frente.

Tibério sentiu o hálito dele. Tinha cheiro de mangue.

— Não — respondeu Tibério, desviando o olhar da estrada e mirando o retrovisor, encarando os olhos vazios que pairavam no banco de trás.

No pescoço de Afonso, o buraco do tiro sangrava profusamente. O líquido era escuro. Lama.

Tibério olhou de novo para a estrada e falou:

— Se eu os ajudar, o que será de mim?

Fim

Agradecimentos

O silêncio do mangue é uma história muito importante para mim. Ela veio de um desejo por mudanças, um fogo de revolta que queimava lento nas entranhas, um grito suprimido de revolução e, claro, uma necessidade urgente de subverter os modelos clássicos de histórias de investigação cisheteronormativas. Afinal, é meu gênero narrativo favorito e eu nunca me via naquelas histórias. A primeira versão de *O silêncio do mangue* surgiu em 2018 — um ano eleitoral trágico —, bem quando me mudei de João Pessoa, uma cidade cheia de praias e muito sol, para Recife, a cidade cortada por rios e manguezais (qualquer semelhança com Abaporu não é mera coincidência). Desde então, ela passou pelo Wattpad, pela Amazon (de forma independente) e sofreu muitas mudanças, acompanhando meu amadurecimento na escrita. Logo, primeiramente queria agradecer a esses leitores lá do comecinho que viram a semente dessa história brotar, e que tanto me ajudaram com elogios, críticas e sugestões. É tanta gente que não tenho como colocar o nome de todo mundo aqui (porém me lembro de todos os rostinhos!). Mas eu queria deixar um agradecimento especial a Victor Marques e Luciana Fauber, amigos queridos e muito talentosos que acompanharam de perto todas essas primeiras versões. Sério, sem vocês esta história não teria chegado até aqui.

E, claro, Ivânia, editora da Nacional, que apareceu na minha vida e viu potencial não só em mim, mas também no meu texto enorme que estava precisando de uma poda drástica, uma rega e um pouquinho de adubo. Por isso, meus eternos agradecimentos a ela e a toda a equipe da Nacional. São pessoas incríveis que me ajudaram a polir a história com muito carinho e dedicação, criando esta versão, que, apesar de ter a mesma essência, é bem diferente daquela de 2018 (até porque eu sou uma pessoa também diferente), e está me enchendo de orgulho. Obrigado pela paciência e pela empolgação para trabalhar neste texto, viu?

Por fim, agradeço a todos os leitores que agora estão com este livro em mãos. Sério, foi um trabalho enorme (e muito prazeroso) gerar esta criatura, então obrigado pela confiança e pela disposição para ler até aqui. Meu carinho eterno para vocês. Espero que tenham gostado!

Este livro foi publicado em junho de 2024 pela
Editora Nacional, impressão pela Gráfica Corprint.